N
W
O
S
Bahnhof Alexanderplatz
ALEXANDERPLATZ
Bahnhof Jannowitzbrücke
JANNOWITZBRÜCKE
Frankfurter Bhf./ Schlesischer Bhf.
Spree

K.

Axel Simon

EISENBLUT

Kriminalroman

Kindler

Originalausgabe
Veröffentlicht im Rowohlt Verlag, Hamburg, April 2020

Die Zitate aus «Grimms Märchen»
folgen der vollständigen Ausgabe von 1812/15.
Die zitierte Passage aus James Fenimore Coopers «Der letzte Mohikaner»
auf Seite 401 wird in der deutschen Übersetzung von
Johann Friedrich Tafel von 1841 wiedergegeben.
Arthur Rimbaud, «Une Saison en Enfer», u. a. Seite 290,
deutsch frei nach den Übersetzungen von
Werner Dürrson (Reclam) und Thomas Eichhorn (dtv)
Satz aus der Minion Pro
bei Pinkuin Satz und Datentechnik, Berlin
Druck und Bindung GGP Media GmbH, Pößneck, Germany
ISBN 978-3-463-00012-1

Aus Verantwortung für die Umwelt haben sich die Rowohlt Verlage zu einer nachhaltigen Buchproduktion verpflichtet. Der bewusste Umgang mit unseren Ressourcen, der Schutz unseres Klimas und der Natur gehören zu unseren obersten Unternehmenszielen. Gemeinsam mit unseren Partnern und Lieferanten setzen wir uns für eine klimaneutrale Buchproduktion ein, die den Erwerb von Klimazertifikaten zur Kompensation des CO2-Ausstoßes einschließt.
Weitere Informationen finden Sie unter: www.klimaneutralerverlag.de

FSC
www.fsc.org
MIX
Papier aus verantwortungsvollen Quellen
FSC® C014496

«Homo homini lupus est.»
(Der Mensch ist des Menschen Wolf.)
Titus Maccius Plautus

Als Kind glaubte Landow, dass Kegelrobben unter Wasser kegeln würden. Möglicherweise hegte er deshalb von klein auf den Wunsch unterzugehen.

Erster Abschnitt

Der vorletzte Mohikaner

«Das Geheimnis der Spekulation: Kaufe,
wenn das Blut in den Straßen fließt.»
Nathan Mayer Freiherr von Rothschild

1

Mittwoch, 2. Mai '88.
Noch 44 Tage bis zum Tod des Kaisers.

Der schmale Mann ist sichtlich ungehalten. Der Wind auf dem offenen Hof pfeift ihm eisig zwischen den Hosenbeinen herum. Mit der freien Hand versucht er, seinen Mantel vor der Brust zuzuhalten. Er hasst dieses Reisen. Obwohl er auf der Fahrt hierher meist geschlafen hat, fühlt er sich wie zerschlagen. Dazu noch diese vorübergehende Einhändigkeit. Er flucht.

Der schmale Mann sieht vom schläfrigen Hellgrau des Himmels auf das stumpfe Graubraun des gepflügten Ackers herab. Weiter hinten, kurz vor einem schwarzen Wäldchen, entdeckt er Schafe. Oder Ziegen. Eine Ansammlung von Tieren jedenfalls. Er hasst das Landleben. Der winzige, beigebraune Fellklumpen gerät jetzt in Bewegung, ganz so, als hätten die Tiere seinen abschätzigen Blick bemerkt. Er lächelt. Der Fellklumpen teilt sich nun jäh in zwei Hälften. Wie dieses Rote Meer, denkt er, reißt sich zum x-ten Mal den Mantel zu und setzt seinen Weg über den Hof fort. Das panische Davonstieben der Schafe hinten am Wäldchen bekommt er gar nicht mit.

Der Abort ist neu, hat der Wirt gesagt. Und tatsächlich: Der landesübliche Geruch mischt sich hier mit dem Duft erst kürzlich gehobelter Fichtenbretter. Beide Kabinen sind frei. Slevogt, so heißt der dünne Reisende, seine Frau nennt ihn

Vovo, verriegelt die Tür hinter sich und rafft mit seiner freien rechten Hand seine Kleider so zurecht, dass er seinen Hintern freibekommt und ihn auf die kühle Holzbrüstung niederlassen kann. Während Slevogt lustlos presst, liegt seine Linke, an eine flache Ledermappe gefesselt, auf seinen spitzen Knien. Der Wind pfeift unter der frischgehobelten Tür hindurch. Der neue Wagen wird in dreißig Minuten startklar sein. Er hört schon die Hufe und das Schnauben der Tiere auf dem Hof. Wenn das Wetter hält, überqueren sie in zwei Stunden schon die Grenze. Er würde versuchen, den nächsten Pferdewechsel zu verschlafen, übermorgen kann er in der Hauptstadt sein. Sein Pressen hat Erfolg. Er wird sich nach hier getaner Arbeit draußen noch ein wenig die steifgewordenen Beine vertreten, dann einen Teller der im Fahrpreis enthaltenen Suppe zu sich nehmen, auf eigene Rechnung noch einen halben Liter Wein genehmigen und dann –

«Besetzt!», bellt Slevogt. Und: «Nebenan ist noch frei.»

Trotzdem wird weiter an der Tür direkt vor ihm gerappelt.

«Bese–»

Etwas Dünnes, Metallisches schlüpft durch den Türspalt unter den Riegel und hebt diesen mühelos hoch.

«Was sol–»

Abrupt wird die Tür vor ihm aufgerissen. Vor die jähe Helligkeit der Öffnung schiebt sich eine Gestalt und verharrt dort regungslos. Slevogt kann im Gegenlicht nicht viel mehr erkennen. Aber: Das ist kein Irrtum, merkt er. Das ist ein Überfall. Er lässt die Zeitung, mit der er sich den Hintern abgewischt hat, knurrend hinter sich in die Grube fallen. Der Wind säuselt ihm die Schenkel hoch. Slevogt fröstelt. Erst jetzt bemerkt er die kurze, bleifarbene Waffe in der Hand direkt vor sich. Murmelnd zerrt Slevogt die kleinen Geldscheine hervor, die er für solche Fälle in einer Innentasche verwahrt. Er reist nicht zum ersten Mal. Er wird nicht zum ersten Mal überfallen. Aber zum ersten Mal auf dem Klo. Er hasst dieses Reisen.

Slevogts stille Wut verfliegt, als die Gestalt in der Tür angesichts der hingehaltenen Scheine den vermummten Kopf schüttelt. Seine Wut verflüchtigt sich genau wie der beißende Geruch in der kleinen Kammer. Sie weicht einer ungewissen Furcht. Er hat zwar schon öfter Pistolenläufe direkt vor sich gesehen, schließlich war er im Krieg. Aber dass jemand sein Geld nicht will, ist ihm noch nie untergekommen. Das macht ihm Sorgen. Der kurze Lauf zeigt jetzt ruhig auf Slevogts Linke, die noch immer, wie festgewachsen, die dünne Ledermappe auf seine Knie presst. Es friert ihn schneidend an den Eiern.

Slevogt schiebt die linke Hand weiter aus dem Ärmel seines hellen Reisemantels heraus. Die Ledermappe mit den doppelten Metallverschlüssen und dem wachsversiegelten Band ist an seinem Handgelenk festgekettet. Wie zur Bestätigung klirrt das Metall der Kette leise. Slevogt setzt ein schiefes Lächeln auf, so, als bedauere er diesen Umstand ganz außerordentlich.

Sein Gegenüber in der Tür hat sich noch kein einziges Mal danach umgeschaut, ob nicht etwa die Leute von der Pferdestation, der Wirt oder ein Reisender, den Überfall bemerkt haben könnten, wird Slevogt klar. Es ist diese verdammte Ruhe, die ihm Angst macht.

Der Räuber hält jetzt die freie Hand auf wie ein Bettler. Feines Handschuhleder, akkurat genäht, schmale Finger. Sehr schmale Finger für einen Mann. Slevogt versteht. Der will den Schlüssel.

«Ich habe keinen Schlüssel», sagt er und kann nicht anders, als hinzuzufügen: «Wäre ja auch witzlos, wenn ich den Schlüssel dazu hätte.»

Er rechnet damit, dass der Straßenräuber ihn dafür schlägt. Der jedoch steckt ruhig die Pistole in den Gürtel und holt jetzt wie ein Varieté-Zauberer etwas anderes unter dem Reitumhang hervor. Es ist eine kleine Eisensäge.

«Das ist sinnlos», knurrt Slevogt. «Der Stahl ist gehärtet. Krupp. Deutsche Wertarbeit.»

Davon unbeeindruckt greift der Vermummte blitzschnell nach seinem Handgelenk. Slevogt versteht. Es ist nicht die Kette, die hier zersägt werden soll. Wie gelähmt betrachtet er die Stiefelspitze des Angreifers. Die hebt sich ganz langsam, als suche sie noch nach einem geeigneten Steigbügel, bevor sie sich jäh auf Slevogts Schoß senkt. Obwohl schmerzhaft auf den Sitz gepresst, wundert sich Slevogt über die geringe Größe des Reitstiefels auf seiner nackten Mitte.

«Wissen Sie eigentlich, wer ich bin?», zischt er hilflos.

Der Räuber sieht ihn ruhig an und nickt. «Ja, Sie sind meine Nummer vier.»

«Ich werde schreien», kündigt Slevogt trotzig an.

«Das würde ich an Ihrer Stelle auch», kommt es unter dem Schal hervor, der Nase und Mund des Räubers verhüllt. Die Augen darüber kann Slevogt nur für einen Moment erkennen. Sie machen ihm Angst. Die Stimme klingt erstaunlich hell, denkt er noch. Er wird hier doch nicht allen Ernstes von einer Frau …!? Dann beginnt die Säge, sein Fleisch zu zerreißen, und der Schmerz trifft ihn wie ein Hammerschlag.

■■■

Zur selben Zeit etwa, hundert Preußische Meilen weiter östlich. Aus dem schiefgelegenen Bett heraus kommen derart unheimliche Geräusche, als werde hier gerade gestorben. Die

Stille danach beunruhigt fast noch mehr. Doch jetzt kommt wieder Bewegung in das längst nicht mehr saubere, an zwei großen Stellen geflickte Deckbett von nur noch undefinierbarer Farbe. Schließlich wird es zur Seite geworfen, gibt neben einem Schwall muffigen Geruchs den Blick auf den nackten Körper eines nicht mehr ganz jungen Mannes frei. Dunkelhaarig, fleischig, groß in Höhe und Breite. Er schmatzt mehrmals und wuchtet dann seinen schweren Leib von der Matratze hoch. Wie ein nasser Hund schüttelt er den Kopf und öffnet das kleine Fenster seiner Schlaf- und Wohnkammer, lässt frische Luft herein. Frische vielleicht nicht, aber *andere* Luft. Britzer Wohnküchenduft, Friedrichshainer Außenklos und andere schon reichlich gebrauchte Reichshauptstadtluft, die sich bereitwillig mit der von drinnen verbrüdert. Draußen fliegen Amseln auf.

Der große, feste Mensch betrachtet sein vom Schlaf zerfaltetes Gesicht in einem kaum handtellergroßen Spiegel an der Wand. Er sieht mitgenommen aus, abgenutzt, älter als seine achtunddreißig Jahre. Wie dreiundvierzig etwa. Er heißt Gabriel Landow. Freunde nennen ihn abwechselnd *Gabi* oder *Arschloch.* Selbst im gleißenden Licht der offenen Dachluke erinnert sein Spiegelbild weder an einen Erzengel noch an die Unbefleckte Empfängnis. Unter den Alberts, Heinrichs und Wilhelms seiner Heimat als Gabriel zu überleben, war nicht immer einfach, wurde allerdings dadurch erleichtert, dass sein älterer Bruder Perikles heißt. Pe-ri-kles. Ein griechischer Staatsmann mit visionärer Kraft und beeindruckender Goldmaske. Was allerdings sämtliche Alberts, Heinriche und Wilhelms nicht daran hinderte, die beiden Landow-Brüder meist *Penikles* und *Gabriele* zu rufen.

Landow entfernt etwas Braunes, Krustiges, das über seinem Auge klebt. Bloß Straßendreck von gestern Nacht wahrscheinlich, denkt er und schnuppert gewissenhaft an seinen Fingern.

Er sieht an sich herab. Nein, fett wird er nicht. Er ist es schon. Fast zärtlich streicht er über die beiden rosaroten Narben an seiner linken Brust. Bajonett und Streifschuss. Jugendsünden. Während er in die einzigen Kleider schlüpft, die in dem winzigen Raum herumliegen, lauscht er auf die vertrauten Geräusche, die von unten aus der Pension zu ihm hochdringen. Er ist der einzige Dauergast des Hauses, Kriegskamerad und Lebensretter des Pensionswirts, zumindest behauptet der das nach dem vierten oder fünften Schnaps immer hartnäckig und mit Tränen in den Augen. War wohl so. Lange her. Nach zwei Händen Wasser im Gesicht, mit seinem mittig gescheitelten, halblangen Haar und in seinem verknickten, aber einheitlich dunklen Anzug sieht Landow immerhin aus wie ein kleiner Assessor, mindestens wie ein Grabredner. Er schließt die Luke wieder. Diesmal fliegen die Amseln nicht mehr auf. Er sieht übers Dach die schmale, lichtarme Straße hinab, räuspert sich und verlässt den Raum.

Nur der alte Mann auf dem Foto sieht ihm nach. Die Fotografie, mit schartigen Schnitten aus einer Zeitung herausgelöst und danach mit einem Reißnagel neben dem Rasierspiegel vor dem Vergessen bewahrt, zeigt einen mürrischen alten Mann mit faltigem Gesicht, der das Haar in etwa genauso, schulterlang und schwer, trägt wie Landow. Der Alte hockt auf einem Knie und hält dabei eine Winchester in Händen. Die Bildunterschrift lautet: «Der letzte Häuptling endlich in Gefangenschaft: Die Rothaut Geronimo hat endgültig kapituliert.»

Das Foto ist erst im letzten Jahr und damit ein Jahr nach der Kapitulation des Häuptlings aufgenommen worden, irgendwo in einem Fotoatelier in Dallas oder Fort Worth, vor einer Landschaft aus Pappmaché. Landow weiß das.

Drei verwinkelte Etagen tiefer, in der Küche der Pension, trifft Gabriel Landow auf Koester, der kleine Geldscheine mit der Innenseite der Hand zu glätten versucht.

«Gabi, alter Zigeuner, auch schon auf? Lass dir mal die Fransen schneiden.»

«Kaffee da?»

«For paying guests only.»

«And for old friends? Oder Kriegskameraden? Was heißt Kriegskamerad?»

«Krieg heißt *war*, das müsstest du wissen, Gabi, das hatten wir schon gelernt.»

«Stimmt, Krieg hatten wir schon.»

Damit nimmt Landow den Topf vom Herd und schenkt sich Dampfendes in einen Kumpen ein, der auf dem Tisch steht. Genau genommen ist er zahlender Gast. Er zahlt Koester acht Mark für den monatlichen Wechsel der Bettwäsche und dafür, dass die alte Köster, die behauptet, Koesters Mutter zu sein, was Koester aber leugnet – es handele sich um eine bloße Namensgleichheit –, einmal pro Woche ihren Putzfeudel zu ihm hochträgt. Den Rest einer nie näher definierten Miete gleicht er damit aus, Koesters zweites geschäftliches Standbein, Luise und Clara, vormittags von den Einnahmen der Nacht zu befreien und bei Bedarf vor unhöflichen oder allzu unsauberen Freiern zu beschützen. Und damit, dass er manchmal samstags auf die Pension aufpasst. Dann nämlich, wenn Koester und der Feinbäcker Franz im Nacktbad sind, um die Sonne zu genießen und sich der Vorstellung hinzugeben, das, was sie tun, sei vollkommen natürlich. Der Feinbäcker Franz, ein stattlicher

Mensch mit melancholischen Augen und breiten Schultern, ist Koesters große Liebe.

«Ein Athlet und Gentleman», schwärmt Koester oft halblaut und cremt sich dabei dankbar die wunden Stellen ein. Die beiden sind seit knapp zwei Jahren ein Paar, aber er, Koester, fühle sich beim Feinen Franz immer wieder wie frischverliebt.

Aus dem Schatten vor dem Sofa in der winzigen Küche schiebt sich etwas Plumpes ins Licht der Welt: ein dicker, dunkler Hund auf sehr kurzen Beinen. Landow tunkt trockenes Brot in den dünnen Kaffee und wirft dem Tier davon ein Stück zu. Das Stück nasses Brot fliegt über den Kopf des Tiers und landet mit einem hellen Klatsch auf den Dielen.

«Och, Gabi, weißte, muss das sein, Köstern hat erst gestern dort gewischt.»

Koester steckt ein paar der geplätteten Geldscheine ein, den Rest stapelt er in eine stählerne Kassette, die er in die Speisekammer nach nebenan trägt. Dort verräumt er sie geräuschvoll. Der dicke Hund schlabbert das nasse Brot vom Boden auf.

«*Wartime comrade.*»

«Watt?»

«Kriegskamerad heißt *wartime comrade.* Steht hier jedenfalls», kaut Landow, als Koester aus seinem Geldversteck zurückkommt, und steckt das kleine Wörterbuch in die Jacke zurück.

«Wartime comrade», Koester lässt das neue Wort nachklingen. «Klingt edel, trotzdem könntest du mal wieder Miete zahlen, Gabi. Franz hat nächsten Monat Geburtstag, und ich möchte ihm was wirklich Schönes schenken. Nicht bloß Sarotti Zartbitter. He is worth it.»

«Was riecht hier eigentlich so?»

«Na, was wohl. Was hier nach sehr alten Kartoffelschalen riecht, dürfte dieser comrade da sein, Gabi.»

Der angesprochene Hund blickt aus vorquellenden Augen zu den beiden Männern hoch.

«Der gute Cointreau, wer sonst. Apropos: Noch Cointreau da, my dearest wartime comrade?»

Zu den wenigen überreichlich vorhandenen Dingen in der Schlafpension Koester, versteckt, aber durchaus zentral gelegen im Bezirk Kreuzberg-Ost, Spindlerstraße, Rückgebäude, zählt der erwähnte Orangenlikör. Der Grund hierfür ist, dass ein regelmäßiger Pensionsgast, der stille Handelsvertreter Bolt, eines Nachts spurlos verschwand, entgegen seiner sonstigen Art nicht wiederkam und Koester in einem Lagerhaus in Spandau mehrere hohe Stapel mit Kisten des erwähnten Likörs hinterließ. Etwa dreitausend Flaschen, um genau zu sein. So gelangte das Getränk ins hiesige Rückgebäude und seitdem regelmäßig in den Leib des Dachkammerbewohners. Kurz darauf lief den Herren in der Pension der kurzbeinige Hund zu und wurde kurzerhand auf den Namen des Likörs getauft: Cointreau. Er hört nicht drauf, aber insgesamt klingt dieses Arrangement vornehm, findet Koester. Deshalb darf das Tier auch manchmal im Bett schlafen, wenn Koester und der verehrte Feinbäcker nach dem hörbaren Ausüben körperlicher Liebe zur Ruhe gekommen sind. Die vielen Stufen hoch zu seinem eigentlichen Herrchen sind Cointreau nicht mehr zuzumuten.

■■■

Das Hubbertchen ist nicht schlau. Aber obwohl es erst fünfe ist, weiß das Hubbertchen das selber auch schon. Deshalb hat es sich Sachen ausgedacht, wie es schlau wirken kann, ohne schlau zu sein. Um Dinge, die ihm aufgetragen werden, nicht zu vergessen, sagt er sie immer wieder laut vor sich hin. *Klo gehen Klo gehen Klo gehen* oder *schlafen schlafen schlafen.* Deshalb braucht das Hubbertchen länger als andere auf dem Gut. Selbst Opa Keyserling ist schneller, und der ist schon fast tot. Man hätte ihn besser ersäufen sollen wie einen Wurf Katzen, hat das Hubbertchen den Verwalter Mahlmann mal sagen hören. Und das Hubbertchen hat sich gedacht, dass er da aber noch mal Glück gehabt hat. Jetzt jedenfalls läuft er so schnell es eben geht, quer durch den Hohlweg zum hinteren Feld rüber, auf dem die Leute der Landow'schen Güter dabei sind auszusäen. *Er ist tot sags Mahlmann er ist tot sags Mahlmann er ist tot sags Mahlmann.*

Das Hubbertchen ist so überstürzt aufgebrochen, dass es vergessen hat, die Holzlatschen anzuziehen. Die spitzigen Steine bohren sich deshalb heimtückisch in seine nackten Füße, und er muss immerzu an die Nägel in den Füßen vom Herrgott am Kreuze denken, bis er endlich hinten beim Kreuzweg Mahlmann auf seinem Pferd sitzen sieht. *Sags Mahlmann sags Mahlmann sags Mahlmann.* Das Pferd vom Mahlmann mag das Hubbertchen sehr. Es ist sehr schön, fuchsrot, ein Trakehner mit vier schlanken, schneeweißen Füßen. *Ein Trakehner ein Trakehner ein Trakehner.* Die Leute auf den Feldern bemerken das rennende Hubbertchen, und ein paar winken ihm zu. *Zurückwinken zurückwinken zurückwinken.* Das Herz klopft so wild wie ein verspäteter Fuhrmann nachts an die Scheunentür, als das Hubbertchen, staubbedeckt wie ein bemehlter Bäckerjunge, sein Ziel erreicht.

«Na, Gnom, was willst du denn hier? Pass auf, dass wir dich nicht aus Versehen hier einpflanzen, und dann wird ein Bäumchen aus dir.»

Der schöne Trakehner, der dem Hubbertchen hier draußen noch größer vorkommt als auf dem Hof, schnaubt ungeduldig.

Einpflanzen einpflanzen einpflanzen.

Der Verwalter setzt sich im Sattel auf und schiebt sich, über den kleinen Idioten grinsend, den Hut in den Nacken.

Von dort oben sieht er auf das Hubbertchen hinunter und bellt, dass alle es hören: «Und wenn dann ein Bäumchen aus dir geworden ist, dann hacken wir dich ab. Verstehst du das, Gnom?»

«Er ist tot sags Mahlmann», schießt es da aus dem staubverklebten Mund des Jungen.

«Red keinen Unsinn, Trottel.»

«Er ist tot er ist tot.»

Mahlmann beugt sich tief zum Hubbertchen hinunter, packt ihn mit einer Hand und hebt den Jungen mühelos zu sich auf den Sattel.

«Dieselben grauen Augen wie der Alte», denkt Mahlmann. «Wenn's nicht der Balg vom Grafen wäre, hätt ich ihn schon längst bei der Waldarbeit erschlagen.»

Aber so: «Also, wer ist tot, Junge?»

«Er ist tot er ist tot.»

«Er? Graf Landow? Bist du sicher, Hundskrüppel?»

«Und wie.»

2

Samstag, 5. Mai.
Noch 41 Tage bis zum Tod des Kaisers.

Ist das nicht genug? Das hier? Möwen streiten sich kreischend um ein Stück Stullenrinde, Enten schnattern irgendwo, der leichte Wind in den Bäumen. Reicht das nicht? Er stellt sie sich oft, diese Frage nach dem Glück. Und Koester, den nackten, fast noch weißen Winterhintern jetzt in die zaghafte Frühlingssonne wendend, fragt sich, ob er sie sich zu oft stellt. Ist er undankbar, dem Leben gegenüber ungerecht, wenn er zu viel fordert? Mehr will? Mindestens vier Mal war er schon tot gewesen, mausetot, so gut wie jedenfalls. Vier Mal hat er überlebt, zwei Mal war Gabi Landow unmittelbar daran beteiligt, als Lebensretter. August '70 bei Beaumont und September '71 irgendwo bei diesem beschissenen Sedan.

«Apfel war aus, gab nur noch Kompott.»

Der Feine Franz kommt von der Waffelbude, balanciert elegant wie ein Oberkellner im Astoria zwei Waffelstücke mit einer Pfütze dunkelroten Schmorobstes darauf. Der Feine Franz setzt sich im Schneidersitz dicht zu Koester aufs Laken, zeigt ihm dabei, was er hat, aber das kennt der ohnehin gut, und sagt, Koesters Blick aufs Kompott beantwortend: «Pflaume.»

«Selber Pflaume», sagt der und nimmt eine Waffel. Es sind genau diese Momente, in denen Koester sich die Frage nach dem Glück stellt. Ist das schon Glück? Oder ist das bloß Zufriedenheit, und es ginge noch mehr, Glück eben? Aber was soll mehr gehen als der nackte Franz, muskulös wie ein Sportler, fein wie ein Kammerdiener und, wenn's drauf ankommt, grob wie ein Kesselflicker, eine Waffel mit Pflaumenkompott – obwohl er, Koester, sich Apfelmus gewünscht hätte – und die milde Sonne des noch jungen Jahres auf der nackten Haut?

Sie gehen so oft hierher wie möglich, freilich immer bloß samstags, wenn Landow die Pension übernimmt. Samstags ist dort am wenigsten los, die Wochenendgäste sind schon angekommen und durchwandern, den Touristenführer in der Hand, die Museen und das Brandenburger Tor, die Messe- und Geschäftsleute sind längst wieder bei sich zu Hause in Zürich oder Mannheim. Samstags geht es, Mensch zu sein. Kompottmensch. Nacktmensch. Glücksmensch. Koester genießt diese Dreiviertelstunde Wanderung raus aus der Stadt, hierher in den Rehwinkel. Der Rehwinkel ist der Treffpunkt Gleichgesinnter, offiziell Heimat des Vereins *Aurora Sonnenfreunde Spandau.* Man trifft sich, entkleidet sich und liegt nackt auf Badelaken im Gras. Der Lärm der Stadt zieht, je nach Wind, sogar bis hierher, aber sonst ist hier Friede. Hier stört kein blöder Blick, kein giftiger Kommentar ihr Tun, hier sind sie unter sich, wie sie es in der Stadt nie sein können. Das Gelände gehört einem Vereinsfreund, ist dicht von Strauchwerk und alten Hecken umgeben. Weißdorn und Schlehen, der Franz weiß auch so etwas. Man genießt das Licht auf der Haut, betrachtet die sich müde rekelnden Körper ringsum, lauscht dem dumpfen, gleichförmigen Plopp der Tennisbälle auf den beiden neuen Sportplätzen hinter den hohen Hecken, isst Waffeln mit Kompott.

Koester leckt sich das restliche Schmorobst von den Fingern und betrachtet die langen Beine seines Franz, der, die Arme hinter dem Kopf verschränkt, in den Himmel sieht. Weshalb mehr wollen, fragt sich Koester dabei, mehr als das hier. Weshalb der Unfug mit Amerika. Gabriel mit seiner ständigen Vokabellernerei hat das dem Franz ins hübsche Ohr geflötet. Seitdem murmelt der Franz im heraufziehenden Dämmerschlaf manchmal was von *bakery* und *poppy-seed cake*, und der Koester neben ihm fragt sich dann, ob der Franz das alles hier, die Rehwiese und die Stadt und seine beiden Stellungen in der Feinbäckerei und als Türmann im Club und ihn, Koester, für dieses nebulöse Amerika aufgeben würde. Für Poppy und nichts und wieder nichts.

Koester wendet den Blick von ein paar strammen Ballspielern ab und legt sich wie der Franz auf den Rücken. Koester ist mittlerweile vornherum schon etwas weich und wellig geworden. Den Franz stört's nicht, sagt der Franz, und so, die Arme hinterm Kopf, spannt es sich ganz vorteilhaft. Koester schließt die Augen, lauscht den leisen Rufen der anderen Aurorasier, dem Piepen der Vögel, dem Wind. Koester bekommt eine ausufernde Gänsehaut, und er fragt sich, ob das bloß wegen des Windes ist oder wegen seines Gefühls, dass ihn bald irgendwas verändern wird. Ihn, den Franz, alles.

Er muss eingenickt sein. Das Erste, was er wahrnimmt, ist das monotone, vornehme Ploppen der Tennisbälle hinter den Hecken. Wie ein gedämpftes Metronom, das seine Gleichförmigkeit nur unterbricht, wenn einer dort drüben einen Punkt gemacht hat. Bolt, der verschwundene Gast mit dem Cointreau («Samuel Bolt – Liköre, auf die ich schwöre!»), hat ihm diesen neuen Sport einmal erklärt und die allgemeine Weltlage dazu.

«Herr Koester, das ist die moderne Zeit. Warten Sie mal ab, eines Tages wachen wir auf, und es gibt keinen Kaiser mehr.»

Genau in diesem Moment hört das Ploppen drüben auf. Als wenige Augenblicke später das schärfere Plopp des nächsten Aufschlags ausbleibt, öffnet Koester die Augen und blinzelt in den Himmel. Etwas neben ihm raschelt ganz leis, und ein filziger Tennisball rollt die Rehwiese entlang und hält direkt vor Koesters verblüfftem Gesicht. Der Ball hat eine schwungvolle Naht in der Stoffhülle, die Koester an Operationsnarben erinnert. *The Cyprus* steht in eleganter Schrift darauf. Damit von drüben keiner kommt, um den Ball zu holen – Bolt hat erwähnt, wie teuer diese kleinen Dinger sind – und den Frieden ihrer Rehwiese stört, steht Koester auf, wickelt sich vorsichtshalber ein Handtuch um den Winterhintern und trägt den Ball vorsorglich zurück. Der Franz schlummert wie ein griechischer Gott. Koester geht bis zur Hecke, hinter der noch immer kein neues Plopp zu hören ist. Koester will rufen, lässt es aber dann, denn nicht jeder versteht die große Naturnähe der Aurorasier. Er beschließt, den Ball einfach über das dichte Gebüsch zurückzuwerfen. Während er schon ausholt, glaubt er, auf den Tennisplätzen dahinter gedämpfte Gespräche zu hören. Eher ein hastiges Flüstern als die Wortfetzen, die der Wind sonst so durch die Schlehen zwirbelt. Koester sieht von hier aus bloß das Rot der Asche durch die Sträucher blitzen. Er wirft den Ball in weitem Bogen, sieht dem schnell kleiner werdenden *The Cyprus* nach, wie er über dem frischen Grün der Hecke verschwindet, hört drüben das sanfte Plopp seines Aufpralls, dann das leisere Plopp-plopp des Fortspringens. Sonst nichts.

Koester hat kein «Danke!» von dort erwartet, aber als die tuschelnden Stimmen vollends abreißen, als der Ball aufspringt und sich anschließend eilige Schritte entfernen, ist seine Neugier geweckt. Vielleicht spielen die nackt und wollen nicht, dass man sie dabei sieht? Behände schlüpft er zwischen zwei Büschen durch, etwas pikst dabei in seine Brust und reißt ihm das Handtuch fort. Schon steht er dicht vor dem brusthohen Staketenzaun, der die Grundstücke der Aurora-Wiese und des Tennisclubs zusätzlich trennt. Kleine Steine und Holzstückchen piken ihn in die nackten Sohlen. Das Rot des Platzes leuchtet sehr vornehm in der Frühjahrssonne. Das Rot des Blutes, das aus dem Kopf des Mannes vor ihm rinnt, leuchtet dunkler, so wie das Kompott auf der Waffel. Der Mann liegt quer und irgendwie verrenkt vor dem gespannten Netz. Seine weiße Spielkleidung ist mit der Asche des Platzes beschmiert. Wie ein Frevel. Der Mann ist tot, das sieht Koester selbst von hier. Die dunkle Lache am Kopf ist groß und wird rasch größer. Man muss nicht in Beaumont oder Sedan gewesen sein, um zu wissen, was das heißt. Der Tennisschläger des Toten liegt etwas entfernt im Staub herum. Der Ball, den Koester geworfen hat, ist der Ordnung halber dicht daneben gerollt. Wieder spürt Koester diese allumfassende Gänsehaut von ihm Besitz ergreifen. Seltsam, dass der tote Sportsmann ein Buch in der Hand hält.

■■■

Es riecht hier wolkig nach Cologne, Tabak und Leder, und es bleibt auf geheimnisvolle Weise unklar, inwiefern diese Duftmelange von den Kunden, vom Salon oder von beidem ausgeht. Dorns Barbiersalon ist zuallererst eine Informationsbörse für Landow, aber was er an diesem Ort darüber hinaus besonders schätzt, das ist der reibungslose Ablauf hier. Das stetige Einseifen, Schärfen und Barbieren vollzieht sich mit der Präzision eines Uhrwerks. Keiner der fünf dunkelgrünen

Stühle ist länger als zehn Sekunden unbesetzt. Jeder neue Kunde setzt sich in die gewärmte Mulde des Vorgängers. Der zuständige Barbier verbeugt sich kurz, legt dem neuen Bart eine warme Kompresse auf und beginnt dann, frischen Schaum zu schlagen. Dorn, ein rundlicher Zwerg mit vermeintlich viel zu kurzen Armen für dieses verantwortungsvolle Handwerk, lotst Landow mit einer winzigen Handbewegung in den mittleren Sessel der Reihe. Von hier aus hat Landow das beste Gehör. Das zahnende Kind rechts außen interessiert ihn nicht, schon eher die neuen Lafetten für leichte Landgeschütze. Noch durch das warme Tuch, das man ihm über die Wangen gelegt hat, um den Bart zu weichen, schwärmt der Herr zu seiner Linken von deren Leichtgängigkeit. Der ungarische Barbier, der diesen Artillerie-Experten bedient und gerade geräuschvoll die Seife aufschlägt wie ein Zuckerbäcker den Schlagrahm, lenkt dann aber leider das Gespräch auf die Leichtgängigkeit einer Varieté-Tänzerin, von der die ganze Stadt schwärmt. Dorn, der Landow rasiert, spricht kein Wort. Auch Landow schweigt. Wer schweigt, hört besser. Das weiß auch Dorn. Nützliche Informationen aus erster Hand, dazu eine tadellose Rasur, das ist die Effizienz der neuen Zeit.

Hier lassen sich viele Ministerialbeamte der mittleren Ebenen rasieren. Die wirklich wichtigen bestellen sich den Barbier nach Haus und die wenigen ganz wichtigen sogar ins Amt. Bei Dorn sitzen bloß die in der Arschwärme des Vorgängers, die entweder noch hungrig sind oder schon unzufrieden. Die plaudern gern mal, lassen was raus durch den Seifenschaum. Obwohl die wirklich verwertbaren Inhalte für ihn als Ermittler spärlich sind, hält Landow an diesem Arrangement mit Dorn fest. Landow hat Dorn vor Urzeiten einmal einen Gefallen getan, der für Dorn wesentlich wichtiger war als für Landow schwierig. Seitdem schweigt der mittlere Sessel, wenn der wuchtige Herr aus der Spindlerstraße rasiert wird. Wahrscheinlich die Hälfte aller seiner Fälle des letzten Jahres hatte direkt oder indirekt mit mittleren Leuten der Ministerien zu tun. Diese Stadt besteht, könnte man meinen, nur aus Arbeitern, Militärs und Beamten. Arbeiter können sich Landows Dienste als verschwiegener Ermittler in prekären Angelegenheiten nicht leisten, während die Oberschicht solche Angelegenheiten auf ihre Weise erledigt, diplomatisch, lautlos, spurlos. Aber die hier, diese aufstrebenden Beamten haben viel zu gewinnen und viel zu verlieren, wenn eine Unregelmäßigkeit – welcher Art auch immer – ruchbar wird. Landow findet für diese Leute Dinge heraus, vertuscht andere, je nach Auftragslage. Deshalb ist Dorns Barbiersalon von jeher eine bewährte Auftragsbörse.

Seit eine Großtante aus Kolberg vor zwei Jahren als Letzte der Familie ihren Kontakt und ihre gelegentlichen Zuwendungen zu ihm abgebrochen hat, sind die kleinen Honorare als Ermittler die einzigen, die er hat. Wesentlicher Quell seiner Aufträge ist die Unzufriedenheit. Die größere Wohnung, das größere Büro, die jüngere Freundin, die Kur in Baden-Baden, all das muss bezahlt werden. Und wer nur das magere Gehalt eines Beamten erhält, kann das nicht ohne Unregelmäßigkeiten und Risiken bewerkstelligen. Links außen redet einer in schlesischem Singsang vom Krieg. Von keinem vergangenen Krieg, von einem kommenden. Gegen den Russen, gegen den Franzosen. Gegen alle, wenn es sein muss. Krupps Kanonen haben vor Sedan schon gezeigt, was sie können, und seitdem hat sich viel entwickelt. Der Fortschritt ist nicht aufzuhalten, den Rest versteht Landow nicht, weil Seife den Mund des Herrn links außen kurz verschließt, bevor er weiterschwärmt. Vor ein paar Jahren erst hat ein Tommy einen Schussapparat erfunden, ein Maschinengewehr, das sechshundert Schuss abfeuert. In der Minute. Zehn Schuss pro Sekunde. Ohne nachzuladen. Tak tak tak tak tak tak tak tak tak tak. In einer einzigen Sekunde. Und in der nächsten noch mal. Der Linksaußen ist überzeugt, dass Krupp, Thyssen und Co. das noch mal übertreffen werden. Weit übertreffen, schreit der jetzt in den Salon hinaus, wohl auch, weil sein Barbier ihm gerade Mentholwasser in die rosigen Wangen klopft.

Ohne wirklich Brauchbares gehört zu haben, verlässt Landow Dorns Salon. An der Kasse überreicht er Dorn wie immer das Dreifache des üblichen Rasurhonorars und erhält dafür wie immer eine gefaltete Quittung. Er verlässt den Salon durch die von Dorns Lehrjungen aufgehaltene Tür, geht die samstäglich geschäftige Straße hinunter und liest im Gehen das, was Dorn ihm, steil nach rechts abfallend, auf den gefalteten Zettel geschrieben hat. Ein Honorar ist für die Rasur, ein Honorar ist für Dorns Schweigen, das am Stuhl und das darüber hinausgehende, und das dritte Honorar ist für das, was Dorn aufschnappt, wenn Landow nicht im Laden ist, also meistens.

«Es gibt vertrauliche interne Sicherheitsüberprüfungen in Ministerien. Spürbare Unruhe bei einigen. Und etwas mit einem Spezialschiff. Taufboot? Konnte nicht mehr verstehen», steht jetzt da.

Soso, denkt Landow, wenn Dorn schon von den Überprüfungen weiß, können die ja so geheim nicht mehr sein. Taufboot? Ein Boot für Bootstaufen oder was? Landow trinkt bei *Ossmann's* ein schnelles Bier und ein Ruckzuck-Kirschwasser hinterher und will dann rasch rüber Richtung Tiergarten, mal im jetzt halbverwaisten Büro vorbeischauen. Das gemeinsame

Ermittlungsbüro in Zukunft allein führen zu müssen, weil Kompagnon Leo erst in die Ehe und dann in die Vereinigten Staaten desertiert ist, fühlt sich seltsam an. Er verbrennt die vermutlich nutzlose Information Dorns im Ascher und bestellt noch einen Ruckzuck-Kirsch gegen die Melancholie. Und für den Weg.

3

Sonntag, 6. Mai.
Kurz vor drei Uhr am Nachmittag und noch
40 Tage bis zum Tod des Kaisers.

Die Erde bebt, wenn auf der Gegengeraden die Pferde an ihnen vorbeidonnern. Der kleine Mann sieht das nicht. Aber er spürt es. Er sieht bloß die steilen Jackenrücken dicht vor sich, meist raue, unempfindliche Fischgrätmuster, oft auch graubrauner Hahnentritt, seltener karierte Stoffe, einige noch dunkel vom Winter, andere, hellere, schon auf Frühjahr gestimmt. Nicht wenige der Herren hier, und nicht nur die Offiziere, tragen noch einen Trauerflor für den vor knapp zwei Monaten verstorbenen Kaiser an Arm oder Revers. Die Blaskapelle hinten beim Sattelplatz spielt schon wieder Schmissiges.

Aber nicht die Farben und Muster interessieren den kleinen Mann in der Menge. Er ist wegen der Tascheninhalte hier.

«Lass doch mal den Kleinen vor, Männe.»

Die geräumige Frau meint es wirklich gut mit ihm, schiebt resolut Menschen zur Seite und zieht dann den kleinen, unauffälligen Mann mit dem Arm in der Schlinge nach vorn.

«Sehen Se, geht doch. Und gute Besserung noch», wünscht sie ihm und beißt dann wieder beherzt in ihren schrundigen Apfel.

Der kleine Mann ist sichtlich überrumpelt von so viel Herzenswärme.

«Na, für den Arm», ergänzt die Apfelesserin und: «Wird schon wieder.»

Der kleine Mann nickt, weiß aber, dass das nicht stimmt. Sein rechter Arm wird nicht mehr. Aussichtslos. Denn der Arm ist längst nicht mehr dran. Das, was er in der Schlinge mit sich rumträgt, ist sein Tarnarm. Sein mit Sägespänen ausgestopftes Berufsgeheimnis.

«Calisto, lauf!!»

Apfelstückchen versprühend, feuert die Geräumige hinter ihm ein Pferd an, das sich drüben, auf der Geraden vor der Sitzplatztribüne, dem Ziel nähert. Das erinnert Orsini, so heißt der kleine Mann, an den Zweck seines Aufenthalts hier auf der Rennbahn in der ersten Reihe der Stehplatzsektion. Er ist gekommen, weil die meisten hier auf vorbeirennende Pferde starren. Wer auf Gäule starrt, dabei in Bratwurst beißt, Limonade oder Bier schlürft, ist abgelenkt. Und wer abgelenkt ist, noch dazu an einem so wünschenswert linden Nachmittag, der achtet freundlicherweise nicht auf sein Portemonnaie. Pferde interessieren ihn nur als Braten, gern essigsauer mit dampfenden Klößen. Er taxiert stattdessen wieder die Ausbuchtungen der Hosen- und Jackentaschen um ihn herum. Er spekuliert auf Brieftaschen und Geldbörsen. In gewisser Weise ist er, denkt Orsini, ein Börsenspekulant.

Gewissensbisse hat er deswegen nicht. Nicht mehr. Alltags arbeitet er gern an einem der Bahnhöfe und bei Beerdigungen, an Wochenenden nutzt er lieber ein heiteres Umfeld, den Zoo, Museen, Paraden und zur Not sogar die Nachmittagsvorstellung des alten Zirkus, in dem er früher aufgetreten ist. Oder das hier, den Hoppegarten. Internationale Galopprennen auf höchstem Niveau. Sport, Spiel, Spannung. Im Nu zum reichen Mann. Oder auch nicht. Nicht bloß Kinder nennen das hübsch herausgeputzte Areal im Osten der großen Stadt gern den *Hoppelgarten.*

Die Geräumige hinter ihm flucht jetzt. Calisto hat versagt. Sie zerknüllt ihren Wettschein und offenbart dabei für einen Moment den Geldbeutel in ihrer Hand. Etwas in Orsini zuckt vor, will schon mit der noch vorhandenen Linken zuschnappen, aber das bessere Etwas in ihm lässt ihn abdrehen. Sie war so freundlich zu ihm.

Orsini blinzelt seiner Gönnerin zu und tätschelt mit der Hand den Attrappenarm. Er lässt sich vom Schlagen der Totalisatorglocke und dem Geschrei an den Buchmacherständen aus der dichten Menge fortziehen. Vielleicht hätte er heute doch zum Zirkus gehen sollen. Im Treptower Park hat letzte Woche einer aufgebaut. Aber die freie Luft, der babyblaue Himmel über Neuenhagen hat ihn wie magisch angezogen. Ein gut gefülltes Zirkuszelt erleichtert die Arbeit zwar immens. Andererseits ist ein Zirkus der Grund für Orsinis Sägemehlarm und mithin Anlass hartnäckiger Melancholien. Nicht irgendein Zirkus. *Sein* Zirkus. Jeden Tag zwei Vorstellungen kopfüber am Trapez, an Wochenenden drei. Während unten im Dunkeln die Taschendiebe ihrer Arbeit nachgingen, schwang er oben streng im Takt, fing federleichte Frauen in glitzernden Ballerinakostümen und behaarte Kerle in Streifentrikots, roch den von unten würzig hochsteigenden Duft nach Bratapfel, Schweiß und Sägespänen und genoss den Applaus am Ende der Nummer. Bis dieser Nachmittag kam. Orsini weiß heute noch nicht, wie genau … Ein Seil riss wohl, er rutschte, fiel wie ein Meteorit, hörte noch die spitzen Schreie der Zuschauerinnen. Als er in der Charité aufwachte, war sein Arm schon fort gewesen.

Seitdem fragt er sich eigentlich jeden Tag, was mit diesem Arm geschehen ist, nach dem Unfall.

Seitdem ist er linkshändiger Taschendieb mit rechtem Attrappenarm und besucht berufsbedingt genau die Orte, an denen auf kleinem Raum viele Taschen versammelt sind.

Noch während seines Aufenthaltes in der Charité hatte ihm Signora Tofani, die Frau des Zirkusdirektors, einen dünnen Strauß Astern aufs Bett und mit großem Bedauern die Situation dargelegt. Der geringe Gewinn des Unternehmens reiche gerade aus, um die Behandlungskosten ihres alten Padrone, die Löhne und das Tierfutter zu zahlen. Dazu schepperte sie viel mit ihren unechten Armreifen. Da gab es keine Reserven für einen einarmigen, ehemaligen Artisten, den man nicht mal an der Kasse oder zum Stallausmisten vollwertig gebrauchen könnte. Orsini hatte das verstanden, hatte seine Papiere und sein restliches Gehalt genommen, bevor er später in irgendeiner Kneipe eine Viertelstunde geheult und danach eine ganze Woche durchgesoffen hatte. Und bevor er sich, um die Zeche in der letzten Bierhalle zahlen zu können, mit der noch ungeschickten Linken die Börse von einem gezogen hatte, der noch voller war als er selbst. So in etwa hatte das vor knapp einem Jahr begonnen. Das Leben zwang einen offenbar zu solchen Erfindungen. Er war, wie gesagt, nicht stolz darauf. Etwas stolz war er zumindest aber auf seine Idee, seinen verlorenen rechten Arm wieder dranzumachen. Von einem Flickschuster am Schlesischen Bahnhof hat Orsini sich eine Pappmaché-Attrappe mit einer verteufelt echt aussehenden Hand aus Schweinsleder machen lassen, die er auf seinen Beutezügen in den baumelig leeren rechten Jackenärmel schob. Niemand würde sich jetzt an einen Einarmigen erinnern, bloß an einen kleinen, freundlich aussehenden Mann, dessen rechter Arm in einer Schlaufe steckte. Der wird es wohl kaum gewesen sein, Herr Wachtmeister, nicht wahr? Die Schlinge ist außerdem ein willkommenes Versteck für seine Beute. Bemerkte ein Bestohlener etwas, dann war die Börse bereits in der Schlaufe verschwunden, und Orsini kratzte sich entspannt mit der Linken an der Nasenspitze.

Auch hier auf der Rennbahn riecht es, wie beim Zirkus, vertraut nach Wurst und Pferdemist, auch hier wimmelt es von Menschen und ihren Aahs und Oohs. Aber hier – um sicherzugehen, blinzelt er in die noch fahle, aber strahlbereite Frühlingssonne – gibt es keine Kuppel mit Trapezgestänge.

Orsini lässt sich treiben, greift mal hier, mal da zu, erbeutet (in chronologischer Reihenfolge) lediglich ein Taschentuch, eben erst benutzt und körperfeucht, ein Salbei-Bonbon der Marke Areola, ein leeres Damenportemonnaie mit noch gültiger Tribünenkarte. Weiter hinten, zwischen den Wettbuden, kriegt er einen Wettschein fürs neunte Rennen in die Finger. Vielleicht bringt der noch was. Gerade läuft das siebte.

Auf der Tribüne setzt Orsini sich neben ein fleischiges, zerstrittenes Ehepaar. Der Mann hat Senf im dunklen Bart, die Frau sieht aber offenbar keine Veranlassung, ihn darauf aufmerksam zu machen. Stattdessen macht sie ihm gut hörbar Vorwürfe: «Und ich sage noch: der Name! Aber der Herr hört ja nicht auf den Instinkt einer Frau und setzt zwei Mark auf eine Lysistrata! Ein Name wie eine Darmkrankheit. Guten Tag, Herr Doktor, ich fürchte, ich habe mir eine Lysistrata eingefangen. Und was hat uns unsere ach so stolze Lysistrata eingebracht? Dort liegt das stolze Pferd. Und unsere zwei Märker gleich mit.»

Der lauthals Beschuldigte wischt sich verlegen mit der Hand durchs Gesicht und entfernt dabei zumindest die Senfspur. «Aber sie lag in Führung.»

«Richtig bemerkt: lag. Erst lag sie in Führung, jetzt liegt sie im Gras. Und siehe da, die Knechte halten schon die Decken hoch. Du weißt, was jetzt kommt? Und da ist er schon, der Tierarzt mit der Flinte.»

Drei Reihen weiter hinten, Böses ahnend, beginnen zwei Kinder schrill zu weinen und reiben ihrem Vater dabei Eiscreme an den Arm. Als hinter dem Sichtschutz der erlösende Schuss fällt, zucken alle zusammen. Auch Orsini. Bloß eine elegante Dame einige Reihen vor ihm nicht.

Der Wagen kommt, um die tote Lysistrata fortzuschaffen, und das Kindergeschrei wird klagender. Die Damen wenden entsetzt den Blick ab. Nur diese einzelne, ungerührte Frau beobachtet den Abtransport des toten Pferdes interessiert durch ihr kleines Opernglas. Ein Bein des toten Tiers gleitet unter der Plane heraus und winkt, auf dem Transportwagen rüde hin und her geschaukelt, rehbraun und blutig zur Tribüne zurück.

Sportliches, veilchenblaues Kostüm der neuesten Mode, kühnes, nicht wirklich schönes Gesicht, auf den Knien eine dünne Ledermappe, die er zuerst für ihre Handtasche hält. Dann aber entdeckt er den ungewöhnlichen, doppelten Verschluss und die Siegelschnur. Außerdem scheint sie allein zu sein, keine Gören, kein Verlobter, der gerade Zuckerwatte holt. Sie verfolgt das Geschehen mit mäßigem Interesse. Ein Kindermädchen ist sie jedenfalls nicht, darauf würde Orsini wetten. Außerdem hat sie diese ungewöhnliche Mappe dabei. Orsini nutzt den Tusch der nächsten Siegerehrung, um sich geschickt in die Reihe direkt hinter der Mappenfrau zu drängen. Ist es ihr Parfüm, das er durch den Bier- und Bratwurstdunst riecht? Die dünne Ledermappe liegt nun zum Greifen nah vor ihm.

Lächelnd schiebt Orsini sich noch etwas nach links, um mehr Platz zu haben. Die Blicke der Übrigen werden gerade abgelenkt von der Ehrenrunde des lorbeerbekränzten Siegerpferdes des siebten Rennens. Rechts von der Mappenfrau taucht ein älterer Herr auf. Der Mann steigt über etwas, das ein Kindermädchen auf den Boden hat fallen lassen. Mit eiserner Miene entschuldigt er sich dafür und nimmt dann da Platz, wo die Dame mit der Mappe etwas zur Seite gerückt ist. Die beiden sehen sich nicht an, sie scheinen bloß konzentriert die Startvorbereitung für das nächste Rennen zu beobachten.

Ohne den Blick zu wenden, hält der Mann der Frau einen braunen Kartonumschlag hin, so ruhig und arglos, als böte er ihr ein Bonbon an. Der Umschlag ist in etwa so dick und groß, dass ein Buch drin sein könnte, und mit einer dünnen, einfachen Sisalkordel verschlossen. Die Dame sieht weiter ungerührt zu den nervösen Pferden in der neuen Startaufstellung hinüber und nimmt mit rechts den Umschlag entgegen. Im Gegenzug schiebt sie mit links die dünne Siegelmappe von ihrem Knie auf das des Herrn. Der legt seine Hand darauf, und für einen flüchtigen Moment berühren sich dabei die behandschuhten Finger der beiden. Dann steht der Mann, der vor nicht einmal drei Minuten gekommen ist, auf und geht, die dünne Mappe unterm Arm, davon. Orsini hätte gern gewusst, was die versiegelte Mappe enthält, aber sein Gefühl sagt ihm, dass der dicke Umschlag, den die Dame hat, für ihn lohnender ist. Er betrachtet den schlanken, etwas nach vorn geneigten Rücken ihres veilchenblauen Kostüms dicht vor sich und wartet. Ein Trapezfänger muss warten können. Schwingen und warten. Vorschwingen und – endlich ist auch die nervöse Nummer 5 bereit für den Start und bekommt dafür höhnischen Applaus – Zurückschwingen. Immer bei exakt gleichem Tempo. Bereit zuzugreifen, wenn das bunte Mädchen geflogen kommt.

«It's all about timing.» Der große Stratton hat das zu ihm gesagt. In Antwerpen. Nicht direkt zu ihm, zu dem neben ihm, aber Orsini hat auch sich gemeint gefühlt. *It's all about timing.* Der Starter auf seinem Podest hebt den Arm mit der Pistole. Ihr schmaler Rücken strafft sich. Sie steht federnd auf. Tatsächlich trägt sie keinen Blümchenduft, auch nicht das orientalisch Schwüle der blassen Sekretärinnen. Nein, das ist ein herbes Männerparfüm, denkt er noch, während er, wie ausgelöst vom Knall des Startschusses, seine Linke vorschießen lässt wie eine Giftschlange. Der Umschlag enthält natürlich kein Buch. Wusste er es doch. Was hier drin ist, ist fest, aber gleichzeitig biegsam. Dieses Gefühl kennt Orsini gut. Wie mit einer Eisenzange hält er den Umschlag fest. Auf seine gut trainierte Linke ist immer Verlass. Schon hat er drei Reihen überwunden. Mit dem Stoff ihres langen engen Rockes und der lauten Kindergruppe nebendran hat sie keine Chance. Sie hat bestenfalls seinen Rücken gesehen, wenn überhaupt. Bloß ein dunkelgrüner, etwas abgeschabter Jackenrücken.

Sekunden später erreicht er schon die Treppe Richtung Ausgang. Das Geraune der Menge, die den Start verfolgt, feuert auch ihn an. *Lauf, Orsini, lauf doch!* Auf der steilen, weiß getünchten Treppe hinab verstellt ihm ein lachender Mann mit drei Bierkrügen den Weg. Gekonnt springt Orsini an ihm vorbei, nimmt drei Stufen auf einmal, und schon berührt sein Fuß das zerschabte, gelbbraune Gras des Seitenausgangs. Wie ein Hammer pocht ihm sein Herz, nicht wegen der Rennerei, nein, wegen der Vorfreude. Nichts wie hinunter zur Straße, weiter hinten in die Pferdebahn und fort!

«Sie haben etwas, das mir gehört.»

Wie sie sich ihm in den Weg stellen konnte, ist ihm unbegreiflich. Wie sie es überhaupt hierher geschafft haben kann in der kurzen Zeit. Zwölf Sekunden! Höchstens fünfzehn. Von der Tribüne herab kommt Applaus, wahrscheinlich für ein gewagtes Überholmanöver.

Zumindest atmet auch sie schwer. Sie steht so dicht, dass er die Wärme ihres Atems im Gesicht spürt. So dicht, dass nur er die kleine, kurzläufige Pistole sehen kann, die sie ihm in die Rippen stößt. Sie ist tatsächlich nicht wirklich schön, sieht er nun, als er hochblickt. Nicht im erhabenen Sinne jedenfalls. Über einer Augenbraue hat sie eine feine, lachsfarbene Narbe, die wie eine winzige Wünschelrute aussieht. Oder wie ein kopfstehendes Ypsilon.

Er weiß, was zu tun ist. Er zieht den Umschlag aus der Schlinge und hält ihn ihr hin.

«Sie sind schnell», sagt sie. Sie hat einen ganz leichten Akzent.

Der Lärm von der Tribüne ist nun so groß, dass niemand den Schuss, den sie gleich auf ihn abgibt, bemerken wird. Niemand außer ihm natürlich.

Aber sie geht einfach. Umschlag und Pistole verschwinden blitzschnell in einer Handtasche. Und sie geht so ruhig fort wie eine Dame, die noch zu einer guten Freundin in eins der feinen Viertel zum Fünf-Uhr-Tee will.

Orsini sieht an sich herab und bemerkt, dass seine Hände zittern. Beide.

■■■

Etwa zur selben Zeit in der Spindlerstraße. Auch hier wird gezittert. Koester verzieht dramatisch das Gesicht, als er den dritten Cointreau herunterkippt. Er hat Landow gerade begreiflich zu machen versucht, dass er gestern Zeuge eines Mordes wurde. Beinahe jedenfalls.

«Der lag da, regungslos, Landow, du kennst mich, ich bin kein Angsthase, aber der war tot. Hundertprozentig. Wer bringt denn jemanden um, der Tennis spielt? Da waren doch noch andere Leute auf dem Platz. Ich hab die direkt davor doch noch reden hören. Ich habe wahrscheinlich die Mörder reden hören. Ich bin Ohrenzeuge, Gabi. Verstehst du?»

Landow nimmt auch einen Cointreau, der Geselligkeit halber. Nach dem vierten Glas hat man sich an den klebrig-süßen Geschmack gewöhnt und spürt nur noch Wirkung. Landow glaubt Koester kein Wort. Die viele frische Luft am Nudistentreff verträgt nicht jeder. Aber Landow spielt die Sache einfach mal mit, weil er sich langweilt. Und weil Koesters wirre Geschichte ihn von seiner trüben Gegenwart und einer wahrscheinlich nicht minder trüben Zukunft ablenkt. Er hat seinen Kompagnon verloren, hat nur noch einen einzigen Fall, einen allerletzten Klienten. Es wird eng. Ein Teil des Geldes, das er für die Überfahrt nach Amerika zurückgelegt hat, ist längst für anderes draufgegangen. Für Schnaps und für das Hochzeitsgeschenk für den abtrünnigen Leo. Die zwei englischen Duellpistolen, generalüberholt aus dritter Hand, waren ganz was Feines, das hat der Händler auch gesagt. Allein die Schatulle aus poliertem Mahagoni machte ordentlich was her.

«Wer Tennis spielt, ist abgelenkt, Herr Ohrenzeuge. Eigentlich eine gute Gelegenheit für einen Mörder. Wo kam das Blut denn raus? Aus dem Hinterkopf oder der Kehle?»

Koester sieht ihn entgeistert an: «Irgendwo, was weiß ich, jedenfalls jede Menge. Seit damals hab ich nicht mehr so viel Blut auf einem Haufen gesehen.» Wieder macht Koester vor, wie verrenkt der angebliche Tote dagelegen hat. «Und auf dem

Ball», fällt ihm ein, «stand *The Cyprus*. Und neben dem Toten lag der Schläger. Sieht aus wie eine plattgedrückte Gitarre, so ein Ding. Sachen gibt's.»

«Vielleicht ist der einfach gestürzt? Er schlägt diesen hohen Ball, der zu dir geflogen ist, rutscht aus, schlägt mit dem Hinterkopf an den Eisenpfosten, der dieses Quernetz spannt, von dem du erzählt hast, und stirbt. Weil er dort heimlich mit einer Liebesaffäre spielte, Tennis meine ich, flieht die fragliche Frau und einzige Zeugin des tragischen Sportunfalls zutiefst schockiert und aus Angst vor dem drohenden Skandal. Und in den Büschen steht nackt wie ein Waldgeist mein alter Freund Koester und wundert sich. Nun, wie findest du diese Erklärung, Koessi?»

«Und weshalb, Landow, hat der Mann, der Ermordete, dann ein Buch in der Hand, als er stirbt?»

«Ein Buch? Gute Frage, Herr Staatsanwalt. Vielleicht war der spätere Tote zu Lebzeiten des Tennisspielens noch nicht wirklich mächtig und brauchte noch eine Spielanleitung.»

«Du verarschst mich doch, Gabi.»

«Da hast du recht, Koessi. Ich weiß auch nicht, warum der Mann beim Sport ein Buch dabeihatte. Zufrieden? Manche Dinge sind unerklärlich.»

Der Feine Franz steht währenddessen mit verschränkten Armen an die Wand gelehnt. Er hat auf der Rehwiese geschlafen, von all dem nichts mitbekommen. Er zuckt bloß mit den Schultern und sieht dann ruhig wieder auf den dicken Hund hinab, der erstaunlich hingebungsvoll auf Franzens linken Schuh rammelt.

■■■

Gemeindesekretär Lederberg ist fast fertig. Seine Fingerspitze rutscht in der Spalte eins abwärts. Er ist seit heute früh vor sieben schon dabei, die Kondolenzschreiben zu adressieren. Frau Lederberg, seine Mutter, bei der er noch immer wohnt, was gelegentlich zu Tuscheleien und Kopfschütteln führt, sitzt am Ende des langen Tisches und streut freigiebig Löschsand auf jedes von Lederberg in wirklich hochnobler Manier beschriftete Kuvert. Dann faltet sie die gedruckte Kondolenzanzeige sorgfältig und schiebt sie, jedes Mal neu pietätvoll seufzend, in die Hülle. In einem Korb neben ihr stehen die fertigen Umschläge steif aufgereiht wie die elfenbeinfarbenen Rippen eines Blasebalges. Einhundertzwanzig Einladungen werden mit Eildepesche verschickt, während die Subalternen es aus dem Kreisboten erfahren werden. Lederbergs Feder kratzt hell auf dem steifen Papier. Den Kaffee von Diener Wulf haben sie noch nicht angerührt. Wie alle im Haus sind beide von der Wichtigkeit des Moments gefangen. Weniger von Trauer, dazu war der alte Graf zu ungerecht und wüst. Auch weniger von Bestürzung über einen jähen Tod, dazu war der alte Landow schon zu alt: Dreiundsiebzig, da kann man gehen, hat Frau Lederberg gesagt, als sie davon erfuhr. Aber eine so große Feier für so viele Gäste hat man hier im Hause schon lange nicht mehr abgehalten. Zuletzt wahrscheinlich bei der Rückkehr der beiden Brüder aus dem Krieg. Unangemessen prächtig sollte es nicht werden, jedoch so, dass keiner Grund zu Tadel hatte.

Lederberg reicht ein weiteres Kuvert, auf dem die Tinte noch schwarzblau glänzt, an seine Mutter weiter. Die kleine Kaminuhr im Arbeitszimmer, in das man die beiden gesetzt hat, schlägt Viertel vor. Der junge Graf, nach dem Tod des Vaters nun der eigentliche Graf, kommt ins Zimmer.

«Nun, Lederberg, geht's voran?»

«Bald fertig, Herr Graf, noch drei Adressen.»

«Und das dort, das sind die fertigen, die zur Post müssen?»

«Jawoll, Herr Graf», sagt die alte Lederberg. «Ich hab die Städtenamen alphabetisch geordnet, dann geht es auf der Post schneller, meinen Sie nicht?»

«Prächtig, Frau Lederberg, Sie denken an alles. Das ist gut.»

Der junge Graf sieht heute wirklich schon stattlicher aus, denkt die Alte, sein ganzes Auftreten erscheint ihr anders. Wegen des Lobes befingert sie verlegen die fast leere Streusandbüchse. Der junge Landow steht jetzt neben dem Korb mit den Umschlägen und lässt nachdenklich seine Finger über die steifen Kuvertkanten streichen.

«Hundertzweiundzwanzig», sagt sie.

«Gut gemacht», sagt der Graf, ihr den Rücken zukehrend.

Sie hat es tatsächlich alphabetisch gemacht, sieht er. Wie praktisch. Seine Fingerkuppen wandern leichthin über Allenburg, Anklam, Arys, Bartenstein, Berlin, Braunschweig, Breslau, verharren bald und schleichen wie auf Zehenspitzen wieder ein paar Stationen zurück. Die alte Kaminuhr schlägt leise scheppernd die volle Stunde. Christburg, Bischofswerder, Bischofstein, Berlin. Nach Berlin gehen einige Briefe. In die Ministerien, zu ihren Bankiers. Dann hat er, was er sucht. Er nimmt den Umschlag heraus und steckt ihn unbemerkt ein.

«Danke, ihr lieben Lederbergs, das habt ihr gut gemacht», sagt er und legt sowohl der Alten als auch dem immer noch tief gebeugt Buchstaben malenden Gemeindeschreiber eine Münze hin. Dann geht er.

Auf dem Korridor läuft aufgeregt das Hubbertchen herum, in jeder Hand ein Huhn mit abgeschlagenem Kopf.

«In die Küche damit, Hubbertchen, das wäre wohl die beste Idee. Und wisch das Blut am Boden fort.»

Das Hubbertchen nickt eifrig und läuft den Korridor entlang fort.

«In die Küche damit in die Küche damit.»

Aus den abgehackten Hälsen der Vögel rinnt ein feiner Blutfaden auf die braun-weißen Steinfliesen.

Der junge Graf sieht zum Treppenabsatz hoch, auf dem seine Mutter steht, ganz in Schwarz wie die Erscheinung in einem Geisterroman.

«Selbst der kleine Trottel ist noch verwirrter als sonst», sagt sie müde. «Geht die Post bald ab?»

«Keine Sorge, Mama, Lederberg hat das in bewährt guter Manier erledigt. Mit dem Mittagszug geht das noch raus.»

«Auch an ihn?»

«An wen, Mama?»

«Du weißt genau, an wen ich meine.»

«An Gabriel? Natürlich, Mama. Wenn er noch nicht ausgewandert ist, erreicht ihn das Schreiben morgen Mittag in Berlin. Spindlerstraße. Das zumindest ist die letzte Adresse, die wir von ihm kennen.» Er sieht zu der regungslosen Gestalt hinauf, bevor er sich geschäftig umwendet. Halblaut, aber sicher, dass auch sie dort oben es noch hören kann, wiederholt er beim Hinausgehen: «Spindlerstraße. Rückgebäude. Bei einem gewissen Koester. Einem Wirt, hörte man.»

4

Freitag, 11. Mai.
Noch 35 Tage bis zum Tod des Kaisers.

Auf dem Weg in ihr altes Büro, jetzt nur noch *sein* Büro, guckt Landow beim Zeitungsmann vorbei, studiert gewohnheitsgemäß die Schlagzeilen. Viel los in der Welt. Aber keine Spur von einem Toten auf dem Tennisplatz. Montag nicht, Dienstag nicht, gar nicht. Natürlich nicht. Koester, Koester. Heute ist schon wieder Donnerstag. Oder Freitag? Egal. Die Zeit fliegt. Er kann seinen kurzen Weg von der Pension zur Arbeit im Stockfinstern gehen und sturztrunken, aber jetzt nicht mehr, ohne an den ehemaligen Kompagnon und Freund Leo zu denken. Der ist längst irgendwo auf hoher See, die Zukunft im Blick, die Frau im Arm. Selbst wenn er gerade vor Neufundland heringsgrün über der Reling hängt und sich die Seele aus dem Leib reihert. Bei Matz an der Ecke («Möbel und Kleinteile mit Niveau») hat Landow gerade eine Uhr gekauft, eine altmodische Kaminsimsuhr in fröhlichem Schwarzbraun. Ihr dunkles Gehäuse erinnert an einen kleinen Sarg, findet er, und setzt seinen Weg damit grimmig fort.

Sie folgen ihm dabei schon seit der Melchiorstraße. Sie sind zu dritt und glauben, er hätte sie im lauten Durcheinander aus Passanten, Kurieren, Bettlern, Straßenkötern und Fuhrwerken nicht bemerkt. In der Neanderstraße biegt er neben der Pferdeschlachterei in die lange, tunnelartige Hofeinfahrt ein.

Es riecht vertraut nach Lauge und frischer Wurst. Er stellt sich zwischen zwei hohe Transportwagen am Ende des schmalen, überdachten Hofes. Der eine Karren hat hohe Wannen mit frischen Därmen geladen. Pferdedärme werden zu Geigensaiten verarbeitet. Von drinnen wiehert es erschrocken, so, als habe man dort auch schon davon gehört. Dann – kommen sie. Einer hat ein Messer, einer ein Gewehr. Der dritte, offenbar der Anführer, hat die Hände in den Taschen und eine Indianerhaube auf dem knochigen Kopf. Die Bewaffneten zucken zusammen, als Landow aus seiner Deckung tritt, der Häuptling nicht. Dessen Haube besteht aus einer alten Gardine und Federn von Hühnern und Stadtraben, die auf seinem Kopf herumstehen wie die letzten Zähne im Mund eines Penners. Betont ruhig nickt Landow dem Häuptling zu. Der nickt zurück, spuckt einmal aus und sieht ihn an, als gehöre ihm die ganze Stadt. Ach was, das ganze Land. Der Häuptling deutet mit dem Kopf auf die Uhr unter Landows Arm.

«Na, Landauer, damit du immer weißt, was die Stunde geschlagen hat?»

«Gut erkannt, Häuptling.»

«Und sonst? Suchste wieder wen?»

«Den Sinn des Lebens, wie wir alle, oder?»

Der mit dem Knüppel, den er hält wie Geronimo seine Winchester, lacht rotzig.

«Schnauze», der Häuptling ist ungehalten.

Der Dritte steckt das Messer, ein großes, rostiges Exemplar zum Stullenschmieren, das er im Müll gefunden hat, in den Gürtel zurück, der bloß ein Stück schmutziges, altes Seil ist.

«Ihr könntet mir helfen», sagt Landow und wirft dem Häuptling eine kleine Münze zu. Der fängt sie, ohne mit der Wimper zu zucken.

«Weiß nicht, ob wir Zeit haben», sagt er grinsend, «sind auf Kriegspfad mit denen in der Warschauer.»

Die zweite Münze fängt er genauso ruhig.

«Was soll's denn sein, Bleichgesicht?»

Nachdem sich Landow irgendeinen Auftrag für sie ausgedacht hat und sie sich mit ernsten Gesichtern aus dem Hof verzogen haben, schließt er sein Büro auf. Aus einem der Schuppen weiter hinten kommen zwei Mann und kippen schäumende, rosafarbene Lauge in den Ausguss. Einer der Männer sieht zu Landow rüber. Der winkt. Der Laugenmann nicht. Das einzige Tageslicht fällt durch eine kippbare Luke, nicht größer als zwei Blatt Papier, in Landows Office.

Hello, it is a pleasure to meet you, Sir. My name is Landow, I am a professional private investigator. I originally come from Berlin, Germany, but I am resident of the United States since two years now.

Bei Licht betrachtet, selbst bei dem diffusen hier drinnen, sieht das Ding wirklich aus wie ein Sarg. Ein Sarg mit Zifferblatt. «Sie spielt allerdings keine Melodie», hat der Trödler gesagt.

«In Ordnung, dann nehme ich sie.»

Landow zieht die Sarguhr auf und stellt ihre Zeiger dann sechs Stunden zurück. Chicago-Zeit. Leos Zeit. Andere Zeit, andere Welt. Reichlich melancholisch stellt er den tickenden, dunklen Klotz dann auf Leos leergeräumten Schreibtisch und starrt ihn an.

Es gelingt ihm dabei, die Schlichtheit des Raumes, die eigentlich eine schlichte Hässlichkeit ist, zu ignorieren. Er überzeugt sich davon, dass tatsächlich kein Brennholz mehr da ist, um einen Kaffee zu kochen. Kaffee wäre auch keiner mehr da gewesen. Also zupft Landow gleich die dunkle Hülle von seiner Remy. Sein Verhältnis zu ihr ist nicht eindeutig. Er ist stolz darauf, eine Remington Standard No. 2 zu besitzen, ein Vorjahresmodell aus einer Konkursmasse, und bis auf ein, zwei kleine Macken erfüllt sie ihren Dienst hervorragend. Er hat sie mit der letzten Apanage seiner Kolberger Großtante angeschafft; wahrscheinlich ahnte er schon damals, dass eine seiner bescheidenen Einnahmenquellen schon bald für immer versiegen würde. Bei aller Faszination für seine Schreibmaschine übt sie aber auch Druck auf ihn aus. Er hat sie gekauft, um die Abschlussprotokolle seiner Ermittlungen und seine Rechnungen damit abtippen zu können. Die letzte Rechnung vor drei Monaten. Sein nächstes Protokoll – sie nannten es großspurig *Abschluss-Bericht der Detektei Bein & Landow*, bei der Adresse schönt er ein wenig, aber sie hatten ohnehin nie Publikumsverkehr – wird er möglichst spät schreiben. Kein Protokoll: keine Abschlussrechnung: keine Einnahmen. Diese logische Perlenkette ist ihm durchaus bekannt. Allerdings will Landow den Fall Gürtler so lange wie möglich noch offenhalten, denn Herrn Gürtler auf die Finger und andere Körperteile zu schauen, ist sein derzeit einziger Fall. Er ist längst zu Ende ermittelt: Gürtler ist bloß ein eitler Bonvivant, der durchaus regelmäßig junge Damen aufsucht, aber seine Frau nur in geringem Maße hintergeht. Frau Gürtler, geborene Wilms, wohnhaft Keithstraße Hochparterre, ist diejenige, die das Geld mit in die Ehe gebracht hat und damals Leo und ihn beauftragte. Wilms & Sohn, Walzbleche und Eisengießerei seit 1873, Halle/Saale, sind eines der vielen prosperierenden Unternehmen, die mit Kanonenrohren und Eisenbahnschienen reich geworden sind. Der observierte, lebensfrohe Schwiegersohn, ein durchaus schneidig zu nennender Staatsbeamter im Ministerium des

Inneren, bringt bloß das überschaubare Gehalt eines mittleren Reichsbediensteten nach Haus. Einmal, Landow blättert in Leos Kritzeleien, hat Gürtler im Tiergarten eine junge Dame getroffen. Sie haben für ein paar Minuten nebeneinander auf einer Bank gesessen, nichts hat darauf hingewiesen, dass die beiden sich näher kannten. Sie haben sich unterhalten, und zwar ernst und leise, nicht verliebt und ungeduldig, wie Kompagnon Bein genau notiert hat. Bis auf Gürtlers angedeuteten Handkuss zum Abschied habe es keinen Körperkontakt gegeben, keine Berührung, «zwischen die Sitzenden hätten bequem zwei Aktentaschen gepasst. Quer.» Ach, Leo. Quer. Auch deine Formulierungen werden mir fehlen.

Schließlich hat Gürtler dieser Dame an jenem Tag eine kleine Schachtel Konfekt überreicht, die er zuvor in der Behrenstraße bei Turrini & Sohn gekauft hatte. Gürtler hatte sich dann verneigt, er verstand sich auf elegante Gesten wie ein Hofschauspieler, um dann um exakt 16 Uhr 10 den Tiergarten wieder zu verlassen, ohne sich noch einmal umzusehen. Die Dame, interessanter Typ, ohne eigentlich schön zu sein, sehr helle Haut, hohe Wangenknochen, möglicherweise Polin oder Russin, möglicherweise aber auch nicht, hatte, die Konfektschachtel auf den Knien, noch auf der Bank gesessen, als Leo dem zu observierenden Gürtler gefolgt war. Der fuhr mit der Pferdebahn brav nach Haus und traf dort um 17 Uhr ein. Zum Abendessen gab es Kalb vom Vortag und Orangeneis, um 22 Uhr 20 wurde das Licht gelöscht. Gürtlers, das wussten sie von ihrer Auftraggeberin, schliefen in getrennten Zimmern. Ob er darüber hinaus auch in anderen Betten schlief, genau das herauszubekommen, war ihr Auftrag, der nun nur noch Landows Auftrag ist.

Bei Verdacht auf Ehebruch ist es meist wie in diesem Fall:

ihr Auftraggeber – Landow ertappt sich dabei, hartnäckig Leos leergeräumten Schreibtisch anzustarren –, der Auftraggeber hegt einen Verdacht und beschließt, eine bestimmte Summe in das zu investieren, was man die Wahrheit nennt. Die meisten waren aber trotz aller inneren Qual durchaus bereit und in der Lage, auf die Verkündung der Wahrheit zu warten. Eine Klientin hat Landow einmal das Jüngste Gericht genannt, als er ihr in der Lobby des Löwen-Hotels eine dünne Mappe mit dem *Abschluss-Bericht der Detektei Bein & Landow* überreichte. Sie hat drei lange Minuten mit den Tränen kämpfend dagesessen, abwechselnd ihn und den verschlossenen Umschlag auf ihren Knien angesehen. Dann schließlich hat sie die zusammengetippten drei Seiten überflogen und den Schluss zweimal gelesen. Als sie ihn danach, die Wahrheit kennend, ansah, hat sie gelächelt.

Landow weiß nicht mehr genau, warum, aber sie hatten sich dann ein Zimmer im Hotel genommen und miteinander gevögelt, bis sie schweißglänzend und außer Atem nebeneinanderlagen. So etwas kam vor, war aber selten.

Frau Gürtler ist, was das anging, nicht ganz sein Fall, aber sie ist vermögend genug, um ihn über die nächsten Wochen zu bringen wie eine dünne Suppe.

Landow spannt ein Blatt Papier in die Remy, das helle Klicken ihrer Mechanik beruhigt ihn heute allerdings nicht. Draußen überm Hof wiehert schrill ein Pferd. Landow gießt sich einen Cointreau ein, dessen Orangenduft am Vormittag noch widerwärtiger ist als sonst, aber der Alkohol wirkt auch in der Früh. Er tippt rasch hintereinander drei Bewerbungsschreiben. Er zwingt sich, die Dinge pragmatisch zu sehen: Nachtportier, Archivar, Privatsekretär. Er kann Schreibmaschine schreiben, hat, wenn auch wie verschollen, eine gründliche Schulbildung genossen, mehrere Schlachten beinahe unverletzt überlebt, einen Orden bekommen, den er später wieder abgeben musste, hat grundlegend und großflächig die Verachtung seiner Familie auf sich gezogen und lebt seitdem am Rande des Existenzminimums und, nur noch geduldet, in einer zugigen Dachkammer im Hinterhaus einer Pension für Handelsvertreter. Die letztgenannten Details lässt Landow in seinen Bewerbungsschreiben allerdings weg. Er unterschreibt möglichst ausdrucksvoll, beschriftet die Post und verklebt die Umschläge.

Er ertappt sich, schon wieder auf Leos leeren Schreibtisch zu starren. Sein früherer Kompagnon, Kriegskamerad und treuer Saufkumpan Leo Th. Bein ist mit seiner Elisabeth tatsächlich nach Amerika ausgewandert. In Chicago ist es jetzt zwanzig vor fünf, verkündet die Sarguhr still. Ob nachmittags oder nachts, keine Ahnung. Zwanzig vor fünf ist besser als nichts.

«Stell dir vor, Gabi, ich könnte mich da drüben Leo Leg nennen. L. Th. Leg, Private Eye. Und wenn ich abends vom Ermitteln heimkomme, sagen mir alle meine Kinder das Gedicht auf, das sie tagsüber gelernt haben. Erlkönig auf Englisch. Betty ist wahnsinnig gut darin, anderen was beizubringen. Sie hat ja sogar mich hingekriegt, was, Landow? Und was wird aus dir, alter Kumpel? Ich muss gestehen, dass ich mich ein wenig um dich sorge, du so ganz allein mit Koester. Dabei ist mir herzlich egal, was Koester unter der Bettdecke treibt, pfui Deibel, aber er ist auf die Dauer kein Umgang für dich. Willstes nicht doch noch mal mit deiner Familie versuchen? Oder mit anständiger Arbeit? Oder beidem?»

Es klopft an der Tür. Zaghaft. Zu vornehm für die drei Komanchen. Landow kippt noch den eingeschenkten Cointreau und stellt die Flasche fort, obwohl er weiß, wer vor der Tür steht.

«Herein mit Ihnen, Staatsschauspieler Mohr.»

Prompt geht die Tür auf, und Mohr schiebt fahrig sein mit Mehlpaste weiß getünchtes Gesicht herein.

«Ich probe den Faust», sagt er erklärend. «Mephisto. *Ich bin der Geist, der stets verneint! Und das mit Recht; denn alles, was entsteht, ist wert, dass es zugrunde geht; drum besser wär's, dass nichts entstünde. So ist denn alles, was Ihr Sünde, Zerstörung, kurz, das Böse nennt, mein eigentliches Element.*»

Seine kleine Kellnerverbeugung danach ist allerdings gekonnt.

Richard Wilhelm Mohr ist der Sohn des Hausmeisters aus dem Nachbargebäude, der ohne Zögern bereit wäre, sich jeder windschiefen Wanderbühne anzuschließen, die ihn nähme. Mohr hat sich in leichter Abänderung seines Namens bereits Visitenkarten mit dem Namen Richard W. Moretti fertigen lassen. Den fundamentalen Mangel an Gestik und Mimik versucht er wettzumachen, indem er jedes Wort unterschiedlich betont. So entsteht ein einschläfernder Singsang. Während er nun anfragt, wann Landow Zeit hätte, mit ihm den Text zu lernen, blättert ihm die selbstgemachte Mehlpaste aus dem Gesicht. Viel kann Mohr nicht zahlen, bloß fünfzig Pfennige pro Doppelstunde, aber da Landow das Geld braucht, willigt er ein. Es ist noch genug Schnaps da, um das überstehen.

«Exzellent. Danke, Herr Landow. Dann bis morgen gegen vier. *Er ist sich seiner Tollheit halb bewusst; vom Himmel fordert er die schönsten Sterne und von der Erde jede höchste Lust, und alle Näh und alle Ferne befriedigt nicht die tiefbewegte Brust.*»

Mohrs Verbeugungen allerdings sind wirklich gut. Vielleicht sollte er Kellner werden oder Hotelpage. Aber wie soll ausgerechnet Landow einem etwas raten, wo er doch selber nicht weiß, wie das alles weitergehen soll. Als er aufsteht, spürt er die wohltuend wattige Wirkung des Cointreau. Er steckt die Umschläge ein, sieht sich in der schmalen Kammer noch mal um. Bei Leo ist es zehn vor fünf.

Ja, gut möglich, wahrscheinlich würden sie ihm verzeihen. Er muss eigentlich nur nach Steinhagen, nach Hause, zurückfahren, vor seinem Vater sinnbildlich und / oder wörtlich auf die Knie fallen und rundheraus sein Scheitern eingestehen. Dann müsste er in den Monaten danach mit hängenden Schultern nur die Rolle des gefallenen Engels spielen, bis man ihm voll der Gnade irgendeinen Verwalterposten auf dem Gut übertragen würde. Verhungern müsste er dort also nicht. Aber ihre Achtung würde er niemals zurückgewinnen, nicht nach dem Ausgang des Prozesses, und seine Selbstachtung ebenso wenig.

Draußen auf dem Hof trifft er die drei Komanchen wieder. Seinen Auftrag, den Sattler von gegenüber zu observieren, haben sie tadellos ausgeführt. Sie versprechen Landow Geleitschutz bis zum nächsten Postkasten. Auf dem dampfigen Hof riecht es noch immer nach warmer Fleischlauge. Der Wagen mit den Darmfässern ist jetzt fort.

5

Immer noch Freitag, 11. Mai.
Fünf Minuten vor elf und noch 35 Tage
bis zum Tod des Kaisers.

Er hat noch nie an Gott geglaubt. Hätte er es getan, hätte Orsini den Glauben spätestens dann verloren, als das Schicksal ihm wie einer mottigen Stoffpuppe zwölf Meter über den Sägespänen den Arm abriss. Vor exakt elf Monaten und fünf Tagen. Trotzdem glaubt Orsini fest an etwas Übersinnliches: an die Vorsehung und an die überirdische Schönheit von Madonnenabbildungen – er hat sich stets immer nur in diesen Typ Frau verliebt und stets unglücklich, versteht sich. Auf die Vorsehung hat er sich im Gegensatz dazu immer verlassen können. Er hat, während er, den Kopf in den Kragen zurückgezogen wie eine Schildkröte, jetzt den Grünen Weg hinuntertrottet, die Stimmen der Vorsehung noch im Ohr. Alles ist wie immer gewesen, Aufschwung, Abschwung, bekannte Routine, das Tempo stimmte, diese wohlige, hellwache Trance, die ihn immer vor jedem ersten Loslassen der Trapezstange überfällt und ihm den Rest von Angst nimmt, das halblaute Zählen von Andrés, der unter ihm schwingt, *ocho, nueve*, und im Hinunterfallen hat er noch Andrés' behaarte, starke Arme bewundert. Wie können ihn diese Arme einfach loslassen?

Die Vorsehung hat ihn gewarnt, auch damals, aber er hat nicht auf sie gehört. Ocho, nueve, Sprung, Schrei, Taschendieb.

Auch als Taschendieb ist er gut. Er ist schnell, mutig, hat ein argloses, für viele naives Gesicht. Außerdem ist er klein. Die Harmlosigkeit in Person. Nach der Begegnung mit der geheimnisvollen Pistolenfrau beim Sonntagsrennen vor fünf Tagen meldet sich Orsinis Vorsehung aber öfter als sonst. Er hat seitdem nur das Nötigste besorgt, hat nur bescheidene Börsen gezogen, die er sonst verschmäht, kleine Angestellte, Boten, abgeschabte Schweinslederbeutelchen, schwer vom Kleingeld und aufgeblasen von Krämerquittungen und Merkzetteln. Frauen zu erleichtern, verschmäht er seit der Rennbahn vorerst ganz, obwohl gestern am Schlesischen zwei lohnende dabei gewesen wären, träge Landeier mit viel Gepäck.

So in mürbe Gedanken verwickelt, bemerkt Orsini nicht, dass er Ecke Markusstraße / Blumenstraße mitten auf der Fahrbahn stehen geblieben ist: Wie konnte sie so schnell zu ihm gelangt sein? Er geht es wieder und wieder durch. Das Hirnkarussell dreht sich immerfort: Er hat dort nirgends Zeit verloren, und der Bierträger auf der Treppe hat ihn höchstens eine Sekunde gekostet. Wenn er gläubig wäre, würde er sich jetzt bekreuzigen. War diese Frau etwa eine …

«Männeken, wird das noch oder soll ich dir plattfahren?»

Ein Fuhrmann mit rotviolettem Gesicht schnauzt zu ihm herunter, die Pferde rauschen dicht an Orsini vorbei.

Er braucht Ruhe. Orsini beschließt, sich ein paar Tage Auszeit zu nehmen. Er könnte an die See fahren. Die Ostsee ist sicher noch bitterkalt Mitte Mai, aber mit nackten Füßen im Sand rumlaufen wär schon wie Urlaub. Er beschließt, die Spindlerstraße hinunterschlendernd, nur noch so viel zu ziehen, wie eine Bahnkarte Stralsund 2. Klasse retour und ein Pensionszimmer mit seitlichem Meerblick kostet. Er beschließt, genügsam zu sein. Den großen Typen da vorne, der von drei Jungs in Indianerverkleidung begleitet wird, guckt er sich als Ersten aus. Wahrscheinlich ein Vater auf dem Weg zum Krämer, das Milchgeld nur lose in der Hosentasche. Vorsehung: *Weshalb, Herr Orsini, sind die drei Jungen nicht in der Schule oder auf der Arbeit am Webstuhl? Und weshalb arbeitet der Mann dort um diese Tageszeit nicht?* Der Mann und die Jungs bleiben jetzt vor einem Postkasten stehen, der Mann wirft drei Umschläge ein, sagt was zu den Jungs. Die salutieren und sausen davon. Der Mann sieht ihnen nach und geht Richtung Friedrichshain die Andreasstraße hoch. Er hat die Kinder jetzt in die Schule geschickt, vermutet Orsini, er selbst ist wahrscheinlich Angestellter in einem Unternehmen in der Nähe, er hat rasch wichtige Briefe aufgegeben und kehrt jetzt an sein Pult zurück. Aber bevor er das tut, will Orsini ihn erleichtern. Stralsund ruft. Orsini schlüpft zwischen zwei hohen am Straßenrand stehenden Möbelwagen durch und überquert die belebte Straße. Sein Opfer ist jetzt nur noch zwölf Meter vor ihm. Wenn es in den neuen Geschäftshäusern oben an der Großen Frankfurter arbeitet, muss Orsini schnell sein, nur noch fünf Meter, ocho, nueve. Orsini ist schon dicht hinter ihm, kleiner Angestellter, abgetragene Kleidung, etwas Schuppenschnee auf den Schultern, kein Cologne. Seine Linke bringt sich schon in Stellung, da schlägt der Typ einen Haken und geht drei Stufen hoch in die *Dicke Suse*. Orsini schlendert ein paar Schritte zurück und sieht hinein, der Große steht schon am Schanktisch und wirft gerade den Kopf in den Nacken. Er knallt das kleine Glas wieder auf die Platte, bekommt zackig nachgeschenkt, kippt auch das ohne Zögern in sich, zählt umständlich Münzen auf den Tresen, kommt heraus, geht weiter die Frankfurter hoch. Orsini folgt ihm auf Zehn-Meter-Abstand. Vorsehung: *Der hat drinnen ziemlich lange gebraucht, um das Geld für die Schnäpse zusammenzukriegen, der hat jetzt wohl kaum noch viel in der Börse. Lass es sein.*

Orsini folgt ihm trotzdem. Vor dem Gebrauchtmöbelladen Jerusalem spricht der Typ eine junge Frau an. Die beiden kennen sich, gehen nebenan in die Hofeinfahrt. Die Frau gibt dem Mann etwas. Die Übergabe erfolgt schnell und geübt. Der Mann steht dicht vor ihr, aber er bedroht sie nicht. Er betrachtet kurz die paar Geldscheine, die sie ihm gibt, zählt zwei Scheine ab und hält sie der Frau hin. Sie macht einen scherzhaften Knicks und streichelt seine Wange, bevor sie den Durchgang verlässt.

«Bist 'n Süßer, Landow», ruft sie müde zu ihm zurück.

Der Mann steckt das Geld in die Brusttasche seiner Weste und geht kurz darauf Richtung Langestraße weiter. Dieser süße Landow hat jetzt frisches Geld. Orsini hat jetzt eine ganze Woche Binz mit direktem Meerblick vor sich, vielleicht sogar mit Fahrt erster Klasse. Orsinis Vorsehung widerspricht ihm diesmal nicht. Wieder näher ran auf acht Meter. Der süße Landow bleibt so abrupt stehen, dass Orsini beinah in ihn reinrennt. Der spricht schon wieder mit einer Frau, Marientyp, trotz der zu bunten Schminke gut zu erkennen. Das gleiche Spiel: In der nächsten Durchfahrt Übergabe von Banknoten, alles geht freundlich und freiwillig ab. Orsini begreift: Der da ist nur der Kassierer, nicht der Zuhälter, denn dann hätte er den Schnaps mit einer großen Münze gezahlt. Orsini ist sich sicher, dass dieser Landow, wie süß auch immer und jetzt Richtung Schlesischer Bahnhof gehend, die Einnahmen der letzten Nacht nun seinem Herrn bringt. Aber genau das wird Orsinis Linke zu verhindern wissen. Auch das zweite Nuttengeld steckt ordentlich in der Brusttasche der Weste. Orsini lächelt über so viel Leichtsinn, als der Geldbote in die volle Bahnhofsvorhalle abbiegt. Hoffentlich ist jetzt niemand schneller; die Konkurrenz schläft nicht. Bahnhöfe sind voller Taschendiebe, es ist furchtbar. Überall warnen Plakate mit den Visagen hakennasiger Zigeunergesichter davor. Verdammt. Zu spät. Die Bleiche mit dem Kinderwagen steuert schon direkt auf seinen Landow zu. Jetzt aber zackig. Blitzschnell taucht Orsini zwischen zwei Blumenverkäufern durch. Dann ein harter Rempler mit der linken Schulter, Drehung, Zugriff, Abmarsch. So was macht er mit links. Zügig, aber nicht zu schnell, geradewegs den Bahnsteig hinunter. Orsini wird gerempelt und rempelt zurück. Druckventile jagen zischende Dampfwolken zwischen seine Füße, Koffer knallen schmerzhaft vor seine Schienbeine.

«Es soll so zauberhaft sein in Berchtesgaden, schreibt mal, ja?», hört er im Vorbeihetzen.

Der Zugführer schiebt sich schon die Pfeife in den Mund.

Kurzentschlossen springt Orsini in den anfahrenden Zug nach Berchtesgaden. Er hätte jetzt vermutlich das Geld, bis zur Endstation mitzufahren, verscheucht dann aber die Gedanken an Berge und Madonnen in Trachtenkleidern und hüpft pflichtbewusst auf der anderen Seite wieder aus dem rollenden Waggon. Der Alpinexpress mit Speisewagen poltert groß und grün an ihm vorbei nach Süden. Orsini überquert das leere Gleis hinter sich – jetzt bloß keinem Schutzmann auffallen – und klettert gekonnt auf den anderen Bahnsteig hinauf. Vom Nuttengeld-Landow keine Spur. Die Vorhalle wird er besser meiden, womöglich gibt es dort Auflauf wegen eines Taschendiebstahls, tz tz tz. Er schlüpft deshalb zum stilleren Seiteneingang rüber, an dem immer, so auch jetzt, die Gepäckträger stehen und rauchen. Einer lacht fett und wirft die Kippe ins Schotterbett am Postgleis.

«Sie haben etwas, das mir gehört.»

Orsini betrachtet die langen Zähne des immer noch lachenden Mannes keine fünf Meter vor sich. Aber die Stimme kommt von der Seite. Von der Seite, an der ihn jemand festhält. Sehr fest. Felsenfest.

«Sie haben etwas, das mir gehört», wiederholt der freundlich. Er ist außer Atem, der Schnaps aus der Suse vorhin läuft ihm jetzt glitzernd über die Stirn wieder raus. Aber im Gegensatz zu Orsini hat Landow zwei funktionsfähige, große Hände. Die eine davon hindert Orsini am Weglaufen. Die andere hindert ihn am Schreien. Denn sie hält ein kurzes Messer mit breiter Klinge direkt vor seine Brust. Fast niedlich kurz, denkt Orsini, aber groß genug, um schmerzhafte Löcher in ihn zu machen. Der Gepäckträger mit der Pferdefresse weiter hinten lacht immer noch. Fast so, als lachte der über Orsini. Wie um alles in der Welt hat der ihn hier, in diesem Gewühl –?

«Ich wiederhole es nicht noch einmal.»

«Sie müssen mich loslassen, sonst kann ich es Ihnen nicht geben.»

«Sonst noch was?»

«Ich habe nur einen Arm. Und den halten Sie gerade fest.»

«Ich sehe zwei Arme.»

Der Große lässt Orsini los und packt ihn stattdessen am Kragen. Er steckt das Messer weg, zählt die Scheine zwischen den Fingern, steckt das Geld ein. Orsini sieht erst jetzt, wie viel es war. Das hätte für Berchtesgaden und Binz zusammen gereicht. Die Mädchen waren wirklich hübsch, sogar bei Tageslicht. Der Große winkt zu jemandem am Bahnsteig rüber. Verdammt, der winkt einen Schutzmann heran!

«Kann ich helfen?»

Landow sieht prüfend zu Orsini hinunter, den er immer

noch hinterrücks fest gepackt hält, und dann zum Schutzmann.

«Sagen Sie, Herr Kommissar, mein Freund und ich suchen die Spindlerstraße. Die soll hier irgendwo in der Nähe sein, ist das richtig?»

«Spindler, kein Problem, leichte Übung, bloß durch die Halle raus, am Vorplatz rechts runter, dann zweite links.»

«Danke, sehr freundlich, das ist ja nachgerade einfach», sagt der süße Nuttengeld-Landow, der Schupo klopft mit seinem Knüppel an die Dienstmütze und geht.

«Wäre schön, wenn alles so einfach wäre, nicht?»

Damit zieht der große Kerl einen kleinen Schein aus dem Bündel und steckt ihn Orsini in die Jacke.

Dann geht er, wie vom Schupo beschrieben, durch die kleine Halle raus auf den Vorplatz. Orsini möchte jetzt Schnaps trinken gehen. Viel Schnaps.

6

Montag, 14. Mai.

Noch 32 Tage bis zum Tod des Kaisers.

Das ist für ihn immer das Schönste. Rubinrot und glitzernd liegen ihre Eingeweide in der geöffneten Bauchhöhle vor ihm wie in einer gerade geöffneten Schatztruhe. Leber, Milz, Dünndarm, alles da. Hineingefügt in tadelloser, ehrfurchtgebietender Ordnung. Schade, dass sie selbst es nicht mehr sehen kann. Er fürchtete, sie hätte geschrien. Und das musste er vermeiden. Er mag Frauen nicht, die schreien. Er mag Frauen nicht. Er mag Frauen erst, wenn sie tot sind. Er wischt die Messer am Saum ihres Rockes ab. Ein grober Stoff. Ein Bauernrock. Ein Landmädchen. Sie trägt ein dünnes Armband aus geflochtener Schnur mit kleinen Figuren dran. Sein Kindermädchen hatte auch so eins. Vielleicht war auch die hier aus Böhmen. Er hätte sie fragen können. «Verzeihung, mein böhmisches Fräulein, möchten Sie sterben? Jetzt? Es geht schnell. Ich verspreche Ihnen, dass es schnell geht. Ich bin geübt darin. Und ich verspreche Ihnen, dass Sie mir mit dem Anblick Ihrer Eingeweide große Freude bereiten werden.»

Er hat sie nicht gefragt. Wozu auch? Er steckt die Messer sorgfältig in das Futteral zurück. Von hinten nähern sich arglose, schlendernde Schritte. Nachtschwärmer vielleicht, die ihre Zechtour noch nicht beenden wollen? Nicht schnell genug jedenfalls, um ihn zu vertreiben. Er wird dennoch gehen.

Er hat für heute genug Schönes gesehen. Sein Herz poltert. Es sind tatsächlich bloß Spaziergänger. Ob die den Anblick dieser funkelnden Bauchhöhle genauso zu schätzen wüssten wie er? Diese unendlichen Nuancen von Rot? Er wirft einen letzten Blick darauf. Dann schiebt er ihren Körper in den Fluss und taucht danach selbst in den noch dunklen Morgennebel fort. Sein Schatten folgt dem Getrappel der ersten Pferdebahn des Tages. Er ist fort.

▪▪▪

Es wundert ihn immer wieder: Wie enorm still diese Scheißstadt sein kann. Zumindest jetzt, am frühen Morgen. Aber die ersten Fuhrwerke rumpeln schon wieder, weiter hinten klackert die frühe Pferdebahn nach Norden in die Industrieanlagen. Voll mit bleichen Gestalten, die müden Körper noch bettwarm, die Augen noch verschlossen vor dem Alltag wie frischgeschlüpfte Küken. Schon bald wird sie das Geschrei der Rammen, Stanzen und riemengetriebenen Bänder in den Fabriken anbrüllen und den ganzen Tag lang festhalten. Wohl auch deshalb bildet sich auf den Stirnen der dumpf Dösenden bereits unwirsch die senkrechte dunkle Falte der unfrohen Erwartung. Gleich danach kommen die Straßengeräusche dazu. Das Gerede der Leute. Ihr Gejammere. Der Lärm der Fahrzeuge und Baustellen. Nur nachts herrscht kurz Ruhe. Zwischen zwei und vier ist es am stillsten. Dann, wenn das Labern und das Kotzen der Kneipengeher aufhört, das Hochwürgen und Hinklatschen aufs Pflaster. Landow kennt das. Beides. Das Kotzen und die Stille. Er kann ohnehin kaum noch schlafen in letzter Zeit. Wozu auch? Wenn der Cointreau seine Wirkung verliert, steht er jetzt oft auf, geht noch in schwarzer Nacht hinaus und wandert herum. Er ist heute schon wieder ganz hoch gelaufen, fast bis Moabit. Auf der Stromstraßenbrücke macht er halt, guckt über den Fluss rüber aufs erleuchtete Borsigwerk und die riesige Judenwiese links davon. Um sich in dieser Riesenstadt nicht völlig allein zu fühlen, nimmt er manchmal den Hund mit. Weil der meistens pennt, trägt er den schlafenden Cointreau unterm Arm mit sich herum wie eine Tasche, bis der, durch ein Geräusch oder die Selbstgespräche Landows, irgendwann erwacht.

Landow horcht in die schwindende Dunkelheit wie ein Trapper. Mürrisch sieht er dem kleinen, tonnenförmigen Hund bei den vergeblichen Kackversuchen zu. Cointreaus Glupschaugen drohen dem Tier dabei aus dem Kopf zu fallen wie zwei dunkle Murmeln. Unten an der Kaimauer ziehen sie gerade was aus der Spree. Landow bläst langsam den Rauch seiner Zigarette durch die Nase in die Stadt hinaus. Er hört die Anstrengung der beiden Männer bis hier herauf. Zwei Polizisten in einem flachen Kahn zerren an etwas. Wasserleiche wahrscheinlich. Er hört ihr Ächzen und das Murmeln des Wassers. Nasser Stoff fällt schwer zurück wie eine aufgestoßene Tür. Weiße Haut leuchtet matt durch den Nebel. Wasserleiche. Kann interessant werden. Landow macht sich noch eine an. Er hört das gedämpfte Sprechen der Polizisten, die bis zu den Waden im Wasser stehen. Noch verdammt kalt vermutlich. Wasserleichen sind tückisch. Bei manchen fehlen Teile. Die da scheint noch ziemlich ganz zu sein. Eine Frau wahrscheinlich, wie es von hier aussieht. In einem früheren Fall war mal ein Sohn aus sehr gutem Haus über Nacht verschwunden. Als man weder Liebesbriefe noch einen Abschiedsbrief fand und sich auch nach zwei Tagen noch keine Entführer meldeten, ging die Polizei von einem Gewaltverbrechen aus und stellte die Arbeit ein. Das sagten sie den Angehörigen natürlich nicht. Man verglich in solchen Fällen vormittags die Listen der Vermissten mit denen der frisch tot Aufgefundenen, also der Mordopfer, Selbstmörder, Unfallopfer. Der beim Reparieren einer Lichtleitung unglücklich vom Schlag Getroffenen. Der beim Rangieren von Fuhrwerken Zerquetschten. Der beim Einatmen des eigenen Erbrochenen klammheimlich Erstickten. War der Gesuchte nicht dabei, war die Chance, ihn noch lebend zu finden, gering. Gleich null. Null und nichtig. Nicht in dieser Stadt.

Die Familie des Jungen damals war nicht bereit, auf solche Todesmeldungen zu warten. Man beauftragte eher zufällig Bein & Landow mit dem Fall. Nach ein paar Tagen hatten sie tatsächlich eine Spur. Die übliche Kumulation wenig heroischer Umstände: ein versautes Erstes Staatsexamen, dazu eine drohende Vaterschaft, das Untertauchen im Keller des Studentencorps eines Kommilitonen, die schon sichere Hälfte der Schiffspassage Bremerhaven–New York beim Versuch, die zweite Hälfte zu erspielen, stümperhaft verloren. Eine Ansammlung ganz gewöhnlicher Gründe, um sich aus dem Staub zu machen. Landow schnippt die kurzgerauchte Kippe aufs dunkle Wasser, sieht dem leuchtenden Trudeln des Glühwurms nach. Einer der Bullen ruft was zu ihm hoch. Schnauze.

Statt seinen Aufenthaltsort kurzerhand zu verraten, beobachteten Leo und er den jungen Mann damals noch eine Weile. Denn jeder neue Tag ist bares Geld für einen Ermittler. Und davon hatten die Eltern des Jungen genügend. Leo und er warteten regelrecht gespannt, wie lange es dauern würde, bis der reiche Junior von selbst nach Haus zurückkroch und alles beichtete. Eines Tages im Morgengrauen sah Landow, wie der Junge draußen bei Köpenick einen Kahn mietete. Er fuhr raus auf den Müggel, band sich eine Kette um die Füße und ließ sich vom Gewicht eines Ambosses unter Wasser ziehen. Weiß der Himmel, woher er den hatte und wie er den bis Köpenick geschleppt hatte. Zwei Wochen später haben Jungs ihn beim Tauchen entdeckt. Eine der vielen Wasserleichen in einer Stadt mit viel Wasser. So wie die da unten.

«Spring doch. Kommste in de Zeitung.»

«Was?»

«Springen. Ich dachte, du willst runter ins Wasser. Wegen dem Stein da am Seil.»

«Das ist kein Stein. Das ist ein Hund.»

«Sicher? Bewegt sich aber gar nicht.»

«Schläft viel.»

«Na dann.»

Der Zeitungsjunge presst sich dicht neben Landow ans Brückengeländer. Gekonnt rotzt er aufs Wasser runter. Landow sieht die Schlagzeilen, die ihm aus der riesigen Tasche, halb so groß wie der Kerl selbst, entgegenspringen: **Erschließung Deutsch-Südwest schreitet voran. Wieder neue Bodenschätze entdeckt! / Wie lange noch? Die fragile Gesundheit Seiner Majestät. / Bürgermeister Forckenbeck sagt Elektrifizierung der Leipziger Straße für den Herbst zu. Die Anti-Stromliga will dagegen vorgehen. / Schmerdorff schlägt den Briten Custer in der siebenten Runde!**

«Schwanger, wah? Ich wette.»

Nach einem zweiten Rotzer mit beachtlicher Flugbahn geht der Junge ohne weitere Bemerkung davon.

Die Polizisten unten haben die Wasserleiche endlich geborgen. Tatsächlich, eine junge Frau, wie Landow jetzt in der milchigen Morgendämmerung sieht. Ob schwanger, das erkennt er nicht. Aber gut möglich. Sie heben ihren Körper auf einen Karren. Der dritte Polizist, einer in Zivil, ruft was zu dem Mann im Kahn rüber, der rudert daraufhin Richtung Güterbahnhof davon. Wasserrallen schreien heiser. Die Männer machen eine Plane über der Leiche fest und bollern mit dem großen Handwagen rasch davon.

Der Zeitungsjunge gerade konnte gut rotzen. Perikles, Landows älterer Bruder, und er selbst waren beide auch exzellente Rotzer gewesen, sowohl mit weißer Alltagsspucke als auch mit der festeren Gelben. Wenn sie auf dem sonnenwarmen Holz ihres Stegs lagen, trafen sie ihre Ziele mit der Sicherheit von Kunstschützen. Wer gewann, durfte sich aussuchen, ob er für den Rest des Tage Uncas oder Hawkeye sein wollte. Mit verteilten Rollen schlichen sie durchs Wäldchen, überquerten lautlos die brandwarmen Dächer der Scheunen, tauchten mit einem Messer zwischen den Zähnen in ihrem See, bis die Lungen zu bersten drohten. Und dann – kam der Sommer mit dem Boot.

Seit fast 90 Jahren schon tüftelte der Mensch damals verstärkt am eigenen Untergang: 1776 hatte der Amerikaner Bushnell ein Unterwasserschiff für die Befreiungsarmee George Washingtons gebaut. 1801 konstruierte der Amerikaner Fulton das erste steuerbare Unterwasserschiff, und 1850, ein Jahr vor Landows Geburt, baute Wilhelm Bauer in Kiel das erste deutsche Unterwasserschiff. Die Landowbrüder wussten das bloß aus einem Zeitungsbericht, den sie auf dem Schreibtisch ihres Vaters gefunden hatten. Das Faszinierende für sie war: Wenn ein Schiff unterging, war das ein Unglück. Normalerweise. Wenn ein Unterwasserschiff unterging, war das Absicht. So ein Tauchboot war das perfekte Mittel, sich unbemerkt anzuschleichen wie ein Mohikaner. Als die Brüder Perikles und Gabriel Landow in diesem brütend warmen Juli die beiden ausrangierten, lecken Weinfässer fanden, war es vorbei mit Anpirschen und Zielrotzen. Der Vater wunderte sich, dass die beiden, noch dazu in den Ferien, Physikbücher wälzten. Die Mutter wunderte sich über Teerflecken auf ihrer Kleidung und ihren Armen. Der Verwalter wunderte sich, dass hintereinander ein Feuerlöschschlauch und zwei Flaschenzüge spurlos verschwanden. Er vermutete Zigeuner. «Aufhängen, das Saupack.»

Anfang August waren die beiden Landows in der Lage, ihr Doppelrumpfboot durch Fluten des kleineren Fasses kontrolliert hinabsinken zu lassen und durch Herauspumpen des Wassers wieder an die Oberfläche zu bringen. Manchmal zumindest. Auf dem Weg dorthin ertrank Perikles um ein Haar zweimal. Angestachelt durch ihre Rückschläge hatten sie den Mechanismus für den Notausstieg so weit verbessert, dass derjenige, der im zweiten Fass, dem eigentlichen Tauchboot kauerte, jederzeit aussteigen konnte. Weshalb das überhaupt funktionierte, wussten sie selbst nicht genau. Wahrscheinlich wurde der Verschlussdeckel des größeren Passagierfasses beim Abtauchen vom steigenden Wasserdruck so stark angepresst, dass man im Fass selbst trocken blieb. Wurde ein Notausstieg nötig, musste man durch eine abrupte Drehung des Deckels erst etwas Wasser einfluten lassen, bevor man ihn ganz wegstoßen und auftauchen konnte.

Der kleine See auf den Landow'schen Gütern, das immerhin wussten sie, ging an der tiefsten Stelle acht Meter hinab. Das schnelle Auftauchen von dort unten schmerzte in den Ohren. Was ihnen nicht gelang, war, ihr Unterwasserschiff, das sie mit einer geklauten Flasche Schaumwein *Falkenauge* getauft hatten, dort unten zu bewegen. Fulton hatte es geschafft, einen Antrieb zu bauen. Die Landow'sche Geheimwerft im alten Bootshaus war dazu nicht in der Lage. Noch nicht. Sie konnten vorerst bloß untergehen und wieder auftauchen. Zur

Fortbewegung über Grund, wie der Experte sagt, dienten die im Schilf verborgenen Flaschenzüge, mit deren Hilfe der, der nicht drin saß, die *Falkenauge* samt Besatzung wieder ans Ufer zog, wenn der Luftschlauch versagte oder sonst irgendwas passierte.

Die beiden Landows hatten bis dahin insgesamt vier reibungslose Fahrten auf diese Art hinter sich gebracht. Die sieben glücklosen verschwiegen sie. Für den kommenden Winter planten sie den Einbau eines Antriebs, weil der Flaschenzug ein nicht zu leugnender Makel war. Jeder von ihnen kannte das unheimliche Gurgeln des Wassers an der Außenhaut der *Falkenauge.* Jeder von ihnen kannte das heimliche Aufatmen, wenn das Boot wieder an die Oberfläche sprang und der Passagier sich durch die Luke zurück ins Freie zwängen konnte.

Und dann kam im frühen Herbst der Tag, an dem auf einmal ihre Schwester Friederike, von allen Fritzi genannt, am Bootshaus stand und beobachtete, wie ihr Bruder Gabriel mit der *Falkenauge* blubbernd direkt vor ihr auftauchte wie ein riesiges Teichhuhn aus Holz. Fritzi drohte, das Geheimnis der Brüder auf der Stelle zu verraten, wenn sie nicht augenblicklich auch mit diesem Dings fahren durfte! Gabriel drohte im Gegenzug, sie zu verprügeln. Als sie wortlos auf das Gutshaus zulief, hielt er sie auf. Er kannte den elenden Sturkopf seiner Schwester. In Ordnung, ein einziges Mal sollte sie mit der *Falkenauge* fahren dürfen. Perikles, der heute die Winden bediente, brauchte davon nichts zu erfahren.

Als der Tauchapparat mit der Schwester nach den veranschlagten sieben Minuten möglicher Unterwasserfahrt nicht auftauchte, rannte Gabriel um den See herum zu Perikles.

«Wieso bist du hier? Und nicht im Boot?», schrie der bloß.

Landow musste immer wieder an diesen Augenblick denken, diesen todernsten, bitteren Ton in Perikles' Augen. Der war gar nicht erleichtert gewesen, dass sein Bruder heil und gesund neben ihm stand und nicht da unten im Boot war. Der war enttäuscht darüber.

«Fritzi ist da drin!»

«Fritzi? Und wieso nicht du?»

«Ist doch egal jetzt! Zieh sofort das Ding raus!»

«Geht nicht! Der Flaschenzug ist wieder blockiert!»

Das geschah manchmal. Aber Landow hatte ihr doch für genau diesen Notfall ausführlich erklärt, wie man unter Wasser aussteigen konnte. Fritzi ist eine gute Schwimmerin. Wenn schon nicht das Fass auftaucht, weshalb dann nicht sie selbst, nass wie ein Aufnehmer und schimpfend wie die alte Mockwitz? Verdammt, wo bleibt sie? Wahrscheinlich, denkt Landow noch heute, stieg sie einfach nicht aus, weil sie gar nicht wissen konnte, dass das damals ein Notfall war.

Landow tauchte wieder und wieder zu den Fässern hinunter, bis ihm schwindelig wurde. Die Männer, die Perikles zu Hilfe gerufen hatte, zogen ihn schließlich aus dem Wasser, um Schlimmeres zu verhindern. Ein Pferdefuhrwerk schaffte es endlich, die *Falkenauge*, die tief im Schlick des Seegrunds steckte, hoch und ans Ufer zu bringen. Fritzi darin war ziemlich trocken, ganz still und ganz tot.

Später dann, ins todesdunkle Zimmer hinein, hatte Perikles unvermutet und im gaumigen Tonfall der Leute auf dem Hof zu ihm gesagt: «Da hat der junge Jraf aber noch mal jehörig Jlück jehabt, Gabi, was?»

Landow reißt sich vom Schmatzen und Gurgeln des trägen Wassers unter ihm los, schaut zum wummernden Koloss des Borsigwerks am anderen Ufer, blinzelt in die lustlos aufgehende Sonne über Friedrichshain und geht Richtung Pension zurück. Der Karren mit der Leiche unten ist längst fort. Als man damals ihre Fritzi aus dem Fass hob, war nicht ein Tropfen durch die doppelt geteerte Außenhaut gedrungen. Trotzdem war sie eine Wasserleiche.

Landow zerrt den Hund vorwärts, lässt dann abrupt die Leine los und geht noch mal mit langen Schritten zurück an das Geländer. Er zieht Rotz hoch, sortiert ihn wie ein Weinkenner im Mund und spuckt weit aufs Wasser hinunter. Die Hälfte weht ihm ins Gesicht zurück. Zwanzig Schritte weiter presst der Hund.

7

Dienstag, 15. Mai.

Noch 31 Tage bis zum Tod des Kaisers.

Ihre Schritte klingen hell auf dem Steinboden der engen Kapelle, als der Pfarrer und die letzten Trauergäste den Raum mit dem Aufgebahrten verlassen. Draußen steht das ganze Dorf und der halbe Landkreis. Die Leute haben ihre Sonntagsjoppen gelüftet und ihre Tracht ausgebürstet und dazu ihre feierlich ernsten und sorgenvollen Gesichter aufgesetzt. Sie haben Angst vor der neuen Zeit. Es wird so viel gestorben. Mehr als sonst, sagen einige. An Neujahr starben in Loberitz binnen weniger Stunden die Kinder einer alten Familie, dann das Vieh, schließlich noch die Frau. Man wollte Hexerei nicht ausschließen. Im März starb der alte Kaiser, jetzt ihr alter Graf. Was hier in etwa genauso schwer wiegt. Der neue Kaiser in Berlin, hört man, ist schwach. Mitte fünfzig und dem Tod geweiht. Der überlebt das Jahr nicht, hat neulich erst einer am Bahnhof in Kolberg gesagt, und der kam direkt aus Berlin, wusste der Bahnhofsvorsteher. Dem jungen Grafen, dem Perikles, trauen sie nicht viel zu. Der kränkelt zwar nicht, aber der leide an der Hoffahrt, reden sie. Sie sagen das nicht laut, nur unter sich, draußen auf den Feldern, die Köpfe tief über das Land gebeugt. Manche glauben, die Familie sei verflucht. Das Mädchen ertrunken, der eine Sohn verstoßen, die alten Weiber in den windschiefen Hütten am Moor haben da so ihre Ahnungen.

Perikles Landow weiß von alldem nichts. Er hat seine Reden geprobt, die längere für später am Grab, die kürzere für den Abend bei den Leuten. Er war nicht zu knauserig mit den Ausgaben für den Leichenschmaus, es ist für alles gesorgt. Für morgen hat er ihnen freigegeben. Die Leute sind ihm reichlich gleichgültig, sein Ruf nicht. Er hat diese niedrigen, geduckten Menschen nie gemocht. Der Bruder, natürlich, war sogar mit einigen von ihnen befreundet gewesen, hatte mehrfach in deren Häusern zu Abend gegessen. Als er zu Haus davon erzählte, hatte der Vater ihm den Umgang verboten. Die sind die, und wir sind wir.

Tatsächlich, wir sind wir, denkt Perikles. Er steht, jetzt allein in der Kapelle, ganz nah am geöffneten Sarg. Durch die balsamischen Öle steigt der muffige Geruch der Verwesung zu ihm hoch. Sein Vater stinkt. Das immer noch harte Gesicht, die groben Hände, der grobe Mann. Auf dem Schwarz der Weste liegt die schwere Uhrkette wie der Schweif eines Drachen. Palm, einer der feierlich bestimmten Sargträger, steckt den Kopf zur Tür herein.

«Drei Minuten, Palm, ich bitte Sie.»

Palm buckelt fort.

Perikles Landow betrachtet den glänzenden Schuppenschwanz der schweren Uhrkette, wie er ihn hundertfach, Tausende Male zuvor betrachtet hat. Er zuckt fast zurück, als er unter dem Westenstoff die Kälte des toten Körpers spürt. Er löst die Kette vorsichtig aus dem Knopfloch der Weste, lauscht dabei hinter sich, ob Palm oder sonst einer von denen wieder erscheint, dann zerrt er den Drachenschwanz zu sich, bis endlich die Uhr aus der Westentasche gleitet. Sie ist kühl wie der Körper. Perikles schaut sich um. Er ist allein.

«Die habe ich mir verdient», sagt er fast heiter und schließt die Hand um das kalte Metall. Draußen weht wie ein stetiger Wind das leise Murmeln der Leute herum. Er lässt den Deckel der Uhr aufschnappen. Erst gelingt es nicht, etwas sperrt sich. Er hat sie zum ersten Mal in der Hand, und, ja, seine Finger zittern ein wenig. So, als fürchte er, der strenge Alte würde sich plötzlich im Sarg aufrichten wie bei Hamlet und ihn wegen des dreisten Diebstahls ohrfeigen. Aber nichts rührt sich. «Du regst dich nicht mehr», denkt der Sohn erleichtert. Beim zweiten Versuch öffnet sich der schwere Sprungdeckel. Langsamer als erwartet, die Feder muss erneuert werden. Nicht nur diese Feder, denkt er flüchtig, alles muss erneuert werden. Alles hier. Aber die feine Melodie, die aus der Uhr herausklingt, ist unverzagt wie je, kein Zögern, kein Schwächeln. Beethovens Sechste, Allegro, Satzbezeichnung: *Erwachen heiterer Empfindungen bei der Ankunft auf dem Lande.* Nur dreißigmal wurde diese Melodie verarbeitet, der Alte war stolz auf die Sonderanfertigung aus der Schweiz. Perikles klappt die heiteren Empfindungen zu und steckt die Uhr ein. Schwer wie Diebesbeute hängt sie in seiner Hosentasche, als er die Familienkapelle verlässt. Die Leute sehen zu ihm hoch, wahrscheinlich nur, weil sie vom Rumstehen Durst bekommen haben wie Vieh. Er gibt Palm und den anderen ein Zeichen. Zu sechst eilen sie hinein, den Sarg zu verschließen. Seine Mutter steht verloren bei zwei Nichten aus Breslau, die seit ihrer Ankunft gestern am späten Abend abwechselnd weinen und beten. Als er sich nähert, knicksen sie und verschwinden. Perikles legt seiner Mutter die Hand auf die Schulter. Er folgt ihrem irrlichternden Blick hinaus, die schmale Straße die Senke hinab.

Sie wartet, weiß er.

Sie wartet auf ihn.

Sie wartet vergeblich, weiß er.

Dort, wo das schmale Sträßchen den Horizont überspringt, weht nur Staub.

«Er wird nicht kommen, Mama», sagt er übertrieben sanft wie ein Wanderbühnen-Komödiant. «Nicht nach …», er zögert staatsmännisch, spürt jetzt das Gewicht der zweiten Uhr in der Tasche, spürt die Verantwortung für all die Niederen und Geduckten, die jetzt dem Sarg folgen, spürt die unbändige, wilde Kraft der neuen, großen Pläne in ihm, «… nicht nach all dem, was geschehen ist. Komm, Mama, die Leute warten.»

■■■

Am Abend desselben Tages erwartet Gabriel Landow in der Hauptstadt seinen letzten Fall. Vom Exerzierplatz oben am Gesundbrunnen bellen noch schwache Kommandos zu ihm herab. Die Maurer auf der Baustelle am Ende der Straße machen Feierabend. Er schnippt die Kippe in den Rinnstein und macht das, was ein Schnüffler seines Kalibers meistens macht: Er wartet. Landow kennt Gürtlers Wege mittlerweile so gut wie Gürtler selbst. Aber das hat er seiner Auftraggeberin lieber nicht gesagt.

«Ich möchte wirklich sicher sein und Ihnen, verehrte gnädige Frau, nicht nur weitere Vermutungen über Ihren Ehemann übermitteln. Ich denke, in zwei bis drei Wochen kann ich Ihnen meinen Abschlussbericht vorlegen.»

Sie hat eine Armlänge entfernt von ihm auf der Parkbank gesessen und dazu genickt. Dann hat sie das spitze, graublaue Papiertütchen mit dem Taubenfutter, das mitzubringen er ihr empfohlen hatte, in einem einzigen Schwung auf den Weg geschüttet und ist gegangen. Ob sie ahnte, dass auch er, der Detektiv, sie bereits hinterging?

Landow sieht auf die Uhr, in einer Viertelstunde würde Gürtler drüben die Wohnung in der Fehrbellinerstraße verlassen. Die dortige Bewohnerin gehört zur Kaste der Klassemädchen. Diese Mädchen haben eine kleine Wohnung, tagsüber auf der Straße kann man sie für gewöhnliche Stenotypistinnen oder Verkäuferinnen halten, aber entsprechend ausstaffiert machen sie sogar in der Oper eine gute Figur. Nichtsdestotrotz sind sie Nutten und keinen Deut besser als die beiden Süßen, die für Koester arbeiten.

Gürtler ist einmal die Woche hier, immer um dieselbe Zeit. Sie ist Tschechin, eher drall bis mondkalbig, schwer zu sagen, was Gürtler an ihr findet. Pünktlich wie ein preußischer Staatsbeamter verlässt Gürtler jetzt schräg gegenüber das Haus. Obwohl er zügig Richtung Landsberger Platz davongeht, muss Landow sich nicht beeilen, um dranzubleiben. Er weiß ja, was Gürtler jetzt tut. Er wird im Speisekontor *Segerist & Kaupp* eine Kleinigkeit essen, dazu ein Viertel Mosel trinken, sich vornehm den Mund abtupfen und dann zu Fuß das gar nicht so kurze Stück bis zur Urbanstraße gehen. Dort wird er eine zweite Wohnung aufsuchen, die nach hinten hinaus liegt und deren Vorhänge immer zugezogen sind. Wer auch immer Gürtler darin zu Diensten ist, er oder sie tut es jedenfalls ungleich schneller als die Tschechin vorher. In der Regel ist Gürtler dort bald wieder auf der Straße, winkt sich dann Ecke Bärwald einen Wagen heran und fährt heim.

Normalerweise bleibt Gürtler ungefähr fünfzehn Minuten in der zweiten Wohnung. Heute aber, Landow überquert gerade die schon bettschwere Straße, um sich wie üblich im Hof bei den Müllkübeln zu postieren, kommt Gürtler direkt wieder aus dem Haus heraus. Er scheint verärgert, klopft sich fahrig auf die Taschen, als suche er sein Portemonnaie. Landow ist schon mitten auf der Straße, hell im Lichtkegel einer Gaslaterne ausgestellt wie der einsame Schweinskopf im Fenster eines Schlachters. Zum Wegducken ist es jetzt zu spät. Auf den letzten beiden Metern vor Gürtler zieht Landow deshalb eine Zigarette raus und nuschelt: «Schuldigung, haben Sie Feuer?»

Er war Gürtler noch nie so nah. Der setzt das Suchen in den Rocktaschen fort. «Feuer? Nein. Bedaure.»

Dann geht er mit raumgreifendem Schritt in die übliche Richtung davon. Landow macht sich dann ruhig seine Zigarette an und geht ihm nach. Am Ende der Bärwaldstraße winkt sich Gürtler wie sonst auch einen Wagen heran. Gabriel Landow folgt ihm mit einer Droschke. In einer halben Stunde ist endlich Schluss für heute, denkt er und schnippt gähnend seine Kippe aus dem Wagen. Er könnte noch auf zwei Bier in die *Schaukel* gehen. Aber dann schlägt Gürtlers Wagen eine ungewohnte Richtung ein.

In der Kreuzbergstraße, nördlich des Übungsplatzes der Garnison in Tempelhof, verlässt Gürtler den Wagen und geht zu Fuß weiter. Im Südwesten sieht man winzige Lichter an den Baracken der Ballonstaffel, die hier seit einiger Zeit Dienst tut. Offiziell dienen diese Ballone zur Kartierung und Wetterbeobachtung. Dass man darüber hinaus daran arbeitet, sie zu militärischen Zwecken zu benutzen, ist ein offenes Geheimnis. Weiter hinten flackert ein kleines Feuer, ein Positionslicht vielleicht. Sonst ist es schon so dunkel, dass man nur noch Schemen erkennen kann. Zu Landows Erstaunen schlüpft Gürtler ohne Zögern durch den Drahtzaun, der die gesamte Anlage umgibt. Landow folgt ihm auf das offene Gelände. Die

Geräusche der Stadt bleiben schnell hinter ihm zurück. Hier, ganz ohne Straßenbeleuchtung, nimmt die Dunkelheit rapide zu. Das macht es für Landow nicht einfacher. Um nicht entdeckt zu werden, muss er Gürtler einen gewissen Vorsprung einräumen, gleichzeitig kann er ihn hier verdammt rasch aus den Augen verlieren. Gürtler tritt irgendwo da vorn vor eine leere Bierflasche oder so, jedenfalls klirrt dort jetzt etwas. Ungefähr von dort glaubt Landow nun auch gedämpfte Stimmen zu hören. Jetzt lodert das Feuer da hinten höher auf. Und da ist plötzlich ein Fauchen wie vom Druckventil einer Lok. Dann bewegt sich die Flamme rasch nach oben davon. Landow begreift: Dort startet gerade ein Ballon. Sie fliegen also auch in der Nacht. Und Gürtler? Landow sieht dem rasch kleiner werdenden Licht des Brenners nach und erwartet, dass Gürtler nun in seine Richtung zurückkommt. Weiter weg, an der Strecke der Ringbahn wahrscheinlich, wiehern grell Pferde. Weil von Gürtler immer noch nichts zu sehen ist, pirscht Landow vorsichtig weiter. Weit über sich sieht er einen zarten Schimmer, das muss der Widerschein der Brennerflamme in der Ballonhülle sein. Von Gürtler keine Spur. Landow lauscht wie bei der Treibjagd früher zu Hause. Kein Geräusch. Kein Gürtler. Nichts.

Dann ein jähes Rauschen. Von oben!

Direkt vor ihm schlägt etwas hart auf den Boden auf. Haben die da oben Ballast abgeworfen? Scheiße, er hätte tot sein können. Landow bleibt keine Wahl. Selbst wenn die gleich ihre Wachhunde auf ihn loslassen, muss er wissen, was hier los ist. Er zündet ein Streichholz an und nähert sich, die Flamme mit der Hand schützend, mit wenigen Schritten der Stelle des Aufschlags. Tatsächlich, etwas Dunkles liegt dort, dunkler als der Boden, etwas schwarz Glitzerndes kommt darunter hervor.

Das ist Blut. Der Ballast ist Gürtler. Verrenkt wie eine Gestalt aus dem *Höllensturz der Verdammten* liegt der da. Sein Kopf ist nur noch unvollständig vorhanden. Aber kein Zweifel, das ist Gürtler. Das Streichholz verbrennt Landows Fingerkuppen, er reißt hastig ein zweites an. Er hockt sich neben die Leiche. Gürtler hält ein Buch in der Hand. Es ist mit grobem Eisendraht daran befestigt. Der Daumen steckt wie ein zerschundenes Lesezeichen zwischen den Seiten. Mit dem dritten und letzten Zündholz, das er hat, erkennt Landow: Bei dem Buch handelt es sich um eine Ausgabe der Märchen der Brüder Grimm. Vorsichtig schlägt er das Buch an der Stelle auf, an der der Daumen steckt. Auf der einen Seite ist ein Wort wie mit roter Tinte oder Blut eingekreist. Das Wort ist: *Kelch.*

Dann erlöscht das letzte Licht. Von weit hinten, von den Flugbaracken wahrscheinlich, kommt der wacklige Schein mehrerer Laternen. Hunde schlagen an.

8

Mittwoch, 16. Mai.
Kurz nach Mitternacht. Noch 30 Tage
bis zum Tod des Kaisers.

Er ist überfüllte Zelte gewohnt, die nach Bratwurst, Schweiß und Pferdemist riechen. Orsini ist nicht gemacht für Orte, an denen niemand ist außer ihm. Allein bei Nacht irgendwo im verkackten Tempelhof rumzustehen, ist ein denkbar ungünstiger Platz für einen Taschendieb. Er gähnt lautlos. Als er sich mit der Linken über den Attrappenarm reibt, um sich warm zu halten, erschrickt er, als ihm tatsächlich für einen Moment etwas wärmer wird. Irgendwo über ihm im ziemlich schwarzen Himmel kreischen Gänse, die von den Seen im Süden kommen und zu ihren … was weiß denn er, was diese Gänse vorhaben. Er ist diesem rätselhaften Landow schon seit dem Morgen bis hierher gefolgt. Weshalb, weiß Orsini selbst noch nicht genau. Eingebung, denkt er, und starrt frierend in die Schwärze der Nacht. Weit hinten schlägt eine Uhr Viertel vor irgendwas. Viertel vor eins wahrscheinlich. Die kleine Taschenuhr, die Orsini für ein paar Tage hatte, ist ihm heute irgendwo gestohlen worden. Er beschließt, den Schlag der vollen Stunde noch abzuwarten und dann heimzulaufen. Dass diese Frau es fertigbrachte, ihn, der klein und wendig ist, trotz ihrer knöchellangen Röcke und trotz des Gemenges einer vollbesetzten Rennbahntribüne abzufangen, war ein Ding der

Unmöglichkeit und beschäftigt ihn immer noch. Dass sie ihn trotz ihrer Waffe leben ließ, war wiederum Glück gewesen. Aber danach hatte es ihn gleich wieder erwischt, nur nicht so elegant und geschmeidig. Als dieser Landow ihn punktgenau im lärmenden Gewühl einer Bahnhofshalle mit einigen hundert Personen stellte, hat er zwar gekeucht wie ein Ochse. Aber er hatte ihn gestellt. Landow hatte ihm die Gnade vor Augen geführt, ihn nicht der Polizei zu übergeben, und ihm dann noch – der blanke Hohn – ein Trinkgeld gegeben. Fünf Mark. Eine Ohrfeige quasi.

Die siedende Wut über den miesen Verlauf seiner letzten Tage hat Orsini immerhin wieder warm gemacht, und genau in dem Moment, als die Uhr einmal dünn zur vollen Stunde schlägt, da sieht er diesen Landow aus der gottverdammten Finsternis zurückkommen. Erst im Laufe des Abends hat Orsini gemerkt, dass der verfolgte Landow offenbar selbst jemandem folgte. Auf dem freien Feld, wo nichts ist außer kaltem Nebel, Eisengitterzaun und schwarzen Wachhunden, hat er den Hurengeldeintreiber dann aber aus den Augen verloren. Kein Zweifel, der ist es, denkt Orsini und drückt sich dicht an den Alleebaum; das Reh kehrt brav zu seinem Jäger zurück. Er hört noch ein paar Gänse weit oben von irgendwo nach irgendwo fliegen, hört dann von links das Schnauben von Pferden. Weshalb hat er das Herankommen des Wagens nicht schon früher bemerkt? Weil er, straft Orsini sich stumm, mehr und mehr Fehler macht. Oder hat der Wagen schon die ganze Zeit über dort gestanden? Landow schlüpft gerade durch den Drahtzaun zurück auf die Straße und geht nordwärts Richtung Stadt. Den friert auch, denkt er, der geht ganz schön schnell davon. Im selben Moment, in dem Orsini sich aus dem Schatten des Baumes löst, setzt sich auch das Fuhrwerk in Bewegung. Nur im Schritttempo und sehr leise. Weshalb sind die Räder nicht deutlicher zu hören? Wie ein Leichenwagen sieht der Wagen aus, wie er so langsam und kaum hörbar Richtung Stadt zuckelt. Orsini überquert geduckt die Straße. Fast könnte man den Eindruck kriegen, denkt Orsini und zieht leise Rotz hoch, dass dieser Wagen diesem Kerl folgt. Orsini beeilt sich und holt auf dem Trottoir gegenüber auf. Es scheint wirklich so zu sein: Er folgt einem Wagen, der einem Mann folgt. Dafür ist von dem, dem Landow vorher folgte, nichts mehr zu sehen. Orsini ist nicht sicher, ob er dem noch folgen kann. Landow, die Hände tief in die Taschen geschoben, geht zügig weiter.

Jetzt, mit einem Schnalzen des Fahrers, zieht der Wagen etwas an. Lautlos öffnen sich die Türen auf beiden Seiten des Gefährts, und auf jeder Seite erscheint eine dunkle Gestalt. Ein Bein auf der Trittstufe fahren die Männer mit, bis sie Landow eingeholt haben. Dann springen sie ab, und es scheint ein Handgemenge zu geben. Ohne weiter nachzudenken, ist Orsini auf der anderen Straßenseite.

«He», sagt er.

Tatsächlich: Der eine der beiden Verfolger hält Landow jetzt im Schwitzkasten, während der andere versucht, ihm einen Sack oder eine Kapuze überzustülpen.

«He», sagt Orsini noch einmal. Der mit dem Sack sieht kurz auf, ist mit zwei Schritten bei ihm und schlägt ihm ins Gesicht.

Als Orsini erwacht, liegt er auf seinem aufgeplatzten Attrappenarm. Die Holzwolle quillt heraus wie aus einem zertretenen Spielzeugtier. Ganz schwach hört er von stadteinwärts noch das Geräusch von sich rasch entfernenden Pferdehufen.

■■■

«Wirklich, ich glaube, sie hat von allen Menschensorten das Scheußliche auf einen Haufen geworfen und mich daraus gebacken. Mord und Tod! Wer hat ihr die Vollmacht gegeben, jenem dieses zu verleihen und mir vorzuenthalten? Könnte ihr Jemand darum hofieren, eh er entstund? Oder sie beleidigen, eh er selbst wurde? Warum ging sie so parteilich zu Werke?»

Mohr ist guter Dinge. Neben dem mehlgeweißten Gesicht trägt er zur Probe Landows schweren Hausmantel und Wappenring. Diese Aufmachung und das an sich nicht im Arrangement mit Landow enthaltene Nippen an dessen Orangenlikör hat ihn befeuert. Seinen Namensvetter Franz Moor studiert er ein. Ein Geräusch im nachtstillen Hof reißt ihn aus der Konzentration. Er nippt noch einmal, stellt sich dann wieder in dieser entsetzlich schmalen Kammer in Positur und springt noch einmal im Text zurück: *«Ich habe große Rechte, über die Natur ungehalten zu sein, und bei meiner Ehre, ich will sie geltend –»*

Es klopft. Mohr bricht ab. Starrt die Tür an. Um diese Zeit? Hat Landow seinen Schlüssel vergessen?

«Wer stört?»

Mohr ist erstaunt, zu dieser sehr späten Stunde zwei ihm unbekannte Männer vor der Tür zu sehen. Der Mehlbrei blättert ihm unschön von der gerunzelten Stirn. Der Hof hinter den beiden ist finster, aber nicht wie ein erwartungsvoller Zuschauerraum, eher unheimlich finster. Dem Mohr wird flau.

«Sind Sie Landow?»

Denen dort erklären zu wollen, dass er nicht Landow, sondern Franz Moor und eigentlich Richard Mohr und noch eigentlicher Richard Moretti ist, wäre verlorene Zeit. Also nickt er voller Verachtung, wie ein Franz Moor es täte, und schnauzt: «Natürlich bin ich Landow, wer soll ich sonst sein.»

Entschlossen betreten die Männer den Raum und schließen die Tür sorgfältig hinter sich ab.

▪▪▪

Das Schaukeln ist ihm im Grunde gar nicht unangenehm. Er glaubt sich für einen Moment in seinem Bett, bis er den süßlichen, ungewohnten Geruch bemerkt. Er öffnet die Augen. Er hat einen Stoff oder so etwas über dem Kopf. Zu viel Cointreau, zu viel verschwurbelte Gedanken, ins Bett gestürzt, wie so häufig und wirr geträumt. Es wäre angenehm einfach, könnte er auch den Sturz Gürtlers als bloßen Traum abtun. Er träumt aber nicht, und der Geruch hier ist auch anders als der von Cointreau. Kotze ist es auch nicht. Aber Chloroform riecht so, das weiß er aus dem Feldlazarett. Er versucht, das zu verstehen. Er sitzt, Stoff über dem Kopf, an den Handgelenken gefesselt, offenbar festgehalten von den beiden Typen, die ihn überfallen haben. Zumindest glaubt er, zwei Männer wahrgenommen zu haben bei dem Überfall. Wie viel Zeit ist seitdem vergangen? Er hat keine Ahnung. Sein Kopf schmerzt höllisch. Aber soweit er das spüren kann, blutet er nicht. Immerhin. Der Wagen hält. Dieser Wagen hat außergewöhnlich leise Räder, das ist ihm vorhin schon aufgefallen. Und auch jetzt, wo sich scharrend ein Tor öffnet, hört man die Reifen kaum, als sich der Wagen wieder in Bewegung setzt. Es muss sich um ein Spezialgefährt handeln. Wie damals in Belgien, Schulter an Schulter mit Perikles, Koester und fünf anderen, verborgen unter mehreren Lagen Stroh. Sie hatten die Räder mit Decken umwickelt. Die Franzosen hatten sie dennoch zu früh entdeckt. Drei Tote. Ziel der Mission trotzdem erfüllt. Zwei Mitrailleusen, diese neuen, ungeheuer tödlichen Schnellfeuer-Schusswaffen der Franzosen, samt Mannschaft erobert, Streifschuss abbekommen, später für besondere Tapferkeit einen Blechorden und zwanzig Mark Prämie erhalten, noch später gezwungen worden, den Orden wieder abzugeben. Der Wagen, dieser hier, der mit dem Chloroformgeruch, hält jetzt wieder. Die Pferdehufe hallen wie in einer überdachten Einfahrt.

«Wir steigen aus», sagt der links von ihm nicht unhöflich, der Wagen wankt gehörig wie zur Bestätigung.

«Aufpassen auf den Kopf, bitte», sagt der Mann links jetzt.

Er hat *bitte* gesagt, also werden sie dich hier nicht gleich umbringen, denkt Landow, stößt sich beim Rausklettern prompt den von der Betäubung brummenden Schädel. Erst als er festen Steinboden unter sich spürt, richtet er sich vorsichtig auf. Die beiden Männer führen ihn wie einen Blinden in ein Gebäude. Die haben Übung darin, merkt er.

«Vier Stufen hinauf», sagt der rechts.

Insgesamt achtundzwanzig Stufen hinauf und nur drei hinunter, dabei dreimal links und zweimal nach rechts abbiegen, fünfhundertundelf Schritte.

Einer der Männer klopft jetzt an eine Tür, Holztür, nicht besonders dick. Keine Bohlentür. Also kein Gefängnis, denkt Landow, immerhin.

Von drinnen sagt einer «Herein».

Die Tür wird geöffnet.

Landow sieht durch den grobgewebten Stoff seiner Kapuze gelbe Sternchen von Kerzenlicht. Der Raum muss also erleuchtet sein. Er ist überrascht, als seine Füße über Teppiche geführt werden. Möbel scharren. Er spürt, dass man ihm von hinten einen Sessel in die Kniekehlen schiebt. Dann öffnet sich die Handfessel, und einer zieht ihm den Stoff vom Kopf.

Etwa drei Meter entfernt sitzt ein älterer Herr in dunklem Anzug an einem gedeckten Tisch. Der Mann hat schütteres Haar, oben eine handbreite Glatze und sieht Landow lächelnd an. Bliebe noch zu klären, weshalb der Mann dabei eine schwarze Augenmaske trägt wie bei einem Kostümball, denkt Landow. Immerhin ist er den süßen Chloroformgeruch los. Sein Kopf schmerzt, ob nur von der Betäubung, weiß er nicht. Er hat seit einiger Zeit nichts mehr getrunken. Wahrscheinlich liegt's daran.

«Danke, dass Sie unserer spontanen Einladung gefolgt sind», sagt der mit der Maske und legt einen hellbraunen Aktendeckel auf den Platzteller vor sich.

9

Immer noch Mittwoch, 16. Mai.
Noch 3 Stunden bis Sonnenaufgang und noch
30 Tage bis zum Tod des Kaisers.

Das Ermittlungsbüro Bein & Landow («Diskretion ist unsere Maxime, Gründlichkeit unsere Mission») bestand nach seiner Gründung bei einigen Schnäpsen ziemlich genau fünf Jahre. Es war nie sonderlich erfolgreich gewesen, aber Leo Bein und Gabriel Landow waren immerhin über die Runden gekommen, ohne jeden Morgen um sechs im Tosen einer Fabrik zu stehen. In dieser Zeit hatten sie vor allem Eheangelegenheiten, Affären und Unterschlagungen bearbeitet. In dieser nicht kurzen, nicht erfolgreichen, aber auch nicht völlig stumpfsinnigen Zeit hatte Landow seltsame Methoden der Geschäftsanbahnung erlebt: Zettel, die unter der Tür durchgeschoben wurden und um ein diskretes Treffen im Tiergarten baten, eine Frau, die sie unangemeldet in ihrem «Büro» neben der Rossschlachterei aufgesucht hatte, musste sich wegen der Fässer mit den Därmen zunächst im Hof übergeben und konnte erst nach zwei Cointreau wieder sprechen, aber so wie hier – überfallen, chloroformiert, verschleppt – war es noch nie gewesen. Daraus sollten sich lukrative Möglichkeiten ergeben, andernfalls wird er sehr wütend werden müssen.

«Wenn ich Gelegenheit hatte, Ihnen den Fall, um den es geht – genauer: das, was einige von uns für einen Fall halten und nicht nur für die Aneinanderreihung von Zufällen – wenn ich Ihnen das also skizziert habe, werden Sie Verständnis für unser ungewöhnliches Vorgehen haben, da bin ich zuversichtlich. Wasser?»

Landow nickt, der Mann mit der Opernballmaske schenkt ihm ein blitzendes Glas dreiviertel voll und reicht es ihm. Landow muss aufstehen, um das Glas zu erreichen, aber das ist, vermutet er, beabsichtigt.

«Hergenrath hat Sie empfohlen.»

Hergenrath? Ach ja, Geheimrat Hergenrath, vor zwei Jahren etwa. Unappetitliche Geschichte, aus Sicht der ehrenwerten Gesellschaft jedenfalls, verstohlene Treffen in der Hasenheide, hastiges Rumfingern hinter Büschen, schließlich mit zwei Jungs aus dem Bahnhofsviertel in einem Hotelzimmer erwischt. Alle drei anwesenden Personen zu nackt, die beiden Jungs zu jung, einer von beiden außerdem zu tot.

Landow ist nicht stolz drauf, aber er erledigte das für Hergenrath. Der Junge war ohnehin schon tot. Seitdem geht Hergenrath regelmäßig zur Messe und glaubt offenbar, in Landows Schuld zu stehen.

Interne Frage: Weshalb holt der jemanden, der etwas Unappetitliches über ihn weiß, wieder so nah an sich heran?

Interne Antwort: Weil er etwas davon hat.

Interne Frage: Aber was?

Interne Antwort: –.

«Wem berichte ich?»

«Mir», sagt der Mann mit Maske. «Und ich berichte Hergenrath.»

Landow trinkt, überlegt, trinkt noch einmal und tut nur noch so, als müsse er länger überlegen. Stellt schließlich das Glas ab.

«Bei unseren Recherchen über Ihre Agentur – sagt man *Agentur*? – über Ihre Tätigkeit als Ermittler haben wir bemerkt, dass Sie einen Auftrag dieser Größenordnung noch nie zu bearbeiten hatten – sagt man *bearbeiten*? Das ist ungewöhnlich. Aber genau deshalb wollte Hergenrath Sie für diesen Fall, vermute ich. Frisches Blut. Er wird seine Gründe haben. Und es soll natürlich Ihr Schaden nicht sein, finanziell nicht und auch sonst nicht. So etwas kann für Ihr junges Unternehmen als Referenz dienen. Rundheraus gefragt: Sind Sie imstande und bereit, einen Regierungsauftrag zu übernehmen? Einen Auftrag, der erstens streng geheim ist – deshalb dieses Theater – und es zu bleiben hat, und der zweitens mutmaßlich so aufwendig für Sie und Ihren Partner sein wird, dass Sie andere, aktuelle Fälle beenden oder aufschieben werden müssen?»

Die, wer immer *die* sind, haben also noch nichts von Leos Ausscheiden erfahren, ihre Recherchen können so penibel nicht gewesen sein. Was das Aufschieben und Beenden aktueller Fälle angeht, wird er sich leichttun. Sein einziger Fall hat sich gerade eben durch den Himmelssturz Gürtlers von selbst erledigt. Geheim und Regierung, das riecht in der Tat nach Geld. Landow sieht sich angesichts dessen schon von der dritten Klasse eines Auswandererschiffes Richtung USA direkt in die zweite aufsteigen. Die Nebelhörner klingen hier oben gleich viel weniger unheimlich, findet er.

Durchaus verhandlungsbereit setzt Gabriel Landow also das unergründlichste Spieltischgesicht auf, zu dem er mitten in der Nacht, er schätzt, es wird 3 Uhr sein, in der Lage ist. «Nun denn, um was geht es?»

«Gut», sagt der Herr mit der Maske und lächelt kurz. Seine Hände ruhen übereinandergelegt auf der geschlossenen Akte. Es sieht so aus, als würde er jeden Moment zu Messer und

Gabel greifen und die Akte verspeisen. Stattdessen greift er zu einem Tischglöckchen und läutet weihnachtlich.

«Da wir den ersten Schritt erfolgreich hinter uns gebracht haben, gestatten Sie, dass ich zwei Herren dazuhole und wir Ihnen gegenüber mit offenen Karten spielen.»

In der Rückwand des Zimmers öffnet sich eine verborgene Tür, und zwei ältere Männer um die fünfzig, beide in ähnlich schwarzen Dreiteilern wie der am Tisch, treten leise ein und kommen heran. Die beiden tragen keine Masken. Beide sehen müde aus, was angesichts der Uhrzeit nicht wundert. Der, der die ganze Zeit über schon da war, nimmt seine Opernballmaskerade jetzt ab und enthüllt dabei zwei wasserhelle Augen. Er reibt sich mit Daumen und Zeigefinger ein paarmal rasch über die Lider, dann lächelt er wieder flüchtig zu Landow herüber.

«Darf ich vorstellen: Herr Schlesinger vom Inneren und Herr Bein –»

Er gerät ins Stocken, weil der gemeinte Herr ihm etwas zuflüstert.

«Pardon, ich korrigiere, Herr *Beil*, von der Marine. Mein Name ist Sauermann. Und, der Vollständigkeit halber: Wir befinden uns hier im Innenministerium, im Seitentrakt, dem verschwiegenen Teil der Behörde sozusagen.»

Die Herren deuten den Hauch einer Verbeugung an und setzen sich.

«Ich versuche, es kurz zu machen», sagt Schlesinger. Er hat ebenfalls helle, graublaue Augen. Ein silbergraues Bleistiftbärtchen über der Oberlippe und ein offensiv vorstehender Schneidezahn verleihen ihm etwas von einem eleganten Nager.

«In den letzten Wochen, am 11. April und am 5. Mai, sind zwei Mitarbeiter staatlicher Stellen zu Tode gekommen. Gewaltsam zu Tode gekommen. Beide waren, wenngleich nicht in führenden Positionen, aber dennoch mit einem geheimen Rüstungsprojekt betraut. Sie hatten dadurch Zugang zu Dokumenten, die für bestimmte Kreise von großer Bedeutung sein können.»

«Zudem kam es auf den Routen einiger Geheimkuriere in letzter Zeit zu gewissen Unregelmäßigkeiten. Offen gesagt wissen wir noch nicht, ob es dabei einen Zusammenhang gibt zu den erwähnten Todesfällen. Auch hier befinden wir uns noch im Prozess einer Überprüfung durch externe Kräfte, dieses Mal sogar auf Weisung von ganz oben. Die Gemengelage ist mithin komplexerer Natur», ergänzt Sauermann, dazu ausgiebig mit Papieren raschelnd.

«Wir wollen unseren Gast doch nicht unnötig überfordern, nicht wahr?» Schlesingers eisiger Blick unterbindet jede mögliche Erwiderung darauf. Sauermann nickt kurz und schweigt dann lang.

Auch Schlesinger macht eine kleine Pause und sieht Landow fest an, so, als erwarte er, dass der sofort aufspringen, salutieren und ohne Nachfragen den Auftrag in Angriff nehmen würde. Landow legt stattdessen die Beine übereinander, bedauert dies sofort wegen der Fadenscheinigkeit seiner Hose, fragt aber umso ruhiger: «Und was noch?»

«Berechtigte Frage», räuspert sich Beil in die Runde. Er hat, wahrscheinlich auch ausgeschlafen, ein konturlos teigiges Gesicht von kalbfleischigem Roséton, aus dem heraus kleine, engstehende Augen Landow mit kaum verhohlener Skepsis mustern. «Normalerweise haben wir interne Ermittlungsorgane, die ämterübergreifend mögliche Spuren verfolgen.»

«Spuren?»

«Hinweise, ob es um Veruntreuung oder Spionage ging,

zum Beispiel. Normalerweise klären wir so etwas selbst, still und gründlich.»

«Aber jetzt …?»

«Aber jetzt verhält es sich bedauerlicherweise so, dass wir diese üblichen internen Wege nicht beschreiten können und wollen, weshalb, spielt für Ihre Ermittlungsarbeit keine Rolle.»

«Hergenrath empfahl deshalb eine externe Kraft. Jemanden von außen. Ich deutete das bereits im Vorfeld an, jemand Ungewöhnlichen. Sie», sagt der jetzt unmaskierte Sauermann, schenkt dabei etwas zu schwungvoll Wasser nach und öffnet seinen Aktendeckel wie eine Schatztruhe.

«Die beiden Toten waren, wie gesagt, mit einem geheimen Rüstungsprojekt befasst. Pläne dieses Projektes, Konstruktionszeichnungen, Materiallisten und dergleichen, sind bedauerlicherweise inzwischen an Stellen aufgetaucht, an denen sie nicht hätten auftauchen sollen. Apropos auftauchen: Das geheime Projekt, um das es sich handelt, ist die Konstruktion eines Unterwasserschiffes. Eine revolutionär neue Waffe.»

Beil antwortet auf Landows fragenden Blick mit einem straffen Vortrag über die überschaubare Geschichte des Unterwasserschiffbaus im Deutschen Reich und anderswo und dessen in Zukunft ungeahnte Bedeutung für den Seekrieg.

«Im Gegensatz zu herkömmlichen Marineschiffen können Tauchboote nicht nur untergehen, sondern auch wieder auftauchen. Aus einsehbaren Gründen (zu teuer, zu gefährlich, zu langsam) wurden derartige Projekte immer mal wieder in Erwägung gezogen, gebaut und verworfen. Napoleon I. wollte eine ganze Flotte von Unterwasserschiffen, verwirklicht wurde selten etwas, das meiste davon ging bei Erprobungsfahrten unter. Besonders die Steuerung und der Antrieb waren und sind ein Problem.»

Landow nickt verständnisvoll. Seine privaten Erfahrungen mit Unterwasserbooten gehen diese Herren nichts an.

Beil fährt fort: «Zuletzt hat ein deutscher Ingenieur namens Bauer versucht, seine Pläne für ein Unterwasserschiff an verschiedene Nationen zu veräußern. Nachdem die Tommys ihn zunächst umworben, dann aber fortgejagt hatten, lief Bauer enttäuscht zu den Russen über. Das war kurz nach 1865. Ein Prototyp eines anderen deutschen Entwicklers, Vogel, wurde bereits von kleinen Dampfmaschinen angetrieben, überlebte aber erste Versuche in der Elbe nicht. Erst im letzten Jahr hat ein Schwede, ein gewisser Nordenfeldt, Erfolg gehabt, teilweise zumindest. Die Amerikaner sind dran, die Spanier ebenfalls, die Russen sowieso. Wahrscheinlich jedenfalls.»

Landow verdrängt schemenhafte Gedanken an einen kleinen See mit Uferschilf und altem Bootshaus, indem er Herrn Beil interessiert ansieht.

«Das Unterwasserschiff, wenn es erst einmal kontrolliert steuerbar ist, revolutioniert den Seekrieg», übernimmt Schlesinger, der elegante Nager, jetzt wieder: «Kennen Sie Wagners ‹Rheingold›? Die Oper? Der Zwerg Mime schmiedet darin einen Tarnhelm, der seinen Träger unsichtbar macht. Ein Unterwasserschiff ist ein solcher Tarnhelm. Anders formuliert: Mit den Torpedos, mithin Granaten, die unter Wasser auf ein feindliches Schiff abgeschossen werden können, werden Unterwasserschiffe die Wölfe in einer ahnungslosen Schafherde sein. Notabene und nur zur Abrundung des Themenfeldes: Bisher kann der Whitehead-Torpedo nur von über Wasser fahrenden Torpedobooten abgeschossen werden. Das Ziel … unser Ziel ist jedoch, das erste, steuerbare Unterwasserschiff mit submarinem Torpedoabschuss zu konstruieren. Unsere Schlagkraft gegenüber Frankreich und Russland wäre immens.»

Landow stellt das Wasserglas auf den Tisch zurück: «Steht denn ein Krieg bevor?»

Die drei Herren ihm gegenüber sehen ihn nur an und schweigen.

Es ist Schlesinger, der das Schweigen bricht.

«Ein Staat, noch dazu eine junge Nation wie unsere, umkreist von stärkeren Allianzen, befindet sich tatsächlich nie vollständig im Frieden. Zu glauben, dass in Friedenszeiten Mädchen in weißen Kleidern auf Wiesen tanzen, diese Vorstellung ist naiv und das Vorrecht von Zivilisten. Tatsächlich befinden wir uns immerzu in einem Krieg, einem Grabenkampf um technischen Vorsprung, einem Krieg um Informationen. Solcher Informationen, die nicht für die Zeitung bestimmt sind. Auch in einem solchen Friedenskrieg kann es zu Todesfällen kommen, zu Kollateralschäden. Deshalb sind Sie hier.»

Sauermann schiebt Landow die dünne Akte über den Tisch. «Sie finden darin die notwendigen Eckdaten. Die Totenscheine wurden unsererseits bereinigt, in einer so brisanten Thematik können wir keinerlei Zweifel oder Fragen dulden. Die Angehörigen gehen demzufolge von einem normalen Tod aus, das Reich zahlt neben der Pension noch eine kleine Gnadengratifikation. Der Tod der beiden Herren ist so zumindest wirtschaftlich für die Familien zu verschmerzen, und seitens der Angehörigen werden keine Fragen zu erwarten sein.»

«Und was ist meine Rolle in diesem Unterwasserspiel?»

Schlesinger stülpt die Oberlippe über seinen Nagezahn und blinzelt dabei verschwörerisch: «Festzustellen, ob wir es mit bloßen Zufällen oder mit Korruption und Spionage zu tun haben. Standen die beiden Toten miteinander in Kontakt, stand jemand von außen, von Ost oder West, mit den Toten in Kontakt?»

«Im Idealfall stellt sich alles nur als reine Vorsichtsmaßnahme heraus, die Ihnen eine hübsche Summe Geldes einbringt», schmunzelt Sauermann die mehrfache Erwähnung des Todes fort.

«Apropos ‹Stange Geld› …?»

«Nun», mischt sich der elegante Nager wieder ein, «da es sich um eine Angelegenheit von gewisser Dringlichkeit für das Vaterland handelt, sind wir bereit, den üblichen Tagessatz Ihres Büros zu verdoppeln.»

Die drei Herren, der Nager, der maritime Kalbfleischkopf und der freundliche Herr Sauermann, sehen Landow prüfend an. Landow steigt äußerlich ungerührt von der luftigen zweiten Klasse in den stechenden Mief des Auswandererdecks zurück. Er steht geräuschvoll auf.

«Danke für das Wasser.»

Er geht auf die Tür zu, durch die er glaubt, hineingebracht worden zu sein.

«Dreifacher Tagessatz. Plus Diäten», hört er den Nager hinter sich.

Landow geht weiter und legt betont ruhig die Hand auf den Türknauf. Was, wenn die Tür verschlossen ist? Wie ein guter Auktionator wartet er auf ein Vier- bis Fünffaches. Mindestens.

Da hört er Schritte hinter sich. Schon ist Sauermann neben ihm, fasst ihn besänftigend am Arm.

«Sie haben recht. Wir schleppen Sie mitten in der Nacht hierher und knausern dann wie jüdische Tuchhändler. Ich bin sicher, Hergenrath wird einen angemessenen Betrag für Sie ermöglichen. Aber da ist noch etwas, wahrscheinlich Wertvolleres, für Sie drin.»

Landow lässt den Türknauf los und dreht sich halb Sauermann zu.

«Wenn Sie diesen Fall übernehmen und zufriedenstellend zu Ende bringen, winkt Ihnen eine vollständige Rehabilitation in dieser unguten Angelegenheit damals vor dem Kriegsgericht. Eine Ungewissheit, die sicherlich nicht nur Sie als ehemaligen Soldaten und Ehrenmann, sondern Ihre gesamte Familie überschattet, habe ich recht?»

Er hat recht. Natürlich hat er recht. Aber das geht diese Leute hier nichts an.

«Ah, verstehe», nickte er deshalb mit einem gespielt überlegenen Lächeln. «Steckt in Wahrheit also mein Vater hinter diesem Arrangement? Wie konnte ich nur annehmen, dass das Deutsche Reich ausgerechnet einen in Ungnade gefallenen Ermittler engagiert, der sein Büro im Hof einer Pferdemetzgerei hat. Wegen meiner schönen Augen wohl kaum.»

«Wie auch immer», sagt Sauermann, «Sie wären mit einem Schlag rehabilitiert. Und, nein, Ihr Herr Vater hat mit dieser Sache nichts zu tun. Seit seinem Rückzug aus dem Parlament habe ich nichts mehr von ihm gehört. Mein Beileid, übrigens, unser aller herzliches Beileid, so viel Zeit muss sein.»

«Beileid? Wozu?»

«Zum Tode Ihres Herrn Vaters, Freiherr von Landow.»

Nachdem Sauermann Landow hinausbegleitet hat, stehen Schlesinger und Beil an einem geöffneten Fensterflügel und paffen weißen Rauch aus dünnen Zigarren in die noch blauschwarze Hauptstadtnacht.

«Was halten Sie von ihm?»

«Von Sauermann?»

«Von diesem Landow.»

«Ich habe mir abgewöhnt, zu bestimmten Dingen eine Meinung zu haben. Wir werden ja sehen, was seine Ermittlung ergibt. Wahrscheinlich falscher Alarm. Das Schöne an diesen Zeiten ist: Du kannst heute sogar die Existenz von Gott in Frage stellen, ohne dafür verbrannt zu werden. Aber die Anweisung einer übergeordneten Dienststelle: niemals.»

Beide nicken müde und paffen.

«Was mir nicht ganz klar ist: Untersucht dieser ‹Detektiv› lediglich die beiden Todesfälle im Ministerium oder auch die … Vorkommnisse bei der Überprüfung der geheimen Kurierrouten?»

«Er untersucht einen tödlichen Verkehrsunfall mit Verursacherflucht und einen Todesfall bei Ausübung einer englischen Modesportart. Hätte dieser Kerl Faustball gespielt, würde er womöglich noch leben. So oder so: Der junge Mann wird mit der Erhellung dieser beiden Fälle vermutlich genug zu tun haben. Von den Kurierrouten und allem, was damit zusammenhängt, hält er sich besser fern. Ich zitiere mich selbst: ‹Du kannst heute sogar die Existenz von Gott in Frage stellen, aber die Anweisung einer übergeordneten Dienststelle: niemals.›»

Beide schweigen einmütig, genießen ihre Tabake aus Südamerika und die kühle Nachtluft, die wohltuend von außen über ihre brennenden Lider streicht und, gut möglich, vor wenigen Minuten erst das Brandenburger Tor passiert hat. Gute, klare Preußenluft.

Zur gleichen Zeit, zwei Etagen tiefer.

«Kommen Sie, Landow, ich möchte Ihnen etwas zeigen», flüstert Sauermann. Die Müdigkeit hat seine manchmal gefährlich tückischen Mausaugen über der völlig geraden Nase noch kleiner gemacht, aber er arbeitet unermüdlich weiter. Aus Pflichterfüllung, Dienstbeflissenheit, für das Vaterland und aus Angst vor Hergenrath. Sauermann nimmt sanft Landows Arm und führt ihn den hell erleuchteten Korridor entlang. Durch die hier hoch in der Wand sitzenden Fenster dämmert bereits schwach ein Morgen.

«Uns ist durchaus bewusst, dass dieser Überfall – und das ist es ja in mehrfacher Hinsicht gewesen, nicht wahr – Sie zunächst verwirren muss. Aber uns scheint Vorsicht angebracht, was diese Sache angeht. Der Reichskanzler hält Dinge wie Tauchboote für Idiotie, deshalb wird sich sein Amt kaum einmischen. Trotzdem ist Eile geboten. Die deutsche Eiche braucht wieder Stabilität, wenn Sie mich fragen.»

Landow hat keine Ahnung, was dieser Sauermann damit meint. Er, Landow, soll, wenn er das richtig verstanden hat, lediglich feststellen, ob die beiden toten Staatsbeamten in Kriegsspionage oder dergleichen verwickelt waren. Er hat nicht die geringste Ahnung, wie er das anstellen soll, lässt sich aber von Sauermann widerstandslos um die eine und andere Ecke geleiten. Jetzt bleiben sie stehen. Der Korridor hier ist bloß noch ein schmaler, unbeleuchteter Flur, von dem auf jeder Seite etwa zwanzig nummerierte Türen abgehen. Sauermann öffnet eine davon. Als dieser drinnen das Gaslicht hochdreht, erkennt Landow einen hohen Raum von quadratischem Grundriss mit einem Schreibtisch und je einem Stuhl dahinter, einem davor. Auf dem Schreibtisch liegt ein Stapel weißes Papier. Auf dem Tisch steht sogar eine Schreibmaschine. Eine Remington, wahrscheinlich das gleiche Modell, das er auch hat.

«Alles da, was ein Sonderermittler braucht, hoffe ich», sagt Sauermann.

Landow betrachtet die Maschine näher. Tatsächlich, eine Remington Standard No. 2.

«Eine amerikanische Maschine», sagt Sauermann und lächelt seltsam spitzbübisch.

Landow setzt sich, zaghaft wie am ersten Schultag nach den Ferien, und spannt ein Blatt Papier ein. Das hängende g, die bockige Umschalttaste, das Stück abgeplatzter Lack links am Sockel, das wie ein rennender Hund aussieht. Fragend sieht Landow Sauermann an, und der lächelt nun triumphal zurück: «Da staunen Sie, was, Landow? Damit wir keine Zeit verlieren, haben wir uns erlaubt, Ihnen Ihre eigene Maschine hierherzustellen. Keine Angst, wir haben nichts durcheinandergebracht in Ihrem …», wieder schmunzelt Sauermann flüchtig, «… Ihrem Büro.»

Sie drucksen herum, schlagen sich die Nacht um die Ohren, um ihn, einen kleinen Seitensprungschnüffler, für einen Fall zu gewinnen, den sie einfacher intern lösen könnten. Sie dringen in sein Büro ein. Warum das alles? Nur, um ihm zu beweisen, dass sie das können, wenn sie wollen? Spionageverdacht, Hergenrath, Mordermittlungen … Alles spricht dagegen, diesen Auftrag anzunehmen, denkt Landow. Alles. Deshalb sagt er «Ja».

Fünffacher Tagessatz. Ein Protokoll pro Tag. Er ermittelt, wie er es für richtig hält. Wie er es für richtig hält, wird sich noch zeigen müssen, aber das zu sagen, verkneift er sich.

«Einverstanden», sagt Sauermann und unterdrückt sichtlich zufrieden ein Gähnen.

«Übrigens, weil wir vorhin davon sprachen, wissen Sie, was das dort ist?» Sauermann zeigt auf ein kleines, schwarzes Gerät aus Gusseisen, das oben einen Handhebel hat. Eine Art Presse. Landow schüttelt den Kopf.

«Das», lächelt Sauermann, «ist eine Waffe.»

Sauermann nimmt ein paar Blätter Papier vom Stapel, ordnet sie kantengenau und schiebt sie unter das Gerät. Mit der freien Hand drückt er sanft den Hebel hinunter. Als er das

Papier zurückzieht, erkennt Landow zwei kleine, kreisrunde Löcher an der linken Kante des Papiers.

Sauermann schiebt die Blätter mit der Lochung auf ein Gestell mit zwei dünnen Metallspießen: «Vollkommene Ordnung. Nichts verrutscht, nichts geht verloren. Das revolutioniert die Verwaltungsarbeit, mein Lieber. Selbstredend deutsches Patent, deutscher Erfindungsgeist. Das macht uns keiner nach.»

Landow hat das sichere Gefühl, dass Sauermann jetzt eine Gänsehaut hat unter seinem dunklen Anzug, beschließt aber, nicht danach zu fragen. Er erhält von Sauermann noch einen Schlüssel für eine Seitentür, dazu den Ausweis eines Sonderermittlers.

«Sie kommen, wann Sie wollen, Sie gehen, wann Sie wollen, aber bitte – Hergenrath zuliebe – haben Sie Erfolg, ja?»

Damit geht Sauermann den stillen, jetzt milchig morgengrauen Flur entlang und verschwindet an dessen Ende nach links.

Landow betrachtet seine alte Schreibmaschine: wie er selbst hierher verschleppt, um für das Vaterland zu kämpfen in einem Krieg, der vielleicht irgendwann stattfinden wird. Eine gekidnappte amerikanische Schreibmaschine neben einem patentierten deutschen Papierlochmacher. Eine transatlantische Allianz mechanischer Präzision. Sein Vater ist also tot. Nicht einmal das mitzuteilen, haben sie die Größe besessen. Landow schließt todmüde die Tür, als er geht. Von hinten klappern eilige Schritte näher und folgen ihm. Sauermann kommt außer Atem wieder den Flur herunter.

«Gut, dass Sie noch da sind», keucht er.

Als er Landow erreicht, flackern seine kleinen Augen wieder, aber nicht hinterhältig wie vorher manchmal, bloß ängstlich. Aber vielleicht liegt das nur am schlechten Gaslicht in diesem Teil des Gebäudes.

Sauermann hält ihm ein Blatt hin. Ein Polizeiprotokoll.

Landow überfliegt das Blatt: männliche Leiche, erhebliche Gewalteinwirkung unbekannter Ursache, aufgefunden auf dem Übungsfeld Tempelhof, Uhrzeit 1 Uhr 45, Name Gürtler, Vorname Heinrich Wilhelm, wohnhaft …

«Jetzt sind es drei», sagt Sauermann tonlos.

Von dem Buch in der Hand des Toten steht dort nichts, sieht Landow. Weshalb nicht? Der Inhalt von Gürtlers Hosentaschen dagegen ist penibelst protokolliert. Selbst das zerknüllte Papier einer Brustkaramelle.

10

Immer noch Mittwoch, 16. Mai.
Noch zehn Minuten bis sieben und noch
30 Tage bis zum Tod des Kaisers.

Der ganze Raum platzt beinah vor Spannung und Erwartung. Seit dem großen Feuer von 1622 oder '23 und dem Vorbeizug der geschlagenen napoleonischen Armee im Winter 1812 ist hier noch nie etwas Bedeutendes geschehen. Warum auch. So weit von der Hauptstadt entfernt. Aber jetzt! Obwohl es streng geheim ist – oder gerade deshalb – reden sie seit Tagen von nichts anderem.

So etwas Geheimnisvolles ausgerechnet bei ihnen! Diese wichtigen Leute! Professoren sollen darunter sein und, das hat der Brandstetter gesagt, ein Japaner. Ein echter Japaner! Hier! Deshalb haben sie den fast vergessenen, einsam gelegenen Pavillon am grünen Rand der Landow'schen Güter gefeudelt und gewienert und nach vergeblichen Versuchen, ihn damit für Professoren und Japaner stattlich zu machen, innen gleich ganz neu gestrichen. Der Duft der frischen Farbe mengt sich jetzt mit dem der schweren Blumengestecke, die sie immer noch hereintragen, als sollte der alte Kaiser ein zweites Mal beerdigt werden.

Die beiden Mägde, die dicke und die noch dickere, setzen eine weitere Bodenvase mit blasslila Phlox ab. Verstohlen sehen sie dabei zum Fenster rüber. Der junge Herr ist nervös, sehen sie. Er starrt hinaus, dabei zieht er wieder und wieder die Uhr vom alten Grafen raus und lässt sie aufschnappen. Pling-pling – schon nach den ersten Tönen der Melodie drückt er den Deckel wieder zu und steckt die Uhr zurück. Ja ja, der junge Graf Perikles ist nervös, das merken die Dicke und die Dickere sehr genau, als sie nun, flüchtig vor ihrem neuen Herrn knicksend, flüsternd den Raum wieder verlassen.

Wie so ein Japaner wohl aussieht? Gelb wie reifer Mais, sagt Brandstetter. Und der kennt sich aus. Zumindest mit Mais.

Zu bunt, zu voll, zu viel von allem. Das hier erinnert in seiner bemühten Art an Bauerntheater, ist aber liebevoll und durchaus nicht ohne Gespür von Geschmack und Größe gemacht. Oder sollte man besser sagen: von vergangener Größe? Mit dem Tod des greisen Wilhelm im März hat man, so empfinden es zumindest viele hier in der Gegend, auch eine Epoche zu Grabe getragen. Der Nachfolger, der dritte Friedrich, wird gleichsam als Inkarnation für die kränkelnde Zeit angesehen, schon jetzt, in vermeintlicher Lebensblüte dem Tod geweiht, noch dazu mit einer englischen Prinzessin verheiratet, ausgerechnet mit einer Tochter jener gefährlichen Matrone Victoria. Liberal sei er, wenn er nicht gerade Blut huste, sagen die einen am Stammtisch. Viel zu liberal, sagen die anderen. Früher, '48, noch im Saft, als Kronprinz, hatte er reihenweise Aufwiegler und Revolutionäre mit Kartätschen niedermähen lassen wie reifes Getreide. Ja: früher.

Schwerer Duft steigt still aus den Vasen und erfüllt den Raum mit dem langen, polierten Tisch und den bereitgestellten Tintenfässern und gestapelten Schachteln unschuldig weißen Papiers. Das alles hier erinnert an ein Begräbnis. Und genau das ist es. Hier wird mit voller Absicht die alte Zeit zu

Grabe getragen. Bloß dass die Toten womöglich erst in fünf, zehn, vielleicht sogar erst in zwanzig Jahren beweint werden können. Aber nicht von denen, die alsbald diesen noch leeren, vor Erwartung knisternden Raum füllen werden mit ihren Forderungen, Plänen, Kalkulationen, Prozent- und Abschlagsrechnungen und schließlich mit dem hellen, erregenden Kratzen der Federn unter Vereinbarungen und Verpflichtungen von ungeheurer, kaum absehbarer Tragweite.

Das alles hier ist nicht Berlin, nicht Potsdam, ist tiefste Provinz, ist bloß ein frischgetünchter und in jedem Winkel mit Seife ausgewaschener Pavillon, der irgendwann irgendwem aus der alten Zeit zur Erbauung oder zu Konzerten gedient hat. Dies hier ist nichts und nirgends. Und genau deshalb ist man hier.

Die Herren kommen alle innerhalb einer halben Stunde an. Man begrüßt sich, die meisten sehen sich öfter, mal in Frankfurt, mal in Wien, man geht hinein. Als die Speisen, kaltes Geflügel, Obst, eine kräftige Suppe samt Rechaud, auf dem weiß gedeckten Seitenkabinett vor der Wand abgestellt worden sind, schickt man die Bedienkellner und Mägde hinaus. Man wird sich selbst bedienen, am Buffet und auch sonst in der Welt. Die Diener drucksen ratlos vor dem Entree herum und fragen sich, weshalb sie ihre Leinenhemden gestärkt und geplättet haben, wenn sie hier nicht gebraucht werden. Überrascht und schief grinsend starren sie die warme Münze an, die man jedem von ihnen fürs Nichtstun in die Hand gedrückt hat, dann zucken sie schnell mit den Schultern und gehen, wieder schwatzend, den schmalen Weg ins Dorf zurück. Der quirlige Frühlingswind zerrt an den raschelnden, schneeweißen Schürzenbändern der Mägde. Hinter ihnen, im Pavillon, haben die Sekretäre bereits die dünstenden Blumenarrangements vor die Tür getragen und schließen die Vorhänge. Man macht drinnen Licht. Draußen, von Koselitz her, grüßt erwartungsvoll der neue Tag. Dann schlägt man drinnen die Mappen mit den schmalen Zahlenkolonnen auf. Zahlen, viele, unzählige Zahlen werden hier zu verhandeln sein.

Auf dem Weg Richtung Dorf haben die Burschen einer Magd albernd die Schürze fortgerissen. Die halten sie jetzt hoch in die Luft und lassen sie vor dem Eisengrau des ahnungslosen Morgenhimmels flattern wie einen Drachen. Weiß wie das Friedensfähnlein eines Unterhändlers.

Drinnen im verschwiegenen Pavillon, weitab von lästiger Öffentlichkeit und Weltgefüge, sind die Gespräche bereits in vollem Gange:

«Bei der Badischen Anilin und anderswo arbeitet man fieberhaft an der Herstellung eines Gases, das durch die Poren der Haut aufgenommen wird», sagt ein kleiner Mann mit gemütlichem Gesicht und steckt sich etwas kalten Braten in den Mund.

«Aufgenommen? Von wem?»

«Von allen, die nicht schnell genug wegrennen. Also von allen. Das Gas ist unsichtbar und unhörbar. Aber Ludwigshafen braucht noch etwas, heißt es.»

«Beinah unheimlich, diese neuen Möglichkeiten, finden Sie nicht? Die Kriege der Zukunft werden in der Luft und unter Wasser geführt. K. arbeitet an einem Geschütz enormer Größe, das von einem Eisenbahnwaggon aus abgefeuert wird.»

«Das Bessere ist des Guten Feind. Maxim hat sein Maschinengewehr noch einmal verbessert. Sechshundert Schuss. Pro Minute. Zehn Schuss pro Sekunde, richtig, das kennen Sie bereits, jetzt aber machbar über einen verbrieften Zeitraum von fünf Minuten nonstop. Erst dann müssen die Läufe abkühlen. 3000 Schuss am Stück, da bekommt man ja vom Erzählen schon Angst, was? Sagenhaft. Sagen Sie, wo ist der Abort? Oder müssen wir an diesem verschwiegenen Ort auf die Wiese?»

Drei lachen. Man ist gelöster Stimmung, aufgeräumt. Einer schließt sich dem Abortgänger an, um en passant in Erfahrung zu bringen, wie lang die erwähnte Abkühlphase dauert.

Man ist hier trotz des ungewöhnlichen Rahmens, das spürt jeder, Teil einer großen, schnellen Entwicklung, die Fortschritt heißt. Teil einer großen Kraft, die viel Krieg verspricht und noch mehr Gewinn. Die Herren erstellen neue, lange Listen, es wird gerechnet und gegengerechnet. Die wirklich Wichtigen sind noch gar nicht am Tisch, sie werden bloß K. oder B. oder F3 genannt, wie die Figuren eines Schachspiels.

«Wie weit ist Benz mit diesem Automobil? Wir brauchen pferdelose Wagen, die große Lasten transportieren können. Keine Picknickkarren.»

«Wir brauchen dazu dringend mehr Kautschuk aus Belgisch-Kongo.»

«Für Zeltplanen?»

«Für Autoreifen. Schließlich heißt es Automobil und nicht Autoimmobil. Maschinen und Motoren, gut und schön, aber nur Reifen rollen dorthin, wo die Schiene nicht mehr hinkommt.»

«Eigentlich schade, was, Pferde werden wir dann nur noch für Paraden brauchen.»

«Und für die Truppenverpflegung. Stichwort: Gulaschkanone.»

Was man bei der gelösten Stimmung nicht vermuten würde: Diese verschwiegene Verkaufskonferenz ist für die meisten hier ungewohntes Terrain. Einige fühlen sich wegen des ländlich-rustikalen Ambientes an ihre Kindheit erinnert, andere – noch unangenehmer – an die Schulzeit. Denn die erste Stunde der vertraulichen Zusammenkunft dient ganz der Vergegenwärtigung physikalischer Regeln und Effekte. Zwei Referenten erläutern in ruhigem Ton Parameter wie Rückstoßdämpfung, Geschossenergie, referieren über Rohrrücklauf, Luftdruckvorholer, Warmverformung durch Dauerbeschuss, Anstellwinkel von Flugkurven, die Trägheit verschiedener Stahlsorten, grundsätzliche Nachteile des Pivot-Aufbaus auf Geschützlafetten, Präzision des Streubereichs und über die wünschenswerten Erfolge Nobels und Dewars bei der Rauchreduktion von Schnellfeuergeschützen aus dem Vorjahr.

«Dauerfeuer bei klarer Sicht, sensationell», murmelt einer am Kopf des Tisches und macht sich eine schnelle Notiz.

Zwischen einem raschen, kalten Imbiss (Kalbsbraten auf Roggenbrot) und dem Dessert (Apfelküchlein Danziger Art) sorgt die Produktdemonstration eines bislang eher unscheinbar gebliebenen Präsentators für besondere Resonanz. Nach einem kurzen Einführungsvortrag, der in wenigen, gut verständlichen Sätzen die Wirkung dieses schlicht *Senfgas* genannten Stoffes umreißt – «Die exakte wissenschaftliche Definition dieser Schwefelverbindung ist der deutschen Koryphäe Professor Victor Meyer erst kürzlich gelungen» –, geht der sehr ruhig agierende junge Mann, fast noch ein Jüngling, dazu über, einen etwa eimergroßen Glaszylinder über drei lebende Wanderratten zu stülpen und im Anschluss über ein Schlauchsystem etwas von diesem neuartigen Stoff in ebendiesen Glaszylinder einzuleiten. Dass die Tiere binnen kurzem unter heftigen Zuckungen starben, war freilich erwartet worden. Ein erstes Oho entfacht die Nennung der winzigen Menge des dazu benötigten

Gases. Für vereinzelten Applaus aus der Runde sorgt daraufhin die Bekanntgabe des eingesetzten, verschwindend geringen Herstellungspreises hochgerechnet auf Bataillonsstärke.

Nach einem nochmaligen kurzen Aufreißen der Fenster und einem weiteren hastigen Imbiss widmet sich der zweite Teil des Vormittags ganz der Mathematik: Die Herren haben dazu größtenteils ihre Jacketts ausgezogen und rechnen in schlanken Kolonnen Liste um Liste voll. Wer Bedarf hat, lässt sich von einem der vier stillen Herren an der Stirnseite des Pavillons technische Details an verblüffend naturgetreu nachgebauten Modellen demonstrieren, die die Präsentatoren wie stumme Diener aus ihren geräumigen Musterkoffern zaubern. Handfeuerwaffen oder per Hand zu expedierende Granaten, kaum apfelgroß, können in Originalgröße betastet und begriffen werden. Aus Versehen löst sich einmal sogar aus einer der neuen Pistolen ein Schuss, der aber lediglich etwas Wandfarbe auf die Happen mit mariniertem Aal rieseln lässt. Nach einer kurzen Schrecksekunde und befreiendem Lachen allerseits geht man wieder ganz in den vornehm gedämpften Verhandlungston der jetzt gebildeten kleinen Gesprächsgruppen über, der musikalisch durchsetzt wird von den geflüsterten Sprachfetzen der beiden Übersetzer.

Noch, da sind sich alle hier einig, ist nicht klar, wer hier Krieg führen wird und gegen wen. Auch das Wann und das Weshalb ist noch nicht näher definiert. Fest steht jedoch, dass sie und die Konzerne und Banken, denen sie angehören, zu den Siegern zählen werden.

Nach ein paar Stunden harten Feilschens sind die Pläne gemacht, die Absichten erklärt, die ersten schieben schon ihre

Berechnungen in die schmalen Ledermappen zurück und dehnen am Fenster auffällig die Glieder. Vier Stunden hat man ohne nennenswerte Pause konferiert. Die Ersten müssen bald zurück, um ihre Fernzüge in der Hauptstadt zu erreichen.

«Hat jemand die genaue Zeit?»

Einer am Fenster sieht auf seine Taschenuhr. Der aufklappende Deckel setzt ein zartes Spielwerk in Betrieb.

«Exakt halb eins. Auf die Minute.»

«Mit anderen Worten: Das gefürchtete ‹Fünf-vor-Zwölf› liegt bereits weit hinter uns, was?»

Zwei lachen scheppernd und entzünden dünne Zigarren, der Rest schmunzelt, packt ein.

«Mozart? Die Melodie aus Ihrer Uhr?»

«Beethoven. Sechste.»

«Beethoven. Viel besser. Auch so ein deutsches Genie wie Krupp.»

Im festen Gefühl, Großes geleistet und den Weg für Wohlstand und Geschichte planiert zu haben, öffnet man schwungvoll Vorhänge und Türen und lässt den Mai herein.

In raschen Abständen fahren ihre Kutschen davon. Binnen weniger Augenblicke ist der Ort ihrer Verhandlungen wieder das, was er immer schon war: tiefste Provinz.

11

Immer noch Mittwoch, 16. Mai.
30 Tage bis zum Tod des Kaisers.

Landow verlässt das verschwiegene Rückgebäude des Ministeriums völlig erschlagen durch die beschriebene Seitenpforte. Der versteckte Eingang für Sonderermittler, Berufs-Chloroformierer und dubiose Lieferanten brisanter Informationen jedweder Art wahrscheinlich. Der Pförtner, ein wuchtiger Uniformierter, der den Glaskasten, in dem er döst, zu sprengen droht, hat den Kopf auf dem Wachbuch abgelegt wie ein Kind, das im Unterricht vom Schlaf übermannt wurde. Lautlos schnappt die Tür hinter Landow zu.

Er hat seit zwanzig Stunden nicht mehr geschlafen. Das Tageslicht brennt ihm in den Augen. Ein Guss Frühlingsregen lässt die ersten Passanten ihre Kragen hochschlagen und in ihre Büros und Kontore eilen. Nur Gabriel Landow steht Friedrichstraße Ecke Linden eine Weile herum wie bestellt und nicht abgeholt und lässt sich vollregnen. Sein Schädel brummt. Zu viele Fragen. Zu viele Ungereimtheiten. Zu wenig Klarheit. Er muss dringend etwas trinken, bloß einen Schnaps oder zwei. Seit gestern Morgen gegen zehn hat er keinen mehr gehabt. Als er vorhin das Papier in die Maschine kurbelte, zitterten seine Hände so stark, dass es ihn schämte. Er muss trinken. Er muss ins Bett. Er muss die Ursache für drei tote Reichsbeamte finden, die offenbar allesamt irgendwas mit der Entwicklung von

Tauchbooten, Unterwasserschiffen und ähnlichen Zukunftswaffen zu tun hatten. Landow hat keinen Schimmer, wie er das anfangen soll. Seitensprünge, Affären, nagende Eifer- und Drogensucht, das ist sein Metier. Immerhin: Mit Tauchbooten kennt er sich ansatzweise aus.

Etwas später, der Regen hat inzwischen aufgehört, die Straßen mit den feinen Fassaden auch, biegt er in die stille Beuthstraße ein und fragt sich, ob er, wenn demnächst wieder Krieg wäre, noch einmal hinmüsste. Vielleicht nicht, schließlich haben sie ihn unehrenhaft entlassen. Oder ist die in Aussicht gestellte Rehabilitation nur eine Falle, um ihn wieder an die Front zu verfrachten? Und überhaupt: Ist das Ganze hier nur eine Falle? Aber wer hätte Interesse daran, ihm eine Falle zu stellen? Vor einer seiner zehn Stammkneipen setzt er sich auf die Stufen. Die *Ameise* in der Nähe seines Büros öffnet erst in drei Stunden, aber in etwa einer halben Stunde kommt die schlesische Putzfrau. Er würde ihr das schimmernde Reichsadler-Relief seines nach Leder duftenden Sonderermittler-Ausweises zeigen, sich hinterm Tresen eine Flasche Korn nehmen oder irgendwas sonst, womit er wenigstens über den Mittag käme, und damit bei Koestern unterm Dach in sein Bett kriechen wie ein regennasser Kater, der von Straßenkötern aufgemischt wurde.

Mal sachlich betrachtet: Sein Vater ist tot. Es könnte bald wieder Krieg geben. Die Russen haben ein Tauchboot, die Germanen noch nicht. Sauermanns Stabsstelle zahlt das Fünffache. Das Fünffache! Und ausgerechnet der Mann, von dessen zeitweiser Vorliebe für ungewaschene Halbwüchsige Landow weiß, soll ihm diesen Auftrag – dieses Himmelfahrtskommando? – zugeschanzt haben. Was, wenn das Ganze hier nur inszeniert wird, um ihn, Landow, loszuwerden? Mundtot zu machen. Wegen Hergenraths Straßenjungs. Hergenraths Akte ist wahrscheinlich offiziell noch unbefleckt, der tote Knabe von damals schläft noch tief unterm Laub vom Vorjahr im Forst von Liebenwalde. Wenn sie den finden, und sie finden sie immer – buddelnde Hunde, Jäger, Kinder, Pilzesammler –, dann wäre der längst so verwest, dass Hergenraths Akte dauerhaft weiß bliebe. Hergenraths elastischem Aufstieg im Treppenhaus des Reichsapparates würde nichts mehr im Weg stehen. Solange auch Landow nicht mehr aussagen konnte. Nie mehr.

«Jaja, dieser Landow, war ein schwarzes Schaf, ein Tunichtgut. Nun ist er tot. Es heißt, er sei zuletzt in einen Spionagefall verwickelt gewesen, wen wundert's, vorher Unterschlagung bei der Armee und dann von der Familie verstoßen, uralter ostpreußischer Adel. Vater saß für die Deutsch-Konservativen zwischenzeitlich im Reichstag, soll mit dem Reichskanzler per du gewesen sein, mittlerweile tot, wahrscheinlich wegen der Schande gestorben. Ausgesprochen unappetitlich, das alles.»

So was in der Art würden sie sagen.

Gesang reißt Landow aus seinem zittrigen Brüten. Eine Klasse von Gymnasiasten, Sexta oder Quinta, zieht in Zweierreihe singend vorbei, mutmaßlich zu einem der Museen weiter oben. Sie haben noch immer die schwarzen Trauerbinden zum Tode des Kaisers an den Ärmeln ihrer Schuluniformen.

«Rote Blätter fallen,
graue Nebel wallen,
kühler weht der Wind»,

tönen ihre dünnen Stimmen in der frisch gewaschenen Maienluft.

«Ihr seid die Rekruten der Zukunft», denkt Landow bitter, «da fallen nicht bloß die Blätter rot.» Er überlegt, ob ein Sonderermittler in die *Ameise* einbrechen darf.

«Könnse lesn?»

Endlich, die Reinemacherin.

«Offen ers ab elwe.»

Der Ausweis mit dem polierten Adler wirkt. Landow tut so, als überprüfe er etwas im Hinterzimmer, wo das schiefe Billard steht, dann schnappt er sich einen Korn und einen Kräuterschnaps und geht. Die Schlesierin klappert tiefgebeugt mit dem Eimer.

In der Hofeinfahrt einer Polsterei drei Häuser weiter nimmt er einen tiefen Schluck, dann noch einen, lehnt an der Wand, fühlt es ihn wohlig durchprickeln. Eine streunende Katze, schwarz-weiß-rot gescheckt, sieht ihm dabei zu.

War das wirklich seine Maschine dort im diesem gespenstischen Büro? Er nimmt noch einen Schluck vom milden Uckermärker Goldkorn, geht dann zügig weiter Richtung Büro. Das will er jetzt sehen. Er will das dunkle Rechteck auf der angestaubten Tischplatte sehen, auf dem seine Remington stand.

«Könnse nich durch. Polizeieinsatz.»

Landow könnte jetzt sagen, dass sich dort, wo der Spritzenwagen steht, sein Office befindet. Stattdessen sagt er großkotzig: «Seh ich, was hammwa denn?»

Der Schupo starrt auf den Ausweis, dann in Landows ernstes Gesicht. Hoffentlich riecht der den Korn nicht. Der Schupo salutiert aber bloß und berichtet. Feuer im ehemaligen Lagerraum der Rossschlächterei. «War untervermietet an zwei Männer. Ein Toter, männlich, ansonsten vollkommen verkohlt. Offenbar der Mieter des Raumes. Man hat am Finger der Leiche noch einen Siegelring gefunden.» Liebevoll bespeichelt der Schupo seine Fingerspitze und blättert in seinem

Block herum. «Ah, da isses. Landow heißt der. Hieß der. Der Pferdemetzger, der den Raum vermietet hat, sagte was von *von* Landow, verarmter Adel oder so. Selbstmord wahrscheinlich. Tür war jedenfalls abgeschlossen.»

Damit steckt der Schupo seinen Notizblock wieder ein. Landow überblickt den vertrauten Hof, die Fässer mit den Därmen stehen da wie immer. Die Kutschpferde der Feuerwehr mögen diesen Ort nicht, sie schnauben ungeduldig, wollen fort.

Als Landow den Hof überquert, spürt er das Gewicht der Flaschen in seinem Mantel. Hoffentlich sind die Komanchen nicht unterwegs und erkennen ihn. Das ist doch völliger Irrsinn: Die holen da seine Remy raus und hinterlassen dann, um dem Nachdruck zu verleihen, ein Trümmerfeld samt Leiche? Die Leute dieser drei übermüdeten Herrn von vorhin? Er kann das nicht glauben. Aber an Zufälle glaubt er genauso wenig, es müssen DIE gewesen sein. Und wenn nicht DIE: wer dann? Klappernd zieht die Feuerwehr ab, deren Arbeit ist getan. Landow steigt über die verkohlten Bretter der eingedrückten Tür. Beißender Brandgeruch empfängt ihn in den Trümmern seines Lebens. Der enge Raum ist komplett durchnässt vom Löschen und rußgeschwärzt. Auf dem Fußboden, längs vor dem vorderen Schreibtisch, sind die Bohlen weniger verkohlt als sonst überall. Da muss sie gelegen haben, die männliche Leiche mit seinem Siegelring. Mohr vermutlich, wer sonst. Der übte nachts oft hier. Auf jeden Fall ein dramatischer Abgang. Die Schreibtischplatte dahinter wurde von der Hitze so stark verformt, dass sie nirgends mehr gerade ist. Kein Schreibmaschinenskelett weit und breit. Die sargförmige Uhr, die er letzten Freitag erst beim Trödler gekauft hat, damit sie ihm Leos Zeit in Amerika anzeigt, ist total verkohlt. Das Zifferblatt ist von der Hitze geschwärzt und verbogen. Die Zeiger sind auf kurz vor sieben stehengeblieben. Kurz vor sieben Leo-Zeit, also kurz vor eins in der Nacht Landow-Zeit. Da ungefähr fiel ihm draußen in Tempelhof Gürtler vor die Füße. Hat er die Uhr überhaupt richtig eingestellt. Vor? Oder zurück? Er hat keine Ahnung. Ihm reicht's für heute. Er geht.

Selbst in der Spindlerstraße fühlt er sich kurz darauf nicht mehr sicher. Als Koesters Pension nach heftiger Grübelei, nur unterbrochen von wenigen Trinkpausen, schon in Sicht ist, verkriecht sich Landow in einer Durchfahrt. Der Korn ist schon halb leer. Er ist hundemüde und die Gedanken rasen ohne Unterlass durch seinen Schädel.

Dieser Mordanschlag galt ihm persönlich, das war nicht bloß Brandstiftung mit einem zufälligen Toten, da ist er sich sicher. Es ist früher schon vorgekommen, dass die von ihnen Observierten versuchten, Leo und ihn einzuschüchtern. Leo war einmal von mehreren Typen überfallen und übel zusammengetreten worden, zwei angeknackste Rippen inklusive. Aber Mord? Das ging viel zu weit für die Fälle, mit denen es die beiden zu tun hatten. Wenn Landow, was der Täter jetzt annehmen kann, tot ist, würde dann ein anderer diesen Regierungsauftrag übernehmen? Es gibt mittlerweile mehrere Ermittlungsbüros in der Hauptstadt, manche machen Steuer und Unterschlagung, manche machen Ehe und Affären, manche machen alles für Geld. Aber warum sollten die von der Regierung ihm erst mit großem Brimborium diesen Auftrag geben und ihn dann töten wollen? Außerdem ist der Brandanschlag wahrscheinlich genau in der Zeit verübt worden, zu der er im Ministerium war. Das alles macht doch keinen Sinn. Oder doch? Was, wenn es zwischen dem Feuertod von Mohr und den drei Todesfällen im Ministerium gar keine Verbindung gibt? Keine außer ihm, Gabriel Landow. Er kennt dieses Gefühl gut, das seine regennassen Klamotten jetzt durchstreift wie ein Hühnerdieb: Gabi Landow hat Angst. Ja ja, nicht zu leugnen, Klein-Gabi geht der Stift. Wie damals, im Graben hockend wie das Häschen in der Grube, kurz bevor das Kommando zum Vorrücken kam. Er nimmt trotzig einen Schluck, wuchtet sich aus der Hocke hoch und reiht sich wieder in das Durcheinander der Handkarren und Rumtreiber ein, die die Spindlerstraße wie immer um diese Zeit bevölkern.

Er wird vorerst gar nichts machen. Er wird tot bleiben. Untergetaucht wie eins dieser Unterwasserschiffe. So ermittelt es sich leichter. Ab jetzt ermittelt er nicht mehr in Sachen dieser Unterwasserboote. Ab jetzt ermittelt er auch in eigener Sache.

■■■

Dieser Landow steht vor ihm wie ein Gespenst! Ein Gespenst mit Kornfahne. Orsini hat sich in der Gegend um den Schlesischen Bahnhof herum ein karges Frühstück zusammengeklaut und dabei angestrengt versucht, den Verlauf der letzten Nacht zu verstehen. Wer ist dieser fertige Kerl wirklich? Kassiert Nutten ab, wirkt aber nicht wie ein Zuhälter, ist in der Lage, einen Dieb zu stellen, verpfeift den aber nicht an die Polizei, verfolgt irgendwelche Leute und wird selber in der Nacht in einem Wagen verschleppt. Und jetzt steht genau der da, direkt vor Orsini, und zeigt leicht schwankend auf ihn.

«Können wir was besprechen?»

«Kommt drauf an.»

«Auf was?»

«Was dabei für mich drin ist.»

Landow nennt Orsini einen erstaunlichen Betrag. Orsini geht mit. Jetzt sitzt er ihm im *Dudelsack* gegenüber und sieht ihm dabei zu, wie der Große ein doppeltes Bauernfrühstück mit extra Gurke in sich reinschaufelt und penibel mit zwei großen Bier verdünnt.

«Ich bekomme das Geld täglich im Voraus.»

«Einverstanden.»

«In bar.»

«Einverstanden.»

«Was muss ich als Ihr Assistent machen? Ich sag es freiheraus, Geschlechtliches oder Nacktfotos oder so was mach ich nicht.»

«Einverstanden.»

«Was dann?»

«Keine Ahnung.»

«Sie wollen einen Assistenten bezahlen für … irgendwas?»

«Ich brauche jemanden, der schnell ist, wendig, der mir Wege abnehmen kann, der an Orte gehen kann, an die ich nicht gehen kann. Jemanden, der mir Informationen beschafft.»

«Also einen Laufburschen.»

«So etwas in der Art. Es ist für einen Fall.»

«Klingt spannend. Was denn für ein Fall?»

«Geheim.» Der Große unterbricht sein Kauen abrupt. «Machen Sie's?»

«Einverstanden», sagt Orsini. «Wann geht's los?»

«Ist bereits losgegangen. Hier ist Ihr Honorar für Tag eins.»

Unauffällig prüft Orsini die Echtheit des Scheins, bevor er ihn einsteckt.

«Noch etwas.»

«Ja, Chef?»

«Kann ich bei Ihnen wohnen?»

12

Donnerstag, 17. Mai.
Noch 29 Tage bis zum Tod des Kaisers.

Er hat doch keine Angst vor Bäumen! Er doch nicht! I wo. Tagsüber jedenfalls nicht. Das Hubbertchen weiß, dass die Großen manchmal, wenn nur noch das Licht von zwei kleinen Handlaternen die hohen, raschelnden Scheunen erhellt, darüber reden, dass auch sie, die Großen eben, vor den Fünf Alten Angst haben. An Vollmond, an Neumond, wenn Siegeberts Hunde von Leuthofen herüberheulen, was sich immer anhört wie Wölfe. Die Fünf Alten sind eigentlich bloß fünf uralte Bäume, von denen der Runzlige aus der Greisenscheune, der, der immer die Späne fürs Anmachholz stiftelt, behauptet, die wären immer schon dort gewesen. Schon vor Gott. Und wenn man ihnen einen Ast abschlüge, würden sie zu bluten anfangen. Das festzustellen, wird man sich hüten. Und tatsächlich, so wild und groß, wie sie da hinten vor ihm stehen, denkt sich das Hubbertchen, sehen die Fünf Alten wie zerklüftete, schwarze Riesen aus, die wie eine Räuberbande übers Land hinken und Unfug und Elend über seine Bewohner bringen. Die fünf liegen leider genau auf seinem Weg. Und das Hubbertchen will sich keine Blöße vor ihnen geben. Er wird mitten durch sie durchlaufen und dann weiter zum Gut. Sicherheitshalber sucht der Junge, während er voranstolpert, den Himmel nach einem blassen, sichtbaren Mond ab. Aber da ist bloß Leere. Wenn man nichts sieht, ist Neumond, weiß er. Bei Neumond ist mit den Fünf Alten nicht zu spaßen. Das verdreckte Füßchen rutscht aus dem Holzpantoffel, stößt schmerzhaft vor eine der beindicken, steinharten Wurzeln. Der Junge fällt und reibt sich den schmerzenden Fuß. Noch bevor er den verlorenen Holzschuh aufklaubt, vergewissert er sich, dass das gefaltete Papier vom Postamt immer noch in seiner Jacke steckt.

«Grete Lamm, Grete Lamm.»

Der Postmann hat's ihm gegeben.

«Du bist doch der Idiot vom Gut, oder?»

Als das Hubbertchen salutiert hat, haben die Leute gelacht. Der Postmann hat sich tief zu ihm heruntergebeugt und ihm das gefaltete Papier mit ernstem Gesicht in die Hand gedrückt.

«Auf direktem Weg zum jungen Grafen oder zur Gräfin Landow. Kommt direkt aus Berlin. Wird wichtig sein.»

Der Junge hat das Papier genommen und eingesteckt. Ist losgerannt zum Grafen. Das Papier ist besonders, der Postmann hat das Wort mehrfach benutzt.

«Grete Lamm, Grete Lamm.»

Den Fuß, wundgeschlagen an der Steinwurzel eines der Fünf Alten, wird er kühlen müssen. Weiterhastend blickt er sich um, immerhin, die Fünf verfolgen ihn nicht. Schon sieht er weit hinten in der Senke die Dächer des Guts.

«Grete Lamm, Grete Lamm.»

Das Hubbertchen bleibt stehen, hält sich die stechende Seite.

«Lete Gramm.»

Er nimmt das Papier unterm Hemd heraus und betrachtet es. Es hat kein Wachssiegel und keine bunte Klebemarke in der Ecke. Es ist überhaupt, wenn er es bedenkt, nicht schön. Sie könnten ihn schelten, dass er so etwas Unscheinbares heranträgt. Soll er zum Postmann zurück und ihn bitten, das dünne Papier schöner zu machen, Papierbildchen in die Ecke zu kleben? Aber dann müsste er wieder durch die Fünf Alten durch.

«*Gele Tramm.*»

Sein Sturz hat zwei Ecken des Papiers gestaucht, es labbert dort, wenn man den Finger davorschnippt.

«*Tele Gramm.*»

Der Junge, unbewusst weitergehinkt Richtung Gut, spürt, was er immer spürt, wenn er angestrengt denken muss. Es rumort in ihm.

«*Getel Arm.*»

Das Hubbertchen, die Hose auf den Knöcheln, hockt im Nu über dem Graben und erleichtert sich. Eigentlich, denkt er, gibt es keinen Grund zur Beunruhigung. Die Fünf Alten machen keine Anzeichen, ihn zu verfolgen, Siegeberts Hunde sind nicht zu hören, und das Papier in seiner Hand kommt ihm gerade recht. Er faltet es auf – bloß zwei mickrige Reihen mit Buchstaben – und zieht es zweimal gründlich durch seine Ritze, bevor er es dann zu dem dampfenden Brei in den Graben hinabwirft. Da passt es hin, findet er, unschön wie es ist, schnürt die Hose fest um den jetzt stillen Bauch und geht flötend auf die hellen Schindeln der Gutsgebäude zu.

■■■

Sein Vater liebte es, vor der Zeit zurück zu sein.

«*Deus ex machina.* Sie rechnen erst übermorgen mit uns, dann werden wir heute sehen, was sie erst morgen tun wollten.»

Wenn die gräfliche Familie Ende August aus den Ferien an der See zurückkam, auch Mutter und Schwester trotz der

Vorsichtsmaßnahmen sonnengebräunt, gaben sie das Gepäck einem Fuhrmann am Bahnhof, verbunden mit der Aufforderung, es nicht vor dem späten Nachmittag zu liefern. Dann wanderte man, Graf und Gräfin mit den drei Kindern, Richtung Gut. Man beging das eigene Land mit feierlicher Andacht. Der schwache Wind zupfte an den leinenen Reisemänteln, die sie nur dem Vater zuliebe trugen. Der Staub des Hochsommers puderte ihre Schuhe wie Mehl. Auf dem einstündigen Gehweg zwischen Bahnstation und ihrem Zuhause war der Sommerweizen längst eingefahren, die Landschaft brütete in der Sonne, Spatzen badeten in Wegekuhlen, kein Mensch außer ihnen selbst war zu sehen.

«Wir sehen wahrscheinlich aus wie eine levantinische Flüchtlingsgruppe. Olivfarbene Haut, Gabriel sieht aus wie ein Bauernbrot.»

So erreichten sie, verschwitzt, verstaubt, aber heiter und «unbemerkt wie Odysseus», ihr Zuhause. Die Fensterläden waren vor der Hitze geschlossen, die Möbel noch mit Hutzen überzogen. Das Treppenhaus und die Korridore hatten einen bestimmten Geruch. Gabriel Landow genoss diese zehn Minuten, bis Mutter und Schwester sämtliche Zimmer heimgesucht und die Fenster aufgerissen hatten. Diese Luft ihrer zweimonatigen Abwesenheit hatte immer ein Geheimnis, fand er. Am Abend, wenn dann die Arbeiter erschöpft von den Feldern kamen und feststellten, dass die gräfliche Familie schon zurück war, wurde trotz der späten Stunde noch feucht gewischt, und selbst die letzten Spuren dieses stillen Sommerduftes wurden mit Lauge, Essigwasser und Lavendel getilgt. Bis zum nächsten Juli, wenn die unbewegte Luft in den abgedunkelten Räumen abermals beginnen würde, ihr Aroma aus Bohnerwachs, Möbelpolitur, Zigarrenrauch, Sattelöl, Lagerkartoffeln und mit dem Soda der Marke Hermania gewaschener Wäsche heranzubilden.

Hier, jetzt, in diesem vollkommen fremden Haus, riecht es ähnlich. «Die eigentlichen Bewohner sind nicht vor Oktober zurück. Garantiert. Das Haus gehört einer Familie Trenck-Bohrmann, neues Geld mit einer Veranlagung zu alten Steinen», sagt Orsini, während er ihn herumführt. Diese Bohrmanns halten sich wohl zunächst in der römischen Campagna auf und bereisen anschließend den Peloponnes. Man interessiert sich hingebungsvoll für die Antike und lässt derweil in der Heimat das Kapital für sich arbeiten. Die meisten Räume, die Orsini und er sicherheitshalber nur auf Strümpfen durchwandern, erinnern Landow an ein Museum. In hohen Regalen lagern Tausende alte Steine, jeweils mit einem beschrifteten Kartonkärtchen versehen. Im Großen Salon zeigen die Bohrmanns in Vitrinen die echten Schmuckstücke, Amphoren, schimmernde Messinggeräte und vier nicht mehr ganz vollständige Büsten, die, laut Orsinis Führung, drei Philosophen und einen Feldherrn zeigen.

«Ein gewisser Perikles», sagt er, schon im Weitergehen, wie ein Museumsführer, «wer immer das war. Klingt eher nach einer schorfigen Geschlechtskrankheit.»

«Perikles lebte von 490 bis 429 vor Christus, war ein führender Staatsmann im antiken Griechenland, Stratege im Aufbau der attischen Demokratie, in zweiter Ehe mit Aspasia verheiratet, die ihrerseits als Beraterin des Sophokles galt.»

Orsini ist beeindruckt. Immerhin für einen Moment. «Falls Sie glauben, ich fiele darauf herein, Landow: weit gefehlt. Aber: Netter Versuch.»

«Ich kenne jemanden, der so heißt. Meinen Bruder.»

Orsini ist mitten auf der Treppe stehen geblieben und hat den Kopf schiefgestellt.

«Moment mal, der heißt genauso wie der Steinkopf da oben? Perikles? Perikles Landow? Tut mir aufrichtig leid für ihn.»

«Unser Vater litt heimlich unter der ländlichen Monokultur, vermute ich. Immer bloß Getreide bis zum Horizont. Deshalb las er an Winterabenden die Erzählungen des Homer und gab seinen Kindern versponnene Namen.»

Später dann, bei einem Burgunder aus dem Regal für die Kochweine, hält Orsini ein Plädoyer für die gerechte Besitzverteilung:

«Diesem Haus ist es egal, ob es monatelang unbewohnt ist oder ob wir darin herumschleichen wie zwei Dachkammermäuse. Außerdem sind wir nicht in die Villa eingebrochen, bloß ins Gartenhaus. In den Geräteschuppen im Grunde genommen.»

Und damit hat er recht. Den Schlüssel zum Gartenhaus hat er zufällig mit dem Erbeuten eines Portemonnaies erhalten. Dass am Schlüssel ein gut lesbares Etikett mit einer Adresse hing, war eine große Dämlichkeit des Bestohlenen, mithin ein reines Glück für Orsini.

«Als ich den Schlüssel sah, seine Form und Größe, hatte ich eine Ahnung von dem Umfang des Reichtums hier. Ich steckte das Portemonnaie in die Tasche des Gärtners zurück und folgte ihm. Als er oben vor dem Gartenhaus stand und etwas suchte, vermutlich den Schlüssel, wusste ich, dass ich auf eine Goldader gestoßen war.»

Durch einen Mauerspalt zwischen alten Ahornbäumen hindurch gelangt man mühelos und still auf das parkähnliche Grundstück und mit dem entliehenen Schlüssel ohne jede Einbruchsspur in das Gartenhaus, einen wuchtigen Geräteschuppen im klassizistischen Stil. Die Passion der Trenck-Bohrmanns machte auch vor den niederen Dingen des Lebens nicht halt.

Von dort konnte man durch einen versteckten unterirdischen Gang aus wahrscheinlich Napoleonischer Zeit bequem ins Souterrain der Villa gelangen. Und hier gibt es im Sockelgeschoss diese kleine Wohnung, die mit Küche, fließend Wasser und zwei Schlafräumen ausgestattet ist und normalerweise das Personal beherbergt.

«Wir halten uns nur oben im Haus auf, wenn uns hier unten in unserem Dachsbau die Decke auf den Kopf fällt», erläutert Orsini das Regelwerk ihrer Wohngemeinschaft. «Wir zerstören nichts, wir hinterlassen keinerlei Spuren. Der Weinkeller ist jedoch so groß, dass niemand die eine oder andere fehlende Flasche bemerken wird. Bevor wir das Haus verlassen, putzen wir einmal gründlich durch. Ehrensache. Selbstredend werde ich dem Gärtner zum Schluss noch einmal die Börse stehlen, um den Schlüssel wieder zu hinterlegen.»

Überhaupt ist dieser Orsini sehr ordentlich, denkt Landow. Sein Bett ist penibel gemacht. Seine wenigen Kleider hängen ordentlich auf Bügeln an einer Wandleiste, sodass dieses durchaus nicht finstere Untergeschoss Landow an eine Theatergarderobe erinnert. Eine, die dem toten Mohr gefallen hätte. Mohr, dieser idealistische Kindskopf, ist an seiner Stelle gestorben. Landow hat zwar jetzt ein neues Dach *über* dem Kopf, aber das Durcheinander *in* seinem Kopf hat sich dadurch nicht gelichtet. Wer will denn ihm an den Kragen, ihm, einem unwichtigen Schnüffler? Ihm, der deshalb von der ärmlichen Dachkammer einer Vertreterpension nun – als der Untermieter eines heimlichen Untermieters – ins Kellergeschoss einer leerstehenden Industriellenvilla einzog. Ein beachtlicher Abstieg.

13

Freitag, 18. Mai.

Noch 28 Tage bis zum Tod des Kaisers.

Als er Therese Grümmert zum ersten Mal sieht, besteht sie aus drei Teilen. Jemand hat ihr außerdem den Rumpf aufgeschlitzt und Teile der Eingeweide daraus entfernt. Das mit den Eingeweiden weiß Landow nur aus dem Ermittlungsbericht, den er lautlos in das schmale Fach am Fußende der Bahre mit der Dreiteiligen zurücksteckt; die unnatürlichen Öffnungen ihres Körpers sind nach der Obduktion mit grobem Zwirn geschlossen worden.

So etwas zu sehen, macht ihm nichts aus. Es erzeugt weder Würgen noch Albträume in ihm. Das Erste, was er werden wollte, war Arzt gewesen. Dann Mohikaner. Zeitweise beides, Medizinmann oder als weißer Arzt bei Mohikanern lebend. Als er feststellen musste, dass der Mohikaner einer aussterbenden Zunft angehörte, blieb ihm nur der Arzt. Nach dem Urteil in seinem Kriegsgerichtsprozess, so ungerecht es auch war, versagte ihm seine Familie jegliche Unterstützung. Da war es aus gewesen mit der Medizin. Danach wollte er nichts mehr werden. Das immerhin ist ihm gelungen. Er ist ein Nichts geworden.

Schritte hallen näher. Pfeiffer, der Pathologie-Assistent, haucht sich vor dem Öffnen der Tür zum Sektionssaal immer noch einmal in die Hand, um seinen Atem zu überprüfen.

Deshalb dauert das Öffnen der Tür jetzt einen Moment länger als es müsste.

«Na, Pfeiffer, wieder heimlich geraucht?»

«Landow! Wie sehen Sie denn aus? Reichlich blass. Wollen Sie gleich hierbleiben? Schub 11 wird gleich frei.»

Dieser neue Teil der Pathologie ist erst vor einem Jahr eröffnet worden. Die irgendwie verdächtigen Leichen, also die, die man in Gräben, Hinterhöfen und in trüben Kanälen findet, werden hier in einem Raum, dessen Schubladen an eine große Kommode erinnern, gelagert. Die Kühlung erfolgt elektrisch, das ist hochmodern. Den Leichen ist's egal. Wer hierherkommt, ist tot, meist nicht freiwillig, und weist Unregelmäßigkeiten auf, die jemand, der friedlich unter seinem Federbett für immer einschläft, nicht aufweist: Stichverletzungen, schwarzviolette Stellen, an denen Gegenstände oder Fäuste auf den Körper geprallt sind, die trügerisch vitale Hautfärbung verschiedener Gifte oder das purpurne Halsband eines Stricks. Dass jemand, wie dieses Fräulein Grümmert hier, mehrteilig angeliefert wird, kommt allerdings nicht häufig vor.

«Bevor ich die 11 nehme, Pfeiffer: Was ist mit der hier passiert? Wer macht so was?»

«Das dürfen Sie gar nicht sehen, Landow. Die Dame ist praktisch nie hier gewesen.»

Pfeiffer, die o-beinige Bohnenstange, hat inzwischen wieder seine schwere, fast bodenlange Schürze übergebunden und ein müde blitzendes Messer in der Hand. Damit sieht er aus wie ein Koch. Pfeiffer und Landow kennen sich jetzt seit knapp zwei Jahren. In einem Fall, den die Presse damals die *Siebenschön-Morde* nannte, ergab es sich, dass zuerst Pfeiffer Landow, der nur am Rande und nur mit einem der toten Siebenschöns zu tun gehabt hatte, mit einer Information aus erster Hand weiterhelfen konnte. Später dann war Landow dem Pfeiffer in einer Angelegenheit behilflich gewesen, und seitdem sieht Landow regelmäßig bei Pfeiffer und den Toten rein. Eine Hand wäscht die andere, in der Pathologie sowieso. Bei Dorn im Rasiersitz erfährt er die Gerüchte, bei Pfeiffer auf den Tischen sieht er die Tatsachen. Beides konnte interessant sein. Pfeiffer sieht Landow nachdenklich an und wischt sich mit dem Daumen an der Nase lang.

«Diese dreiteilige Dame kam vorgestern rein. Wird irgendein Irrer gewesen sein. Das Bemerkenswerte an ihr ist bloß, Landow, dass die Schnitte und die Organentnahme jemand durchgeführt hat, der sich mit so etwas auskennt. Präzise ausgeführt, klare Schnittkanten. Das macht keiner, der nach dem fünfzehnten Bier erfährt, dass sie ihn seit Jahren mit seinem eigenen Vater betrügt und spontan irrewird. Das da war ein Könner.»

Pfeiffer sagt's und öffnet mit einem einzigen kraftvollen Schnitt den Thorax eines bulligen Mannes auf der Liege vor ihm.

«Also einer wie Sie, Pfeiffer.»

Pfeiffer hält kurz inne, schmunzelt hörbar über Landows Witz, legt das blutige Messer klappernd in eine Werkzeugschale aus weißem Email. Als er die Rippen am Brustbein durchtrennt, rutscht das lange Glied des Toten träge zur Seite.

Pfeiffer legt die Rippenzange ab und dreht sich zu Landow um.

«Noch was?»

«Weshalb ist die Dreiteilige nie hier gewesen?»

«Befehl von oben. Immer wenn so Fragmentierte, und es sind immer Frauen, hier reinkommen, wird der Fall neuerdings gesondert bearbeitet. Normalerweise macht das Huth persönlich. Aber der war noch auf Hochzeitsreise, als diese hier ausgenommen wurde. Also durfte ich das machen, mitten in der Nacht. Ich war kaum fertig mit der Naht, da war schon einer vom Inneren da und verlangte den Bericht. Ich vermute», sagt Pfeiffer und taucht beide Hände in den Brustkorb vor ihm, was ein leise schmatzendes Geräusch macht wie Füße, die im Schlick stecken, «dass diese Damen entweder in höheren Kreisen unterwegs sind, intermatratzal, wenn Sie verstehen, und nun resonanzlos entsorgt werden sollen. Oder dass denen da oben der Wirbel um einen toten und einen nun schon wieder halbtoten zweiten Kaiser genug ist. Landow, der Frühling ist da, die Leute wollen bummeln und knutschen und nicht Angst haben müssen, dass da draußen ein wahnsinniger Schlitzer rumläuft.»

«Wie viele von diesen Zerteilten hat es denn schon gegeben?»

Pfeiffer, die Hände noch im Rumpf vor sich, hält inne und denkt nach. Landow hat das Gefühl, dass Pfeiffers Finger im Inneren des Mannes dabei stumm mitzählen.

«Seit Karfreitag zwei, seit Jahresbeginn drei.»

Karfreitag ist am 30. März gewesen, weiß Landow, Koesters Geburtstag, furchtbarer Absturz. Landow meint noch immer, gnädig verborgen in den Nebeln des Orangenlikörs, die Zunge des Feinen Franz in seiner Mundhöhle vorgefunden zu haben. Und wenn es so gewesen sein sollte, hofft er, dass es wirklich nur die Zunge war. Landow wischt kopfschüttelnd diese Gedanken wieder weg und konzentriert sich auf den Grund seiner Stippvisite.

«Themenwechsel, Pfeiffer: Letzte Nacht, nee, vorletzte Nacht ist hier einer reingekommen, männlich, einteilig, aber innerlich sehr fragmentiert. Sturz aus großer Höhe. Auf dem Tempelhofer Feld gefunden. Gürtler, Heinrich Wilhelm.»

Pfeiffers Hände kommen aus dem Mann und legen dessen Herz auf eine Schale.

«Constrictio pericardii», murmelt er.

Landow steht jetzt neben Pfeiffer und betrachtet das rote Gebilde, das Pfeiffer so sanft hält wie ein Neugeborenes.

«Was ist das?»

«Ein Herz, Landow. Ein Organ, das schneller pochte, wenn er schönen Frauen mit wippenden Ärschen hinterhersah, und langsamer, wenn er davon träumte, der Sultan von Oman zu sein.»

«Constrictio soundso. Was ist das?»

«Chronisch verkalkter Herzbeutel. Hier und hier. Panzerherz. Constrictio pericardii.»

«Wieso sind Sie nicht schon längst Leiter der Charité, Pfeiffer?»

«Wieso sind Sie nicht längst schon Leiter des Präsidiums, Landow?»

«Bin ich ja», knurrt Landow und hält Pfeiffer die funkelnde Adlerplakette hin.

«Bin beeindruckt, Landow. Muss ich salutieren?»

«An diesem Panzerherz stirbt man?»

«Unter Umständen. Der hier aber nicht.»

Damit dreht Pfeiffer den Kopf des Toten etwas zur Seite. Ein Teil des Hinterkopfes fehlt.

«Asser ferrei.»

«Und das bedeutet?»

«Eisenstange. Zwei Schläge. Hier und hier. Aber jetzt mal ernsthaft. Was verschafft mir die Ehre Ihres Besuchs, Sonderermittler?»

«Der gerade erwähnte Gürtler. Ich ermittele im Regierungsauftrag. Geheim. Ich bin also nie hier gewesen.»

Pfeiffer wischt sich die Finger an der Schürze ab und geht die große Leichenkommode der Pathologie entlang.

«Da ist er ja. Nummer 18. Gürtler.»

Gürtler strahlte zu Lebzeiten eine gewisse Würde aus, und die hat er selbst hier, in der rausgezogenen Schublade der kühlenden Leichenkommode, nicht verloren. Landow beschließt, seiner Frau das bei Gelegenheit zu sagen.

«Mehrfache Gefäßruptur, multiple Darmrupturen Dünn und Dick, Becken fünffach, Wirbelsäule achtfach gebrochen, Beine insgesamt elffach. Diese Verletzungen finden sich typischerweise bei Stürzen aus großer Höhe. Bei Dachdeckern und Lebensmüden. Vielleicht aus einem Fenster gefallen. Vielleicht freiwillig. Wahrscheinlich aber …»

Pfeiffer überlegt und geht dann zu dem Panzerherz ohne Hinterkopf zurück.

«Wahrscheinlich vom Dach gefallen. Aber die Bebauung am Tempelhofer Feld ist nicht so hoch, oder? Vielleicht woanders gestürzt oder gestürzt worden und dann da abgelegt? Kam aber von weit oben, unser Mann. Richtig hohes Dach oder Gerüst oder so. Vermutlich.»

«Höher», murmelt Landow und betrachtet Gürtlers akkurate Nahtmuster auf Brust und Bauch. «Der Mann fiel aus allen Wolken, Pfeiffer. Ich war dabei. Wo ist das Buch, das er bei sich hatte? In der Hand.»

«Hat er gelesen, als er aus den Wolken fiel? Landow, Landow, ich erneuere mein Angebot für Schub 11.»

«Wo ist das Buch?»

«Hinten im Asservatenregal. Finden mit System: Korbnummer ist identisch mit Schubnummer.»

Deutsche Ordnung hat was, denkt Landow, und sieht sich den Metallflechtkorb mit der angehängten 18 an.

Haustürschlüssel, Münzen, ein Taschentuch, sogar das Bonbonpapier, das Buch. Grimms Kinder- und Hausmärchen. Ganz neu gekauft, noch ungelesen. Bloß die Seiten, die aufgeschlagen waren, sind gewellt von der Feuchtigkeit der Nacht und Gürtlers Blut. Das eingekreiste Wort ist noch gut zu lesen: Kelch. *Saß die Prinzessin und hatte einen goldenen Kelch mit Wein vor sich stehen* lautet der ganze Satz.

«Und die anderen beiden?»

Pfeiffer, jetzt in der Milzgegend unterwegs, richtet sich auf. Etwas zu abrupt, findet Landow. «Welche anderen?», fragt Pfeiffer betont ruhig.

«Es müssen noch zwei andere Tote hier gewesen sein, die mich interessieren. Ein Assessor von Korb, vom 5. Mai, und ein Dr. Ingelmann, am 11. April.»

«Und weiter?», fragt Pfeiffer, während er die Leber wiegt.

«Was war mit denen?»

«Für einen Ermittler mit goldenem Adlerausweis wissen Sie aber wenig, wenn Sie die Bemerkung gestatten. Inventarliste im Aktenschrank, alphabetisch geordnet.»

Die beiden früheren Toten hatten so ziemlich das Gleiche in den Taschen wie Gürtler, ein Portemonnaie, Ingelmann außerdem eine kleine Taschenbibel mit Saffianetui. War der nebenbei Wanderprediger gewesen? Todesursache in beiden Fällen: mehrfache Gefäßrupturen, Knochenfrakturen. Aber den spärlichen Angaben in Huths steil nach rechts abfallender Handschrift nach zu urteilen, kamen beide, Ingelmann und Korb, anders zu Tode als Gürtler. Ingelmann wurde mutmaßlich nachts heftig von einem Fuhrwerk angefahren, Genickbruch, Fahrerflucht, keine Zeugen. Hinter einem Fragezeichen hat Huth notiert: frische Verbrennungen an beiden Handinnenflächen. Von Korb kam bei der Ausübung des neumodernen Tennissports ums Leben, Kopfverletzung mit spitzem Gegenstand, ebenfalls keine Zeugen. Landow hält per se nichts von Sport, aber dass zum Tennis zwei gehören, weiß selbst er. Wo war der zweite Mann? Hatte Koester, nackt wie ein Finger, etwa doch recht gesehen? Der Fundort der Leiche jedenfalls liegt tatsächlich direkt beim Sonnenparadies von Koesters warmen Brüdern.

«Fehlt da nicht was? Auf der Liste?»

Die Obduktionsbefunde waren von Huth verfasst worden, säuberlich geschrieben. Die Inventarlisten zeigen eine andere, krakelige Handschrift, so, als habe sie jemand auf einer wackeligen Unterlage geschrieben. Landow lässt den Blick durch den Raum gleiten. An der Wand rechts, neben einem weißen Stehpult, hängen zwei Klemmbretter. Wie geht das hier vor sich? Die Leichen kommen rein, denkt Landow, der Assistent, Pfeiffer, leert die Taschen, verzeichnet den Inhalt, entkleidet die Leichen und zieht sie vom Rollwagen auf den Sektionstisch. Dann ruft er den Abteilungsleiter Huth, der anschließend die Obduktion unternimmt, bevor Pfeiffer wiederum zunähen und den Abwasch erledigen darf, während Huth, in seinem Arbeitszimmer vermutlich, den Bericht vervollständigt.

Landow steht jetzt wieder dicht hinter Pfeiffer. Der zwirbelt gerade den groben Faden in die dicke, blitzende Nadel. Landow hat noch nie so einen Fall gehabt, einen Fall mit Tennistoden, Himmelsstürzen und Märchenbuch. *Und wenn sie nicht gestorben sind …* Sie sind aber gestorben. Landow hat keine Ahnung, wo er beginnen soll. Er startet einen Versuchsballon. Eine reine Vermutung.

«Wo sind die anderen beiden Bücher? Die, die Ingelmann 11-4-88 und Korb 5-5-88 bei sich hatten?»

Pfeiffer unterbricht das Einfädeln, verfehlt im nächsten Ansatz das Öhr, versteift spürbar. Das war wohl ein Treffer.

«Ich habe Kinder, Landow.»

Landow weiß nicht, wie das hier weitergeht, aber er weiß, dass er eine Spur hat. Er sagt kein Wort.

«Wissen Sie, was ein Pathologieassistent verdient?»

Landow schweigt.

Pfeiffer reißt sich schließlich von dem Panzerherz los und geht im steifen Stechschritt zu einer Gruppe von Blechspinden, die bei den großen Waschbecken stehen. Scheppernd reißt er eine der Türen auf und bringt unwirsch zwei dicke Bücher zum Vorschein, die er auf den leeren Sektionstisch vor Landow knallt.

«Ich wollte meinen Kindern mal was Schönes mitbringen. Die Bücher sind praktisch nagelneu, bis auf die geöffneten Seiten. Die hätte ich mit dem Skalpell rausgeschnitten. Hätte niemand bemerkt. Die Kinder hätten sich gefreut. Für jedes eins. Hätte ich ihnen draus vorlesen können.»

«Und warum haben Sie das dritte Buch, das von vorletzter Nacht, nicht auch einkassiert?»

«Waren ja wieder die Kinder- und Hausmärchen. Hatte ich ja schon.»

Landow schlägt die beiden Bücher an den verschmierten Seiten auf. Auch hier minimale Wellung von Feuchtigkeit und Blut. Auf beiden Seiten ist jeweils ein Wort umkreist: «Spieß» und «Blut».

Landow muss daran denken, wie er die drei aus dem Ministerium fragte, ob es wieder Krieg gebe. *Spieß, Blut, Kelch.* Drei Auftraggeber, drei Worte, drei Tote.

Pfeiffer unterbricht seine Gedanken: «Wäre es möglich, dass Sie das für sich behalten? Ich brauche die Arbeit hier, unser Drittes ist unterwegs.»

Landow nimmt ein sauberes Skalpell vom Tisch, schneidet die beschrifteten Seiten aus den Büchern und steckt sie ein.

«Ich hoffe, Sie lesen Ihren Kindern wirklich daraus vor, Pfeiffer.»

Pfeiffers Lippen umflackert ein Lächeln, als er die Bücher eilig in den Schrank zurückpackt.

«Wollen Sie die Seiten aus dem dritten Buch nicht auch rausschneiden, Landow?»

«Nicht nötig. Hab ich schon rausgerissen. Aber danke fürs Angebot.»

Erleichtert begleitet Pfeiffer Landow zur Tür. Als er am Regal mit den Asservatenkörben vorbeikommt, löst sich aus dem Schatten eine kleine Gestalt. Pfeiffer fährt zusammen.

«Himmel! Wer ist das denn?!»

«Darf ich vorstellen: Herr Orsini, mein Assistent.»

14

Pfingstsonntag, 20. Mai.
Noch 26 Tage bis zum Tod des Kaisers.

Ihre spitzen Schreie, wenn sie bespritzt werden. Sie wollen es. Sie tun bloß so, als wollten sie's nicht. Aber sie wollen es. Ihre spitzen Schreie verraten das. Wie Glasscherben auf einer Schultafel. Er mag ihre spitzen Schreie. Da, wieder. Da hinten, die mit den speckigen Hüften. Die will es. Er weiß es genau.

Der mit den wasserblauen Augen, die rosige Hasenscharte nur notdürftig von einem rotblonden Schnauzbart verdeckt, hebelt mit dem Daumen den Verschluss von einer Bierflasche.

«Wir haben nur noch drei», stellt er fest und trinkt die in seiner Hand sicherheitshalber in einem Zug halbleer. Nach Landsknechtsart, nennt er das meist. Jetzt lässt er bloß träge die freie Hand ins Wasser gleiten und schließt die Augen. Der Stämmige auf der Ruderbank, so gut wie halslos, das Hemd am Rücken schon dunkel vom Paddeln, sagt nichts. Er genießt still das Brennen der herabrinnenden Schweißtropfen in seinen tückischen Schweinsäuglein. Er schwitzt gern. Denn wenn er schwitzt, muss er nicht denken. Und denken tut nicht gut.

Der Dritte, ganz hinten im hellblauen Mietboot Nr. 12, betrachtet noch die speckigen Rundungen der Kreischenden in der flachen Badebucht. Ihr grau-blau und breit gestreifter Badeanzug ist schon ganz schwer vom Wasser, obwohl sie nur bis zu den Knien im See steht. Er sieht ihre Körperformen, nimmt Maß. Die will es. Er weiß es.

Die drei in Kahn Nr. 12 sind nicht direkt befreundet, man kennt sich vom Rumstehen in Bierkneipen, man unternimmt sonntags manchmal was gegen das Alleinstehen. Sie kommen alle nicht von hier. Sie sind bloß hier, um zu arbeiten. Und arbeiten, das können sie, von früh bis spät. Ein Maurer, ein Steinmetz, ein Metzger. Der auf der Ruderbank ist Michel der Landshuter. Vorn im Boot, das ist Jockel der Marburger. Und der hinten, der mit dem Blick für Körper und dem feinen Gehör für Schreie, das ist der Hans aus Schlitz, einem grünen Örtchen am hessischen Vogelsberg.

Zielstrebig wie ein Admiralitätsschiff steuert ihre Nr. 12 jetzt den Bretterkiosk auf der schattigen Halbinsel an. Hier gibt es Pilsener, Weiße, Fassbrause, Buletten hausgemacht, Senf gratis, Knackgurken, verschiedene Obstkuchen und diese spitzen Schreie.

▪▪▪

Die Vorhänge in der Keithstraße sind halb zugezogen und halten aus gegebenem Anlass den Feiertag und die Stadt draußen. Auf der wuchtigen Anrichte aus sehr dunklem Holz, die den Raum dominiert wie ein unheilvolles Schlachtschiff, steht links, rechts und mittig je eine Fotografie von Gürtler mit schwarzem Trauerband über der linken oberen Ecke. Weiter hinten in der weitläufigen Beletage-Wohnung klappert das Hausmädchen mit dem Teegeschirr. Landow sieht durch den Spalt in den Vorhängen nach draußen in einen trüben Tag. Von den drei Toten selbst hat er bis jetzt nur je ein rätselhaftes Märchenwort übermittelt bekommen. Mal sehen, vielleicht verraten ihm die Witwen mehr. Der Tee und die Witwe Gürtler treffen gleichzeitig ein. Landow macht einen tiefen, langen Diener und kondoliert. Das Mädchen schenkt Tee ein. Sie ist hübsch. Ihr Gesicht ist verquollen vom Heulen, das der Witwe nicht. Frau Gürtler, geborene Wilms, ist ganz Fassung und Disziplin. Wenn sie geht, rauscht ihr Kleid wie ein Wasserfall.

Landow zieht seine Aufzeichnungen aus der Tasche, raschelt kurz damit und fängt schließlich, da die Witwe still im Tee rührt, an zu sprechen.

«Ihr verstorbener Herr Gemahl hatte, das hat unsere Observation ergeben, auch außerhalb des Ministeriums einen sehr geordneten Tagesablauf. Die Menschen, die er nach Dienstschluss traf, waren zumeist Kollegen aus dem Amt.»

Landow beschließt, die regelmäßigen Besuche der Wohnungen in der Fehrbelliner und Urbanstraße pietätvoll zu verschweigen. Vorerst.

«Ihr Mann schien durchaus guter Gesundheit zu sein. Wenn er nicht mit einem Wagen unterwegs war, ging er schnell und elastisch. Das ziellose Flanieren lag ihm weniger, schien uns.»

Draußen fährt mit Sturmgeläut eine Feuerwehr vorbei. Die Witwe setzt laut die Teetasse ab.

«Weshalb er direkt vor seinem Tod das Tempelhofer Garnisonsgelände besuchte, ist noch unklar. Ich selbst habe ihn an diesem Abend observiert. Ich musste den Abstand auf dem freien Gelände größer lassen als gewöhnlich, damit er mich nicht bemerkte. Als ich Ihren Mann dann wiedersah, lag er bereits tot am Boden.»

«Ein Infarkt, sagt das Ministerium.» Ihre Stimme klingt belegt.

«Ihre Befürchtung betreffend: Ihr Mann hat auch im Amt,

soweit wir das beurteilen konnten, nicht den Kontakt gesucht zu Damen irgendwelcher Art.»

«Ich habe ihn nicht einmal mehr sehen dürfen.»

«Das Ministerium wird für solche Fälle Regeln haben, vermute ich.»

Landow stellt sich vor, wie Sauermann und die anderen beiden persönlich die Leiche Gürtlers einbalsamieren und sie dann für immer und ewig in einem Bleisarg verplomben.

Unter enormem Rauschen steht die Witwe Gürtler auf und geht an das Schlachtschiff aus dunkler Eiche. Aus einer schmalen Lade holt sie etwas hervor, rauscht damit zur Teenische zurück und legt es vor Landow auf den Tisch. Ein ganz normaler Schlüssel und ein Zündholzbriefchen, soweit er das beurteilen kann. Er beherrscht sich, nicht sofort danach zu greifen.

«Vielleicht habe ich Heinrich Wilhelm unrecht getan mit meinem Misstrauen», sagt sie nachdenklich. «Aber er war ein gutaussehender Mann, wie Sie wissen, dazu in gehobener Position und durchaus vital, wenn Sie verstehen. Wenn ich bei meiner Mutter in Leipzig war, immer nur für ein paar Tage, hatte ich häufig das vage Gefühl, er könne mir untreu sein. Vielleicht nur die törichten Ahnungen einer Frau.»

Um ihr untreu zu sein, musste Gürtler das Haus nicht einmal verlassen, denkt Landow, als jetzt das Mädchen wieder hereinkommt, hübsch, naiv und verheult, das stumm einen Stapel wohl von Kurieren überbrachter Briefe auf ein Tischchen beim Fenster legt. Kondolenzschreiben vermutlich.

«Ich habe das getan, was misstrauische Frauen offenbar tun müssen. Ich habe Sie, Herr Landow, engagiert. Und – ich habe seine Taschen durchsucht. Darin fand ich das hier.»

Sie deutet mit der übertrieben großen Geste einer antiken

Priesterin auf die beiden alltäglichen Gegenstände auf dem Tisch. Tatsächlich, ein unscheinbarer Türschlüssel aus einfachem Metall, stumpf grau, wahrscheinlich Wohnungstür, mittelgute Gegend. Und ein benutztes Streichholzbriefchen aus ebenholzfarbenem Karton; vier der insgesamt zehn Zündhölzer fehlen. Auf der äußeren Lasche findet sich nur ein einziger Buchstabe, aber der gleich doppelt: ein C in eleganter, goldener Schrift.

«Sagt Ihnen dieses CC etwas, Herr Landow?»

Er schüttelt beiläufig den Kopf, während er überlegt, wen Gürtler wohl kannte, der dort verkehrt. Gürtler selbst war sicher nicht Mitglied im *Congo Club.*

Wieder erscheint das verheulte Mädchen. Hilflosigkeit wirkt anziehend auf manche Männer, denkt Landow. Die Heulsuse knickst schüchtern vor der Gnädigen und hält ihr auf einem Tablett ein einzelnes Kuvert hin.

«Per Kurier. Für den gnädigen Herrn», flüstert sie dabei und entfernt sich eilig, als die Witwe schon geräuschvoll den Umschlag aufreißt. Sie schaut hinein, runzelt die Stirn, untersucht den Umschlag dann eingehend und hält ihn schließlich Landow hin: «Er ist tatsächlich an ihn adressiert. Meine Ahnung bestätigt sich. Hier, sehen Sie.»

«Eine Opernkarte. Und was soll das bestätigen?»

«Es handelt sich nur um eine einzelne Karte, wie Sie festgestellt haben werden.» Ihr Ton wird nun stechend wie Essig. «Wenn mein Mann mich hätte überraschen wollen, wären es zwei, oder? Aber vor allem – machte er sich nichts aus der Oper.»

«Ihr Mann ging nie in die Oper?»

Die Tropfenperlen an ihren Ohren springen kurz unangemessen munter herum, als sie entschieden den Kopf schüttelt.

«Mein Mann war ein ganz und gar unmusischer Mensch, Literatur und Musik hielt er für Zeitverschwendung.»

Landow beschließt, offen zu sein: «Ich kann mir auf diese Zündholzer und den Schlüssel hier derzeit keinen Reim machen, ebenso wenig wie auf diese Einladung zur Oper, denn so muss man diese einzelne Eintrittskarte wohl verstehen. Die Schrift auf dem Umschlag ist nichtssagend, wahrscheinlich vom Kurierdienst, nicht vom Absender selbst.»

«Dann habe ich eine letzte Bitte an Sie.» Wieder rauscht sie zum Schlachtschiff und holt von dort einen Umschlag.

«Hier ist Ihr ausstehendes Honorar bis zum Zeitpunkt des Todes meines Mannes plus eine Gratifikation für eine posthume Ermittlung. Ich möchte wissen, nein, ich *muss* wissen: Was haben diese Gegenstände in der Rocktasche meines Mannes verloren? Und was hat es mit dieser ominösen Opernkarte auf sich? Das alles muss doch eine Bedeutung haben. Oder? Ich glaube nicht an Zufälle. Finden Sie das für mich heraus?»

Es läutet an der Tür. Ein wohl befreundetes Ehepaar kommt mit Leichenbittermienen und einem übertrieben großen, weißen Liliengesteck in den Salon. Fahrig bringt das Mädchen Landow zur Tür. Er gibt ihr ein Trinkgeld. Sie knickst. Als er sie nach dem Grund für ihre Tränen fragt, wird sie rot.

▪▪▪

Nebenan singen sie «Ich hatt' einen Kameraden» und den Jägerchor aus dem «Freischütz». Das meiste davon la-la-lallen sie bloß noch. Ist ja schon zweie durch.

«Is' noch reichlich da davon», hört er Koesters vertrauten Bass näher kommen. Die Tür geht auf, Koesters Bärengestalt füllt den Türrahmen zur Küche, dann geht er im Stockfinstern zum Spülbecken, wo die Flaschen zum Kühlen im Wasser liegen. Koester stolpert über etwas, flucht, tritt danach, stutzt, zieht erstaunlich schnell ein Messer aus dem Gürtel. Das Kleine mit der breiten Sichelklinge, das hatte er '70 schon dabei.

«Ruhig, Brauner, ich bin's. Koestern, lass mich leben.»

Koester steht beim Klang der vertrauten Stimme wie festgefroren. Dann brummt er was, dreht die Funzel am Herd hoch.

«Landow?!»

Niemand auf der ganzen Welt hätte ein überzeugenderes Erstaunen so schlichter Reinheit zustande gebracht wie dieser vom Leben gestählte Präzisionsschütze und Pensionswirt jetzt.

Wie um diesen Eindruck noch zu steigern, flüstert er noch einmal dramatisch: «Landow?»

Schließlich, donnernd bis zur Oder: «Landow!!»

Dann fliegen Koesters große Fäuste schnell hintereinander auf Landow zu, und es wird dunkel.

Als Gabriel Landow wieder zu sich kommt, liegt er in der kleinen Küche direkt neben dem Napf von Cointreau, und der Feine Franz hat alle Mühe, Koester davon abzuhalten, Landow noch einmal in die Ohnmacht zu schicken.

«Du Saukerl lebst. Und ich habe an deinem Grab geweint. Die beiden Mädchen auch. Franz konnte nicht. Mensch, Gabi, du Arschloch.»

«Ich hatte Mittagschicht», sagt der Feine Franz. Er hat ein buntes Papierhütchen auf den Kopf gebunden. Franz hat heute Geburtstag, deshalb feiern sie. Landow sieht den Siegelring an Koesters Hand. Koester bemerkt den Blick und zerrt sich den Ring vom Finger.

«Da hasten wieder. Die Polizei hat ihn mir gegeben. Ich wollte ihn deiner Familie schicken, demnächst.»

«Behalt ihn ruhig. Aber Vorsicht, seinem letzten Träger hat er kein Glück gebracht.»

Landow rappelt sich hoch. Gebrochen ist wenigstens nichts. Der dicke Hund schiebt sich unaufhaltsam wie eine befellte Mörsergranate für die C / 61 in den vollen Raum und geht seelenruhig an seinen Napf.

«Aber wer war denn dann in dem Sarg? Da war doch ein Toter in deinem Büro, hat die Polizei gesagt. Die haben das auch deiner Familie telegrafiert. Aber von denen hat sich noch keiner gemeldet. Mensch, Gabriele, Gabilein, alter Haudegen, was machste bloß für Sachen? Komm, erst mal ein Tässchen Cointreau.»

Der schmatzende Hund fühlt sich angesprochen und blickt ratlos zu ihnen hoch.

«Nee, lass mal», sagt Landow, «ich bin davon weg. Ich muss 'nen klaren Kopf haben. Ich hab 'nen komplizierten Fall. Und außerdem scheint mir einer nach dem Leben zu trachten.»

«Du trinkst nicht mehr? Deshalb glänzt unser Erzengel so, Franzi. Deine Stirn glänzt ja wie mit Speck gepudert, Landow. Der kalte Schweiß eines Scheintoten ist das.»

«Hör zu, Koester, das wird schon wieder. Aber bis auf weiteres bleibe ich tot, damit wir uns verstehen. Ich bin einstweilen in Charlottenburg untergekrochen. Schleiche mich hier ab und an mal ungesehen rein, um das Neueste zu erfahren, ja? Halte Augen und Ohren für mich auf. Kann sein, dass welche mal mein Zimmer sehen wollen. Du weißt von nix, verstanden?»

«Die war'n schon da. Von der Regierung. Hab sie hochgeführt. Haben sich umgesehen und gingen dann wieder.»

«Uniformiert?»

«Nee, Zivil, er in elegantem Tuch, und sie war im Wagen geblieben, hab ich aber gesehen.»

«Sie? Eine Frau? Von der Regierung? Hast du den Namen?»

«Nee. Hab mich auch gewundert. Aber eine Frau war das nicht. Das war eine Dame, für so was hab ich Augen, trotz meinem Feinen Franz hier, was, Franz, du Luder?»

«Apropos, Franz: Herzlichen Glückwunsch zum Geburtstag. Sag mal, arbeitest du immer noch nebenbei an der Tür im Congo Club?»

15

Pfingstmontag, 21. Mai.
Noch 25 Tage bis zum Tod des Kaisers.

Ein Ferkel auf dem Arm des Schlachters oder die Zinken einer Gabel, auf dem leergekratzten Teller steil gestellt auf der Jagd nach einer letzten Erbse, machen ein ähnliches Geräusch. Auch Kreide, ungelenk über eine Schultafel geschoben, kreischt vergleichbar aufdringlich. Hier allerdings, im Trainingssaal des Königlichen Fechtclubs nah beim Stadtschloss, quietscht gellend die Moderne. Ein Fechter auf der vorletzten der insgesamt acht Bahnen trägt neumodische Kautschukbesohlung unter den Schuhen. Das ermöglicht vehemente Stopps und Fintierung auf kleinstem Raum, sagen sie. An den entsetzlichen Ton dabei werde man sich gewöhnen, mutmaßen die Umstehenden, die das Trainingsgefecht des Quietschenden und seines normal beschuhten Gegners interessiert verfolgen und dabei abwechselnd die Schlagfolgen und die gummibesohlten Sportschuhe im Blick haben.

Die übrigen Bahnen der hohen, holzgetäfelten Fechthalle, trotz oder gerade wegen des Feiertags erstaunlich gut besucht, finden deshalb wenig Beachtung. Auch beim hellen Morgenlicht draußen vor den großen Fensterflächen bleibt die Gasbeleuchtung in der Halle stets eingeschaltet, um reflexfreie Übung zu gewährleisten. Auf Planche No. 2 wartet noch ein einzelner Fechter auf seinen Gegner. Ungeduldig hat er die engmaschig geflochtene Drahthaube schon vor das Gesicht geschnallt und erinnert so entfernt an einen Imker. Der Mann trägt, wie alle hier, das hellgraue, stark wattierte Wams zum Schutz von Brust und Schultern, helle, betont weite Hosen, die ungehindert schnelle Ausfallschritte erlauben, und dazu dunkles Schuhwerk aus weichem Leder, kautschukfrei und nahezu lautlos. Auch sein Trainingspartner, der nun mit großen Schritten an der raunenden Zuschauertraube um Bahn 7 vorbei zu ihm kommt, ist so gekleidet. Auch er hat sein Gesicht bereits per Drahtmaske geschützt. Beide Fechter begrüßen sich mit einem knappen Kopfnicken, um dann am jeweiligen Ende der Planche konzentriert ein paar raumgreifende Dehnübungen zu machen. Das erwartungsvolle Sausen ihrer Degenklingen bei einigen Lufthieben wird mehrfach unschön vom aufgeregten Kautschukquietschen auf Bahn 7 zerschnitten. Die beiden Fechter nehmen Aufstellung und schlagen unverzüglich ein paar schnelle Kombinationen. Der Kleinere der beiden ficht deutlich federnder und gewandter und macht schon bald den ersten Punkt. Nun treten sie einige Schritte aufeinander zu, bis sie dicht voreinander stehen, und sprechen, hörbar atmend, durch das Drahtgitter ihrer Fechtmasken miteinander.

«Gab es Probleme bei Ihrem … Auftrag?»

«Nein. Weshalb auch», kommt es mit heller, fast jungenhafter Stimme zurück, «alles ging wünschenswert leicht von der Hand. Vierter Auftrag. Vierte Beute.»

«Ich hörte natürlich schon davon. Chapeau! Zu schade, dass es nicht in den Zeitungen stehen darf! Die könnten sonst titeln: ‹Sie kam, sah und sägte.›»

«Herrje, ich glaube, ich habe Ihren simplen Casino-Humor beinahe vermisst.»

«Und ich habe Ihren Wagemut vermisst, Madame. Eine Frau unerkannt im Fechtclub Seiner Majestät! Noch dazu am Fest des Heiligen Geistes. Ein Skandal! Wie schade, dass auch davon niemand je erfahren wird.»

Sie gehen ruhig auseinander und nehmen wieder Aufstellung. Mit einer unerwarteten Riposte macht die heimliche Dame schon Sekunden später den nächsten Punkt. Wieder verharren die beiden kurz beieinander in der Mitte der Planche, und so dicht beieinander erinnern ihre dunklen Drahtmasken an die übergroßen Augen einer Schmeißfliege.

«Und bei der Übergabe?», fragt der Herr.

«Probleme?» Die Fechterin schüttelt den Kopf. «Nur … ein kleines. Vorübergehend. Aber bei Ihrem Projekt gab es Unregelmäßigkeiten, mein Herr. Das zumindest wurde mir zugetragen.»

Der Fechter macht eine wegwerfende Bewegung mit der freien Hand. Sein Lachen aus der Schutzmaske klingt allerdings etwas hohl. «Das Feuer? Ein kleines Versehen. Deine Männer sollten ihm nur ein wenig Angst machen. Ich wollte mal sehen, was er aushält.»

«Und, was hat er ausgehalten? Feuerfest wäre selbst dieser Landow wohl kaum gewesen.»

«Deine Männer sagen, dass der, der sich offenbar für ihn ausgab, schon nach den ersten harten Schlägen in Ohnmacht fiel. Aber dieser Kerl lebte noch, als sie gingen, das beteuern sie. Das Feuer muss später ausgebrochen sein. Eine umgestürzte Lampe vielleicht. Ich glaube ihnen. Unser Gabriel Landow jedenfalls hat überlebt.»

«Der Glückliche. Meine Leute machen keine Fehler. Und wenn, dann geben sie sie zu. Immerhin wissen wir jetzt wieder, wo er wohnt. Im Basement einer unbewohnten Villa.»

«Ach? Aus der Dachkammer hinab in den Keller. Beachtliche Entwicklung. Passt zu ihm.»

Als sich die Gruppe um Bahn 7 nun auflöst und sich Sportler und Zuschauer wieder auf die freien Planchen und in die anderen Räumlichkeiten des Clubs oder hinaus in die geschäftige Welt des hohen Feiertags zerstreuen, unterbrechen die beiden ihr vertrauliches Gespräch und nehmen das Gefecht wieder auf. Nach ein paar wilden Schlägen gelingt jetzt dem Herrn der erste Treffer.

«Bravo, mein Lieber. Deine Wut macht dich stark. Aber ich verstehe immer noch nicht, wofür wir ihn in dieser Angelegenheit überhaupt brauchen.»

Der Herr biegt die Klinge seiner Waffe mehrmals ungeduldig durch. «Ich habe nie behauptet, dass wir ihn brauchen. Ich sehe ihm lediglich gern bei der Arbeit zu. Wenn er versagt, was angesichts seiner Lebensweise nicht verwunderlich wäre, würde mich das freuen. Wenn er dennoch im Ministerium etwas herausfindet, das uns nützen könnte, freute mich das auch.»

Seine Gegnerin kommt mit einem schnellen Schritt jetzt ganz nah an ihn heran. Die Drahtgitter ihrer Fechtmasken berühren sich dabei und schaben metallisch aneinander.

«Und was, wenn er zu viel herausfindet? Trotz seiner *Lebensweise*? Er ist, ohne es zu wissen, ohnehin schon verdammt nah dran. Weshalb lachen Sie?»

«Ihre Wut macht Sie noch reizvoller, Madame. Ich mag Frauen, die fluchen. Wenn er zu viel rausfindet, nehmen wir ihn aus dem Spiel. Er ist ja ohnehin schon tot. Offiziell zumindest. Wie habt Ihr seine Spur eigentlich wiedergefunden?»

Aus der anderen Fechtmaske heraus lacht es hell. «Wie schafft es eine Frau, unbemerkt in den Fechtclub Seiner Majestät zu gelangen?»

«Durch den Umkleideraum vermutlich nicht.»

«Ihr Schnürsenkel ist offen.»

Der Fechter schaut rasch nach unten. Schon hat er die blitzende Spitze ihres Degens am Hals.

«Eine Finte. Nicht vorhandene Schnürsenkel können nicht aufgehen. Sie tragen Knopfstiefel, mein Herr. Immer hübsch wachsam bleiben. Wer in unserem Spiel Fehler macht, landet hinter Gittern.»

Der Herr schlägt sich lachend mit dem Griff seines Degens vor die Fechtmaske: «Dort bin ich doch ohnehin schon.»

Da – plötzlich – fliegen die Türen auf! Im Vorraum wird scheppernd eine Glocke geschlagen. Schon stürzen Männer in den Saal. Unser Fechter fährt für einen Moment zusammen, die Fechterin nicht. Ganz hinten, auf Bahn 8, haben sich welche verletzt. Klingenbruch wahrscheinlich. Die Sanitäter kommen, um abzubinden, und das Faktotum wischt gewissenhaft vergossenes Blut vom Parkett.

Die Dame schlägt ihrem Fechtpartner aufmunternd mit der flachen Seite der Klinge vor das Wams und lacht hell.

«Los, weiter. Ich brauche nur noch ein paar Treffer bis zum Sieg.»

«Sie profitieren lediglich von meinem natürlichen Handicap, Madame!»

«Ach ja, welches meinen Sie? Das Handicap, ein Mann zu sein?»

Ein paar Minuten später gewinnt sie das Gefecht tatsächlich mit 15 zu 6 Punkten und verlässt den Fechtsaal federnden Schrittes und so unerkannt, wie sie kam.

■■■

Dieser Alberto kommt aus Neapel, sagt er zumindest. Orsini schätzt, dass Alberto eher ein stinknormaler Albert aus Nidda oder Görlitz ist. Dennoch, der Mann sieht aus wie ein Tangotänzer, hat einwandfreie Manieren und kennt sich mit Schwänzen aus.

«Sie sehen dir unentwegt auf die Finger, wenn du die Hummerschwänze für sie öffnest. Der Tisch ist voll mit Papieren, du hast noch weniger Platz als im Ritz. Und dort», ab hier flüstert er wie ein Königsmörder, «ist praktisch gar kein Platz. Niente.»

Alberto soll dem Neuen, Orsini, die Räume zeigen und ihn dann zu Wichert bringen. Dieser Wichert wird Orsini den Job erklären.

Egal, was aus der Sache wird, der mit der Anstellung hier und der mit diesem Landow: Es ist ein Abenteuer. Vielleicht, denkt er manchmal, ist seine Anforderung an die Abenteuer des Lebens höher als anderwärts, weil er vorher Trapezfänger war und Taschendieb.

Mit makellos künstlichem Napoli-Akzent zeigt ihm Alberto die Garderoben. Die Mäntel der Gäste werden hier heinzelmannesk unter Dampf gereinigt und von Hand gebürstet, im Tagesverlauf gelockerte Knöpfe und der geöffnete Keder eines feinen Lederhandschuhs werden wie von Geisterhand repariert. Das, was vor der Reinigung in den Taschen war, wird nicht angerührt und nicht angesehen. Der gesellschaftlichen Position der Clubmitglieder entsprechend hat man schon Staatsverträge und Bankrotterklärungen darin gefunden, flüstert Alberto. Wenn er flüstert, verliert er seine italienischen Wurzeln, bemerkt Orsini. Küche, Lagerräume und Weinkeller des Clubs erinnern an ein Grand Hotel, alles blitzt und glänzt.

«Die Serviertische haben eine Besonderheit», erklärt Alberto im jetzt leeren, halbdunklen Speisesaal. Als Dieb ist Orsini schon in ähnlichen Etablissements unterwegs gewesen, das bereits erwähnte *Ritz* und das *Kaiserhof* waren lohnend, das neue *Imperial* ist ihm zu übersichtlich. Sehen und gesehen werden ist dort die Devise. Hier jedoch ist man sichtbar auf Diskretion bedacht, elegante Spalierwände separieren die Gästegruppen voneinander, und die Tische haben links eine Erweiterung für den Servierkellner und rechts, am Spalier, noch eine. Alberto bemerkt Orsinis Blick.

«Für die Unterlagen. Die Herren rechnen unentwegt. Am Abend steht an jedem Tisch eine Bleistiftspitzmaschine. Für umfangreichere Rechnungen haben wir auf Wunsch auch einen Arithmometer parat, meines Wissens einen von nur drei Apparaten in der ganzen Stadt. Die anderen beiden sind in den Ministerien.»

Orsini sieht den Putzfrauen auf die wippenden Röcke, während sie das Parkett polieren, und nickt jedes Mal beeindruckt, wenn der falsche Alberto ihn anblickt. So, wie Orsini das sieht, kommen diese handverlesenen Herren, die Crème de la Crème des Reiches, hierher, lassen sich ihre vom harten Tagwerk verknitterte Garderobe aufmöbeln, speisen Hummerschwänze und rechnen wie die Teufel. Man ist unter sich. Die Ritter der Tafelrunde mit Arithmometer. Der Feine Franz und zwei andere Kollegen, alle an die Einsneunzig und mit der Statur von Kürassieren, sorgen am Entree dafür, dass sich hier niemand herein verirrt, der nicht hier sein soll. Kein Tourist, kein neureicher Möchtegern, kein Heilsarmist mit verbeulter Sammelbüchse, kein Politpropagandist, kein Niemand.

«Direktor Adler sagt immer: Hier ist die Elite. Und hier isst die Elite.»

Wer dazugehören will, braucht vier Leumunds-Zeugen, abgesehen von einem einwandfreien Stammbaum und erstklassigen Konnektionen in die besten Häuser des europäischen Auslands, und hat außerdem eine einjährige Probezeit zu überstehen. Erst dann wird er in die Mitgliedsrolle des Congo Clubs eingetragen, bekommt darüber hinaus noch einen fest für ihn reservierten Tisch. Der berechtigt ihn dazu, zu jeder Tages- und Nachtzeit, vierundzwanzig Stunden rund um die Uhr, Heiligabend und Neujahr inkludiert, hier zu sein, seine Geschäfte abzuwickeln, zu rechnen, zu dinieren, zu denken, zu dösen, kurzum, er selbst zu sein: erlesen, erfolgreich und durchweg exzellent.

«Hier ist die Elite.» Alberto sagt es sicherheitshalber noch einmal, als er, in den Fußgelenken wippend, auf die Dicke der verlegten Teppiche hinweist.

Die Leute, die Orsini jetzt hier sieht, gehören zweifellos nicht zur Elite. Die polieren Gläser und das Parkett, füllen Humidore und versorgen die üppige Palmbepflanzung.

Der aufmerksame Alberto verfolgt Orsinis Blick hoch hinauf in das grüne Dach des Clubs.

«Alles echt, sogar das Botanische Institut hat schon angefragt. Direktor Adler sagt, den aufwendigen Bewuchs sind wir dem Namen des Clubs schuldig. Congo. Das ist in Afrika, verstehst du?»

Orsini versteht. Obwohl er sich bislang eher für den Teil der Weltwirtschaft interessierte, der in den ledrigen Falten von Portemonnaies hängen blieb, ist der Afrikataumel seit drei Jahren nicht zu überhören. Angola, Kongo, Betschuanaland, allein die Namen der Länder wecken das Interesse von Investoren. In Afrika gibt es praktisch alles, heißt es, man muss es sich nur nehmen. Denn der Neger an sich ist sich des Reichtums um ihn herum gar nicht bewusst. Der pinkelt an einen Baum und ahnt nicht einmal, dass man aus diesem Baum Gummireifen für Automobile machen kann, mit denen man dann in die Thermalbäder dieser Welt reist. Mehrere Monate lang saßen Politiker und Wirtschaftsführer '84/'85 hier in der Stadt zusammen, tief gebeugt über Landkarten und Plänen und berauscht von der Vorstellung dieser riesenhaften, eroberungswilligen, nach Entdeckung und Nutzung dürstenden Welt dort draußen, die angefüllt von dunkelhäutigen Kreaturen ist, die durchweg dumm und deshalb leicht willfährig zu machen wären. Der belgische König hatte sich den ganzen Kongo unter den Nagel gerissen, ein Land siebzigmal so groß wie sein eigenes. Einfach so. Man raunte über so viel Unverfrorenheit und wünschte sich insgeheim genauso viel Fortune.

Der Congo Club ist gleich im Anschluss an die Kongokonferenz gegründet worden. Man setzt auf Dezenz, nur zwei schlichte C zieren die Messingtafel am Entree, verbunden mit der Aussage: «Zutritt nur für Mitglieder und geladene Gäste». Weil das Publikum immer internationaler wurde, hatte man es in Englisch dazugraviert: «For members only and invited guests».

Der falsche Alberto hat ihm alles gezeigt und übergibt ihn nun dem erwähnten Wichert für nähere Instruktion. Alberto verneigt sich knapp, zeigt dabei sein kohlschwarz gefärbtes, glänzend geöltes Haar und geht lautlos davon.

«Sie wurden uns empfohlen.»

Orsini fährt herum und ist zum ersten Mal wirklich überrascht. Wichert ist eine Frau, noch dazu auf Augenhöhe, eine kleine Frau, die einen dunklen Anzug trägt und ihn kalt mustert.

Orsini macht einen zackigen Diener und rattert seine ausgedachte Geschichte herunter, in der ein Wohnungsbrand und vernichtete Papiere vorkommen.

Wichert hört ihm ungerührt zu.

«Hört sich eher nach Haftstrafe an, wenn Sie mich fragen. Was machen wir nun mit Ihnen? Für den sichtbaren Bereich sind Sie zu klein, für den Servierbereich zu einarmig, für den Sicherheitsbereich zu mickrig.»

Blitzschnell wirft ihm Wichert etwas zu. Orsini fängt den Schlüsselbund, ohne mit der Wimper zu zucken, und gibt ihn mit einer leichten Verbeugung zurück.

«Aber Sie scheinen immerhin auf Zack zu sein, Orsini. Wo haben Sie denn diesen illustren Zirkusnamen her? Nicht, dass das wichtig wäre. Ich bin bereit, Sie im Transit zu beschäftigen. Wenn Sie die erste Woche überstehen. Nach überstandener Probezeit Festanstellung. Mitkommen.»

Orsini folgt Wichert ein Stück des Korridors entlang. Dann bleibt sie stehen und geht direkt auf einen großen orientalischen Gobelin zu, der an der Wand hängt. Wichert verschwindet hinter dem Wandteppich, und Orsini folgt ihr dorthin. Der Teppich ist lediglich eine perfekte optische Täuschung und verdeckt einen eleganten Korridor. Dicke Teppiche federn auch hier jeden Schritt und schlucken jedes Geräusch.

«Hier beginnt der Transit. Sie arbeiten hier.»

Damit biegt Wichert scharf nach rechts ab und macht Licht, sodass ein kleines, feines Kleiderkabinett sichtbar wird wie beim besten Herrenausstatter der Stadt. In den wandhohen Regalen und Vitrinen finden sich Herrenoberhemden, Frackhemden, Kragen verschiedener Formen.

Wichert blickt in Orsinis überraschtes Gesicht.

«Ich dachte, Sie wären tatsächlich auf Zack. Die Herren machen im offiziellen Bereich des Clubs, den, den Sie gerade gesehen haben, Geschäfte. Und wenn ich ‹Geschäfte› meine, dann meine ich Geschäfte und keine Kleinigkeiten. Unsere Mitglieder denken in großen Dimensionen, hier wird in Megatonnen gerechnet, nicht in Kilo. Wer ausschließlich hierherkommt, um Zugladungen Erz aus Schlesien oder Stahl aus der Ruhrregion zu kaufen, zu verkaufen, zwischenzulagern oder zu taxieren: Willkommen. Wir garantieren ihm die größtmögliche Diskretion. Sollte einer der Herren aber nach getaner Arbeit noch verdiente Ruhe und Entspannung suchen, die ihm ein Aufenthalt am heimischen Kamin oder in der Opernloge nicht bieten kann, dann geht er einfach ein paar Schritte weiter und gelangt durch diesen Transitbereich in den inoffiziellen Teil des Clubs. Der befindet sich hinter dieser Tür und ist für Sie, Orsini, absolut tabu. Damit die Herren nach getaner Entspannung am nächsten Morgen wie aus dem Ei gepellt in ihre Kontore, Konzerne und Ministerien zurückkehren können, finden sie hier die neuesten Hemden, die elegantesten Krawatten oder auch Ersatz für einen im Kampf der Leidenschaft eventuell verlustig gegangenen Manschettenknopf.»

Wichert öffnet eine Reihe dunkler, lautlos herausgleitender Schübe voller Leibchen in Seide, Mohair, Baumwolle, dazu passende Unterhosen, Socken, einfach alles.

«Und die Preise? Ich sehe nirgends Preise an den Waren.»

Wichert scheint für eine Sekunde zu lächeln.

«Für unsere Clubmitglieder ist dieser Service selbstredend gratuit. Kostenfrei. Sie, Orsini, sind einfach hier, damit der Raum nicht so leer wirkt. Die Herren kommen herein, nehmen sich, was sie brauchen, und gehen wieder. Sie grüßen nicht, sie verneigen sich nur.»

«Und wenn ich angesprochen werde?»

«Weshalb sollte einer der Herren Sie ansprechen? Etwa, weil er modische Beratung benötigt?»

«Wenn jemand die Uhrzeit wissen möchte. Weil seine Uhr in der Nacht stehengeblieben ist.»

Wichert zieht die Braue hoch und zeigt auf eine leise tickende Uhr über der Tür.

«Also, Orsini, Sie bekommen eine Pagenuniform, Ihren hübschen Kunstarm lassen Sie dran, wir wollen ja niemanden verschrecken, nicht wahr? Dienstbeginn ist heute um 20 Uhr, Dienstende um 12 morgen Mittag. Das Einzige, was Sie wissen müssen, ist: Dort ist der Club. Und hier beginnt der Congo.»

■■■

Berti Fiedler ist etwas in Eile. Keine gehetzte Eile, freudige Eile. Um 16 Uhr 35 kommt am Lehrter Bahnhof der Zug mit ihrer jüngeren Schwester Toni an. Toni wohnt in Würzburg, und die beiden, die sich seit Jahren nicht gesehen haben, freuen sich auf ein Wiedersehen. Ihre Wohnung in der Seidlitzstraße kommt Berti Fiedler nach dem Typhustod ihres Mannes vor fünf Monaten ohnehin zu groß vor für sie allein und den Tobi.

«Tooobi!»

Der Hund hat immer nur auf ihren Theo gehört, obwohl der meistens im Werk war. Der Aufschwung, das Wachstum, hörte sie immer bloß, und Fiedlern war als Materialdisponent bei *Siemens & Halske* mittendrin. Nur sonntags hatte er frei und lag meist grau und zerschlagen, einen kühlenden Lappen auf der Stirn, auf dem Kanapee herum. Jetzt gehört das Kanapee dem Tobi ganz allein, denn Berti Fiedler mag dort nicht sitzen, irgendwie fehlt er ihr doch. Nicht des Geldes wegen, Siemens zahlt eine gute Zweitrente, sie geht einmal pro Woche sogar zum Mittagstisch in den *Ochskopf* bei der Gas-Anstalt.

Die Erbsensuppe mit Einlage dort ist annehmbar, sie will Toni gleich morgen dort mit hinnehmen.

«Tooobi!»

Sie sieht über das graue Wasser des Spreeufers hinüber zu den feinen Bürgerhäusern. Im Gebüsch weiter vorn raschelt es. Der Hund schleppt immer alles an, was nicht niet- und nagelfest ist. Letzte Woche erst das Fell eines schon halbverwesten Hasen. Und richtig, der sandfarbene Terriermischling hat tatsächlich wieder was in der Schnauze. Immerhin kommt er jetzt damit direkt auf sein Frauchen zugelaufen. Er lässt seinen Fund stolz vor ihre Füße ins Gras fallen. Die Spitzen ihrer Schuhe sehen schon reichlich angestoßen aus, findet sie, hier im hellen Vormittagslicht. Vielleicht könnte sie mit Toni ein Paar neue kaufen, und der Toni noch eins gleich dazu, Siemens macht's möglich. Jetzt erst betrachtet sie das rotbraune Etwas näher, das der Hund angeschleppt hat. Ein halbverwestes Tier ist es diesmal immerhin nicht. Bevor Berti den Ingenieur Fiedler heiratete und ihren Beruf aufgab, war sie Hebamme gewesen. Deshalb erkennt sie sofort, dass das, was da vor ihr im Gras liegt, nichts anderes als eine menschliche Gebärmutter ist. Komplett herausgelöst, wie damals im Anatomiekursus an der Charité. Energisch schiebt sie den Köter, der seine Beute nach Haus schleppen will, mit dem Fuß fort. Der Hund bellt trotzig. Ernst sieht Berti zu dem dichten Gebüsch hinüber. Bloß ein abgeblühter, weißer Flieder.

16

Dienstag, 22. Mai.
Noch 24 Tage bis zum Tod des Kaisers.

Landow hält sich erst mal an die Witwen. Mit unglücklichen Frauen kennt er sich aus. Mit den Betrogenen und Verlassenen. Bei denen fühlt er sich halbwegs zu Hause. Seine Mutter ist jetzt auch eine Witwe. Letzte Nacht hat er einen Brief an seine Mutter geschrieben. In Gedanken vorformuliert, zigmal zerknüllt. Wirklich schreiben und abschicken wird er ihn wohl nie. Er stellt sich vor, wie sie einmal am Tag zur noch aufgewölbten Erde des Grabes geht und minutenlang nur dasteht und den braunen Haufen anstarrt und sich den braunen Haufen darunter vorstellt. Nicht auszuschließen, dass der Vater schon zu Lebzeiten ein Grabmal für sich in antikem Stil in Auftrag gegeben hat. Eine Steinbüste mit Feldherrnblick und Ährenrelief oder ähnlich Geschmackloses. Er empfindet keinerlei Trauer dabei, kein Mitleid und fragt sich, ob ihm diesbezüglich etwas fehlt, unbemerkt irgendwo abhandengekommen, abgesprungen wie ein loser Mantelknopf. Er hat sich im Kopf eine Liste mit Fragen für die Witwen zurechtgelegt. Die hätte er besser aufgeschrieben. Denn statt zu fragen, steht er jetzt wie Piksieben da und starrt die Küchenwand an.

«Hat er leiden müssen?»

Frau Ingelmann, anders als die Witwe Gürtler gestern, rauscht nicht. Sie klappert. Die Hände in der Abwaschlauge, den hageren Körper in einem sackigen Wollkleid, sieht sie Landow, der am schlichten Küchenbuffet lehnt, jetzt direkt an. Bei Gürtlers ging es feiner zu. Hier bringt ihm keiner Tee. Hier heult auch keiner, weder heimlich noch sonst wie. Obwohl Ingelmanns Tod nun schon ein paar Wochen zurückliegt, versucht Landow, besonders freundlich zu sein. Warum auch nicht.

«Dem Obduktionsbefund nach ging es rasch. Sehr rasch. So rasch, wie man eine Kerze auspustet, vermutlich.»

«Sie haben ihren Vater nicht mehr sehen können», sagt die spülende Witwe und zeigt mit der beschäumten Hand auf die beiden etwa zehnjährigen stillen Kinder, die in der engen Küche so nah sitzen, dass er sie fast atmen hören kann. Die Halbwaisen, ein Junge und ein Mädchen, wirken seltsam leblos, weder verstockt noch altklug, eher wie ausgestopft.

«Das Schlimme ist ja, dass die einem nichts richtig sagen. Heribert war kerngesund, aß jeden Tag einen Apfel, trank höchstens am Sonntag mal eine halbe Flasche Bier. So jemand stirbt doch nicht mit Ende dreißig. Oder? Und dann, aus dem Nichts, ein Infarkt?»

Landow klappt, um den Grund seines Hierseins zu demonstrieren, seinen Notizblock wieder auf und starrt auf die Seite, auf der immer noch nichts steht außer Ingelmanns Adresse.

«Frau Ingelmann, was hat Ihr Mann gearbeitet? Ich meine, was genau? Hat er mit Ihnen darüber gesprochen?»

«Nein, wieso sollte er?»

«Er hatte immerhin einen Doktortitel.»

«Er war Doktor der Philosophie, ja. Im Ministerium zählte das nicht. Im Gegenteil.»

Landow sieht sie an, die Hände rot von der heißen Lauge, das Gesicht schief von der Trauer und dem ganzen Leben davor. Sie hat sein Alter. Landow denkt sich für einen Moment an diesen Esstisch, einen Teller mit dampfenden Kartoffeln und etwas Kochfleisch vor sich, während die hagere Frau am anderen Ende ein Gebet spricht. Unterm Tisch der engen Essnische würden sich andauernd und unabsichtlich ihre Fußspitzen berühren.

«Sind Sie gläubig?»

«Wozu sollte das gut sein.»

Ihre Antwort überrascht ihn. Wozu hatte der Tote diese Reisebibel dabei?

Sie ahnt den Zweck seiner Frage. «Sie meinen die kleine Bibel? Die hatte er immer bei sich. Ein Geschenk seiner Mutter. Eher ein Talisman, ein Aberglaube. Glauben war uns …», sie sieht zu den lautlosen Kindern herüber, «… ist uns wichtig. Im übertragenen Sinne. Der Glaube an das Gute in der Welt, verstehen Sie?»

Ihr von dem anderen Märchenbuch zu erzählen, dem, das man ihm an die Hand gebunden hatte, während Ingelmann wahrscheinlich schon tot und verrenkt vom Aufprall im Rinnstein in der Simeonstraße lag, lässt er erst mal.

«Aber hat Ihr Mann nicht manchmal, nur andeutungsweise, etwas aus der Arbeit erzählt? Dass es besonders kompliziert war? Oder hat er mal einen Arbeitskollegen mitgebracht? Hat er eventuell mal Namen erwähnt? Den Namen Korb vielleicht, von Korb? Oder Gürtler?»

Sie denkt ehrlich darüber nach, schüttelt dann ernst den Kopf.

«War Ihr verstorbener Mann möglicherweise im Besitz eines solchen Schlüssels?» Landow hält ihr den Schlüssel hin, den die Witwe Gürtler ihm gegeben hat; nur ein Versuch, aber er ahnt bereits, dass das nichts bringt. Wieder gibt sie sich ehrlich Mühe, betrachtet die kleine Blechplakette am Schlüssel mit dem aufgeprägten Buchstaben, schüttelt wieder den Kopf.

«U?», fragt sie. «Was heißt U? Unterwasserboot?»

«Unter Umständen.»

«Er hat mal gesagt, dass das, womit er zu tun hat, geheim ist. Irgend etwas mit Schiffen, die unter Wasser fahren sollen. Aber er war ja nicht wichtig im Ministerium, ein Philosoph, ein Idealist im Exil, auf unterer Verwaltungsebene. Sehen Sie sich um. Was er verdiente, reichte nicht für große Sprünge. Bitte sagen Sie mir die Wahrheit. Ist er», und jetzt wischt sie sich den Schaum von den Händen und kommt dicht an Landow heran, «erschossen worden?»

«Es ist zwar richtig, dass ich post mortem im Auftrag der Regierung interne Ermittlungen anstelle, aber dass Ihr Mann nicht erschossen wurde, das kann ich Ihnen versichern.»

Nein, Ingelmann ist nicht erschossen worden. Wie kommt sie darauf? Ingelmann ist, mutmaßlich absichtsvoll, von einem Fuhrwerk überfahren worden. Aber das will Landow ihr nicht zumuten. Jetzt nicht zumindest.

«Die Verletzung an den Händen Ihres Mannes, hat er sich die hier zugezogen? Beim Hantieren am Ofen vielleicht?»

«Verletzungen? Davon weiß ich nichts», sagt sie glaubhaft.

«Um ehrlich zu sein, ich hatte befürchtet, es sei deswegen», sagt sie dann, geht rasch aus der Küche. Draußen hört er sie kramen. Sie kommt mit einem Buch zurück.

«Das war seine eigentliche Bibel. Aber die trug er nicht mit sich herum. Die las er nur hier. Immer und immer wieder. Du bist Reichsbeamter, habe ich ihm so oft gesagt, wenn das rauskommt, stehen wir auf der Straße.»

«Marx. Interessante Lektüre. Aber ob er Marx oder Fontane gelesen hat, ist für mich ohne Belang.»

Trotzdem schreibt er auf: K. M. *Das Kapital. Band II. «Der Zirkulationsprozess des Kapitals»*.

«Ist er nicht vielleicht doch von den Nationalen zusammengehauen worden? Sie sagten was von Verletzungen? Also kein Infarkt. Oder von der Polizei verprügelt. Und daran gestorben? Unsereinem sagt man ja nichts.»

«Hat Ihr Mann außer Marx vielleicht auch Grimm gelesen, Grimms Märchen? Mh, Kinder, lest ihr Grimm? Habt ihr ein Märchenbuch da?»

«Die beiden sollen nicht mit solchen Geschichten aufwachsen.» Frau Ingelmann verneint entschieden, die Kinder schütteln nur schwach die bleichen Köpfe.

«Sagen Ihnen trotzdem die Begriffe *Kelch, Blut, Spieß* etwas? Hat Ihr Mann die mal erwähnt? Drei Arbeitskollegen vielleicht? Oder drei Marxisten mit diesem Namen? Oder nur einen davon?»

Frau Ingelmann setzt das trockengeriebene Geschirr geräuschvoll in ein Schrankabteil.

«Mit was hat er sich denn bloß beschäftigt, der Heribert? Auf der Arbeit. Jetzt können Sie's mir ja sagen. Jetzt ändert's ja nichts mehr.»

Landow befürchtet, dass die harsche, hagere Frau jetzt doch noch in Tränen ausbricht. Er klappt energisch den Block zu und schüttelt den Kopf: «Wie gesagt: Geheim. Bedaure.»

Er gibt ihr die offizielle Visitenkarte der Regierung, auf der außer dem Reichsadler nur sein Name steht. «Darf ich mich noch einmal melden, falls ich weitere Fragen habe, Frau Ingelmann?»

«Gabriel von Landow», liest sie vor, «das klingt edel.»

«Das bin ich», sagt Landow und merkt gleich, wie bescheuert das klingt. «Der Name, das bin ich. Das *edel* eher nicht.»

Ihr winziges Lächeln deshalb erschreckt ihn fast. Er will raus aus dieser Mietskasernentristesse. Die Kinder sehen ihn weiter stumm an. Das Kleid dieser Witwe raschelt nicht. Im Treppenhaus riecht es nach Bohnengemüse, Bohnerwachs und Halbtreppenklo.

■■■

Die Freiin Landow steht am Fenster und sieht hinaus. Sie macht das stündlich für etliche Minuten, haben die Hausangestellten bemerkt. Dieses Starren in Kombination mit hörbarem Seufzen und nächtlichem Herumgehen in ihrem Schlafzimmer sei vollkommen normal für eine trauernde Witwe, sagen die Leute. Der alte Landow sei zwar ein Lump gewesen, der blöde Bankert legt davon Zeugnis ab, aber offenbar vermisst sie den toten Ehemann trotzdem.

Sie warte täglich auf Post aus Berlin, wissen die, die schon länger auf dem Gut sind.

«Es ist wegen dem Jüngsten, dem Gabriel. Sie wartet auf eine Nachricht von ihm. Sie hat gehofft, dass er wenigstens zur Beerdigung kommt. Aber seit dem Prozess damals ist die Familie entzweit wie ein gespaltener Baum.»

«Prozess?», fragen dann die Jüngeren neugierig nach.

Die olle Schindler, die auf dem Gut seit der Eiszeit schon für die Bügelwäsche zuständig ist, sagt dann hinter vorgehaltener Zitterhand Sachen wie: «Der Junge wurde beschuldigt, Geld genommen zu haben. Der Transport einer Soldkassette, den er eskortierte, kam nicht an, oder die Geldkiste war leer, als sie ankam, so genau weiß ich's nicht. Jedenfalls beschuldigte man den Gabriel, das Geld entwendet zu haben. Es gab wohl keine Beweise, aber auch Zeugen zu seiner Entlastung hielten sich zurück; sogar der eigene Bruder, der gnädige Herr Perikles. Schließlich fand man in der Wohnung, in der der Gabriel damals wohnte, Geld hinter der Wandverkleidung. Er gab an, das Geld beim Kartenspiel gewonnen zu haben, und beteuerte weiterhin seine Unschuld. Trotzdem wurde er unehrenhaft aus der Armee entlassen. Es gab damals eine regelrechte Serie von unehrenhaften Entlassungen. Es hieß, Bismarck persönlich hätte die moralische Säuberung der Friedensarmee angeordnet. Vor dem Kriegsgericht hieß das damals: im Zweifel gegen den Angeklagten. Der Alte hat seinen Sohn daraufhin verstoßen, und seitdem hat man wohl nichts mehr von ihm gehört. Seitdem wartet sie. Auf Post, auf einen Wagen, auf ein Lebenszeichen, die arme Frau. Früher hieß es, er sei rüber nach Amerika. Aber Mahlmann sagt, er wohnt in Berlin. Aber vielleicht lebt er auch gar nicht mehr. Ist gestorben bei einem Duell, was weiß ich.»

«Ein Duell?», fragen die Jüngeren dann eifrig, aber die alte Zitterhand schiebt dann längst wieder das heiße Eisen übers Leinen.

«Post, Warnecke?»

Ihr Blick ist schon leer, bevor sie ihn fragt. Sie kennt die Antwort bereits. Er wendet flott den Landauer und springt vom Wagen.

«Nur Geschäftliches, fürchte ich», sagt er, gibt ihr die vier Umschläge und ist froh, wieder fortzukommen.

Drinnen sieht sie wieder lange reglos wie eine Statue aus dem Fenster, dann erst geht sie die Umschläge durch. Zwei sind an den jungen Grafen adressiert, und ein Brief enthält flüchtige Feriengrüße aus Tirol von einer Nichte, an deren Gesicht sie sich nicht erinnern kann, jemand aus der Blutlinie ihrer Brüder, vermutet sie.

Im vierten Brief, der direkt an sie gerichtet ist, unterrichtet sie der Tuchhändler Weinberg darüber, dass die Begleichung der Rechnungen für seine letzten beiden Lieferungen an Tischwäsche «auf Maß gesäumt», an Meterware Haushaltsleinen ungesäumt und die drei französischen Damaststoffe leider Gottes noch nicht auf seinem Konto eingegangen sei. Er sei sich absolut sicher, dass dies der Umstellungen auf dem Gut nach dem bedauerlichen Tod des Herrn Grafen zuzuschreiben sei. Er versichere an dieser Stelle noch einmal das ausdrückliche Beileid seines Hauses, dennoch müsse er, immerhin mehr als drei Monate nach der ersten betreffenden Lieferung (*Lieferschein und Rechnungsnummer anbei*), freundlichst um baldige Begleichung des offenen Debets, oder aber um Rücksendung der Waren bitten und verbleibe mit vorzüglicher Hochachtung et cetera pp.

Die Gräfin hat die Geschäfte immer dem alten Landow überlassen, aber was ein Debet ist, weiß sie. Ein Debet ist etwas, das es im Hause Landow genauso wenig gibt wie Mäuse im Vorratskeller oder leere Scheunen.

Am Abend, das Mädchen trägt die Kompottschalen ab, fragt sie Perikles danach, der sich wie immer in ein Börsenblatt vertieft hat.

«Weinberg? Der Jude soll froh sein, dass wir überhaupt noch bei ihm kaufen. Aber, Mama, ja, die Rechnungen sind noch nicht beglichen. Die neue Erntemaschine war wichtiger. Aber bitte, damit der gute Ruf keine Beule bekommt, werde ich die Rechnungen bei Weinberg persönlich begleichen. Muss ohnehin gleich wieder nach Berlin.»

«Du bist in letzter Zeit oft in Berlin. Ist dort irgendetwas, das ich wissen sollte?»

«Nein, Mama, aber wenn du schon danach fragst: Mir ist angetragen worden, Vaters vakanten Sitz im Parlament zu übernehmen.»

«Und was ist mit dem Gut?»

«Mahlmann und Warnecke haben das bestens im Griff. Ich verstehe doch ohnehin nichts von Roggen und Winterweizen und all dem.»

Jetzt steht sie wieder da und starrt, flackerig wie eine Medusa oder Medea oder wie diese freudlosen Frauengestalten heißen, denkt der Sohn.

«Triffst du Claire in Berlin?»

Seit er kurz davor war, sich mit der Tochter einer weitläufig benachbarten Hugenottenfamilie zu verloben, spricht sie ihn regelmäßig darauf an. Er lässt sie in diesem Glauben, das ist einfacher, und unterstreicht flink einen Kurs im Börsenteil.

«Ich meine bloß, du bist jetzt in der Position, eine Familie zu gründen, in dem Alter bist du längst, die Leute auf dem Gut wünschen sich wieder eine gräfliche Familie, ich spüre das.»

«Die Leute auf dem Gut sind mir piepenhagen, was das angeht. Die können sich zu Weihnachten etwas wünschen. Über mein Leben werde ich tunlichst die Freiheit haben, selbst zu entscheiden. Außerdem haben sie doch eine gräfliche Familie auf dem Gut. Uns.»

«Ich meinte», sagt sie und starrt auf ihr spukhaft verzerrtes Spiegelbild dicht vor sich im Fensterglas, «eine richtige Familie.»

▪▪▪

«Da ist keiner zu Hause.»

Der Mann, der das sagt, ist sehr klein. Offenbar, um nicht übersehen zu werden, trägt er einen auffällig gestreiften Anzug, der an einen Chaiselongue-Bezug erinnert, und einen Hund auf dem Arm. Der Hund ist nicht gestreift, hat vorspringende Glupschaugen und riecht ungut.

«Sie wollen doch zu Korbs, oder?»

Landow nickt, beschließt aber, den Adler-Ausweis noch in der Tasche zu lassen.

«Zu wem wollten Sie denn? Zu ihm oder zu ihr?»

«Nun, was denken Sie, zu wem ich wollte?»

Der Mann im Sofastoff setzt umständlich den Hund ab, woraufhin das Tier mühevoll allein die Treppen hinaufsteigt.

«Santana.»

«Landow.»

«Der Hund heißt Santana. Er hatte diesen Namen schon, als ich ihn bekam. Mein Name ist Korff. Nicht verwechseln: Hier wohnten die Korbs, die *von* Korbs, um exakt zu bleiben, ich wohne eins drüber und heiße Korff. Ohne von.»

«Wohnten?»

«Na ja, ich vermute, dass die Mutter nach dem Tod des Sohnes, Anfang des Monats war das wohl, fortgezogen ist. Vielleicht nur vorübergehend. Der Filius von Korb war beim Kriegsministerium, gar nicht so eine große Nummer, eher Archiv, hätte ich vermutet, und dann sagt mir die Drill, die Hausmeisterin, er sei tot. Letzte Woche oder vorletzte – tempus fugit – kamen Santana und ich aus dem Humboldthain zurück, und hier auf der Stiege wurden Möbel geschleppt. Wollte nicht weiter nachfragen, ich meine aber zu erinnern, dass Frau von Korb Verwandtschaft im Taunusgebiet hat.»

Die erwähnte Hausmeisterin weiß noch weniger. Obwohl sichtlich beeindruckt von Landows Ausweis, klimpert sie bloß mit ihrem Schlüsselbund und zieht die Schultern hoch.

«Die Miete ist beglichen bis Ende Juli. Von einem Auszug weiß ich nichts. Aber zu Hause ist sie auch nicht. Vielleicht ist sie vorübergehend weg? Hat er was angestellt, der Assessor? Ich meine, bevor …? War ein ganz Ruhiger, zu ruhig, wenn Sie mich fragen. Wohnte noch bei der Mutter. Mit Anfang fünfzig. Sportlich war er wohl, immer ganz in Weiß. Vielleicht vom anderen Ufer, heimlich, wer weiß. Wissen Sie nicht was?»

17

Mittwoch, 23. Mai.
Noch 23 Tage bis zum Tod des Kaisers.

Der Rang eines geheimen Sonderermittlers des Deutschen Reiches bringt die lästige Verpflichtung mit sich, Ergebnisse zu liefern. Früher oder später. Und zwar nicht einer verheulten Witwe oder eifersüchtigen Ehefrau, sondern einem Trio von Ministerialbeamten, die ihrerseits Hergenrath unterstellt sind. Und der, heißt es, berichtet direkt an B. Und der wiederum, sagen manche, berichtet niemandem mehr, der ist nur noch Gott verpflichtet, wenn überhaupt. Seit er diesen Auftrag angenommen hat, war Landow noch kein einziges Mal in seinem neuen Büro. Sein Verlangen nach einem Wiedersehen mit seiner alten Remington hält sich in Grenzen. Außerdem schreckt ihn die Vorstellung eines gähnend weißen Blattes.

Der Status eines geheimen Sonderermittlers des Reiches bringt allerdings auch die komfortable Einrichtung eines eigenen Fahrdienstes mit sich. Anders als Beamte der Zivilpolizei wie Sitte oder Mordkommission darf Landow nicht nur jeden Mietwagen anhalten und auf Kosten des Reiches benutzen, ihm steht auch jederzeit und für persönliche Zwecke ein neutraler Wagen zur Verfügung. Dieser Wagen erwartet ihn Spindler- / Ecke Elisabethstraße unweit von Koesters Pension, Landow hat keine Veranlassung gesehen, ihn woanders hinzubestellen. Einem aufmerksamen Beobachter würde freilich auffallen, dass der Fahrgast bereits einen längeren Fußmarsch durch den hartnäckigen Nieselregen dieses mausgrauen Mittwochmorgens hinter sich hat, als er nun den Wagen erreicht. Aber wer beobachtet schon so genau.

«Plötzensee», ruft er dem Fahrer zu und steigt in den schmalen Zweisitzer.

Schon bald verwandelt sich das Hohe, Enge der Stadt in vereinzelte Gebäude, die Anzahl der Etagen nimmt ab, die der Bäume drum herum nimmt zu.

Links an der Kaserne Moabit vorbei, dann schräg links in die Birkenstraße. Auf dem Exerzierplatz üben sie für den Ernstfall. Körperliche Ertüchtigung des Soldaten. Jeder Muskel gespannt, jederzeit bereit, zum Äußersten zu gehen. Ihr muskuläres Training '70/'71 bestand in rumsitzen (musculus gluteus maximus), die im bleifarbenen Schlamm feststeckenden Füße befreien (musculus gastrocnemius), Körperteile Gefallener aus dem Sichtfeld der Offiziere tragen (musculus biceps brachii oder brachius, das hat er inzwischen vergessen), bei Schrapnellsausen den Kopf einziehen (musculus splenius cervicis) und – zuvörderst – den Schließmuskel (musculus sphincter ani) in der Gewalt haben.

Der Wagen hält nach einer Weile vor dunklen Mauern und einem breiten Eisentor. Der kundige Fahrer hat angenommen, der Sonderermittler wolle die Strafanstalt Plötzensee besuchen. Landow lässt ihn in dem Glauben. Er lässt den Wagen an der nächsten Ecke warten, nimmt sein Bündel und geht die Seestraße hinauf, bevor er dann nach links in den Wald verschwindet. Auerbachs Badestelle am Plötzensee hat erst ab Juni geöffnet, jemand, dem Landow forsch seinen Adlerausweis hinhalten könnte, ist nirgends zu sehen. Weiter hinten am Bootsverleih hämmert einer. Landow steigt am Westufer relativ behände über den Zaun und dann aus den Kleidern. Ein Vogel schreit heiser. Enten fliegen auf, landen aber wenige Meter später schon wieder, so, als hätten sie Landows Harmlosigkeit erkannt.

Ihn friert. Der Himmel ist noch immer in ein elegantes Mausgrau gekleidet, die kleinen, dunklen Punkte darin entpuppen sich als Vögel, Stare wahrscheinlich, und versprengte, hochfliegende Möwen aus dem Brandenburgischen. Das Wasser ist noch eiskalt. Landow geht trotzdem tiefer rein.

Seit er den Auftrag angenommen hat, trinkt er nicht mehr.

Seit er nicht mehr trinkt, friert er. Er muss wieder in Form kommen. Die Kälte trifft ihn wie ein Tritt vor die Rippen, als er sich kopfüber ins Wasser wirft. Die Enten stieben besser doch davon. Nach zwei, drei Minuten hat er sich an das Brennen der Haut gewöhnt, atmet tief und fest, schwimmt in der Mitte des Sees ruhige Bahnen. Er ist immer gern geschwommen, zu Hause in ihrem See. Der war nicht halb so groß wie dieser, aber tief, unheimlich tief, mindestens fünfzehn Meter. Nun, wohl eher bloß acht. Zum Ertrinken reicht's aber. Er lauscht dem gleichmäßigen Plätschern, das seine Hände erzeugen. Aus den Bäumen schreit rau ein Häher. Landow taucht ab.

Der vertraute Druck auf den Ohren, wenn er tiefer hinabschwimmt. Das Gluckern. Das dumpfe, schwarze Gluckern muss das letzte gewesen sein, das sie hörte. Das Letzte außer ihren eigenen Schreien um Hilfe. Endlich hat sie geschafft, die Brüder zum Mittauchen zu überreden. Endlich spürt sie, wie das Fass, in dem sie hockt, weiter und weiter hinabsinkt, wenn im kleineren Fass daneben die Luft entweicht. Wenn die Luft entweicht, macht sie Platz für das Ballastwasser, hat Gabriel ihr erklärt. Der ist schon Tausende Male getaucht, Dutzende Male bestimmt, der ist ein echter Seehund. Nach etwa vier Minuten hat der Ballast im zweiten Fass den Luftvorrat im ersten überwunden, und beide Fässer, das Luftfass mit Mensch und das Wasserfass, schrammen sinkend auf den Grund des Sees hinunter. Dann kehrt Ruhe ein, bis man das Zerren der Kette am Luftfass bemerkt, weil jetzt der andere Bruder den Flaschenzug an der alten Weide in Gang setzt.

«Der wird Augen machen, der Peri, wenn er sieht, wer aus dem Fass steigt.»

Sie ist ganz aufgeregt vor lauter Vorfreude. Ihr Herz pocht hoch bis in den Hals hinein. Als das schwarze Gluckern aufhört, wartet sie wie verabredet. Vereinzelte Luftblasen, die sich unter dem Tauchboot gebildet haben, entweichen noch mit lautem Schmatzen wie von einem Seeungeheuer. Ein wenig Angst hat sie schon. Eine Kerze im Fass anzuzünden, würde zu viel Atemluft verbrauchen. Die Dunkelheit macht ihr Angst. Die Dunkelheit im Fass und vor allem die, die sie sich draußen um das Fass herum vorstellt. Da! Was ist das? Ein Patschen, ein deutliches Schaben an der Außenwand des Fasses. Gibt es ihn doch, den glitschigen Wassernöck aus dem Wilhelm Busch? Haben sie ihn gestört in seiner Ruhe? Kommt er jetzt, sie zu holen? Kommt er erst jetzt, weil zum ersten Mal ein Mädchen sein Reich betreten hat? Nein, das Ratschen und Reiben hört bald auf, das Fass hat vielleicht bloß Schilf gestreift oder Wurzelwerk. So weit unten noch Schilf? Und außerdem: Eine Minute am Grund ist doch längst vorbei. Oder? Vergeht die Zeit hier unten langsamer? Das «unten» macht ihr jetzt Angst. Ihr Herz beginnt zu rasen, sie zwingt sich zur Ruhe, hält sich mit den Händen an der gebogenen Wandung fest. Wie klein dieses Fass ist, man kann gerade drin hocken, wie in der blauen Bauerntruhe in der Scheune. Aber die ist zerborsten, das Licht fällt durch breite Spalten herein. Hier fällt nichts. Hier ist es schwarz. Auf keinen Fall wird sie verheult aus dem Fass steigen. Sie stellt sich vor, dass oben – das «oben» macht ihr wieder Angst – der Gabriel längst zum Perikles gelaufen ist und ihm alles erzählt hat. So muss es sein. Sie stehen jetzt beide da und sehen feixend auf die Uhr, um sie dann mit vereinten Kräften an Land zu ziehen. Der vorlauten Schwester eine Lektion erteilen, es ihr richtig reinzwiebeln, dass die nie wieder auf den Gedanken kommt, mitmachen zu wollen. Aber jetzt müssten sie doch ziehen. Die Schubert-Sonate, die sie gerade übt, dauert vier Minuten. Vier Minuten ohne Fehler, sechs Minuten mit, weil Zenner, der örtliche Küster und Klavierlehrer, bei Fehlern die ganze Seite wiederholen lässt. Sie hat den Schubert schon fehlerfrei geschafft, zuletzt an Vaters Geburtstag vor zehn Tagen. Sie weiß gut, wie lang vier Minuten sind. Sie müssten längst am Fass zerren. Das schwarze Gluckern müsste wieder einsetzen. Aber es ist noch immer so still. Still wie in einem Sarg, denkt sie jäh. Dann beginnt sie zu rufen. Erst zaghaft. Dann lauter. Ihr Rufen kommt sofort zu ihr zurück. Das Fass hat ein Echo, nichts dringt heraus. Ihr Schluchzen würgt sie jetzt. Dann spürt sie, dass die Luft zu Ende geht. Mit den Armen schlägt sie fest vor die Wände des Fasses, sie muss es sprengen, um mit letzter Kraft nach oben zu tauchen. Sie versucht, den Deckel aufzudrücken. Vergebens. Wieder. Nichts. Warum hat sie nicht aufgepasst, als Gabi ihr den Notausgang erklärt hat?

«Sie hat wahrscheinlich zuletzt vor die Dauben geschlagen», sagt der Arzt, als er sie später untersucht. «Ihr linkes Handgelenk ist gebrochen. Der rechte Arm auch.»

Nach vier langen Bahnen verlässt Landow den Plötzensee wieder. Die Kälte hat seinen Schwanz auf Daumengröße schrumpfen lassen. Er reibt sich mit einem der cremefarbenen, unerhört weichen Handtücher aus der Villa ab, bis seine Haut krebsrot ist. Sein Fahrer wird bei genauem Hinsehen das nasse Haar bemerken.

«Tempelhof», sagt Landow und springt am verabredeten Ort in den Wagen. Er glüht. Der Wagen ruckt an. Der Himmel ist nun in skeptisches Eisengrau getaucht. Aber vielleicht täuscht das bloß.

■■■

Der Herr ist noch unentschlossen, hält sich abwechselnd zwei verschiedene Hemden vor. Er entschließt sich für das mit dem weicheren Kragen, möglicherweise wegen der beiden scharlachroten Striemen, die sich aus dem Morgenmantel mit dem dezent gestickten CC auf dem Revers hinter dem linken Ohr bis unters Haar hinaufschieben.

Der Dienst in der Rüstkammer des Congo Clubs ist angenehm, allerdings sehr langweilig. Um nicht ganz aus der Übung zu kommen, hat Orsini in der Zwischenzeit unbemerkt ein paar Uhren entwendet und zurückgesteckt, wenn die Herren bereits in Hemd und Weste den Raum betreten haben, um bloß noch einen frischen Kragen zu erhalten. Manche von ihnen sind verstohlen, denkt er, legen sich schon Ausreden für zu Haus zurecht. «Habe im Club übernachtet, Liebling, die Verhandlungen zogen sich bis gegen halb zwei. Diese Belgier sind einfach nicht entscheidungsfreudig. Wie war dein Tag?»

Andere gehen hier mit großen Schritten herum wie in ihrem eigenen Ankleidezimmer. Nicht wenige nehmen mehr mit, als sie brauchen. Besonders die sterlingversilberten Manschettenknöpfe sind sehr gefragt.

Der Doppelstriemen mit dem weichen Kragen nimmt auch

gleich zwei Paar davon. Orsini führt darüber genau Buch, denn Wichert kontrolliert den Bestand täglich. Orsini hat während der gesamten Ankleideprozedur kein Wort gesprochen. Der Striemige probiert gerade am Board mit den Duftwässern herum, lässt nach alberner Schnupperei mit spitzer Jagdhundschnauze jetzt Wolken von *Spanischem Leder* aufsteigen.

«Ja?!», fragt der üppig Parfümierte.

Der Mann ist irritiert, weil der Zwerg in der grasgrünen Pagenuniform plötzlich dicht neben ihm steht. Der sieht ihn freundlich an und verneigt sich. Dann weist er stumm auf den Nackenbereich. Der Herr betrachtet sich mit verdrehtem Hals im hingehaltenen Spiegel, nimmt dann grimmig lächelnd – wie in Erinnerung an den harten, nächtlichen Kampf – das hingehaltene Döschen hautfarben getönten Puders entgegen.

«Guter Mann», brummt er und geht. Dass der grasgrüne Zwerg ihm bei der Betrachtung des eigenen Spiegelbildes die schwere Taschenuhr in die Brusttasche des Morgenmantels zurückgesteckt hat, hat er gar nicht bemerkt.

«Eine *Frères Baume*, bedauerlich», seufzt der grüne Page, ergänzt das Ausgabebuch um *Puder Stck. 1* und nimmt wieder seine Ausgangsposition ein, um den nächsten blutigen Congo-Kämpfer zu begrüßen.

18

Immer noch Mittwoch, der 23. Mai.
23 Tage bis zum Tod des Kaisers.

Man lässt ihn immer noch warten. Durch das Fenster der Empfangsbaracke kann er in die Baracke des Wachhabenden nebenan sehen, der sehr liebevoll einen Bleistift spitzt und dann, tief über das Blatt gebeugt, das Tagesrätsel zu lösen beginnt. Auf einem Wandkalender hat man die bereits vergangenen Tage akkurat durchgestrichen wie Gefallene. Der Landow gegenüber sitzende, rotgesichtige Sergeant überträgt irgendwelche Daten aus einer Kladde in lange Listen. Auch er arbeitet von der Verantwortung tief vornübergedrückt. Ab und zu, an besonders schwierigen Stellen, wie Landow vermutet, kommt die Zungenspitze des Soldaten im Mundwinkel zum Vorschein. Weiter hinten auf dem riesigen Areal des Tempelhofer Feldes werden Krieger gedrillt, der schwache Wind weht manchmal das zerrissene Bellen des Ausbilders herüber.

Das Schrillen des Fernsprechers peitscht in den kleinen Schuppen wie ein Alarm. Der Rotgesichtige starrt auf das Gerät an der Wand und dann auf Landow. In das zweite, ohrenbetäubende Schrillen des Apparates hinein ruft der Soldat zu Landow herüber: «Es ist ein Gerät für draußen!! Eine Fehllieferung!! Deshalb ist es so laut!!»

In das fünfte oder sechste Schrillen schreit Landow zurück: «Wie wär's, wenn Sie rangehen?! Der Lärm hört dann auf!!»

Das rote Gesicht überlegt, schüttelt den Kopf.

«Ich habe noch keine Ermächtigung dazu!! Die Ausbildung für Fernsprechkommunikation erfolgt erst im nächsten Monat!!»

Das unerwartete Ausbleiben des elften oder zwölften Schrillens erscheint Landow lauter als das Getöse davor. Abwartend bleibt der Soldat noch ein paar Augenblicke in der Mitte zwischen dem unpassenden Außenapparat und Landow stehen. Erst als ein weiteres Einsetzen des entsetzlichen Klingeltons nicht mehr zu erwarten ist, nimmt er wieder Platz, um sich der Vollendung seines Listenwerks zu widmen. Trotzdem lächelt der Empfangssoldat noch kurz zu Landow rüber.

«Er ist immer sehr beschäftigt, wissen Sie. Normalerweise empfangen wir nur Besucher mit dienstlicher Anmeldung. Das Ganze hier steckt noch in den Kinderschuhen. Ziemlich neu. Und sehr geheim.»

Oberst Wind knallt das Türblatt vor den Aktenschrank, der dahinter steht, als er die Baracke betritt, und wendet sich Landow zu.

«Was kann ich für Sie tun?»

Erst jetzt, nachdem er 57 Minuten mit einem Listenschreiber und einer lärmenden Fehllieferung in einen winzigen Raum eingesperrt war, holt Landow mit genüsslicher Langsamkeit seinen Adlerausweis hervor.

«Sonderermittlung. Landow. Wollte mir mal ein Bild machen.»

Der Oberst nimmt Haltung an. Der Listenschreiber steht bereits stramm.

Kurz darauf marschiert er mit Wind quer über das riesige Feld.

«Wie dieser Tote mitten auf unser Flugfeld gelangen konnte,

ist mir ein Rätsel. Irgendwo da draußen», Wind zeigt diffus auf die Stadt, die das weite Areal im Norden begrenzt, «ermordet wahrscheinlich, zusammengeprügelt wie ein Hund und dann hier bei uns abgelegt?»

«Die Aufgaben Ihrer Abteilung, Oberst, sind militärischer Natur, nicht wahr?»

«Sowohl als auch. Vor vier Jahren haben wir hier angefangen, vier Offiziere, vier Unteroffiziere, ein ziviler Ballonführer, war ja alles Neuland. Neuluft, quasi.»

Wind findet die Pointe so gelungen, dass er mehrmals scharf einatmet, um ein Lachen zu unterdrücken. Dann fängt er sich wieder: «Gut zwei Dutzend Soldaten des Preußischen Eisenbahn-Regiments Nr. 1 dazugepackt, und schon war das Preußische Ballon-Detachement zum Leben erwacht. Führende Strategen des Reichs sind sich darüber einig, dass der moderne Krieg längst nicht mehr nach alter Väter Sitte nur an Land mit Infanterie, Artillerie, Kavallerie geführt werden wird, sondern von der Luft aus. Mit Luftunterstützung. Wir arbeiten da gerade an verschiedenen Baureihen, Wetterballonen, aber auch steuerbaren Ballonen zur Aufklärung. Aus so einem Ballon haben sie eine großartige Übersicht über die Truppenverschiebungen des Feindes. Da hinten der Hangar ist ganz neu, kam kürzlich erst im Zuge unserer Umwandlung in die Kaiserliche Luftschiffer-Abteilung dazu.»

Wind und Landow marschieren, immer noch im raumgreifenden Gleichschritt, auf eine Gruppe von Männern zu, die einen dieser Zukunftsballone zum Flug vorbereitet.

Wind pfeift auf zwei Fingern. Die Männer lassen kurz davon ab, ein Gewirr aus Leinen und Seilen zu spannen.

«Sonderermittler Landow möchte unsere großartige Stadt mal von oben sehen. Ist noch Platz für uns beide?»

Ohne eine Antwort abzuwarten, klettert Wind in den hohen, geflochtenen Korb, der unter der seltsam zigarrenförmigen Ballonhülle hängt.

«Kommen Sie, Landow, das Wetter ist ideal, fast kein Wind. Außer mir.» Wieder das scharfe Einatmen. «Freiflug auf Kosten des Staates. Darf man sich nicht entgehen lassen. Können Sie heute Abend Ihrer Frau von erzählen.»

In etwa zwanzig Metern Höhe verändert die Stadt jäh ihr Bild. Das Tempelhofer Feld kommt Landow von hier oben vor wie ein Schlossplatz ohne Schloss. Wind macht den Fremdenführer: «Da drüben Gendarmenmarkt, und ganz hinten, sehen Sie, Schloss Charlottenburg!»

Selbst der stinkende Fluss glitzert vornehm unter ihnen wie ein schillernder zerhackter Regenwurm, jetzt, wo das Mausgrau des frühen Morgens in ein freundlicheres Eisgrau übergegangen ist und manchmal etwas Sonne durchlässt wie die alte Truhe auf dem Speicher.

«Fünfzig», sagt der Mann, der für den Aufstieg zuständig ist, ein Luftfahrtingenieur, dessen Namen Landow nicht verstanden hat.

«Fünfzig Höhenmeter», übersetzt Wind. «Da kommen sonst nur Möwen und Schwalben hin. Das ist die Zukunft, Landow.»

Landow beobachtet genau, wie der Mann ohne Namen den Ballon steuert. Die Mannschaft am Boden hat die Halteleine losgelassen. Durch das Drehen an verschiedenen Ventilreglern steigen sie stetig und werden gleichzeitig vom Wind etwas vorangetrieben.

«Sie zittern ja. Ungewohnt frisch hier oben, was?» Lachend hindert Wind seine Uniformmütze am Fortfliegen.

«Wie lange dauert eine Ausbildung zum Ballonkapitän?»,

fragt Landow. Er fragt das nicht Wind, er fragt jetzt den Fahrer direkt.

Der sieht statt einer Antwort zum Oberst rüber.

«Wie lange dauert eine Ausbildung zum Klavierspieler?», fragt Wind seinerseits und lacht wieder. «Im Ernst, Herr Landow, das Ballonfahren ist vorrangig keine Frage des Lernens, sondern eine des Talents. Man muss ein Gefühl für die Luft mitbringen, nicht wahr? Und der Rest ist Physik, alles Physik. Dädalus würde weinen, könnte er uns sehen. Wir fliegen mit Leuchtgas, ja, da schauen Sie, dasselbe Gas, das unsere schöne Stadt bei Nacht beleuchtet. Und das demnächst, was das Leuchten angeht, unaufhaltsam von der Elektrifizierung verdrängt wird. Sagenhaft.»

«51 Prozent Wasserstoff, 21 Prozent Methan», ergänzt ihr Kapitän dienstbeflissen.

«Könnte ich», fragt Landow, «nach einer Einweisung und mit ein wenig besagten Talents für die Luft so ein Ding fliegen? Sagen wir mal, aufsteigen lassen auf fünfzig Meter und wieder landen? Aber müsste so etwas dann nicht eigentlich bemerkt werden? Die Brennerflamme ist ja sichtbar, oder?»

«Man kann die Brennerflamme mit einem Windschutz versehen, dann ist sie kaum sichtbar. Wichtig für das Anpirschen bei Nacht, so etwas erproben wir auch. Aber der Brenner faucht, wie Sie hören, natürlich auch im Dunkeln.» Der immer noch namenlose Ballonführer scheint nun auskunftsfreudiger zu werden.

«Hätte also die Wachmannschaft vor acht Tagen, an jenem Abend mit dem Toten, nicht bemerken müssen, wenn nachts ein solches Riesending von Ballon von hier aufsteigt und wieder landet? Die Ausrüstung, der Korb, der Brenner, die Seile, das alles muss ja zurückgeschafft werden in den Hangar, oder?»

Wind hat die Mütze nun abgenommen. Nach Bonmots steht ihm jetzt nicht mehr der Sinn, er sieht die Zuverlässigkeit seiner Abteilung in Frage gestellt, merkt Landow.

«Nur, damit ich das richtig verstehe, Herr Landow, Sie glauben, dass von diesem Flugfeld aus unbemerkt nachts ein Ballon aufgestiegen und wieder gelandet ist?»

«Ganz recht, Oberst. Der Ballon, aus dem das Opfer zu Tode stürzte. Ob freiwillig oder gewaltsam, das werden meine Ermittlungen noch ergeben müssen.»

Und was, kommt ihm plötzlich die Idee, wenn Gürtler mit dem Ballon fliehen wollte? Tatsächlich in Spionage verstrickt, entdeckt, verfolgt, wagt er nicht, den Zug zu nehmen, ein Helfershelfer beim Bataillon macht ihm nachts den Ballon bereit, Gürtler fährt allein damit los, aber kaum in der Luft, verheddert sich unglücklich ein Tau, oder ein Defekt am Brenner zwingt ihn zu Unvorhergesehenem, Gürtler reckt sich weit aus dem Korb hoch, stellt sich – ohnehin schon in Panik – ungeschickt an und stürzt aus dem Fahrkorb in die dunkle Nacht hinaus? Und bindet sich im Fallen selbst ein Märchenbuch mit einer markierten Textstelle an die Hand, bevor er aufschlägt?

Der Oberst jedenfalls ist spürbar ungehalten. «Ein heimlicher Nachtflug? Das ist ganz unmöglich.» Wind, trotz des Namens und ihrer jetzt erreichten maximalen Flughöhe von zweihundert Metern über dem harten Boden, schnappt nach Luft: «Wie kommen Sie denn auf so etwas?!»

«Ich habe einen Augenzeugen.»

«Was will der denn gesehen haben, zu nachtschwarzer Stunde? Unsere Wachen marschieren in genau festgelegtem Takt mit ihren Hun–»

«Der Augenzeuge hat keine Wachen bemerkt.»

«Ist dieser Zeuge denn zuverlässig, Landow? Welcher respektable Bürger treibt sich nach Mitternacht in der Stadt herum? Noch dazu auf abgesperrtem Militärgelände?»

«Der Augenzeuge – war ich selbst. Der zu Tode gekommene Gürtler stürzte direkt vor meine Füße. Und direkt vom Mond gefallen wird er ja nicht sein, Herr Oberst, oder?»

Wenn man noch höher stiege, auf fünfhundert vielleicht, müsste man irgendwo da hinten ganz fein den Silberfaden der Oder sehen können. Dann nur noch etliche Stunden Bahnfahrt stracks ostwärts, und er wäre zu Hause. Theoretisch.

Wind schweigt. Der Augenzeuge macht ihm sichtlich zu schaffen. Der Ballon sinkt, als der Kapitän die Klappen zum Ausströmen des Gases öffnet. Der Oberst presst seine Uniformmütze wieder fest in die Stirn. Er sehnt sich zu seinem Tagesrätsel zurück, erkennt Landow. Ihn friert entsetzlich.

▪▪▪

Eine großzügige Hotelsuite in der Nähe des Zentrums. Eine Frau in elegantem, lapislazuliblauem Kostümrock sitzt auf dem Fenstersims und liest konzentriert in einem Buch. Sie hat die Arme dabei um die Knie geschlungen, wie nachdenkliche Mädchen es gern tun. Das weiche Licht lässt über ihrer Braue eine winzige Narbe aufleuchten, ein feines lachsfarbenes Ypsilon. Durch die halb geöffnete Tür des Bades hört man das Platschen von Wannenwasser und eine aufgekratzte Männerstimme: «Unser Sonderermittler bleibt also ein Kellerkind! Wie dramatisch!»

Sie sieht nachdenklich von ihrem Buch auf und hinaus in die beginnende Abendfärbung über der Stadt. Dann dreht sie den Kopf Richtung Bad: «Kein Mitleid, grausamer Mensch?»

Statt einer Antwort nur das Quietschen von nasser Haut auf dem Metall der Wanne und dann: «Er bemitleidet sich schon selbst genug. Übrigens, bevor du fragst: Eidechse.»

«Die neuen Schuhe?» Sie blickt von ihrem Fensterplatz zu den beiden geöffneten Kartons hinüber, die auf einem der kleinen Sofas stehen.

Aus dem Badezimmer kommt nun wohliges Brummeln beim Abfrottieren. Dann, nach einer Weile erst und albern, wahrscheinlich etwas betrunken, sein Ruf: «Ich kann nichts dafür! Ich bin nun mal von Kindesbeinen an daran gewöhnt, auf großem Fuß zu leben!»

Die Dame am Fenster lächelt. Sie geht ruhig in eines der beiden Schlafzimmer hinüber. Auf dem Weg dorthin entledigt sie sich nacheinander des dünnen Buches, ihrer federleichten, elfenbeinfarbenen Bluse und ihres Rockes.

«Ich kenne niemanden, keinen Mann zumindest, der so vernarrt in Schuhe ist, wie du.»

«Zugegeben, sie waren sehr teuer. Aber sieh nur, wie dieses Dunkelrot leuchtet.» Der gebadete Herr mit den dunkelroten Schuhen geht ihr nach.

«Kein Grund, sie auch im Bett zu tragen.»

«Dafür trage ich aber sonst nichts. Gib zu, dass du mich genau deshalb liebst.»

«Irrtum, ich liebe nur mich selbst, Sie Satan.»

«Und gemeinsam, schöne Frau, lieben wir es, unser teuflisches Spiel auf mehreren Spielfeldern gleichzeitig zu betreiben.»

«Gern auch mit verbundenen Augen. Das erhöht den Reiz immens.»

«Manchmal glaube ich wirklich, es war Schicksal, dass wir uns gefunden haben.»

«Dass ihr Deutschen nach Novalis immer glaubt, so verdammt romantisch sein zu müssen. *Mon dieu*, es war nur ein ausgefallener Nachtexpress und ein ekelhaft zugiger Wartesaal am Ostbahnhof. Erinnere dich, du Unhold. Mir scheint, mein Herr, Sie wollen Revanche für Ihre deutliche Niederlage vorgestern auf der Planche?»

Sie lacht hell. Draußen, vor den Fenstern der Suite, ist der Himmel über der Stadt jetzt dunkel pfirsichfarben und sieht aus, als hätte der Engländer Turner ihn gerade erst ganz frisch dort oben hingemalt.

▪▪▪

«Sie stehlen den Gästen dieses Clubs die Uhren?! Ich fasse es nicht.»

«Und gebe sie ihnen zurück. Beides unbemerkt. Das Geben und das Nehmen. So bleibe ich bei jedem Griff doppelt in Übung. So geschmeidig, wie ich Ihnen, Landow, kürzlich diesen nicht unerheblichen Geldbetrag zurückgegeben habe.»

«Nicht ganz freiwillig, wenn ich das recht erinnere. Außerdem gehörte mir das Geld gar nicht. Hin und wieder übernehme ich solche Gänge für einen Freund. Die Mädchen haben es gut bei ihm. Er schlägt sie nicht, und sie bekommen zu ihren Geburtstagen und an Weihnachten frei. Es sind gute Mädchen.»

«Sie müssen sich dafür nicht rechtfertigen. Mir gegenüber schon gar nicht. Es sei denn, es ist Ihnen peinlich und Sie möchten Ihr Herz erleichtern. Macht es Ihnen nichts aus, wenn ich Wein trinke?»

Doch, es macht Landow etwas aus. Es lässt seinen Magen zusammenzucken, das Geräusch des herausgezogenen Korkens, das verheißungsvolle Gluckern beim Eingießen, doch, ja, das alles macht ihm verdammt viel aus.

«Nein, nicht das Geringste.»

«Da bin ich froh. Aber zurück zu den Uhren. Ich ziehe sie unbemerkt und gebe sie unbemerkt zurück. Dazwischen werfe ich einen Blick auf die Fabrikate. Nur erstklassige Ware. In diesem Club verkehren wirklich nur die ganz Großen, Landow. Was nach vorn noch aussieht wie eine Börse für die Hochfinanz, ist hinten ein Harem voller Negermädchen. Ich darf nicht in diesen Teil des Gebäudes, noch nicht, aber nach den Gesprächen auf den Korridoren zu schließen, die ich aufschnappen konnte, kann man im Congo des Clubs Frauen und Männer jeder Hautfarbe haben. Dort findet man das, von dem der Rest des Reiches träumt. Und am nächsten Morgen geht man aufgebügelt und mit frischem Hemd hinaus in die Welt.»

Landow schaufelt beiden eine Portion dampfende Bratkartoffeln auf ihre dick gebutterten Brotscheiben.

«Aber wenn man das sieht», sagt Orsini und greift zur Gabel, «ich meine das hier, nicht diesen Club, dann braucht man keine Millionen zum Glück, oder?»

Zwischen zwei Bissen sagt er: «Dieser Club ist unglaublich. Draußen ist das Reich, drinnen das Superreich. Wissen Sie, was die gestern im vorderen Teil verkauft haben? Hat mir ein Kollege erzählt.»

Landow schüttelt hingebungsvoll kauend den Kopf.

«Eine Bank. Eine ganze Bank! Und damit meine ich keine Parkbank, Landow.»

19

Donnerstag, 24. Mai.
Noch 22 Tage bis zum Tod des Kaisers.

Orsini schläft wie ein Kind, den schweren Kopf auf den Arm gelegt. Der ausgestopfte Tarnarm liegt daneben wie ein vergessenes Spielzeug. Weshalb der Kleine im Schlaf Latein spricht, ist ein weiteres Rätsel. Landow ist froh, den kleinen Mann in seiner Nähe zu haben. Gabriel ist – noch öfter schlaflos als sonst – wieder aufgestanden und im dunklen Haus herumgelaufen. Wieder in der Küche, hört er von draußen an der Tür ein Geräusch. Dann noch einmal. Der Wind, der Wind, das himmlische Kind ist es jedenfalls nicht. Nur ein Einbrecher? Oder sind *die* – wer immer die sind – das? Haben sie ihn hier ausfindig gemacht? Wollen sie das hier alles abfackeln, dieses Mal zusammen mit dem richtigen Landow? Er nimmt lautlos den Schürhaken vom Ofen, zählt bis fünf, reißt schon bei drei die Tür zum Gartenausgang auf und starrt in das erschrockene Gesicht einer Katze. Er sieht dem davonspringenden Tier nach, schließt die Tür. Ist das bloß der Schnaps oder wird er langsam meschugge? Dann steigt er in die verdunkelte Bibliothek hinauf. Hier steht er neuerdings gern wie ein Schlossgespenst zwischen den hohen Glastüren zum Park und den dicht geschlossenen Vorhängen. Die Gedanken sind gekommen und nicht mehr gegangen, seit er am Vormittag, völlig unerwartet in diesem Ballon hoch über der

Stadt, nach Osten gesehen hat. Weit nach Osten. Weit hinein in sich selbst.

Landow raucht. Hinter den hohen Bäumen an der Ostseite des Grundstücks schiebt sich erstes Licht in die Nacht. Dort, er bemüht sich, es für sich nicht vertraut *Zuhause* oder *das Gut* zu nennen, kommen jetzt wahrscheinlich die Arbeiter im Hof vor den Scheunen zusammen. Sie riechen nach Schlaf und faulen Zähnen, und diejenigen, die bis weit nach Mitternacht im Stall bei dem totgeborenen Hengstfohlen gewesen sind, noch nach dem scharfen Schweiß des vorigen Tages. Oben, im Haupthaus, bei der Herrschaft, liegen sie noch im Bett. Nur Warnecke, der Verwalter, ist schon auf. Wie in einem Theaterstück tritt er genau jetzt aus der Tür des kleinen Verwalterhäuschens, der Hund folgt ihm. Warnecke dreht die Handlampe herunter und geht mit großen Schritten zu den versammelten Landarbeitern. Der Hund, ein massiger, rauhaariger Jagdhund, pinkelt an die Lupinen in Warneckes Garten und trabt ihm dann hinterher. Dort ist die Sonne jetzt schon oben, denkt Landow und drückt die Zigarette aus. Dort ist man der Sonne näher, hat der Vater manchmal gesagt. Warnecke hat eine kurze Liste in der Hand und teilt die Leute ein. Je nach Aufgabe sammeln sie sich auf den verschiedenen Feldwagen oder machen sich in kleinen Trupps zu Fuß auf den Weg. Die Liste bringt Warnecke danach ins Haupthaus in die Küche. Dort kniet eins der Mädchen, das Kopftuch von der Nachtruhe verrutscht, vor dem großen Ofen und heizt ein. Dann stellt man, noch vor dem Frühstück für die Herrschaft, die großen Körbe mit dem dünnen Kaffee und den Broten für die Arbeiter zusammen, die Warnecke später mit hinaus auf die Felder nimmt. Die feinen Stifte des Anmachholzes knacken hell, wenn sie Feuer fangen. Ein erfahrenes Küchenmädchen entfacht den Ofen, selbst wenn der in der Nacht zuvor völlig ausgekühlt war, mit nur zwei Holzstiften. Eine Unerfahrene brauchte mindestens vier. Ein Mohikaner brauchte nur etwas Zunder und einen Feuerstein.

Das Schlossgespenst tritt hinter den Vorhang zurück und geht zum Billard. Auch der große Tisch ist mit einem Leichentuch verdeckt, die drei Kugeln auf der Platte zeichnen sich darunter ab wie die Brüste von anderthalb Mädchen.

Landow hat fest vor, heute in sein Büro zu gehen. Er weiß, dass er die Schreibmaschine, die dort steht wie eine Geisel, anstarren wird, und er weiß, dass ihn dabei frieren wird. Immerhin – das weiß er schon.

Was er nicht mehr mit Sicherheit weiß: Hat der Brandanschlag auf sein Büro überhaupt mit seinem Regierungsauftrag zu tun? Nicht auszuschließen, dass man unbemerkt die Schreibmaschine mitnahm, um ihn zu beeindrucken, und dass anschließend Mohr den Nero probte und dabei sich selbst in Brand steckte. Es gibt sie vielleicht doch, diese Zufälle, die keinen Sinn ergeben. Deshalb sind es Zufälle, oder? Das Rätselhafte und Unzugängliche dieses Falls – oder dieser Fälle, selbst da ist er nicht sicher – sitzt ihm seit einer Woche schon wie ein Klotz hinter der Stirn.

Wie ermittelt man weiter in einem solchen Fall? Hier ist niemand mehr, dessen Seitensprünge zu observieren wären.

Hier sind bloß: ein totes Muttersöhnchen, ein toter Kommunist, ein toter Frauenheld. Das Einzige, das die drei gemeinsam hatten, war: Sie waren unwichtig. Randfiguren. Zumindest scheint es so. Sie hatten Zugang zu Militärprojekten, aber auch ihr gemeinsamer Tod gefährdete diese Projekte nicht. Diese kleinen Rädchen im Getriebe konnten ohne große Mühen ersetzt werden. Weshalb also bringt man jemanden um, der unwichtig ist? Lincoln und einer seiner Nachfolger und der russische Zar Alexander II. vor ein paar Jahren, die waren wichtig gewesen. Und die wurden genau deshalb umgebracht. Aber Ingelmann, von Korb und Gürtler?

Und außerdem: Weshalb machte sich der Mörder die Mühe, dass jeweils diese Bücher bei den Opfern gefunden wurden? Die meisten Mörder wenden einige Energie auf, um die Spuren ihrer Tat zu verwischen. Hier war das ganz anders. Ein lauter Ruf nach Aufmerksamkeit. Aber was rufen diese verfluchten Bücher? Sosehr er auch lauscht: Die sagen ihm nichts. Was sollten diese Märchen? Weshalb band man den drei Männern nicht die Bibel oder das Kursbuch Paris–Konstantinopel an die Hand? Märchen sind erfundene Geschichten, die Kindern Angst machen sollen. *Und wenn sie nicht gestorben sind.* Und was sollen diese Hinweise auf Spieß / Kelch / Blut? Spieß könnte ein Name sein, Kelch auch, Blut wohl kaum. Weshalb tut jemand das? Um nicht aufzufallen? Wer nicht auffallen will, nimmt eine Stichwaffe oder einen Totschläger und verwischt seine Tat irgendwo im Wald. Jemanden zu Tode zu stürzen, das birgt Risiken, erfordert Aufwand und Kraft. Der Flugkorb des Ballons reichte Landow bis vor die Brust. Gürtler war von normaler Statur, der Obduktionsbefund hatte ein Gewicht von 83 Kilogramm vermerkt. Selbst wenn man Gürtler vor dem Sturz chloroformiert hatte, was anzunehmen war, hätte es zwei kräftige Männer erfordert, um ihn über die Reling zu hieven, oder wie man das bei den Ballonfahrern nennt. Hätte man ihn nicht chloroformiert, wäre man das Risiko eines Schreis eingegangen. Die Wachen mit den Laternen waren etwa fünf Minuten nach dem Aufschlag Gürtlers gekommen. Selbst ein erfahrener Luftkapitän hätte sich beeilen müssen, um einen Ballon aus etwa fünfzig Meter Höhe möglichst lautlos zu landen. Angenommen, das wäre dennoch gelungen, weil die Wachen vom Fund der Leiche abgelenkt waren, wäre es ohne zusätzliche Hilfen unmöglich gewesen, den gelandeten Ballon mit Korb, Brenner, Ballonhülle und diesem Leinengewirr unbemerkt in den Hangar zurückzuschaffen. Man hätte also im Morgengrauen einen verlassenen Ballon auf dem Flugfeld finden müssen. Der Oberst hatte nach ihrer gemeinsamen Fahrt gestern sofort die Wachbücher kontrolliert, aber dort war nichts dergleichen eingetragen. Kein Nachtflug. Keinerlei Unregelmäßigkeiten.

Könnte ein Meister seines Fachs einen Ballon selbst in völliger Dunkelheit direkt vor dem Wellblech-Hangar gelandet haben? Wenn man gar nicht mehr als fünfzig Meter Höhe erreichen wollte, hätte der Ballon sogar noch mit dem Boden vertäut sein können. Am Seil könnte man den Korb zumindest schneller zum Hangar zurückschaffen. Dennoch: Laut Wachbuch hatte auch kein verlassener Ballon vor der Flughalle gestanden. Lügt das Wachbuch? Aber so viel war klar: Gürtler war kurz vor seinem Tod sehr zielstrebig auf das abgesperrte Gelände geschlüpft. Der war nicht zum ersten Mal dort gewesen. Aber zum letzten Mal.

Landow gelingt es immerhin, den Küchenherd mit nur zwei Hölzern zum Knacken zu bringen. Einmal Mohikaner, immer Mohikaner.

Nach dieser kurzen Ablenkung meldet sich der Klotz in seinem Kopf mit Nachdruck zurück: Wer Regierungsbeamte mit einer rätselhaften Botschaft versieht und sie dann mit voller Absicht aus einem Ballon wirft, scheut vielleicht auch nicht das Risiko, mitsamt dem Ballon in dunkler Nacht auf und davon zu fliegen. Man fliegt über die schlafende Stadt, bis einem das Gas ausgeht – Landow notiert sich «Flugdauer mit einer Gasfüllung erfragen» und «Wind? Geschwindigkeit, Richtung?» – oder bis der Morgen dämmert, und landet irgendwo unbemerkt in ländlicher Gegend. Man versteckt den Ballon oder zündet ihn an, die Landbevölkerung findet im Laufe des Tages nur ein verkohltes Gestell, das man sich nicht erklären kann. Die Besatzung des Ballons wäre dann bereits zu Fuß oder mit organisierten Wagen weit fort, möglicherweise auf dem Rückweg in die Stadt, um dort gegen Mittag auf dem Potsdamer Platz ganz entspannt die Extrablätter nach außergewöhnlichen Leichenfunden zu durchstöbern.

«Spätdienst. Guten Morgen», gähnt Orsini matt in die kalte Küche.

«Eier?», fragt Landow. Ein Schnaps wäre ihm noch lieber.

«Mir egal. Hauptsache Kaffee.»

Genau: egal. Die drei Toten waren egal, es war egal, wer sie waren. Ihr Tod aber wird inszeniert wie in einem Theaterstück. Muttersöhnchen von Korb spielte wahrscheinlich sogar mit seinem Mörder oder einem von dessen Komplizen Tennis. Was, zum Teufel, sollte dieser Aufwand?

«Das Wasser kocht.»

Landow hört nicht, raucht wie ein Dampfschiff, starrt dann Orsini an.

«Es gibt für mich nur eine Erklärung. Die drei Toten hatten nur eine einzige Funktion: Sie waren bloß der Ballast für die Bücher, die Verpackung, die Briefbeschwerer. Gut möglich, dass ihre Gemeinsamkeit, am Rande mit dem Bau dieser Tauchboote zu tun gehabt zu haben, gar nicht so entscheidend ist. Die Männer selbst sind unwichtig. Die Bücher sind das Wichtige, Orsini. Ohne die Männer daran hätte man die Bücher übersehen können. Natürlich hätte man die Bücher auch mit der Post schicken können. Aber das wäre weniger auffällig gewesen und weniger – weniger eindrucksvoll. Mit diesen Morden macht jemand unmissverständlich klar, dass er bemerkt, dass er gehört werden will.»

«Weshalb denn?»

«Das weiß ich noch nicht. Da sendet einer eine Nachricht und will sichergehen, dass sie ankommt.»

«Bei wem?»

«Bei uns. Wir müssen sie bloß noch verstehen.»

«Das Wasser sendet uns auch eine Nachricht: Es kocht immer noch.»

«Orsini, was fällt Ihnen bei den Worten Kelch, Spieß, Blut ein?»

«Golgatha.» Wie aus der Pistole geschossen.

«Was!?!»

«Golgatha. Der Berg oder der Hügel, ich war nicht dabei, die Anhöhe, auf der man Jesus Christus ans Kreuz schlug. Damals. Sehen Sie mich doch nicht so wirr an, Landow. Ich hätte nicht gedacht, dass ich drei Jahre katholische Waisenanstalt noch mal so wirkungsvoll würde nutzen können.»

«Aber die Worte sind nicht Berg, Kreuz, Jesus, sondern Blut, Kelch, Spieß.»

Orsini steht auf, zieht den Topf mit brodelndem Wasser vom Herd und gießt damit den Kaffee auf.

«Der Überlieferung nach stach der römische Soldat Longinus dem Gekreuzigten in die Brust. Das Blut des Heilands lief am Schaft der Lanze oder des Speeres oder Spießes hinab und wurde in einem Kelch oder Becher, wie gesagt, ich war nicht dabei, aufgefangen. Sie wollten eine Geschichte mit einem Spieß, einem Kelch und mit Blut, hier ist sie.»

«Ich bin beeindruckt. Ich wusste nicht, dass Sie gläubig sind.»

«Das täuscht, Landow. Ich tauge nicht zum Glauben, glaube ich.»

«Weshalb nicht?»

Orsini hebt den Arm und grinst schief: «Mit nur einer Hand lässt sich schlecht beten.»

Ein paar Zigaretten und drei Becher Kaffee später klappt Landow sein Notizbuch zu.

«Aber weshalb hatten die drei Toten dann nicht einfach eine Bibel in der Hand, in der diese Stelle, die mit der Kreuzigung, angestrichen war?»

Orsini gähnt und kaut weiter: «Weil das zu einfach gewesen wäre?»

«Keine Ahnung. Halten wir fest: Drei mehr oder weniger bedeutungslose Männer aus Militärkreisen werden nur deshalb umgebracht, um Bücher mit bestimmten Textstellen an ihnen zu befestigen. Denn in Friedenszeiten tötet man nur die Wichtigen. Die Unwichtigen sterben nur im Krieg.»

■■■

Die für ihren prachtvollen Kastanienbestand nicht von ungefähr gerühmte Kaffeeterrasse ist jetzt, so kurz nach Mittag, erst schütter besucht. Später, ab drei Uhr, wird man reserviert haben müssen. Ein eleganter Herr mit weichem Hut und eine Dame sitzen sich im Schatten gegenüber und unterhalten sich gedämpft auf Französisch.

«Er lebt also noch?»

«Die Betonung liegt auf noch.»

Der Herr im dunkelgrauen Tuch schnauft verärgert.

Während die beiden Kellner das Teegeschirr und den Samowar zur Seite räumen, um Platz für das bestellte Schachspiel zu schaffen, schweigen die Herrschaften am Tisch sicherheitshalber.

Erst als die Lakaien außer Hörweite sind, setzen sie ihr Gespräch fort.

«Weshalb?»

«Seine angegriffene Gesundheit spielt uns in die Karten. Meine Gewährsleute in der Charité sprechen von vier Wochen bis maximal einem halben Jahr.»

«So oder so, das ist meinen Auftraggebern entschieden zu vage.»

Der Edelgraue nimmt den weißen König von seiner Position und stellt ihn auf das Feld F3. Er wartet, bis sein Gegenüber die Veränderung bemerkt hat, dann legt er die Figur ganz langsam auf die Seite.

«F3. Ich verstehe sehr wohl, was Sie meinen», lächelt die Dame, und das winzige, lachsfarbene Y über ihrer Braue hüpft dabei zornig. «Aber dieser Zug verstößt gegen die Regeln. E1 auf F3 ist nicht erlaubt.»

«Und genau deshalb muss es gemacht werden. Ihr ungewohntes Zögern in dieser Angelegenheit überrascht mich, offen gestanden. Ich überlege, ob wir noch jemanden von außen hinzuziehen, den Engländer vielleicht.»

Die Dame sieht den Herrn ruhig an: «Ich denke, das wird nicht nötig sein. Außerdem haben wir bereits Leute in seiner unmittelbaren Umgebung.»

«Und was halten Sie von diesem Zug, Madame?»

Der graue Herr legt jetzt demonstrativ langsam die schwarze Dame auf die Seite: «Hinter den eigenen Reihen gefallen. *Friendly fire* nennen die Briten das. Mir gefällt diese Formulierung. So höflich. Aber das wäre doch bedauerlich, finden Sie nicht? Im Gegensatz zu F3 in der Blüte ihrer Jahre.»

Man schweigt wieder, als der Wagen mit den erlesenen Küchlein und Petit Fours herangerollt wird. Man wählt, bekommt.

Die trotz der linden Temperaturen behandschuhten Finger des Herrn richten derweil die kleine Holzdame wieder auf.

«Ich wollte Ihnen nicht den Appetit verderben, meine Liebe. Aber wir halten es für unklug, noch länger zu warten. F3 muss aus dem Spiel genommen werden. Unverzüglich.»

Die Dame lächelt den eleganten Herrn ungerührt an: «Verstehe. Wenn der … wenn F3 eines natürlichen Todes stirbt, destabilisierte das die Moral im Land ohnehin. Wenn aber bekannt würde, dass der todkranke F3 zusätzlich Opfer eines Attentats wurde, stünde Europa unmittelbar vor einem Krieg.»

«Und? Beides wäre unseren Interessen durchaus zuträglich. Um die volle Kontrolle über die nächsten Schritte zu behalten, schlage ich deshalb eine gesunde Melange aus beidem vor: Der … erwähnte Herr stirbt an den Folgen eines Attentats, das wie ein natürlicher Tod aussieht. Oder vice versa. Ein natürlicher Tod, der wie ein Attentat daherkommt. Das überlasse ich Ihrer Phantasie. So oder so: Beides wirft Fragen auf. Fragen ohne Antworten führen zu Unruhe. Unruhe ist der Humus für Destabilisierung.»

«Die Petit Fours sehen gut aus.»

Wie zur Bestätigung dessen landet einer der Sperlinge, die die schattige Kaffeeterrasse laut zilpend bevölkern, auf ihrem Tisch. Der kleine Vogel betrachtet furchtlos und mit gedrehtem Köpfchen erst den Herrn, dann die Dame, als schätze er das Risiko seines Vorhabens ab. Mit einer blitzschnellen Bewegung greift sie zu. In ihrer geschlossenen Faust hält die Dame den gefangenen Vogel ihrem Begleiter über das Schachbrett hin, nur der kleine Federkopf guckt abwartend oben heraus.

Der Herr lächelt amüsiert und applaudiert ihr lautlos: «Bemerkenswert furios. Aber lassen sie ihn leben.»

«Wen genau?»

«Den Vogel.»

«Wie Sie wünschen.»

Sie öffnet ihre Faust, und der Spatz flattert davon.

«Die Petit Fours sind wirklich unwiderstehlich.»

Wie vorausgesagt, füllt sich der beliebte Ort weiter hinten bereits mit heiter gestimmten Flaneuren.

20

Sonntag, 27. Mai.
Noch 19 Tage bis zum Tod des Kaisers.

Mönchsgrasmücke!»

Koesters Arm schießt vor, zeigt auf etwas rasch Wegfliegendes. «Jede Wette.»

Süßer Stuten, mürber Blechkuchen, eine Kiste Maibock, kalte Fleischklopse und eine Flasche Schnaps, Koester hat an alles gedacht. Der Feine Franz hat seinen etwas zu knappen Sonntagsanzug an und macht seinem Namen alle Ehre. Koester, der damals sein Bajonett so gekonnt in den Gegner jagte wie kein Zweiter, hüpft wie ein verliebtes Mädchen zwischen den Ausflüglern herum.

«Fehlt bloß noch, dass einer singt», grinst der Franz und bollert den Handwagen über den immer tiefer und sandiger werdenden Weg.

«Von wegen, ich mach dir gleich den Kaiser und huste dir was», ruft Koester ausgelassen und kramt hundert Meter vorher schon den Schlüssel aus der Hosentasche, um den er liebevoll ein grünes Bändchen gebunden hat. Er glüht vor Stolz, als er das schiefe Gartentürchen aufschließt und das Ziel des gemeinsamen Ausflugs präsentiert: eine Holzhütte auf einem winzigen Grundstück zwischen lauter anderen baugleichen Hütten. Vier Parzellen weiter wühlt ein stämmiges Ehepaar bis zu den Ellbogen im Erdreich.

«Die pflanzen schon», sagt der Franz und winkt zu den Nachbarn rüber, die winken mit erdbraunen Armen zurück und buddeln dann weiter.

«Wir pflanzen auch bald», sagt Koester und hängt ein sichtbar selbstgemaltes Holzschild mit der Aufschrift «Sanssouci» neben die tiefe Türe.

In der engen Laube, so der Fachbegriff, wie Koester gerade erneut erklärt, ist kein Platz für vier, deswegen geht Orsini direkt wieder hinaus und raucht eine; ihm steht nicht der Sinn nach Führung. Der Raum drinnen wird nahezu komplett ausgefüllt von einem wuchtigen Bauernbett («Gelegenheitskauf») und einer winzigen Essecke mit schlankem Holzöfchen. Koester nennt das die «Genießerecke».

Den ganzen Fußmarsch von der Rummelsburg hier hinaus hat Koester den beiden Männern sein Glücksgefühl zu vermitteln versucht. Bisher ist Koester, weiß Landow, eher der Typ gewesen, der nur in den Wald ging, um zu pinkeln. Jetzt plötzlich ist er Feuer und Flamme für Sonne und Natur. Die Sonne versteckt sich heute, aber die Natur kann man schon ahnen. Nicht bloß bei denen da drüben, die gerade kniehohe Stauden in Erdlöcher versenken. Weiter hinten sieht man den Waldgürtel neben der Bahnstrecke Richtung Gesundbrunnen, auf der anderen Seite die paar Dächer von Lichtenberg.

«Grüne Lunge, hab ich neulich wo gelesen, spürt ihr das auch, ihr zwei Spürnasen?!»

Koester ist nicht zu bändigen und breitet auf dem zottigen Gras vor der Laube eine Wolldecke aus, auf der er das Mitgebrachte aus dem Bollerwagen verteilt.

«Kinder, haben wir's gut!», ruft er schon zum dritten Mal und preist danach die Backwaren vom Feinen Franz und dann den Feinen Franz selbst.

Von denen von damals, Leo Bein und Bombe Koester, haben immerhin zwei ihr Glück gefunden, denkt Landow ganz ohne Neid und lobt die Lockerheit des Stutens.

Orsini ist nur deshalb mitgekommen, weil er den freien Tag nicht allein in der Villa verbringen wollte. So langweilig der Posten in der Kleiderkammer des Clubs auch ist, er spürt momentan keinen Bedarf, seinen Verdienst in der Vorhalle eines Bahnhofs oder im Sonntagsgewühl der Lindenbummler zu steigern. Landow ist mitgekommen, weil ihm jede Ablenkung vom Bild des Gekreuzigten lieb ist. Der Wind, das zumindest weiß er seit vorgestern, hätte in der Nacht von Gürtlers Tod durchaus gereicht, um den Ballon bis hinter die Stadtgrenze zu steuern. Kam stetig aus Südsüdwest, in Flughöhe mit drei Beaufort, das entsprach circa zehn Knoten, hatte ihm der Rotgesichtige aus Oberst Winds Vorzimmer verraten. Bevor er beginnen konnte, ihm Knoten in Meter umzurechnen, war Landow dankend gegangen.

Angenommen, Orsini hat recht und das Blut-Spieß-Kelch-Terzett ist ein Hinweis auf die Kreuzigung, weshalb stammen die Todesopfer allesamt aus dem Dunstkreis neuer Waffenentwicklungen? Was hat ein Tauchboot mit Gekreuzigten zu tun? Der Untergang des Abendlandes? Ein Glaubenskrieg? Der Glaube an den Krieg? Als Landow in die sich tapfer hervorquälende Sonne blinzelt, flüstert der Franz dicht neben ihm: «Ein Rotkehlchen.»

«Er ist gut zu Vögeln», nickt Koester, kippt schon wieder einen Schnaps und kichert wie ein Mädchen aus Neuruppin.

Kurz darauf haben die Laubenpächter sich in das Gebäude zurückgezogen. «Genießerecke», flötet Koester, schon ziemlich bedudelt. Orsini hat noch nicht viel geredet. Er hat seinen Arm abgelegt und döst, den Kopf auf der Decke zwischen dem letzten Fleischklops und einem Stück Stuten. Hummeln fliegen pollenschwer wie Beobachtungsballons herum. Aus der Laube heraus hört man das gleichmäßige Knarren des Gelegenheitskaufs.

Landow zieht die zerknickten Seiten der drei rätselhaften Textstellen aus der Tasche und starrt darauf. Das Anstarren dieser Zettel ist zu seiner Hauptbeschäftigung geworden, denkt Orsini blinzelnd, dicht gefolgt von Kopfschütteln. Was, denkt Landow, wenn das alles gar nichts mit Jesus zu tun hat? Das eingekreiste Wort *Spieß* steht in einer Geschichte namens «Der singende Knochen». Darin geht es um einen heimtückischen Brudermord, der erst durch eine Art sprechenden Knochen aufgedeckt wird. Der *Kelch* stammt aus einem anderen Märchen mit dem Titel «Die Rabe». Dort geht es in einer reichlich verworrenen Handlung um eine Königstochter, die erst in einen Raben verwandelt und schließlich durch den Einsatz mehrerer Zauberwaffen, darunter ein Mantel, der seinen Träger unsichtbar macht, erlöst wird. Sein Auftraggeber mit dem schiefen Zahn, dieser Schlesinger, hatte in jener Nacht etwas von einer Tarnkappe, einem Tarnhelm erzählt. Zaubermantel, Zauberhelm, kommt nach den Märchen jetzt noch das Zaubern dazu? Der Klotz in seinem Kopf wird größer und pocht. Das Wort *Blut* schließlich ist im Text «Der treue Johannes» eingekreist worden. Hier geht es um den treuen Diener eines sterbenden Königs, der zunächst einen gegebenen Eid brechen muss und dann, obwohl er das Leben des neuen Königs dreimal rettet, zu Stein wird, um danach durch ein Blutopfer wieder zum Leben erweckt zu werden. Geht es denn noch komplizierter?! In allen drei Geschichten ist nichts, wie es scheint, denkt Landow. Alle drei Geschichten sind voller tödlicher Fallen und Hindernisse. Aber ist das in Geschichten dieser Art nicht immer so? Das

Knarren aus der Laube hört jetzt abrupt auf. Weshalb haben die Mörder nicht jedes Mal eine Bibel an dem Toten fixiert, wenn es ihnen in Wirklichkeit um Jesus ging? Ist die Bibel nicht auch irgendwie ein Buch voller unwahrscheinlicher Geschichten? Auch alles bloß Märchen, sagen manche. Golgatha, Gürtler, Blutspießkelch, Beaufort, Tarnkappe, Zaubermantel, Mönchsgrasmücke. Ob ein Schnaps oder zwei den Klotz in seinem Kopf eventuell schrumpfen lassen würden? Landow streicht über das Papier, das an einigen Stellen rau ist vom eingetrockneten Blut.

«Wenn hier erst mal der Flieder blüht, Kinder, will ich gar nicht mehr weg», sagt Koester erledigt und steht schief hineingefaltet in der zu niedrigen Tür.

▪▪▪

Auf das Wetter zumindest ist Verlass. Bad Ems zeigt sich auch direkt vor dem morgigen Fronleichnamsfest von Helligkeit durchwirkt. Selbst die Wolkenbildung hier ist von tadelloser Eleganz. Ihr selbst ist weniger licht, aber durchaus nach beidem zumute, nach Fron und Leichnamen. Das silbern werdende Haar hinter einem schwarzen Schleier verborgen, von Kopf bis Fuß, tagein und tagaus nur in Schwarz, auch im Zimmer ihres Kurhotels. Wenn es möglich wäre, würde sie auch ihre Haut schwärzen wie ein Neger. Wie eine unbeugsame Rachegöttin trägt sie ihre Trauer zur Schau. Ihre Trauer, das spürt sie, ist das Einzige, das ihr geblieben ist. Dabei beweint sie weniger ihren Mann, der allzu oft mit mangelnder Diskretion neben seiner sporadischen Passion für die Antike seiner Leidenschaft für das Gesinde nachgegeben hatte. Sie beweint ihren Sohn, mit dessen Rückkehr sie fest gerechnet hat, sobald der Vater tot sein würde. Aber Gabriel ist nicht gekommen. Schlägt sich in der Hauptstadt mit unappetitlichen Gelegenheitsarbeiten durch, wühlt für Geld in der ungewaschenen Wäsche fremder Leute. Das zumindest hatte die Detektei herausgefunden, die sie vor knapp zwei Jahren beauftragt hatte. Detektiv! Allein dies Wort klingt ihr wie eine fibröse Krankheit, findet sie, verlässt rasch das monotone Plätschern der Therme und geht hinaus auf die wärmende, jetzt leere Terrasse. Ansammlungen von Menschen sind ihr zunehmend zuwider.

Dieser Detektiv damals, ein ungesund blasser Mensch mit obszön vorspringender Nase, hatte sich extra zu ihnen hinausbemüht. An einer Wegkreuzung zwischen Gut und Bahnstation hat sie ihn heimlich getroffen. Das Mündliche reichte ihr, all das auch noch schriftlich zu sehen, wäre zu viel gewesen; nicht auszudenken, jemand hätte die Aufzeichnungen später entdeckt. Das dort und damals Gehörte, unruhig auf dem Kreuzweg hin und her gehend wie auf dem Perron der Eisenbahn, hat sich ihr dennoch eingebrannt. Sie sieht auch jetzt, trotz der heiteren, weichen Umgebung hier, jedes Detail unerbittlich vor sich: die Dachkammer im Hause einer fadenscheinigen Unterkunft für Handelsvertreter, der Wirt ein Sodomit und Kriegskamerad, keinerlei Anzeichen auf einen Ausweg. Wenn es sein Stolz nicht erlaubt hat, zur Beerdigung zu kommen, obwohl das viel erleichtert hätte, weil alle ihn hätten sehen können, weshalb ist er dann nicht als einzelner Mitreisender auf dem Postwagen zurückgekommen? Es ist noch nicht alles verloren, glaubt sie, abseits der glänzenden Karrierewege, die einem Landow von Natur aus offenstehen. Wenn einmal alles ausgesprochen wäre zwischen Gabriel und Perikles – die schwarze Gräfin stakst langsam, als schmerze jeder Schritt, die breite Treppenanlage in den Kurpark hinunter und genießt dabei insgeheim die angstvoll-scheuen Blicke der übrigen Kurgäste, deren Leben dem Tragen heller Frühlingsmode nichts entgegenwirft –, wenn also ihre beiden Söhne wieder zu einem zumindest respektvollen Umgang miteinander in der Lage wären, könnte Gabriel durchaus noch studieren, nicht mehr bei den besten Professoren freilich, nicht in Berlin, aber er könnte mit der finanziellen Subvention aus ihrem Erbteil weiter weg in Wien oder Zürich studieren, sie hat sich unlängst erst erkundigt. Er könnte im Ausland Meriten als Arzt sammeln, um dann als Ehrenmann wieder zurückzukehren nach Hause. Zu ihr. Wie geschickt er schon als Achtjähriger Frösche seziert hatte, jeden Muskel fein säuberlich rausgelöst aus dem zuckenden Körper. Oder er könnte seinem Hang zum Abenteuerlichen folgen und als Mediziner in die Tropen gehen, um dann dort, wenn es sich partout nicht vermeiden ließe, an einem heimtückischen Fieber zu sterben. In jedem Fall könnte er sich noch heldenhaft verabschieden, mit Größe und Würde. Ihr zuliebe. Das ist er ihr persönlich schuldig, findet sie, und spürt den harten Kies durch die dünnen Sohlen ihrer Trottoirschuhe wie auf einem Pilgerpfad. Sie wünscht sich, dass das Blut aus ihren Füßen spritzt wie bei Nonnen auf dem Büßerweg oder den Stiefschwestern von Aschenputtel. Stattdessen, all diese schlimmen Bilder holen sie jäh wieder ein, haust er in der muffigen Kammer eines Sodomiten.

«Gräfin Landow?»

Ein blödgesichtiger Hausdiener aus dem Hotel steht neben ihr und hält ihr ein Tablett mit einem Brief hin. Etwa von Gabriel? Hat er ihr zumindest geschrieben und man hat ihr, unnütz herumbummelnd auf irgendwelchen Bahnstationen, die Post auf Umwegen in die Kur nachgeschickt? Sie reißt den Umschlag auf und versteht nicht. Das Schreiben enthält eine

Rechnung des Kurhotels. Sie sieht doch das steile Dach ihres Hotels dort hinten, greifbar nah, weshalb schickt man ihr die Rechnung per Post? Und weshalb jetzt schon, nach nur einer Woche? Sie ist Stammgast hier im ehemaligen Kaiserbad, kommt jedes Jahr um Ostern herum nach Bad Ems, früher sogar mit den Kindern. Sie erinnert gut und gern das Eiersuchen im Kurpark. Weshalb jetzt die Rechnung? Ratlos sieht sie den Hoteldiener an, der zieht sich zurück. Sie setzt sich geschwächt zu einem Herrn, der den Börsenteil dicht vors Gesicht hält, ans andere Ende einer Bank. Man bedauere außerordentlich, schreibt die Hoteldirektion, aber auch der zweite Versuch, den im Voraus ausgestellten Scheck einzulösen, sei erfolglos gescheitert. Man bitte sie deshalb höflichst, die laufende Rechnung in bar zu begleichen, und empfehle ihr, sich umgehend mit ihrer Bank in Verbindung zu setzen.

Die schwarze Gräfin braucht eine Weile, um die offenbare Wirklichkeit zu verstehen. Ein Irrtum. Ein finanzieller Pfropf, entstanden, unvermeidbar entstanden durch den Stabwechsel auf dem Gut. Das ließe sich leicht erklären und lösen. Dann denkt sie an die Weinberg-Mahnung. Sie erinnert sich, direkt nach dem Tod ihres Mannes im Beisein Perikles' und des Notars einige Papiere neu unterschrieben zu haben. Was hatte das alles zu bedeuten? Was sie, hier auf der wärmenden Bank sitzend, zutiefst verletzt, ist das Misstrauen, mit dem man ihr hier offenbar begegnet. Es ist Landow, ihr schierer Name, der Kredit hat in diesem Land. Wenn der Blödian hinter der Rezeption die übervollen, bis zum Horizont reichenden Felder sehen könnte, die Scharen von Feldarbeitern, die abends müde und staubig wie ein tapfer gekämpft habendes Heer nach Haus kommen, wenn dieser Kretin je eine der Ernte-Auktionen hätte miterleben dürfen, auf denen der Qualitätsroggen von

Landow stets Spitzenpreise erzielte, dann schriebe er nicht solche impertinenten Briefe.

Als sie die belebte Hotelhalle betritt – wieder bereitet ihr die Zusammenballung heiterer Menschen fast körperliche Pein –, will sie das Schreiben auf den Tisch der Direktion fallen lassen und verächtlich etwas dazu bemerken wie *der 1. April sei ihres Wissens längst vorbei.* Jetzt aber, da sie warten muss hinter einem Trio offenbar russischer Frauen, erlesen gekleidet, aber schamlos mit Perlen behängt wie Weihnachtsbäume, trifft sie einen anderen Entschluss.

«Was kann ich für Sie tun, gnädige Frau?»

Dieser impertinente Mensch grinst schamlos, meint sie deutlich zu spüren.

«Entgegen meiner bisherigen Planung reise ich heute Abend noch ab. Buchen Sie mir ein Abteil für den Nachtzug nach Danzig.»

21

Freitag, 1. Juni.
Noch 14 Tage bis zum Tod des Kaisers.

Wenn ihn jemand nach dem Fortschritt der Ermittlungen fragen würde, könnte er mit Fug und Recht antworten: läuft. Er läuft. Landow läuft nachts, getrieben von der Unrast, teils bis Spandau hoch und nimmt zurück eine Bahn. Oder auch zu Fuß retour. Je nachdem, wie dröhnend der Klotz in seinem Kopf schweigt. Zumindest darüber gibt es keinen Zweifel in diesem rätselhaften Fall: Dieser neue, große Auftrag hat seinem Alltag Struktur gegeben. Er steht jetzt früher auf als sonst und beginnt mit der Arbeit. Kommt er zu keinem Ergebnis, beginnt er mit dem Trinken. Die Nachmittage verschläft er. Nach Sonnenuntergang läuft er. Er läuft sich die Hacken ab. Gestern ist er weit runter bis Treptow. Aber bis auf die Attacke eines Straßenköters und die Kneipenschlägerei in der Oranienstraße passierte nichts. Keine Erhellung. Nichts, was er bisher nicht auch schon nicht wusste. Landow, Landow, in was bist du hier reingeraten. Im Ausspionieren von Seitensprüngen warst du ganz brauchbar. Im Ausspionieren von Morden bist du eine Niete. Am fünften Tag ohne Fortschritte (seine eigenen quer durch die schlafende Stadt mal außen vor) kommt er morgens um viere an seiner alten Lieblingskneipe, der *Schaukel*, vorbei. Fritzi, die Wirtin, will grad zumachen.

«Oh nee, Landow, bist du nich tot?»

«Noch nie was von Auferstehung gehört?»

«Hör mir auf mit Auferstehung. Mir is nach Niederlegung. Ich will in't Bette. Und du siehst auch ziemlich kaputt aus, wenn du mir fragst.»

«Komm, Fritzi. Fritzi-Fritzi-Zauberritzi, zwei Kurze und ein Bier. Ich zahle bar. Hier. Siehste?»

«Fass ist leer. Beim Korn kannst du dich bedienen. Weißt ja, wo alles steht. Ich geh jetzt in die Falle. Nacht, Landow. Zieh die Tür hinter dir zu. Treibt sich viel Gesindel rum hier nachts.»

In der Fronleichnamswoche haben sich seine Gedanken bewegt wie ein Tänzer. Einer, der morgens um zwei allein im Festzelt rumtorkelt. Linksrum. Rechtsrum. Vor. Zurück. Und wieder von vorn. Seit Tagen tritt Landow auf der Stelle. Er hat sich deshalb letzten Endes doch wieder von Monsieur Cointreau umarmen lassen. Der beruhigt ihn so überzeugend: Da sei nichts zu machen. Gemach, gemach. Nur keine jüdische Hast. Dieser Fall sei nun mal unerhört kompliziert. Und das Ministerium zahle auch im Falle eines Misserfolgs. Wieder halbwegs nüchtern, beginnen Landows Gedanken erneut zu tanzen. Gestern, am Feiertag, entdeckte er in einem Park eine leblose Gestalt auf dem Rasen liegend, ein Buch in der Hand. Jede weitere Leiche könnte ihn jetzt der Lösung näherbringen! Theoretisch zumindest. Als Landow eilig das Buch untersuchte, wachte der Mann erschrocken auf.

«Ich dachte», versuchte Landow zu erklären, «ich dachte, es wäre Grimm.»

«Grimm?», hat ihn der Schläfer angeglotzt. «Sie haben Nerven. Schleiermacher. Staatsexamen.»

«Spannend?»

«Seh ich so aus?»

«Ehrlich gesagt, nein.»

«Na also.»

Jetzt, kaum einen Tag später und gestärkt von einem wirklich sehr frühen Frühstück in der *Schaukel*, steht Landow in der Pathologie. Die Toten bringen ihn manchmal auf Ideen.

«Für mich?»

Pfeiffer nimmt Landows Päckchen mit linkisch zusammengeklemmten Ellbogen an. Denn seine Hände sind bis weit über die Gelenke blutverschmiert. Während Pfeiffer unter Entwicklung roten Schaums seine Hände abspült und dann eilig wie ein ungeduldiges Kind das Einwickelpapier öffnet, sieht Landow fasziniert in den geöffneten Unterleib der Frauenleiche, mit der Pfeiffer gerade beschäftigt ist.

«Grimm!»

«Ich finde, Ihre Kinder sollten ein unversehrtes Exemplar haben.»

«Danke, Mann. Noble Geste, Landow.»

«Was fehlt ihr?», fragt Landow und nickt mit dem Kopf Richtung Obduktionstisch.

«In erster Linie die Gebärmutter. Wieder sauber herausgetrennt wie von einem Fachmann. Kein Schnitt zu viel, kein Schnitt zu wenig.»

«Der Schnitt durch die Kehle …?»

«… ist allerdings neu. Er ändert seine Methode.»

«Er?»

«Ich glaube nicht an Zufälle, Landow. Ich glaube, wir haben es hier mit einem Wiederholungstäter zu tun. Schon die vierte Tote mit ähnlichen Zeichen.»

«Und was glaubt die Polizei?»

«Die Anweisung gilt unverändert: Alle Arten von Todesfällen, die über das übliche Muster Kneipenschlägerei, Arbeitsunfall, Eifersuchtstat hinausgehen, sind zurzeit mit äußerster Diskretion zu behandeln. Pressemeldungen gehen keine heraus. Die Opfer gelten in der Kartei weiterhin als vermisst. Jede Art aufwühlender Todesnachrichten, jegliches Blutig-Moribunde soll offenbar vermieden werden.»

«Um eine Panik vor einem blutrünstigen Frauenmörder zu verhindern?»

«Um eine allgemeine Panik zu vermeiden. Eine Panik vor einer unsteten, blutigen, todbringenden Zukunft, vermute ich. Einen Kaiser haben wir schon beerdigt, für den zweiten wird bereits der Grabstein gemeißelt, wie man hört.»

«Steht es wirklich so schlimm um ihn, wie die Leute sagen?»

«Krebs. Endstadium vermutlich. Man hört viel, weiß wenig. Der Kaiser ist von einem internationalen Kordon sich gegenseitig verachtender Koryphäen umgeben. Eine Krankengeschichte in zwei Minuten gefällig? Alsdann: Vor einem Jahr, der jetzige Kaiser war damals noch der Kronprinz, entdeckte man winzige Wucherungen an seinem Kehlkopf. Der ursprünglich konsultierte Arzt hatte lediglich eine hartnäckige Erkältung diagnostiziert. Geheimrat Gerhardt, mein ehemaliger Professor notabene, kauterisiert die Wucherungen. Aber sie kommen zurück. Gerhardt bittet deshalb einen Kollegen, Geheimrat von Bergmann, um Rat. Der stellt allerdings die Diagnose Krebs und empfiehlt eine sofortige Operation. Bei einer so schwerwiegenden Diagnose und gleichzeitig einem so hochrangigen Patienten wird zunächst sicherheitshalber eine Kommission aus Fachleuten gebildet, die sich zwar Bergmanns Diagnose anschließt, vorsichtshalber aber eine letztendliche Entscheidung erst fällen will, nachdem zusätzlich ein erwiesener Krebsspezialist hinzugezogen wurde.»

Pfeiffer wickelt das dicke Buch wieder in das Einschlagpapier und verstaut es sorgsam in seinem Spind, die beiden Grimm'schen Asservatenbände wirft er polternd in den Abfallkübel. Dann kommt er zu der geöffneten Frau zurück und arbeitet, während er spricht, ruhig weiter.

«Zwischenfazit: Wir haben im Hals unseres heutigen Kaisers also eine ziemlich eindeutige Diagnose. Wir haben jede Menge Fachleute, Spezialisten, Experten. Wir haben sogar eine Therapiemethode, noch nicht ausgereift, aber besser als nichts. Eine Hoffnung. So weit, so gut. Aber jetzt wird es politisch. Denn der Krebsspezialist, den die Kommission zu Rate zieht, ist zwar eine international anerkannte Koryphäe auf diesem Gebiet, aber leider auch – Engländer: Morell Mackenzie aus London. Verstehen Sie? Unser krebskranker Kronprinz, mit einer Tochter der englischen Königin Victoria verheiratet und vielen im Reich, nicht zuletzt dem Reichskanzler, ohnehin zu liberal und zu englandfreundlich, lässt ausgerechnet einen Engländer hinzuziehen. ‹Vertraut ein deutscher Kronprinz den besten deutschen Medizinern nicht mehr?›, fragten sich nicht nur die Schlagzeilen und Stammtische, gerade hier in der Charité ist der Hals Seiner Majestät natürlich seit Monaten *das* Thema, versteht sich. Die englische Krebskoryphäe Mackenzie jedenfalls will, um sicherzugehen, eine Gewebeprobe entnehmen. Dabei, vor ziemlich genau einem Jahr wird das gewesen sein, verletzt er unglücklicherweise das gesunde Stimmband des Kronprinzen. Mackenzie, durch die diplomatischen Verwicklungen und seinen handwerklichen Fehler vehement in Misskredit geraten, überlässt die Begutachtung der Gewebeprobe daraufhin dem obersten deutschen Mediziner, Geheimrat Virchow. Und dann passiert das, was passieren musste, wenn so viele Köche an einem royalen Kehlkopf herumrühren:

Der bedeutendste deutsche Mediziner stellt beim zweitbedeutendsten deutschen Patienten, dem damaligen Kronprinzen und heutigen Kaiser, eine Fehldiagnose. Denn unser hochverehrter Professor Virchow kommt zu der Erkenntnis, der Kaiser leide nicht an Krebs, sondern bloß an einer chronischen Entzündung der Larynx. Ausgerechnet unser Hausgott Virchow, der Unantastbare, der den Begriff des ärztlichen Kunstfehlers so zwingend neu definiert hatte. Die Kombattanten sind mithin: Krebs versus Entzündung. Mackenzie versus Virchow. Deutschland versus England. Leben versus Tod. Die Fronten sind seitdem verhärtet wie ein Panzerherz, und die Zeit verrinnt.»

Landow hat den Eindruck, dass Pfeiffer hierbei etwas lächelt. Der hebt gerade sehr sanft eine Darmschlinge aus dem Körper der Toten und sagt ruhig: «Wir machen alle mal Fehler, Landow. Selbst die Besten von uns. Irgendwie tragisch, aber auch beruhigend, finden Sie nicht?»

Die glitzernde Darmschlinge jetzt auf beiden Händen wie eine Python haltend, sieht Pfeiffer aus wie ein orientalischer Schlangenbeschwörer, findet Landow.

Krachend fliegt die Doppeltür auf, und zwei vierschrötige Gestalten in grauen Kitteln schieben einen Transportkarren in den Raum.

«Sollen hier 'ne Frauenleiche abholen. Die N.N. vom Spreeufer. Soll in die Verbrennung.»

«Bin noch nicht fertig», sagt Pfeiffer.

«Sollten Se aber. Die Frau ist doch sowieso tot, was dauert denn da?»

Landow geht langsam zu den beiden Verbrennern rüber und zeigt kurz den Adlerausweis.

«Gehen Sie eine rauchen, meine Herren. Und falls Sie nicht

rauchen möchten, zählen Sie die Wolken. In einer Viertelstunde kommen Sie wieder, Geheimrat Pfeiffer ist dann so weit. Rollwagen können Se hierlassen.»

Die beiden Graukittel brauchen einen Moment, um den funkelnden Reichsadler, die Wolken und den Geheimrat zu verdauen, dann nicken sie und gehen tuschelnd hinaus.

«Danke für den Geheimrat, Landow.» Pfeiffer näht bereits zu.

«Sie schulden mir noch das Ende der Geschichte.»

«Für das Ende sorgt in der Biologie Mutter Natur höchstselbst. In der Medizin ist es wie beim Militär, Landow. Der Ranghöchste sagt, wo's langgeht. Virchow hatte gesagt: kein Krebs. Also wurde die geplante Krebs-Operation abgeblasen. Daraufhin flogen auf höchster Etage die Fetzen. Der Reichskanzler, hieß es, unterstellte der Kronprinzessin, sie habe die Diagnose verschleiern lassen, um noch von der Kronprinzengattin zur Kaisergattin aufsteigen zu können. Sie wiederum, unsere Viktoria, hörte man hinter vorgehaltener Hand, unterstellte ihrem eigenen Sohn Wilhelm, Virchows Fehlurteil nur deshalb zu begrüßen, damit der unoperierte Vater möglichst bald sterbe und der Spross selbst auf den Kaiserthron käme. Feine Gesellschaft, was?»

Pfeiffer schneidet schwungvoll den Zwirn ab und verknotet sorgsam die riesige Narbe, bevor er der Leiche die gelbliche Wange tätschelt. Er bemerkt Landows Blick und grinst: «Sie hat zuletzt genug schreckliche Dinge erlebt. Wenigstens der letzte Mann, mit dem sie zu tun hat, sollte respektvoll mit ihr umgehen, finden Sie nicht?»

▪▪▪

Die alte Gräfin steht in ihrem Abteil, den leichten Reisemantel über dem Arm. Dieser ist als einziges Teil ihrer Garderobe nicht schwarz, bloß gewittergrau. Sie ist noch unschlüssig, sieht ratsuchend mal links, mal rechts hinaus aus den verdreckten Abteilfenstern. Hier, in Berlin, werden Waggons abgehängt, der Zug wird kürzer auf seiner Weiterfahrt nach Osten. Das verschafft ihr immerhin Bedenkzeit. Vorn am Zug rumpelt es gefährlich, dann bekommt der Wagen einen Stoß, und die Gräfin fällt jäh in den Sitz zurück. Sie ist trotz ihrer inneren Zerrissenheit nicht bereit, das als Wink des Schicksals zu verstehen, als Hinweis darauf, besser nach Haus zu fahren. Eine Obstverkäuferin mit wüsten Segelohren verkauft draußen Äpfel an die Reisenden. Ein winziger Gepäckträger mit stolzem Nietzschebart steuert seine turmhoch bepackte Gepäckkarre durch den babylonischen Trubel. Die Gräfin blickt vollkommen ratlos auf das Gewühl auf dem Bahnsteig draußen, steht wieder auf. Soll sie? Oder soll sie nicht?

Der Schaffner, ein liebenswürdiger Mensch mit roten Bäckchen, schiebt den Kopf herein: «Möchten Sie noch aussteigen, gnädige Frau? Dann bitte ich, sich zu beeilen. In mutmaßlich drei Minuten fahren wir ab.»

Sie seufzt wie eine Duse, raschelt laut mit den Röcken, versucht verzweifelt, im arglosen Bauerntheatergesicht des Bahnmenschen die Lösung zu lesen. Mutmaßlich, hämmert es in ihrem inwendig geschundenen Kopf. Mutmaßlich.

▪▪▪

Der Chefportier im Hotel *Stadt Danzig* in der Nähe des Gendarmenmarktes reicht das Ausweisdokument an den Gast zurück.

«Das wäre dann alles, Zimmer 27, zweite Etage, sehr ruhig, nach hinten heraus. Wünsche angenehmen Aufenthalt in unserem Hause, Herr Kind.»

Der Gast, ein hagerer Mensch mit wendiger Jockeyfigur und kleinen unruhigen Augen, korrigiert ihn sanft: «Mein Name ist Kind, englisch ausgesprochen. Not *child*, just *kind*.»

Der Portier, seit 35 Jahren im *Danzig*, neigt mit entschuldigendem Lächeln das Haupt ein zweites Mal.

«Wie unaufmerksam von mir, Mister Kind. Angenehmen Aufenthalt. Sehr zu empfehlen, quasi vis-à-vis, die Alte Nationalgalerie, zum Beispiel Karl Friedrich Schinkel, *Gotische Kirche auf einem Felsen am Meer*, sehr beeindruckend, Mister Kind. Habe die Ehre.»

■■■

«Also, hier isses.»

«Sind Sie sicher?»

«Seh ich unsicher aus?»

«Können Sie warten?»

«*Können* kann ich. *Soll* ich auch?»

Die Gräfin sieht zum x-ten Mal auf das schmale, graue Gebäude da draußen. Dann setzt sie den Fuß so vorsichtig aufs Trottoir der Spindlerstraße, als fürchte sie, sich hier Krankheiten zu holen. Sie gibt dem Kutscher eine Münze für die Herfahrt.

«Sie warten, ja?»

«Ich warte, ja.»

Der Mann nutzt die Zeit und widmet sich wieder seinem Klappbrot mit grober Streichwurst. Er hat am Bahnhof gerade reingebissen, als die schwarze Fregatte auf ihn zugeeilt kam und er schon da nichts Gutes ahnte. Jetzt sieht er ihr nach, wie sie in der Hofeinfahrt verschwindet, über der das verwaschene Schild «Pension Koester, nur ehrenwerte Klientel, Bohnenkaffee» hängt.

Es ist noch früher Morgen. Da der Zug aus Frankfurt wie immer schon um halb sechs am Bahnhof gewesen ist, kann es jetzt nicht viel später als sechs sein. Wie zur Bestätigung schlägt rachitisch eine blecherne Uhr von irgendwo. Selbst die Uhren klingen hier krank, denkt sie.

Sie folgt der Einfahrt weiter hinein wie in einen dunklen, grauen Höllenschlund. Was, wenn Gabriel sie gar nicht erkannte? Oder sich weigerte, sie zu empfangen? Oder, nicht auszudenken, mit diesem Sodomiten im Bett –

«Verlaufen?»

Die Frau, die das fragt, ist in etwa so alt wie die Gräfin selbst und hat einen tropfenden Wischfeudel in der Hand, den sie über einem Blecheimer würgt. Ein süßlicher, fauliger Geruch geht von dem Ensemble aus, und die Gräfin kann nicht sagen, ob von der Frau selbst oder von der Lauge. Die Gräfin, auf nüchternen Magen hergekommen, will fort.

«Ich beiß nich.»

«Ich, ich suche die Pension Koester», sagt Gräfin Landow und hofft insgeheim, dass die Alte nun etwas erwidern wird wie: «Nie gehört, warten Se, das war hier mal bis letztes Jahr, wohin die sind, weiß ich nicht.»

Stattdessen sagt sie, den Feudel glättend: «Hier sind Se richtig. Von außen unscheinbar, aber innen gemütlich und blitzeblank. Ich muss es wissen.»

«Ach ja?»

«Ich putze hier. Ich bin die olle Köstern.»

«Ah, die Gattin … Mutter des Inhabers?»

«Nee, bloß die Reinemachefrau mit gleichem Namen. Zufall. Koester, der Wirt, ist nicht da, kommt gegen Mittag, schätze ich. Kann ich helfen?»

Die Gräfin fühlt sich zu der Köstern seltsam hingezogen, zumindest wirkt die Alte einigermaßen ehrlich.

«Sagen Sie, gute Frau, und es soll Ihr Schaden nicht sein, wohnt hier im Haus ein gewisser … Landow?»

«Treffer, gnädige Frau, beinahe jedenfalls. Der wohnte hier, bis vor etwa zwei Wochen. Bis zu dem Unglück.»

«Welches Unglück? Reden Sie.»

«Ich hab ihn damals noch in der Küche mit Koestern, dem Wirt, gesehen und der Töle, als ich gegen Mittag ging. Und als ich am nächsten Morgen komme, heißt es, Landow ist nicht mehr. Verbrannt. Nur noch Kohle, hat der Gendarm gesagt, bloß der Siegelring mit's Wappen drauf war noch heile.»

Als die Gräfin in den Schmutz der Gasse sinkt, lässt die Köstern den Eimer fallen. Die faulige Lauge kippt scheppernd aufs Pflaster. Der herbeistürzende Droschkenkutscher gleitet beinahe darin aus. Die macht Ärger, das hat er gleich geahnt. Er beißt, noch schwankend, vom Brot ab und steckt es dann besser wieder fort.

22

Montag, 4. Juni.
Noch 11 Tage bis zum Tod des Kaisers.

Er schreibt das Wort jetzt zum x-ten Mal: Spieß. Und liest halblaut die passende Textstelle der Grimms dazu. Fast kann er das auswendig. «Es war einmal in einem Lande große Klage über ein Wildschwein, das den Bauern die Äcker umwühlte, das Vieh tötete und den Menschen mit seinen Hauern den Leib aufriss.» Es kommt, wie es kommen muss. Der König setzt eine Belohnung aus, und zwei Brüder wollen Helden werden. «Und als der jüngste ein Weilchen gegangen war, so trat ein kleines Männlein zu ihm. Das hielt einen schwarzen Spieß in der Hand und sprach: ‹Diesen Spieß gebe ich dir, weil dein Herz unschuldig und gut ist! Damit kannst du getrost auf das wilde Schwein eingehen, es wird dir keinen Schaden zufügen.›» Der Zwerg hat nicht gelogen. Denn nicht das Ungeheuer, sondern der eigene Bruder bringt unseren jungen Helden um, um an seiner Stelle Macht und Reichtum zu erlangen.

Landow legt die dröhnende Stirn auf die blanke Tischplatte wie ein müder König den Kopf auf den Richtblock und denkt: Zauberwaffe, Bedrohung, Heimtücke und Tod, wo man es am wenigsten erwartet. Der Brudermord als Familienangelegenheit. Zumindest im Märchen.

Orsini denkt, gekonnt eine Sellerieknolle zwischen den

Knien haltend und dann penibel schälend: «Er hat eine angenehme Stimme, wenn er liest.»

Landow richtet sich abrupt auf und starrt wieder auf die zwei Dutzend wirr bekritzelter Zettel, die er mit Reißnägeln an der Küchenwand gegenüber befestigt hat: «So viel zum ersten Fall, was Grimm angeht. Zweiter Fall: Stichwort Blut. Ein treuer Diener hat seinem König sein Ehrenwort gegeben, auf den jungen Kronprinzen aufzupassen. Trotz vieler lebensgefährlicher Bemühungen und der Offenbarungen sprechender Raben, scheitert er schließlich und wird zu Stein. Die Erlösung davon ist blutig. Ich zitiere: ‹Der König erschrak, als er hörte, dass er seine liebsten Kinder selbst töten sollte, doch dachte er an die große Treue, und dass der getreue Johannes für ihn gestorben war, zog sein Schwert und hieb mit eigener Hand den Kindern den Kopf ab. Und als er mit ihrem Blute den Stein bestrichen hatte, so kehrte das Leben zurück, und der getreue Johannes stand wieder frisch und gesund vor ihm. Er sprach zum König: ‹Deine Treue soll nicht unbelohnt bleiben›, und nahm die Häupter der Kinder, setzte sie auf und bestrich die Wunde mit ihrem Blut, davon wurden sie im Augenblick wieder heil, sprangen herum und spielten fort, als war ihnen nichts geschehen.›»

Landow, den hämmernden Kopf jetzt wieder auf der Tischkante: unlösbare Prüfungen, Blutopfer, blinder Gehorsam. Und: Auferstehung. *Resurrection.* Das Wort kennt er. Ihm fällt ein, dass er mal fortwollte. Nach Amerika. Oder einfach bloß fort.

Orsini würfelt den Sellerie und denkt: Wer nur *eine* Hand hat, kann sich nicht mehr in die andere schneiden.

Landow raucht und konzentriert sich auf den dritten Todesfall. Stichwort hier: Kelch. Bei den Grimms verstößt eine

Königin ihre Tochter und lässt sie in einen Raben verwandeln. Alle Erlösungsversuche eines jungen Mannes werden vereitelt, schließlich gelingt ihm mit Hilfe dreier Wunderwaffen doch noch die Rettung. «Dann ritt er den Glasberg hinauf, und als er oben vor das Schloss kam, war es verschlossen: Da schlug er mit dem Stock an das Tor, und alsbald sprang es auf. Er trat ein und ging die Treppe hinauf bis oben in den Saal, da saß die Jungfrau und hatte einen goldenen Kelch mit Wein vor sich. Sie konnte ihn aber nicht sehen, weil er den Mantel um hatte.»

Landow murmelt mit stierem Blick: «Wieder irgendwelche Wunderwaffen, unsichtbar.»

Orsini setzt den Deckel aufs Gemüse: «Und, wie war Ihr Tag sonst so?»

Überraschenderweise antwortet ihm Landow sogar: «Vernebelt. Reichlich vernebelt.»

«Ja, der Nebel heute früh war sehr dicht, nicht?»

«Nicht nur da draußen. Unsere Fälle bleiben nebulös.»

Landow unterbricht das Starren auf die drei von getrocknetem Blut gebräunten Buchseiten und bewundert, wie geschickt Orsini mit einer Hand kocht. Der bemerkt Landows Blick und grinst.

«Das mach ich mit links. Sie könnten freundlicherweise die Nebelbank Ihrer rätselhaften Beweisstücke forträumen und den Tisch decken.»

«Sehr gern, das immerhin kann ich.»

«Höre ich Resignation aus der Stimme des Helden?» Orsini klappert mit Topfdeckeln und steckt sich einen verbrühten Finger in den Mund.

«Immerhin war ich heute Morgen pflichtbewusst in meinem Büro. Das hört sich an, als wäre ich bei den Gaswerken angestellt, finden Sie nicht? Schauderhaft. Ich bin durch den Seiteneingang rein und fand zwar die Stube wieder, die man mir dort eingerichtet hat, aber ich fand niemanden meiner Auftraggeber. Überhaupt war alles dort wie ausgestorben. Weil ich zumindest oben vereinzelte Stimmen hörte, ging ich eine Etage hinauf, und was glauben Sie, was ich dort entdeckte?»

Orsini zieht den Topf vom Feuer: «Lassen Sie mich raten. Sie fanden eine Prinzessin vor, die aus einem Kelch trank, die Sie aber nicht sehen konnte, weil Sie den Zaubermantel anhatten.»

«Nicht ganz.» Landow grinst schief. «Ich sah keinen Geringeren als unseren Kronprinzen. Er ist kleiner, als ich dachte.»

«Tatsächlich? Der fesche Willi?»

«Das Besondere daran: Ich sah ihn insgesamt vier Mal. Gleichzeitig.»

«Machten Sie diese Beobachtung allein, oder waren Sie in Begleitung von Monsieur Cointreau?»

«Ich war allein und nüchtern, Freund Cointreau gesellte sich erst später zu mir. Ich vermute, sie bilden Doppelgänger für den zukünftigen Kaiser aus. Für Attentate. Die Ähnlichkeit war jedenfalls verblüffend.»

«Wer meldet sich denn freiwillig für so was?»

«Sie werden bei der Rekrutierung den Ernstfall kaum erwähnen und eher davon sprechen, dass die Kandidaten Paraden abnehmen sollen und in einer geschlossenen Kutsche winkend durch Berlin gefahren werden, schätze ich.»

«Und sonst?»

«Ich habe das wenige, das ich weiß, versucht, in einem Protokoll festzuhalten.»

«Versucht?»

«Nach dem fünften oder sechsten Versuch hab ich aufgegeben und bin wieder rausgeschlichen.»

«Ein deutscher Soldat gibt niemals auf», feixt Orsini. «Essen ist fertig.»

Drei Tote, drei Märchen, drei Gegenstände, die Golgatha bedeuten *können*, aber nicht *müssen*. Stattdessen so viel Drumherum, von dem er nicht weiß, was es bedeutet und ob es überhaupt etwas bedeutet. Brudermord. Waffen, die unsichtbares Anschleichen ermöglichen. Gebrochene Eide. Untreue. Viel Blut. Immer wieder Blut. Wenn Gürtler und die beiden anderen wenigstens gekreuzigt worden wären. Stattdessen ein tödlicher Verkehrsunfall, ein bizarrer Tennistod und ein Himmelssturz. Kein Schuss fällt. Kein klassischer Stich ins Herz. Kein Gift. Mutmaßlich Chloroform, um ein Schreien zu verhindern. Landow wird den Eindruck nicht mehr los, dass die Täter zunehmend Freude an der Inszenierung ihrer Taten gefunden haben. Zuerst, bei Ingelmann, bloß eine feige Fahrerflucht, beinahe alltäglich, wäre das Buch in seiner Hand nicht gewesen. Dann, gut drei Wochen später bei von Korb, schon ein Arrangement, Tod in der Freizeit, rotes Blut auf weißer Tenniskleidung. Schließlich wieder eine Steigerung bei Gürtler: größtmögliche Brutalität bei größtmöglichem Aufwand. Einen riesigen Ballon zu starten, noch dazu auf bewachtem Militärgelände, nur um jemanden hinauszustoßen. Was würden diese Leute als Nächstes tun? Am helllichten Tag vor Dutzenden von Zeugen zuschlagen? Jemanden kreuzigen?

Alle drei, Gürtler, Ingelmann und von Korb, waren an der Entwicklung dieser Wunderwaffe beteiligt, mit der man sich ungesehen anpirschen konnte, um zu töten. Unsichtbar machen. Der Tarnhelm aus dieser Oper, die der eine im Ministerium erwähnt hat. Oper!

«Ich fürchte, in fünf Tagen muss ich in die Oper.»

«Mein Beileid.»

«Danke, Sie mich auch. Aber vielleicht ist diese einsame Opernkarte aus Gürtlers Nachlass der Schlüssel zu alldem? Verdammt, der Schlüssel …!»

Landow schiebt den kaum angerührten Teller Gemüseeintopf von sich und kramt den abgegriffenen Schlüssel, den ihm die Witwe Gürtler gegeben hat, aus der Tasche. Den hat er glatt vergessen. Mit Fug und Recht. Ein nichtssagender, unscheinbarer Schlüssel bloß. In Berlin gab es wahrscheinlich Hunderttausende Türen, zu denen der passen könnte. Trotzdem: Er hat ihn vergessen und stattdessen lieber erfolglos in Märchenbüchern gelesen.

«Können Sie etwas damit anfangen, Orsini? Spielte bei der Kreuzigung ein Schlüssel eine Rolle? Der Schlüssel zum Himmelreich? Der Apostel Petrus hat doch auf Bildern einen Schlüssel in der Hand. Oder?»

«Ich schreibe Ihren Spott Ihrer momentanen Erfolglosigkeit in diesem unübersichtlichen Fall zu. Um aus meinem mit dem Rohrstock in mich gepflanzten Bibelwissen zu schöpfen: ‹Er wird öffnen, und niemand wird schließen, und er wird schließen, und niemand wird öffnen.› Jesaja, glaube ich.»

«Und sonst, unbiblisch, nur so betrachtet, bloß als ein fingerlanges Stück Eisen, mit dem man normalerweise Türen öffnet?»

«Wie Sie wissen, sind Schlüssel nicht mein Metier. Aber ich könnte Leute fragen, die sich damit auskennen. In meinen Augen ist das bloß ein einfacher Türschlüssel. Könnte zu jeder zweiten Wohnung in Berlin passen. Was bedeutet das U hier auf der kleinen Blechplakette?»

Orsini schnipst mit dem Finger vor den runden, etwa groschengroßen Anhänger, der an den Schlüssel gebunden ist.

«U wie Untergeschoss? U wie Unigunde? U wie Unterwäsche? U wie Untergang? U wie Unterwasserschiff?»

«Oder einfach: U wie Unsinn.»

Landow zuckt mürrisch mit den Schultern, zieht wieder die Buchseiten raus und starrt darauf. Er unterbricht in der nächsten Viertelstunde das Starren nur, um in dem riesigen leeren Haus herumzugehen wie das Tagesgespenst, minutenlang abgehängte Möbel anzusehen und dann stumm weiterzuwandern.

Er versucht dabei, sich die letzten Minuten der drei Ermordeten vorzustellen. Ingelmann, promovierter Philosoph im Straflager des niederen Verwaltungsapparates, Revoluzzer im Herzen, wird spätabends zu Tode gefahren. Der vermeintliche Unfall liegt abseits des Weges, den er von der Arbeit nach Hause zurücklegen müsste. War Ingelmann bei einem heimlichen Kommunistentreff gewesen oder war er nur rastlos in der Stadt herumgewandert wie Landow in letzter Zeit? Gut drei Wochen später, Anfang Mai, geht der Hagestolz von Korb an einem Samstag seiner neuen Lieblingssportart nach. Sein üblicher Tennispartner hat ihn vielleicht versetzt, ein wie zufällig anwesender, fremder Spieler springt freundlicherweise ein. Abgelenkt vom Spiel wäre es für einen zweiten Täter ein Leichtes, Korb von hinten den Schädel einzuschlagen. Schließlich Nummer drei: Der Reichsbeamte Gürtler besucht wie üblich zuerst eine Nutte und später eine Wohnung unbekannten Zwecks. Gürtler wird dabei, wie auch in den Wochen zuvor, von einem Privatdetektiv verfolgt, den seine Frau engagiert hat. Anders als üblich verlässt Gürtler das Haus mit der zweiten Wohnung sofort wieder. Ebenfalls anders als üblich fährt er von dort nicht nach Hause in die Keithstraße, sondern betritt heimlich das Militärgelände Tempelhof. Dort fällt er aus einem gerade gestarteten Ballon. Ein heimlicher Kommunist, ein heimlicher Schwuler, ein heimlicher Frauenheld werden zu großen, blutigen Briefmarken für kleine rätselhafte Worte. Bei so einem Fall muss man ja irrewerden!

Orsini stapelt gerade das abgeseifte Geschirr im Spülbecken, als Landow in die Küche zurückkehrt.

Orsini bindet sich mit verblüffender Geschicklichkeit die Schürze los und faltet sie penibel zusammen: «… und sie wanderten drei Tage in der Wüste und fanden kein Wasser.»

«Was…?»

«…ser.»

«Nein danke.»

«Haben Sie nicht von einer Wohnung erzählt, in die der dritte Tote öfter ging? Der, den Sie überwacht haben.»

«Zwei Wohnungen. Erst zu einer Nutte in die Fehrbelliner südlich Gesundbrunnen. Aber weshalb sollte er einen Schlüssel zu dieser Wohnung haben? Wenn jeder Freier einen Schlüssel zur Wohnung einer Hure hätte, könnte das leicht zu Mord und Totschlag führen, meinen Sie nicht?»

«Woher wissen Sie, dass die Wohnung einer Nutte gehört? Haben Sie durchs Fenster zugesehen?»

«Das nicht, die Wohnung befindet sich im dritten Stock. Aber ich habe die Frau gesehen. Sie besorgt sich ihre Kunden meist am Alex.»

«Und in der zweiten Wohnung hatte der Ermordete noch eine Nutte?»

«Was er dort tat, weiß ich nicht, um ehrlich zu sein.»

«Vielleicht besuchte er dort … seine Englischlehrerin? U wie Unterricht.»

«Sie haben recht, Orsini, die Dame in der zweiten Wohnung hätte auch seine Englischlehrerin sein können. Allerdings war er jeweils nur kurz dort, zehn bis fünfzehn Minuten höchstens. Abgesehen davon: Weshalb hätte er seiner Frau harmlose Englischlektionen verheimlichen sollen?»

«Weil er vorhatte, heimlich Hals über Kopf nach Amerika auszuwandern?»

«Zu seinem Arbeitsplatz passt der Schlüssel zumindest nicht, Gürtler gehörte nicht zu der Führungsebene, auf der man Büros abschließen kann.»

«Er war, wie Sie sagten, also ziemlich unbedeutend, traf aber regelmäßig und heimlich ein bis zwei Frauen, die erste vermutlich zu Französischlektionen, die zweite zu noch unbekanntem Zweck, und wurde dann aus dem Himmel gestürzt wie der Erzengel persönlich. Richtig?»

«Richtig.»

«Den Schlüssel zur Wohnung der ersten Frau könnte er haben, weil er ihr Zuhälter war.»

«Gürtler? Das war nicht seine Kragenweite. Außerdem gibt es keine unerklärlichen Geldsummen auf seinem Konto.»

«Rauschgift? Morphium?»

«Das Konto wies keine unerklärlichen Lücken oder Fehlsummen auf. Gürtler war unverdächtig, äußerlich zumindest.»

«Und wenn dieser Gürtler nur damit handelte, mit Drogen, meine ich. Wenn er bloß ein Mittelsmann war? Und das Geld vielleicht vergraben hat? Oder in einem Banktresor hortet? Oder schon von einem zweiten, unbekannten Konto nach Amerika überwiesen? Oder Richtung Südamerika. Ich kannte mal einen Hundedompteur aus Genua, der hat … In Ordnung, ich verstehe. Hier, nehmen Sie wenigstens etwas Kompott. Ein Rezept von meiner Großmutter.»

«Können Sie mir das warm halten? Ich sehe mir die zweite Wohnung von diesem Fräulein in der Urbanstraße mal genauer an.»

«U wie Urbanstraße? Es gab übrigens sieben oder acht Päpste, die so hießen. Die mögliche Englischlehrerin? Jetzt noch? Seien Sie freundlich zu ihr. Es ist längst zehn durch.»

«Genau deshalb ja.»

▪▪▪

Hier ist alles wie immer. Alles, wie es sein soll. Die alte Gräfin hat, gottlob allein im Abteil, bis Danzig den Tod des Sohnes beweint, ab Königsberg hat sie sich zusammengerissen, und jetzt steigt sie mit sphinxhaftem Gleichmut aus der Mietkutsche auf das Katzenkopfpflaster des heimischen Steinhagen. Das Geld in ihrem Portemonnaie reicht gerade noch für den Fahrer.

Auf dem Gut geht sie unbemerkt in das große, stille Haus. Wie ein Dieb. Wie ein blinder Passagier. Aus der Küche hört sie Lachen. Alles ist tipptopp, das Holz schimmert matt, ihr dunkles Ehebett, das jetzt riesige, ist frisch bezogen. Der Duft der gestärkten Wäsche hängt noch im Raum. Hier schludert niemand, hier macht jeder seine Aufgabe. Auch wenn die Herrin nicht im Haus ist. Bloß da draußen in der Welt, da ist alles in Unordnung. Da verbrennen auch ohne Krieg die Söhne zu Asche. Als ihre beiden Jungen in den Krieg zogen, hatte sie für seine Wiederkehr gebetet. Nimm ihm eine Hand, wenn du musst, Herrgott, aber lass ihn zu mir zurückkommen, den Gabriel. Er kam zurück, unversehrt, aber stiller als sonst. Er hat nie davon gesprochen. Wenn Perikles später beim Mittagstisch von Attacken, Sperrfeuer und Raumgewinn sprach, schwieg Gabriel bloß. Jetzt schweigt er für immer.

Bad Ems habe sie gelangweilt, flunkert sie, als ihr die erschrockenen Dienstmädchen auf dem Flur begegnen.

«Ich möchte meinen Schmuck in den Tresor zurücklegen, Perikles.»

Sie hatte nur das Ensemble aus dunklem, fast schwarzem Kaisergranat ins Kurbad mitgenommen.

«Gib es mir später, Mutter, ich schließe es wieder ein. Aber dass du schon zurück bist, beunruhigt mich, um ehrlich zu sein.»

Perikles am einen Kopfende auf dem Platz des alten Grafen, sie, meterweit davon entfernt, am anderen Ende: Der Esstisch kommt ihr so entsetzlich leer und noch größer vor als sonst. Noch während man ihn abräumt, nimmt sie das schwere, altmodische Kollier und die tropfenförmigen Ohrgehänge ab.

«Gib mir den Schlüssel, ich mache das selbst.»

«Nicht doch, ich mache das, Mutter. Später.»

«Jetzt. Gib ihn mir.»

«Wie?»

«Auf der Stelle.»

Ihr Ton ist rau und aufgewühlt.

«Sag mir, was hier los ist, Perikles.» Sie sieht ihn fordernd an. «*Du* führst die Geschäfte, das ja, aber *ich* bin deine Mutter. Deine Mutter, die sich im Kurhotel in Grund und Boden schämen muss, weil die Rechnung nicht beglichen werden kann. Die vor aller Welt dasteht wie eine falsche polnische Gräfin, wie die Bankrotteuse aus einem Groschenroman.»

Mit großer Ruhe und Sorgfalt legt Perikles die Zeitung zusammen. Er sucht noch nach einer Erklärung, ahnt sie. Dann spricht er mit fester Stimme, wobei er sie nicht aus den Augen lässt. Er bemüht sich sogar um ein mildes Lächeln.

«Das hat alles seine Ordnung, Mutter. Ein Telegramm von dir hätte genügt, und zwei Tage später wäre das Geld angewiesen worden.»

«Angewiesen! Es hat da zu sein, wenn ich es brauche.»

«Anders als Vater lasse ich unser Geld arbeiten. Ich investiere. In das Gut. Und in unser Kapital.»

«Du spekulierst?»

«Ich investiere. Das ist nicht dasselbe, Mutter.»

«Schließe den Tresor auf, oder ich schreie auf der Stelle das Haus zusammen.»

Ein Mädchen, das fragen will, wo es den Kaffee servieren soll, steckt den Kopf zur Tür herein, zieht sich aber sofort lautlos zurück. Wahrscheinlich, denkt die alte Gräfin, stehen ohnehin alle längst vor der Tür und lauschen. Sollen sie.

Wie sie erwartet hat, ist der Tresor leer. Bis auf ein paar Versicherungspolicen bloß stählern ummantelter, leerer Raum.

«Es arbeitet, das Geld arbeitet.» Perikles ist hinter sie getreten und nimmt sie bei den Schultern. Sie aber macht sich abrupt los. Sie erträgt seine Nähe nicht.

«Und der Schmuck? Der ganze Schmuck. Arbeitet der auch? Oder hast du ihn zum Juden getragen und weit unter Wert verpfändet?»

«Das würde ich niemals –»

Mit einer Geste, deren Heftigkeit sie selbst erschreckt, schneidet sie ihm das Wort ab. Sie hat jetzt das Verlangen, ihn zu schlagen. Mitten hinein in sein glattrassiertes Casinogesicht schlagen.

«Wann hattest du vor, es mir zu sagen?» Sie flüstert nun fast.

«Ich wollte dich nicht damit belasten, Mama. Vater hat es auch immer so gehalten.»

«Das meine ich nicht. Wann wolltest du mir das andere sagen?»

«Was denn, ich weiß nicht, was …»

Wieder diese Geste, scharf wie ein Schwert.

Er schweigt jetzt wie ein Schüler, der die Lateinvokabeln nicht gelernt hat.

«Wann wolltest du mir das – von Gabriel sagen?»

«Von Gabriel? Was hätte ich dir von ihm Neues sagen können?»

«Dass», sie ringt ihre Trauer nieder, «dass er tot ist, zum Beispiel. Leugne nicht. Ich war in Berlin.»

Sein Gesicht, dem sie nie vertraut hat, das bemerkt sie jetzt wieder, verrät nicht, ob er überrascht ist, ob er vom Tod seines Bruders schon wusste oder nicht. Langsam und fast liebevoll legt er den Granatschmuck in den Stahlschrank. Man erwartet beinah, dabei im Inneren des großen, nahezu leeren Kastens ein Echo zu hören. Dann verschließt er die Tür, geht, um Ruhe bemüht, zum Tisch und faltet die Zeitung wieder auf.

Für einen Moment sieht er noch einmal zu ihr hoch, sieht sie an. Seine Lippen öffnen sich, als wolle er ihr widersprechen, ihr sagen, dass sie irrt, dort wie hier. Aber dann stockt er, sagt nichts, schluckt stattdessen nur etwas Raumluft und lässt den Bruder tot sein. Er schließt die Lippen, lautlos wie ihr einsamer alter Goldfisch damals, und sieht wieder auf die Zeitung vor sich. Soll sie doch glauben, was sie will.

Er liest nicht, das sieht sie. Seine Gedanken rasen, das zumindest sieht sie ihm an. Das zumindest hofft sie.

Draußen auf dem Flur glaubt sie ein Tuscheln und Zischeln zu hören. Es kümmert sie nicht mehr, spürt sie, überrascht von dem eigenen ungewohnten Gleichmut. Sie hat jegliche Form von Laisser-faire stets verabscheut. Aber sie lässt ihm Zeit.

Rückt mechanisch das kleine, quadratische Bild mit der Silhouette von Venedig gerade. Sieht wieder minutenlang hinaus auf das riesige Land. Sie wartet den ruhigen Schlag der Uhr im Vestibül noch ab, dann, tonlos: «Perikles, mit aller Schonungslosigkeit beantwortet: Sind wir bankrott?»

23

Immer noch Montag, 4. Juni.
Noch 11 Tage bis zum Tod des Kaisers.

Im Hals des deutschen Kaisers blüht der Krebs. Anderwärts blüht das Glück. Demjenigen zumindest, der auf das Reklame-Motto «Die Würfel sind gefallen!» hört und einen der drei kleinen, goldenen Würfel findet, die zwischen Tausenden normaler Brühwürfel versteckt sind. Dieses Glück verspricht ganz Berlin jedenfalls ein anderer Kaiser, ein längst toter, noch dazu ein Ausländer. Kein Geringerer als Julius Caesar lächelt von den Werbeplakaten der Brühwürfelfabrik Frankenwaldt («Heute bleibt die Küche kalt, die Suppe kocht uns Frankenwaldt.»). Die Berliner folgen Caesars Einladung sehr bereitwillig. Die ganze Stadt sucht diese gottverdammten Würfel. Man stellt mit ungeahntem Eifer lichtarme Wohnküchen auf den Kopf und fördert dabei längst Vergessenes zutage, ein holzhart gewordenes Stück Käse aus dem vorletzten Jahr oder hinterm Buffet luftgetrocknete Nagetiere. Auch in den herrschaftlichen Häusern sucht man die drei kleinen Goldwürfel, das Gesinde sucht am Tag, die Herrschaft mit Funzeln heimlich in der Nacht. Auch Orsini sucht. Nur Landow nicht. Der sucht einen Mörder. Mindestens einen. Der Kaiser auf den Plakaten lächelt derweil und deutet mit dem Finger wissend auf seinen Lorbeerkranz («Die Suppe mit der feinen Lorbeernote»). Der Kaiser im Potsdamer Schloss lächelt nicht und deutet nicht. Der stirbt bloß.

Auf seinen nächtlichen Wanderungen durch die Stadt stellt Landow sich vor, wie hinter den erleuchteten Fenstern Menschen auf den Knien ihre Wohnungen durchforschen. Auf der Suche nach dem Goldwürfel in der Suppenpackung. Auf der Suche nach der Stecknadel im Heuhaufen. Und die sucht er auch, denkt Landow, als er jetzt um kurz nach elf in die Urbanstraße einbiegt. Er dampft, auch äußerlich. Er ist das ganze Stück von der Fehrbelliner nördlich vom Alex bis hier herunter nach Kreuzberg im Stechschritt gegangen. Er geht diesen Weg zum ersten Mal allein, ohne Gürtler vor sich zu haben. Zum ersten Mal folgt er keinem mehr. Zum ersten Mal achtet er auf die Straßennamen. Die Straße, aus der er jetzt in die Urban einbiegt, ist die Grimmstraße. Für einen flüchtigen Moment wird ihm seltsam, dann vergrößert er wieder seine Schritte.

Wenn Erbrochenes stückig und magenwarm jäh aus dem Schlund eines Menschen hochgewürgt wird und vehement seinen Weg ins Freie sucht und findet, klingt das in der Urbanstraße genauso wie anderswo. Überhaupt ist hier vieles wie anderswo auch.

Überall bauen sie. Wo sie nicht ganze Häuser aus einem Wohnblock reißen wie einen faulen Zahn, da stocken sie auf. Berlin wächst. Nach oben. Und womöglich irgendwann über sich hinaus. Hinten beim Anhalter Bahnhof pfeift leise eine Lok.

Nach weniger als einer halben Minute nähert sich ihm die erste Frau. Für eine Krankenschwester auf dem Weg zur Nachtwache ist die zu langsam unterwegs. Für eine der Luxuskatzen, die zehn Mark die Nacht kosten, ist die hier schon zu alt. Jetzt, etwa fünfzehn Schritt voneinander entfernt, beginnt das Taxieren. Landow wettet mit sich, dass die ihn nicht anspricht. Derweil arbeitet die Dame inwendig und routiniert eine Liste ab: Wäre der große Typ da vorn einer von hier, ein Bewohner, würde sie ihn erkennen, am Gang, an der bloßen Silhouette schon. Von der Spätschicht kommt der auch nicht, der geht noch zu aufrecht. Ein völlig Fremder aber ist der ebenfalls nicht, dazu geht der zu zielstrebig. Also besucht der hier wen oder – einer von der Sitte. Mich legt ihr nicht rein. Die hübsche Frau grinst verächtlich und geht wortlos an Landow vorbei.

Sie hat mich immerhin angelächelt, denkt der. Er kommt jetzt an dem Typen vorbei, der weiter vorn immer noch mit Hingabe in den Rinnstein kotzt. Der macht das öfter, der wartet ruhig, bis alles raus ist. Landow kennt sich damit aus. Auch jetzt spürt er das vertraute saure Brennen in seiner Kehle. Seit er wieder mal nicht mehr trinkt, seit zwölf Stunden schon dieses Mal, zittern seine Hände nicht mehr so stark, aber das Frieren ist ihm geblieben. Auch jetzt, an einem lauen Frühjahrsabend.

Landow fällt auf, dass er heute zum ersten Mal allein hier ist, ohne Gürtler, dem er sonst, vielleicht acht bis zehn Mal insgesamt, hierher gefolgt war. Gürtler, der schneidige Mann mit den energischen, langen Schritten, wurde hier unverblümt angestarrt. Wer hier Gehrock und Zylinder trägt, ist Bestatter. Gürtler hatte rasch dazugelernt, trug bei seinen nächsten Besuchen einen weichen Homburg. Bei seiner Leiche hatte man keinen Hut gefunden. Fortgeweht in die Nacht vermutlich. An der Tür zur Wohnung der Frau König hatte Gürtler sich trotzdem immer linkisch umgesehen. Im Hausflur riecht es auch jetzt wieder nach alter Luft und Suppenfleisch. Im Hinterhof, den man durch einen Durchgang erreicht, scheppert was. Wahrscheinlich nur die Ratten in den Kehrichteimern. Landow kommt bei der kleinsten Anstrengung, wie jetzt beim Besteigen der mannhohen Mauer, die den schwarzen Ascheimerhof vom nächsten schwarzen Ascheimerhof trennt, ins Schwitzen. Von hier oben kann er ungehindert in die Wohnung der König sehen. Zwei Zimmer gehen nach hinten raus, in beiden brennt Licht. Der aschblonde Haardutt der König erscheint, bewegt sich rasch von links nach rechts im Zimmer umher. Sie scheint allein zu sein. Kurz darauf trägt Gürtlers Bekannte einen dieser kleinen Hüte, die dieses Jahr Mode sein sollen, eher eine Kappe mit schmalem Rand. Koesters Mädchen haben die auch. Das dazugehörige Wort ist «kess». Die aschblonde Königin löscht das Licht. Entweder geht die mit Kopfbedeckung ins Bett, oder die geht aus. Als Landow die Mauer verlässt, macht er mehr Lärm als gewollt. Aber kein Fenster zum Hof raus wird deshalb aufgerissen, Lärm gehört hier dazu. Seine Jacke klebt ihm am Rücken. Auf dem Weg aus dem Hof tritt er in etwas Weiches. Als er den Durchgang zum Hausflur erreicht, stemmt gerade einer ein Fahrrad von der Straße durch die geöffnete Haustür. Landow muss warten, sieht aber noch, dass die König die Urbanstraße nach rechts hinuntergeht. Der Typ mit dem ziemlich neuen Rover-Rad guckt Landow misstrauisch hinterher: «Brennt's irgendwo, Männe?» Dann schultert er sein teures Gefährt gewissenhaft, um es nach oben zu tragen.

Die kesse Kappe nimmt keinen Wagen. Um sicherzugehen, dass sie sich nicht bloß in der Wirtschaft an der übernächsten Ecke was Warmes zu essen holt und sofort wieder zurückkommt, folgt Landow ihr noch ein Stück. Zügig geht die König die Straße hinunter, überquert die Blücherstraße und trippelt dann zielstrebig nach links in die Gneisenau. Dort winkt sie einen Wagen heran und steigt ein. Die will weiter weg. Gut so. Landow sieht dem Fahrzeug nach, das die ansonsten leere Straße Richtung Zentrum hinunterfährt, und läuft los. Darauf hat er gewartet.

Zurück in der Urbanstraße, ist er außer Atem wie nach einem Sturmangriff und von oben bis in die Strümpfe hinein mit kaltem Schweiß bedeckt. Manchmal glaubt er, deshalb ganz leicht nach Orangen zu riechen.

Vielleicht hat er hier mehr Glück. Zur ersten Gürtler-Wohnung in der Fehrbelliner hat der Schlüssel jedenfalls nicht gepasst. Außerdem war die Bewohnerin drinnen beruflich ordentlich eingespannt, hörte er mit dem Ohr an der Tür.

Aus der Nachbarwohnung hier vis-à-vis sind bloß müde Stimmen zu vernehmen. Neben der Nachbarstür hängt an einem funkelnden, in die Wand geschraubten Haken das flaschengrüne Rover-Rad.

Rein rechnerisch ist die Chance, dass Gürtlers Schlüssel zur Tür der König passt, 1:100 000 ungefähr. Rein faktisch passt er tadellos. Lässt sich zweimal ohne Stocken und Knarzen drehen. Die Wohnung ist größer, als es von außen den Anschein hat. Kleine Küche, kein Geschirr im Ausguss, kein Essensgeruch. Aber ein anderer Geruch hängt zwischen den Wänden, einer, den Landow nicht sofort einordnen kann, einer, der an Schuhwichse erinnert, an Möbelpolitur, an Apothekeralkohol. Vorsichtig geht Landow weiter, nicht sicher, ob er nicht vielleicht von draußen einen Köter oder ein Kind übersehen hat. Alles bleibt ruhig. Fräulein König schläft nach hinten raus. Das zweite kleine Zimmer nach hinten enthält ein Bett und einen Schrank. Wer hier pennt, ist nicht klar. Ein Untermieter vielleicht? An der Wand hängt ein kleines Bild von einem älteren grauhaarigen Herrn. Im senfgelben Licht, das vom Hof hochsuppt, denkt Landow zuerst, dass der auf dem Bild Gürtler ist, erkennt vor seinem flackernden Zündholz dann aber die Fotografie eines ehemals steckbrieflich gesuchten Staatsfeindes mit Nikolausbart. Ein Bild von Marx im Gästezimmer, sieh an, das ist selten. Ob der totgefahrene Kommunist Ingelmann auch so etwas hatte? Hatte der auch einen Schlüssel zu dieser Wohnung? Landow weigert sich lieber, schon jetzt an eine Spur zu glauben. Das Bett ist ordentlich gemacht. Landow schiebt eine Hand zwischen Oberbett und Laken. Kalt. Die kesse Königin hatte in der letzten Stunde also keine Kundschaft, jedenfalls nicht hier. Seltsam, denkt er, auf Zehenspitzen weiterpirschend wie Uncas der Mohikaner, für eine Frauenwohnung sieht er hier wenig Nippes, keine Trockenblumen, keine Souvenirs von der Spreewald-Fahrt von vorletztem Sommer, keine Leseheftchen mit Geschichten fürs Herz auf der Küchenbank gestapelt. Aber auch an der Garderobe findet er keinen Hinweis, dass hier außer dem Fräulein König noch ein König wohnt.

Der Geruch nach Politur oder sonst was wird stärker, als Landow das dritte und letzte Zimmer erreicht. Was zum Teufel hat ein bürgerlicher Kerl wie Gürtler hier gemacht? Eine herkömmliche Hurenwohnung ist das hier nicht, die haben normalerweise immer ein Zimmer, das zumindest bei Kerzenschein einigermaßen vorzeigbar erscheint. Dazu dieser seltsame Geruch hier drinnen! Gürtler war jedes Mal nur kurz hier, auf Stippvisite. Könnte die König Gürtlers Tochter sein? Ein uneheliches Kind, noch dazu Marxistin, das er seiner Frau verschwieg? Vielleicht nach außen nur eine harmlose Sekretärin bei Borsig? Oder doch 'ne Horizontale? Ein professionell gemachter Koitus muss nicht länger als drei Minuten dauern, wenn sich beide Seiten Mühe geben. Und was hat Gürtler danach hier gemacht? Noch zehn Minuten geplaudert und sich, während er sich untenrum mit Lauge reinigte, über die öde Arbeit im Ministerium beklagt? Von der Sackgasse, in der er steckte, beruflich, menschlich? Oder der König prahlerisch von den utopischen Tauchbooten erzählt, von seinem militärischen Geheimprojekt? Hatten sie nachher einen Likör getrunken und eine Zigarette geraucht? Landow riecht keine Zigaretten, keinen Likör. Er riecht Politur oder Schuhwichse oder ist es etwa –? Er reißt ein Streichholz an und fragt sich, während der Schwefelkopf funkensprühend über die Reibekante ratscht, ob die König wohl den Duft nach abgebranntem Holz bemerkt, wenn sie später zurückkehrt. Ja, genau, das ist es, Druckerschwärze. Der größte, nun spärlich erhellte Raum enthält statt der guten Stube mit Straßensicht zwei hohe Lagerregale mit Papierstapeln und ein halbes Dutzend Blechkanister mit Druckerfarbe der Marke Novus. Und Reinigungsbenzin. Ziemlich viel Reinigungsbenzin. Außerdem einige Blechkanister mit Petroleum. Brennbar, steht drauf. Der tote Ingelmann hatte Verbrennungen an beiden Händen. Der Fundort von Ingelmanns Leiche liegt ungefähr auf halber Strecke zwischen hier und Ingelmanns Wohnung.

In der Wohnung nebenan wird ein Schlaflied gesungen.

Da, wo der Architekt dieser Wohnung, wenn lieblose Behausungen dieser Art jemals einen Architekten gehabt haben, einen Esstisch mit Buffet vorgesehen hat, steht hier eine Druckerpresse. Wie haben die dieses Riesending jemals hier hereingeschafft? Über das enge Stiegenhaus wohl kaum. In Einzelteilen vielleicht. Oder gleich mit Flaschenzug durchs offene Fenster? Die beiden straßenseitigen Fenster des Raumes sind von innen sauber mit Kartonplatten vernagelt. Kein Licht rein, kein Licht raus. Landow macht mit seinem letzten Streichholz die Lampe an der Wand an und sieht sich die Werkstatt genauer an. Diese Frau König wohnt, von Marx bewacht, in einer Druckerei! Die Handzettel, die das grobe Regal auf insgesamt drei Ebenen enthält, fordern zum ERWACHEN auf angesichts der drohenden Kriegsgefahr durch England. Ein

Zeichner hat die englische Königin wie ein Schlachtschiff dargestellt, mit spitzen Granatenbrüsten und einem rauchenden Schiffsgeschütz auf dem Kopf. Der Stapel daneben hat ein ganz anderes Thema: Er prangert die HUNGERLÖHNE in den Fabriken an. WEHRT EUCH!! Zwei übergroße Ausrufezeichen, aber kein Hinweis darauf, wie man das tun soll. Der ehemalige Staatsfeind vom Foto nebenan ist hier in einer Radierung verewigt, während er im Londoner Exil vor Arbeitern redet. Daneben, mit flammend rotem Balken umrandet, ein Gedicht in französischer Sprache mit dem Titel L'INTERNATIONALE. Die Flugblätter im Stapel rechts davon zeigen eine kunstvolle Karikatur der deutschen Kaisergattin Viktoria, die wie ein Vampir ihre Zähne so heftig in den Hals ihres Gatten Friedrich schlägt, dass das Blut bis zum Himmel spritzt.

Außerdem gibt es hier Flugblätter, die vehement die Rückkehr von Kaiser BARBAROSSA fordern, sonst sei das Deutsche Reich auf ewig dazu verdammt, zum Spielball internationaler jüdischer Bankiers zu werden. Ganz außen, auf dem obersten Regalboden, weist diese Sammlung noch einen Stapel mit Texten in kyrillischer Schrift auf und auf dem Regalbrett direkt darunter einen Haufen Reklamezettel, auf denen pummelige Engelchen für die Veilchenseife SAVONA werben. Außerdem im Angebot hat man im Hause König Lektüre zu Themen wie «Strom tötet! Schluss mit dem Elektrifizierungswahn» und «Den Krebs besiegen durch Gebet. Krebs-Heilung durch die Weihrauch-Kur des Herz-Jesu-Klosters Bad Bergheim. Preiswerter Direktversand» und «Jüdische Unterwanderung: Märchen oder Nachtmar? Lesung und anschl. Diskussion: Der Autor und bekannte Berliner Philosoph Eduard v. Hartmann liest aus seinem Erfolgs-Werk ‹Das Judentum in Gegenwart und Zukunft›. Gaststätte *Deutsche Glocke*, Eintritt 30 Pfennige». Landow betrachtet diesen stattlichen Vorrat an Propagandazetteln vor sich; hier ist wirklich für jeden Geschmack was dabei.

Seltsam, seltsam, das Ganze. Druckerpressen machen Lärm und werden deshalb meist in Hinterhofwerkstätten untergebracht. Aber Druckereien werden immer wieder polizeilich überwacht und durchsucht. Eine Druckerei in einer unscheinbaren Mietwohnung ist da schon unauffälliger, zumal dann, wenn man hinter blickdichten Fenstern arbeiten kann.

Landow hört die Tür erst, als es zu spät ist. Wenn die König schon drin ist, wird sie das Löschen der Lampe bemerken und vermutlich den Radfahrer von nebenan zu Hilfe rufen. Lautlos stellt Landow die Lampe deshalb auf das Pult neben die Presse zurück und lauscht in Richtung Flur. Da ächzt einer, Poltern. Da zieht einer seine Schuhe aus. Derbe, schwere Männerschuhe. Landow schleicht sich hinter die Tür, ein besseres Versteck bietet der Raum ihm nicht. Wenn es dumm läuft, hat er ja noch seinen Adlerausweis. Und wenn es ganz dumm läuft, hat er noch seine Fäuste. Der unbekannte Mann geht aber direkt in die Küche, gähnt dort lang, furzt kurz. Schranktür quietscht, Korken auch, dann helles, kurzes Gluckern. Der trinkt einen Schnaps. Landow huscht aus dem hellen Flugblattlager zu Vater Marx in die dunkle Schlafkammer und hofft, dass er dabei keinen Schatten an die Wand wirft. Schranktür quietscht. Der Mann verlässt die Küche, geht, wieder gähnend, den Flur entlang ins helle Zimmer, murmelt dort was von «Lampe». Ja, denkt Landow, im feinkörnigen Staub unter dem Bett liegend, eine brennende Lampe in einer leeren Wohnung voll brennbaren Materials, das ist wirklich leichtsinnig. Der Mann raschelt, nimmt wahrscheinlich Papiere aus dem Regal. Wenn der jetzt anfängt zu drucken, weckt der doch das ganze Haus, denkt Landow. Der Mann packt die Papiere aber irgendwo rein, dann ein doppeltes Klacken wie von Taschenverschlüssen. Als der Kerl mit der Lampe den Korridor wieder herunterkommt, sieht Landow für einen Moment einen großen, hageren Typen mit einer klobigen Zeitungsjungentasche. Der stellt die Funzel in die Küche, zieht seine Schuhe wieder an, löscht das Licht und geht. Zweimal schließt er hinter sich ab, wahrscheinlich mit einem unauffälligen Schlüssel mit einer Blechmarke daran. Seine Schritte poltern die Stiegen hinab. Weil die Fenster zur Straße vernagelt sind, kann Landow ihm nicht nachsehen. Wo, zum Teufel, ist er hier gelandet? In einer Flugblatt-Herstellung, so viel ist klar, aber einer für völlig gegensätzliche politische Lager, Kommunisten, Antisemiten, Reichsromantiker und Spinner jeder Art. Das liebende Herz des Fräulein König scheint dem bärtigen Karl an der Wand zu gehören, aber das Agitations-Lager im Druckerzimmer birgt Hetzparolen für nahezu jedes Feindbild. Was sind das für Leute? Deutschnationale, Fortschrittsphobiker und Kommunisten im selben Raum. Aber die entscheidende Frage ist: Was hatte der Reichsbeamte Gürtler hier verloren? Zu welchem Lager gehörte der? Zu den Englandhassern wie der Reichskanzler, zu den Freunden duftiger Veilchenseife oder zu den Unterstützern des Arbeitskampfes? Weshalb riskierte Gürtler mit der Beteiligung an so etwas seine Karriere als Beamter, seinen Ruf, seine bürgerliche Existenz? Oder bestand für ihn diese Gefahr gar nicht? Wenn ja: Warum nicht? Und waren Ingelmann und von Korb auch hier ein- und ausgegangen? Gab es einen preußisch akkuraten, festen Wochenplan für den Kurzbesuch in diesem Flugblattlager? Oder gibt es noch mehrere solcher Propaganda-Fabrikationen in der Stadt und sowohl Ingelmann als auch Korb waren jeweils für eine andere zuständig?

Landow schiebt sich unter dem Bett heraus und klopft sich vorsichtig ab. Das Quietschen der Schranktür aus der Küche vorhin lässt ihn nicht mehr los. Wenn nur endlich dieses Frieren aufhört. Schon ist er in der Küche, nimmt zwei tiefe Züge aus der Flasche. Guter deutscher Korn aus dem goldenen Getreide Ostpreußens, denkt er bitter. Schon wieder hat er die Schritte auf der Treppe nicht gehört. Tatsächlich, die König kommt zurück, einen kleinen Dicken im Schlepptau, der zum Glück so viel lacht, dass Landow in der Schwärze der Küche unbemerkt den Korn zurückstellen kann. Die König und der Dicke schweigen jetzt. Haben die bemerkt, dass einer in der Küche steht? Nein, die knutschen bloß, merkt Landow erleichtert, lang und tief. Die König zieht den Dicken mit sich fort, direkt unters Bild von Onkel Karl. Von dort, unterm Barte des Propheten, hört Landow rasches Runterzerren störender Kleidung, eine Gürtelschnalle fällt blechern auf die Dielen, dann wohliges Schnaufen. Die verlieren keine Zeit. Wie gesagt: Ein professionell gemachter Koitus muss nicht länger als drei Minuten dauern, wenn sich beide Seiten Mühe geben. Als das Bettgestell an die Wand zu stoßen beginnt, verlässt Landow wie ein Schatten den Königspalast der rätselhaften Druckereierzeugnisse und anderer Geheimnisse. Das Frieren hat aufgehört. Immerhin.

24

Dienstag, 5. Juni.
Noch 10 Tage bis zum Tod des Kaisers.

Is was?!»

Der Straßenkehrer, ein einäugiges Exemplar mit zwei stattlichen Tränensäcken, guckt Landow direkt vor die Stirn und fegt dann, nicht im Mindesten an einer Antwort interessiert, gekonnt und genau vor Landows Füßen den kleinen Haufen aus Papierfetzen und anderem Kehricht großstadtgrauer Färbung auf seine breite Blechschaufel. Landow hat gedankenverloren das herumliegende Papier auf dem Boden angestarrt. Er hat den Eindruck, in letzter Zeit ziemlich viel auf Papier zu starren. Zettel mit Märchen. Zettel mit Parolen. Er verzettelt sich immer mehr, denkt er bitter. Der Morgen dämmert schon. Ziellos geht Landow weiter die schmale Straße entlang. Er hat keine Ahnung, wo genau er hier ist; müsste schon fast Wedding sein.

Aus einem Hauseingang weiter vorn kommen eilig zwei junge Burschen, Studenten vielleicht. Sie haben sich untergehakt, sind bester Laune, noch keine zwanzig wahrscheinlich.

«Ich bin ganz Ohr!», lacht der eine, knufft dem anderen dabei in die Seite und tippt sich wie zum Beweis mit dem Finger an die Ohrmuschel. Die beiden gehen jetzt direkt vor Landow. Sie bemerken ihn gar nicht. Wahrscheinlich ohne es zu wollen, marschieren sie im flotten Gleichschritt. Trapp trapp trapp.

In der ersten Woche in Frankreich, damals, war Landow, obwohl prinzipiell bereit zu Euphorie und blutiger Heldentat, tief erschrocken darüber, wie viele Tote und Verwundete auf dem Boden herumlagen, wie Abfall. In der zweiten Woche, als ihre Gegner verstärkt begonnen hatten, Granatwerfer und die gefürchtete Mitrailleuse einzusetzen, lagen keine Menschen mehr herum, sondern nur noch Teile und Organe, Hände, Beine, auch Stücke, die nicht auf den ersten Blick zu definieren waren. Er erinnert, dass er gefährlich lang ein Ohr betrachtete, das aus dem grauen Schlamm zu ihm heraufsah. Dieses Ohr hat den Wind gehört, dachte er, und Akkordeonspiel und das Brutzeln von Bratkartoffeln und das Rascheln von Mädchen im Heu.

«Landow, Arschloch, vorwärts!» Sein Gruppenführer lag flach hinter ihm im Dreck und gestikulierte so wild, dass der Kinnriemen seiner Mütze ihm dabei in die Haut schnitt. Der Mann hatte einen dünnen, rostroten Schnurrbart, den er pflegte wie ein Haustier, obwohl dieses Bärtchen ziemlich dünn war, beinahe noch Flaum, denn der Mann war kaum älter als Landow selbst, gerade mal zwanzig. Perikles war damals schon in ein anderes Bataillon versetzt worden, war schnell Adjutant geworden. Einmal, als sie wieder mal von A nach B marschierten, dreckverschmiert wie Minenarbeiter, sah Gabriel seinen Bruder in einem Feldwagen mit Standarte an ihnen vorüberfahren. Elegant wie in einem Jagdwagen saß er da, sein Bonaparte-Gesicht in den Wind gedreht. Dabei sah Perikles nicht im Entferntesten aus wie Bonaparte, nicht einmal wie der Gärtner von Bonaparte. Keiner der Landows hatte das, was man «edle Gesichtszüge» nannte. Aber nachdem Perikles sich einmal dazu entschlossen hatte, nicht mehr, wie sein Bruder, Mohikaner zu sein – «weißt du, Gabriel, manchmal wächst man aus den kurzen Hosen heraus und direkt hinein in die Offiziersstiefel» –, hortete Peri in seinem Geschichtsbuch zwei Abbildungen Napoleon Bonapartes. Besonders die mit dem Imperator auf dem steigenden weißen Hengst, umweht von Pulverdampf und einem blutroten Umhang, hatte es ihm angetan.

«Ich verachte ihn natürlich als Menschen, allein schon, weil er Franzose ist, aber als Feldherrn bewundere ich ihn. Sieh nur, dieser Blick, unnachahmlich. Aber sage nichts Vater davon – oder du endest am Grund des Sees wie Fritz.»

Der Unfall ihrer Schwester Friederike, die sie alle, selbst die Mutter, meist Fritzi riefen und manchmal nur Fritz, weil sie mit den Haaren unter der Mütze und ihrer ewig atemlosen Art an einen Jungen erinnerte, war da bereits ein halbes Jahr her gewesen. Täglich ging Gabriel zu ihrem Grab oben beim düsteren Kapellchen und sprach mit ihr. In einem medizinischen Buch aus Vaters Bibliothek hatte er die erleichternde Erkenntnis gewonnen, dass der Erstickungstod beinahe sanft eintritt wie eine Narkose.

«Sie ist eingeschlafen wie bei einem schweren Fieber», das hatte er auch die Mutter mehrfach sagen hören.

Damals, Fritz unter dem windschiefen Bäumchen in der Erde, Perikles ein heimlicher Bonapartist, war Gabriel es also wirklich gewesen: der letzte Mohikaner Ostpreußens.

Als Perikles am Morgen dieses Tages, eines ausgesprochen milden Tages mit gezupften Wolken, einem Donnerstag, der noch nach Sommer roch, so an ihnen vorbeifuhr, sah er unerhört fesch aus. Es war der Tag, der später als der erste der Schlacht bei Sedan in die Grabsteine und Geschichtsbücher gemeißelt werden sollte.

«Das ist mein Bruder», sagte Landow. Der, der im Gleichschritt neben ihm ging, sagte: «Mir doch egal.»

Am Tag danach war dem Kerl tatsächlich alles egal. Da war er tot. Der Schusswechsel war längst beendet gewesen, da fiel der noch, großzügig Blut verspritzend, in einen Straßengraben wie ein Zugesoffener nach einem Dorffest. Ein zerschossener, aber noch lesbarer Wegestein verriet dem Wanderer, dass ein Dorf mit dem schönen Namen Fleigneux in der Nähe war. *Flennjöh.* Das klang fröhlich wie ein Abzählreim, nicht nach Angst und Ausbluten.

«Landow, du Arschloch, vorwärts!»

Sein Gruppenführer lag immer noch im Matsch, von der Angst und dem eigenen Kinnriemen gewürgt, da zerriss ein Knall seine Rufe und eine Kugel seinen Hals. Landow sah zurück zu dem Ohr am Boden, das dort den Geheimnissen der Welt zu lauschen schien. Es war allein wie er. Den Kopf, an dem es vorher hing, hatte es unterwegs verloren.

Ein paar Monate später kommt Landow mit anderen Dreckverkrusteten noch einmal durch Fleigneux. Selbst kleinste Häuser sind hier massiv und felsenfest gebaut wie geduckte Burgen. Ein mageres Schwein läuft über einen verlassenen Hof. Sie erschießen es und nehmen es mit. Denn sie sind die Sieger, das zumindest hat man ihnen gesagt.

▪▪▪

Sie hat es nicht lang ausgehalten unter den neugierigen Blicken der Dienstmädchen. Natürlich haben sie gelauscht. Sie hat, denkt sie, schon so viel verloren in letzter Zeit, den Kaiser, den Mann, den einen Sohn, die Achtung vor dem anderen. Möglich, dass sie das Gut und dieses riesige Land, das sie nie interessieren musste, weil es einfach und immer schon da gewesen war, jetzt auch noch verliert. Ihre Würde wird sie nicht verlieren. Niemals. Sie hat sich von Perikles Geld geben lassen und ist stante pede wieder in den Zug gestiegen. Kaum wird in Berlin der Salonwagen angehängt, geht sie, trotz des Rumpelns und Verschiebens den Kopf hoch wie zum Schafott, unverzüglich in den Speisewagen und sitzt bereits an einem Fensterplatz in Fahrtrichtung, als sie noch die Tische eindecken, akkurat und windeseilig die weißen Tischtücher hinglätten. Sie bestellt Champagner und genießt ihn, nimmt etwas Omelett und Roastbeef. Sie fährt zurück nach Bad Ems. Es war immer Ems, und es wird auch Ems bleiben, soll in dieser Welt passieren, was wolle. Seiner Majestät Wilhelm I. war man dort auf der Kurpromenade begegnet, damals. Im Grunde hat man ihn nicht direkt gesehen, nur die aufgeregten Rücken von Leuten, die «Hoch!» riefen und Hüte schwenkten. Aber der alte Landow hatte hinterher noch gemeint, man habe diesen edlen Luftzug, der die Majestät begleitete, deutlich spüren können.

Als sie am späten Nachmittag in Koblenz den Zug verlässt, nimmt sie sich einen Wagen hinüber über den Fluss, gibt reichlich Trinkgeld. Sie ist jetzt eine Bankrotteuse, aber niemand soll es ihr anmerken können. Sie ist Witwe, Totenmutter, ja, aber niemand wird sie deshalb mehr weinen sehen.

Das Hotel hat sie gewechselt. Die Vorstellung, im angestammten Haus, jetzt wieder liquide, nur noch ein Zimmerchen nach hinten heraus zu bekommen, ist ihr doch zu arg. Das neue Haus liegt in einer verwinkelten Gasse neben dem Zentrum, ein deutlich kleineres mit hübschen, frisch gemachten hellgrünen Fensterläden und einem breiten Spalier links und rechts den Eingang hinauf, ist familiär, das Publikum eher uninteressant.

Sie genießt den viel zu tiefen Diener des vierschrötigen Pagen. Seiner Uniform fehlt ein Knopf, aber sie erwähnt es nicht.

Still bezieht sie ihr Zimmer, stößt trotz der gleißenden Abendsonne kraftvoll die Fensterläden auf. Lässt Glanz hinein, zumindest diesen.

Der Speisesaal hier ist klein, ein Speise*zimmer* lediglich, aber die Leute geben sich Mühe. Der Page von vorhin hilft nun beim Bedienen. Als er einen Fehler macht und unangemessen mit dem Vorlegegeschirr scheppert, wird er rot.

Die alte Gräfin Landow hat das prätentiöse Rabenschwarz der Trauernden nun gegen ein elegantes Kranichgrau getauscht. Sie nimmt kaum an der Konversation an ihrem Tisch teil, den sie mit zwei Damen teilt, die bereits seit zwei Wochen hier logieren und dennoch nicht müde werden, sich über den Zufall zu wundern, dass die eine aus Essen, die andere aus dem offenbar nahegelegenen Wuppertal stammt.

Die aus Essen, ein rosiges Fass in raschelndem Damast, bringt gern mehrfach täglich den Scherz in Umlauf, sie liebe Essen.

«Sowohl als auch, Sie verstehen.»

Konopko & Lingen, Stahlwalzwerke und Kesselschmiede.

«Das Konopko, das ist mein Mann. Die Zukunft gehört dem Stahl, sagt er. Ah, der Braten sieht aber auch gut aus, gern noch eine Scheibe, junger Freund, wir aus dem Ruhrgebiet können was vertragen. Mein Gatte wollte eigentlich auch mit hierher, aber die Auftragslage ist zu gut. Deutscher Stahl, Konopko-Stahl, ist sehr gefragt. Das macht uns keiner nach. Etwas trocken, das Fleisch, aber das Sößchen macht das wett.»

Die andere Dame am Tisch der Gräfin ist eine Frau Stürz oder Mürz, die Gräfin sieht keine Veranlassung, das genau zu erfragen. Die Dame aus Wuppertal, auch sie stammt aus dem Umfeld des schnellen Geldes, ist weniger lebensfroh als Frau Konopko.

«Mein Herz gehört der Kunst», sagt sie, und dabei weht ihr abgestandener Atem zur Gräfin herüber. Frau Mürz reist viel, besucht hingebungsvoll Konzerte, war unlängst in Leipzig.

«Ein famoser Kapellmeister dort, ganz anders als der wuchtige Nikisch. Mahler heißt er, Gustav Mahler, ein Gefühl liegt da in der Musik, und wie der Mann sich zu bewegen weiß, beachtlich.»

«Und was malt er denn so, Ihr Maler, Landschaft oder Heilige?», fragt Frau Konopko schwer kauend, die, wie sie kürzlich erzählte, Aussicht hat, in der nächsten Saison bereits als Frau *von* Konopko hier anzureisen.

«Stahl ist wichtig, und wer wichtig ist, hat ein von. *Von Konopko* klingt doch gleich ganz anders.»

Frau Mürz schüttelt den Kopf und atmet muffig aus: «Der Künstler, den ich in Leipzig sah, war der *Dirigent* Gustav Mahler, Kapellmeister am dortigen Stadttheater. Der ‹Lohengrin› war ein Gedicht. So unerhört zart und dann im nächsten Augenblick von kraftvoller Eleganz. Kaum zu erklären. Wagner eben.»

Während der längst vergangene Klang im langen Pferdeschädel der Frau Mürz nun spürbar aufzuerstehen scheint, verbreitet sie, halblaut etwas vor sich hin singend, großflächig ihren Atem, der an ein geöffnetes Fass Sauerkraut erinnert.

Gräfin Landow betrachtet grundlos amüsiert die unentwegt arbeitenden Wangen der Frau Konopko und lauscht dem Singsang des hiesigen Dialektes, der ihr immer schon den Eindruck machte, die Menschen hier seien pausenlos beschwipst.

▪▪▪

Häuser, die unter Bäumen stehen, nehmen mit den Jahren eine leicht grünliche Färbung an, ganz so, als wollten sie sich mit der sie umgebenden Natur verbünden. Der Erste Interne Prokurist Leipold hat, möglicherweise einer ähnlichen Motivation folgend, über die Jahre den blassen Ton der Karteikarten und Kontobücher angenommen, die ihn umzingeln. Während Landow diesem Leipold dabei zusieht, wie der in hohen Schubfächern nach dem Gewünschten forscht, fragt er sich zum x-ten Mal, weshalb ein Staatsbeamter den Schlüssel zu einer Wohnung voll konspirativer Druckerzeugnisse besaß. Gleichzeitig ist immer noch nicht auszuschließen, dass Gürtler bloß der Frau König halber in diese Wohnung ging. Die Dicke in der Fehrbelliner als Hauptgang, die König als Dessert. Die Geschmäcker sind verschieden, bei Flugblättern und auch sonst. Andererseits: Selbst wenn es eine Erklärung dafür gibt, dass diese Druckerei im ersten Stock sitzt und nicht wie andere Betriebe dieser Art im Hinterhof Parterre, weshalb sind bei der in der Urban die Fenster vernagelt?

«So, hier habe ich, denke ich, was der Herr Sonderermittler gesucht hat», sagt Leipold mit einer Stimme, die vom seltenen Gebrauch ganz mürbe klingt.

«Gürtler, Ingelmann, von Korb. Sie sehen hier die monatlichen Gehaltszahlungen und in Spalte 4 die dazugehörige, gegengezeichnete Buchung.»

Landow blättert zum Ende vor. Nach den letzten Gehaltszahlungen findet sich bei allen drei Toten eine zusätzliche Summe von zweitausend Mark verzeichnet. Er blättert zurück. Alle drei haben außerdem seit März '87 zusätzlich zu ihrem Monatslohn eine «Gefahrenzulage der Klasse 3A» erhalten.

«Der Bonus von einem knappen Jahresgehalt nach dem Tod … ist das üblich?»

«Durchaus nicht. Das geschieht nur bei besonders verdienten Mitarbeitern.»

«Und diese hier verzeichnete Gefahrenzulage 3A, was hat es damit auf sich? Meines Wissens war der Arbeitsplatz der drei Herren ein Büro. Ein … gefährliches Büro?»

Leipold gefällt es, hilfreich sein zu können, und etwas wie ein rosiger Schimmer huscht über seine fast farblose Karteikartenhaut.

«Gefahrenzulagen der Klasse 1 in den Abstufungen A bis H wie Heinrich bezeichnen Gefahren im unmittelbaren Kriegsfall, Fronteinsätze und dergleichen. Gefahrenzulagen der Klasse zwo in den Abstufungen A bis D wie Dora bezeichnen Gefahren der kriegsvorbereitenden Art, Rüstungsprojekte, Munitionstransporte an die Front etwa. Gefahrenzulagen der Klasse 3 in den Abstufungen A bis F wie Friedrich bezeichnen Gefahren bei Einsätzen im Inland», referiert Leipold nicht ohne Stolz auf den ausgeklügelten Verwaltungsapparat des Reiches. Und er, hier in der Registratur, ist ein Teil dieses Apparates.

«Schlösse diese Zulage 3A», fragt ihn der Sonderermittler mit gefurchter Stirn, «rein theoretisch, so etwas wie Spionage mit ein?»

«Da bin ich überfragt, bedaure.»

«Wer, will heißen, welche Stabsstelle weist diese Sonderzahlungen im Fall 3A an?»

«Gefahrenzulagen dieser Kategorie werden zentral zugeteilt.»

«Und von wem?»

«Direkt vom Büro des Reichskanzlers.»

«Bismarck?»

«Falls ich hier unten in meinem abgeschiedenen Reich nicht einen Staatsstreich überhört haben sollte, ja, ganz recht, aus dem Büro des Fürsten Bismarck.» Leipold gefällt dieses verschmitzte Bonmot außerordentlich, und er schmunzelt noch ausgiebig darüber.

Schon im Rausgehen und während Leipold die drei eingesehenen Gehaltskontobücher zwischen ihre Abertausenden stillen Kameraden in diesem Gewölbe zurückstellt, blickt Landow sich noch einmal um.

«Eine Frage, Herr Leipold, hätte ich noch.»

Leipold, schon wieder gebeugt wie der zerzauste afrikanische Marabu im Zoologischen Garten, horcht gespannt auf.

«Erhalten Sie hier unten eigentlich auch eine Gefahrenzulage?»

25

Immer noch Dienstag, 5. Juni.
Noch 10 Tage bis zum Tod des Kaisers.

Es ist ihm vertraut. Aber er mag es nicht. Er hasst es. Er kennt dieses Gefühl so gut. Es befällt ihn wie ein harmloses Unwohlsein, und ehe er sich versieht, hat es ihn ganz überzogen wie die Krätze. Dieses Gefühl nennt man Unglück. Er ist unglücklich. Er hat gestern Nacht mit einer Lampe das Gebüsch abgesucht, in dem er sie abgelegt hatte, nachdem er mit ihr fertig war. Er ist sicher, dass es dieses Gebüsch war und nicht ein anderes. Er ist sicher. Er ist sicher in dem, was er tut. Ihr Erstaunen ist so echt gewesen, so echt wie ein Erstaunen nur sein kann. Manchmal möchte er sie nicht nur betrachten nach der Öffnung, manchmal möchte er etwas von ihnen behalten und mit nach Haus nehmen. Aber das geht nicht, das weiß er. Auch da ist er sicher. Aber ihre Gebärmutter hat er mitgenommen. Nur hundert Schritt, dann hat er die in ein anderes Gebüsch getan. Aber auch die ist nun weg, vielleicht von Hunden fortgetragen oder von den Raben. Aber doch nicht der Rest! Das restliche Mädchen verschwindet nicht so leicht. Da ist er sicher. Und doch war sie fort gestern Nacht, als er nachsehen war. Also haben sie es gefunden! Dann müsste es doch am nächsten Tag in der Zeitung stehen, oder? Aber nichts und wieder nichts. Warum nur? Er tut etwas, das bemerkt wird, aber man hört nichts darüber. Das ist falsch. Etwas hier ist falsch. Manchmal ist er kurz davor, sich selbst zu stellen. In eine Redaktionsstube zu gehen und zu sagen: «Meine Herren, machen Sie eine Fotografie von mir für die Seite 1, ich bin der, der die fünf Mädchen auf dem Gewissen hat.» Er stellt sich dann ihre erstaunten Gesichter vor. Und dann beginnen die zu lachen. Ihr Lachen ist laut und scheppernd. Welche Mädchen denn, lachen sie. Geh nach Haus oder in deine Gummizelle zurück. Was soll er bloß tun? Er ist unglücklich. Jemand muss diese Frauen doch vermissen. Jemand muss doch um sie weinen! Nicht wahr? Frau Strecker kommt, die Frau vom Chef. Frau Strecker ist eine Hexe. Wenn der Alte zum Kegeln oder auf einer Auktion ist, dann kontrolliert sie die Leute wie ein General. Sie betrachtet die gereinigten Häute ganz genau. Wenn nur noch ein Fitzelchen Fleisch dran ist, dann schreit sie los und zieht's sofort vom Lohn ab. Sie steht jetzt direkt neben ihm und keift herum, während sie auf zwei winzige Schnitte in der feuchten Ponyhaut vor ihm zeigt. Ja doch, da ist ihm das Messer abgerutscht, weil er mit den Gedanken in einem Gebüsch sein musste, ja doch, ja ja ja ja. Sie zieht ihr Notizbuch raus und schreibt ihn auf. Wenn die wüsste, wie gut er mit seinen Messern ist. Wie genau. Wie sanft. Wie sicher.

■■■

Orsini wartet jetzt seit einer geschlagenen Minute auf den Anblick der versprochenen Lavendelfelder. Im Moment sieht er nur das ihm bereits so vertraute ebenholzfarbene, exquisit schimmernde Mobiliar mit seinen goldblitzenden Schubladenknöpfen, Scharnieren, die akkuraten Fächer seidener Einstecktücher. Die kleine Vitrine mit Krawattennadeln erinnert ihn jedes Mal wieder an einen Tabernakel. «Nehmet hin meine Zuchtperle auf ziselierter Sterlingsilberspange, denn mein ist die Kraft und die Herrlichkeit.» Die Lavendelfelder kommen nicht.

Orsini überfliegt noch einmal den schwungvoll gesetzten Rückseitentext des Flakons, der ihm den ganzen herb-sinnlichen Zauber der Provence annonciert, dann beseitigt er gewissenhaft wie ein Dieb seine Fingerabdrücke und stellt die faustgroße Kristallflasche mit dem unerhört elegant gestalteten CC auf dem Etikett in das Karussell zurück.

«Dieses Karussell», hatte Wichert ihm eingeschärft, «ist zum einen im Uhrzeigersinn von orientalisch-sinnlich bis ledrig-holzig sortiert. So stellen wir sicher, dass der Gast seinen präferierten Duft am schnellsten findet wie auf einer Duftpalette. Zum Zweiten bietet es dem Gast durch seine kugelgelagerte Drehmechanik die Möglichkeit, nomen est omen, sich von unserem Duftkarussell überraschen zu lassen. Wie vom Glücksrad einer Tombola.»

«Was mache ich», hatte Orsini gefragt, «wenn ein Gast, natürlich nur versehentlich, das Sprühfläschchen –»

«… den Flakon. Oder den Vaporisateur. Das ‹Sprühfläschchen› auf keinen Fall.»

«Was mache ich, wenn ein Gast den Vaporisateur versehentlich mitnimmt?»

«Sie verbeugen sich. Wenn der Gast unsere Rüstkammer wieder verlassen hat, füllen Sie das Karussell mit den hier lagernden Flakons wieder auf. Noch Fragen?»

«Haben Sie Unterhosen?»

Dem Clubgast, der ihn das fragt, sieht man an, dass er die halbe Nacht – die Uhr über dem Entree der clubeigenen Boutique zeigt gerade 8 Uhr 32 – bei einem Stamm im finstersten

Herzen des ohnehin schon dunklen Kontinents verbracht hat. Fesselungen inklusive. Bei der Flucht vor den barbarischen Priesterinnen des Stammes hat er sich offenbar an den scharfen Dornen des Unterholzes tiefe Kratzspuren an Schulter und Rücken zugezogen. Sein Glied, jetzt ermattet und geschrumpft wie eine welke Feldmaus, scheint überdies Bissspuren und Abschürfungen aufzuweisen. Orsini muss das alles nicht vermuten, denn der Gast, ein Herr Mitte fünfzig mit muskulösem Hals und hellgrau beflaumtem Spitzbauch, ist abgesehen von den Kniestrümpfen vollkommen nackt.

Orsini verbeugt sich geübt, öffnet lautlos die beiden Schübe mit Unterbeinkleidern, links Kammgarn, rechts Seide, und präsentiert stumm die dazugehörigen Leibchen. Der Herr kennt sich aus, rupft dort etwas aus dem Stapel, nimmt von da das passende Oberteil, dazu Frackhemd, Krawatte, Nadel (golden mit Staatswappen) und geht wieder. Das von Orsini dezent präsentierte kleine Medizinalset im Lederetui mit kühlendem Talkumpuder und einer Salbe mit Kamillenextrakt ignoriert der Herr. Stattdessen zieht er sich direkt vor Ort unter schmerzvollem Stöhnen die Kleidungsstücke über den geschundenen Leib, nebelt sich ausgiebig mit dem Duft *Konstantinopel* ein und geht. Die Uhr über der Tür zeigt 8 Uhr 41.

▪▪▪

«Ich hörte, Sie sind tot.»

Barbier Dorn, nur zum Schein den Knoten des Rasierumhangs überprüfend, wärmt mit seinem Atem Landows Ohr, als er das flüstert.

«Habe ich auch gehört.»

Danach, ihrer alten Absprache gemäß, schweigen beide

wieder konsequent und lauschen. Der Herr links außen ist schwer zu verstehen, weil ein feuchtes Tuch sein Gesicht verdeckt, aber Landow glaubt zu hören, der Kaiser solle endlich abdanken. Dem widerspricht der Herr direkt rechts von Landow vehement. Der Preußische Staatskodex sehe nur zwei Gründe für einen Austausch der Majestäten vor: Tod und fachärztlich dokumentierten Schwachsinn. Solange beides bei Friedrich nicht gegeben sei, habe er gefälligst Deutscher Kaiser zu bleiben.

«Aber das Land ist wie erstarrt. In der Natur blüht alles auf, und über uns liegt ein Grauschleier des Stillstands. Wie in diesem Märchen. Aschenputtel.»

«Schneewittchen», sagt jetzt ein Dünnbeiniger mit Kinnbart von rechts außen.

«Dornröschen», wirft der Barbier ein, der das Dünnbein einseift. «In Dornröschen ist das ganze Schloss von einem tiefen Schlaf befallen. Alle, vom Küchenjungen bis hinauf zu den Majestäten.»

«Ja ja, bekannt. Ich wünschte jedenfalls, hier käme auch bald so ein Prinz oder ein Kronprinz eventuell, der uns aus diesem Dauerdösen erlöste.»

«Dieser junge Bursche auf dem deutschen Thron? Jetzt schon? Wilhelm ist gerade mal 29. Noch Moos hinterm Ohr. Nee nee, der moribunde Friedrich soll mal noch schön ein paar Jahre weiterhusten. Die Industrie kommt auch ohne ihn ganz gut zurecht.»

«Mehr Respekt bitte. Wir wissen seit Ende November, dass es kein Husten ist, sondern Krebs.»

«Er ist einfach zu alt geworden. Wilhelm Eins, meine ich. Auf einen Methusalem folgt dadurch letztlich ein Grünschnabel. Ein Hans-guck-in-die-Luft.»

«Werden Sie mal nicht beleidigend, mein Herr! Sie sprechen von Mitgliedern der kaiserlichen Familie!» Der Kerl rechts außen bellt jetzt aus seiner Rasierseife heraus, dass die Schaumflocken fliegen.

«Ich habe keine Namen genannt!», bellt es von halblinks zurück.

«Ob Friedrich oder Wilhelm: Das Reich regieren doch sowieso andere. Bismarck wäre mutmaßlich nicht unfroh, wenn mit Friedrich dieser zersetzende liberale Einfluss der Tommies endlich versiegt. Die Linke im Land wird mir schon wieder gefährlich laut. Marx ist gottlob tot, aber der Marxismus noch lange nicht. Pfui Deibel, das fehlte noch. Der junge Prinz ist noch wünschenswert formbar, ganz nach den Vorstellungen des Reichskanzlers. Wird Zeit, dass hier wieder ein schwerer Deckel draufkommt, sonst kocht das hier noch über.»

«Im Gegenteil. Ein Deckel erhöht die Gefahr des Überkochens.»

«Ach, was Sie daherreden.»

«Ich muss es wissen, ich bin Koch.»

«Man wird ja seine Meinung noch äußern dürfen. Ist ja ein freies Land hier, mehr oder weniger. Das zumindest hörte ich.»

«Die neue Volkskrankheit heißt Anglophilie!», bellt es trotzig von rechts.

Endlich gelingt es einem der Barbiere im Salon Dorn, das Gespräch auf die neue Damenmode zu lenken, und die vier heißgeredeten Herren links und rechts von dem gänzlich Stummen in der Mitte beginnen mit dem Unterton echter Genießer von Schnürtaillen und der Transparenz leichter Sommerblusen zu träumen.

«Zum Tennissport der Damen müssen Sie mal gehen», sagt einer. «Den Sport können Sie getrost vergessen, kommt ja auch von England rüber. Aber das Keuchen und Stöhnen der Damen dabei ist durchaus das Eintrittsgeld wert.»

Landow zahlt, wie immer, den erhöhten Betrag an Dorn und bekommt statt eines Quittungsbelegs, für Außenstehende nicht erkennbar, einen Zettel zugesteckt. Zwei Straßenecken weiter faltet er das Blatt auf: «Es wurde nach Ihnen gefragt. 3 Mal. Zuletzt von einer Dame.»

▪▪▪

Das Hemd passt tadellos. Orsini hat es zusammen mit anderen nützlichen Dingen inklusive des Dufts *Römische Nacht* aus dem Congo mitgebracht.

«Aber der Frack spannt, Landow. Die Jacke biegt Ihnen ja die Schultern nach hinten. Sie brauchen ein Korsett. Weil der Leihdienst keine Jacke in Ihrer Armlänge mehr hatte, muss ich Sie für die Oper nun einschnüren, da gibt es kein Vertun. So angespannt lasse ich Sie jedenfalls nicht gehen. Und unter uns: Ihre Indianerfrisur sollten Sie auch etwas stutzen lassen. Sie sitzen immerhin in einer Loge und nicht bei den Dienstmännern ganz hinten unterm Dach.»

Zu Landows Leidwesen findet sich eine passende Schnürung in einem der verwaisten, oberen Ankleidezimmer.

«Auch der Reichskanzler und der Kaiser tragen Schnürung», lügt Orsini und wickelt Landow fest wie einen Rollbraten in das Korsett.

«Mich geht das zwar nichts an, das ist Ihre Sache, aber seit Sie Monsieur Cointreau wieder treffen, und das tun Sie offensichtlich, haben Sie zugenommen. Ich habe ein Auge für so etwas, die Rüstkammer für Congokämpfer schult den Blick. Apropos: Wie lange soll ich dort noch bleiben?»

Landow zieht scharf die Luft ein und antwortet gepresst, als Orsini mit einer Hand die Schnüre am Rücken zuzieht: «Der Club ist eine Spur, die noch nicht erloschen ist. Es ist eine reine Gefühlssache, Orsini. Tut mir leid, wenn Sie sich dort langweilen.»

Ja, denkt Orsini, während er sich das eine Ende der Schnur zwischen die Zähne klemmt, um eine Schleife zu machen, ich langweile mich dort. Aber der Fußweg dorthin bietet allerlei Zerstreuung, um nicht ganz aus der Übung zu kommen, eine Droschkenwartestelle, eine Pferdebahn, einen Bahnhofsvorplatz. Aber davon sagt er Landow nichts, sondern betrachtet zufrieden den durch das Korsett jetzt zu wahrer Größe aufgestellten Mann.

«So muss es sein, Landow. Sie sehen aus wie ein Diplomat. Was erwarten Sie eigentlich von Ihrem Opernbesuch? Außer einer Oper natürlich.»

«Offen gesagt: Ich weiß es nicht. Es wird sich nicht vermeiden lassen, dass dort gesungen wird, vermute ich. Der Beginn ist schon um 17 Uhr, umso besser, dann ist es früher aus. Weil Gürtler sich laut seiner Witwe überhaupt nichts aus Opern machte, könnte es sich bei seiner Einzelkarte um den Teil eines Treffens handeln. Wenn diese Opernkarte also eine Art Einladung ist, werde ich im Halbdunkeln der Loge und mit gefährlich eingeschnürtem Brustkorb möglicherweise den dort treffen, den eigentlich Gürtler treffen wollte, wenn er nicht … *Und wenn sie nicht gestorben sind*, da ist es wieder. Die Frage wäre dann allerdings: Hat Gürtlers Verabredung ihn schon vorher getroffen und weiß also, wie Gürtler aussieht. Oder ist es ein erstes Treffen und man könnte mich für Gürtler halten? Wir werden sehen. Es könnte aber auch sein, dass Gürtler zwar keine Leidenschaft für die Oper hatte, aber für ein Ballettmädchen oder eine vom Chor. Unser Gürtler bleibt geheimnisvoll. Der Mann war immerhin im Besitz eines Schlüssels zu einer Wohnung mit subversivem Sammelsurium und hat post mortem eine Gratifikation aus dem Büro des Reichskanzlers erhalten. Muss das wirklich so eng sein, Sie bringen mich ja um. Mit anderen Worten: Ich weiß nicht, weshalb Sie im Congo Club sind, ich weiß nicht, wie lange noch, ich weiß nicht, weshalb ich in die Oper gehe. Aber für dieses umfassende Nichtwissen werden wir beide verdächtig gut bezahlt, meinen Sie nicht?»

«Sie sehen aus wie ein Staatsminister. Und duften wie ein Gigolo.»

«Danke, Sie mich auch.»

▪▪▪

Das *Familienhotel Fürstner* in der etwas zu dunklen Seitenstraße in Bad Ems erweist sich als Glücksgriff für das angegriffene Nervenkostüm der alten Gräfin. Sie schläft lang und fest, geht zum Nachmittagstee ganz bewusst und stolz wie Blücher in den Palmgarten ihres alten Grand Hotels, das sie vor wenigen Tagen erst unter so demütigenden Umständen verlassen hat. Bei all den Verlusten hat sie allerdings eines zurückgewonnen: ihren Appetit. Vielleicht ist es die ermunternde Art ihrer Tischgenossin aus dem Stahlgebiet, vielleicht, denkt sie jetzt, den Speiseraum zum Abendbrot betretend, aber auch diese neue, ihr gänzlich fremde und dennoch genießbare Art der Freiheit. Das Einzige, das sie noch verlieren kann, ist ihr Ruf. Fritzi und Gabriel auf grausame Weise ums Leben gekommen, den Glauben an Perikles und das Gute in der Welt verloren. Alles dahin. Allein, einen Ausgleich durch eine größere Hinwendung zu Gott zu suchen, kommt ihr nicht in den Sinn.

Am Tisch schwärmt Frau Mürz von einem gerade erst erschienenen Buch, das sie vollkommen gefangen hält. Sie untermauert ihre Begeisterung für die Geschichte durch engagiertes Gestikulieren und unter Ausbringung muffigen Odems.

«Wie heißt es denn, Ihr Buch?», fragt die Gräfin Landow, Interesse vorgaukelnd. Sie liest in Wahrheit nicht gern, hat das noch nie getan. Der Gabriel, ja, der verschlang Abenteuergeschichten von Indianern und anderen Verbrechern, aber ihr geht die Neigung zum Gelesenen völlig ab. Der alte Graf hegte immerhin dieses schmale Regal mit den antiken Klassikern voller abstruser Geschichten und seltener Namen. Tagein, tagaus bloß Roggen und Dinkel, da braucht der Mensch zwischendrin mal etwas Geistesgröße und Glanz, behauptete er.

«Der Schimmelreiter», schwärmt die Mürz und zeigt der Gräfin zum Beweis das Buch mit ausgestreckten Armen über den Tisch wie den Spiegel der Medusa.

«Schimmel? Gott bewahre, in unserem alten Haus, da hatten wir im Keller welchen. Kriegt man praktisch nicht mehr weg. Wir sind dann ja hochgezogen, also sowohl, als auch. In Nachbarschaft zur Villa, nur einen Kilometer entfernt. Man muss noch Ziele haben, sagt mein Hanns-Joachim. 250 Zimmer, das muss man sich mal vorstellen. Nicht wir, die Krupps auf ihrem Hügel. 250! Wenn die Sonne überm See untergeht, schimmert die Krupp-Villa wie Neuschwanstein. Da ist Sanssouci direkt popelig, sagt Hanns-Joachim. Und da kommen Sie mir mit 'nem schimmligen Reiter, liebe Frau Lürz. Gott bewahre.»

Überhaupt ist Frau Konopko heute noch lebensbejahender als ohnehin schon und brennt förmlich darauf, ihren beiden Damen am Tisch, der kunstversponnenen Jungfer und der welken Getreidekönigin aus dem Osten, ein Telegramm ihres Gatten vorzulesen: «Fürst sehr beeindruckt von neuer Produktionshalle. Sehr interessiert nachgefragt. Besondere Bedeutung von hoher Beschusslast betont. Fester Händedruck. Ein echter Führer. Unumwunden große Auftragsvolumen in Aussicht gestellt. Gruss: HJ.»

Frau Konopko bestellt noch eine Scheibe vom zarten Rindsbraten und kaut sie begeistert in sich hinein. Bismarck bei ihnen zu Haus in Essen, wie gern hätte sie den hohen Gast persönlich begrüßt. Sie kleckert etwas beim Nachschenken, aber das ist doch nur der berechtigte Überschwang. Sie lässt ihrer Euphorie freien Lauf und ist kurz davor, an ihr Glas zu schlagen, aufzustehen und das Telegramm allen hier im Speiseraum an der Lahn vorzulesen.

«Blut und Eisen, sagt mein Konopko, haben Deutschland nach oben gebracht. Blut und Stahl müsste es eigentlich heißen. Walzstahl, meine Lieben. Moltke hat doch selbst zugegeben, dass wir ohne die doppelte Reichweite der Kruppkanonen '70/'71 nicht gesiegt hätten. Probieren Sie mal diese Schaumspeise, könnte ich mich reinlegen. Muss ich das Rezept von mitnehmen. Ach, ist das Leben nicht wunderbar?»

26

Mittwoch, 6. Juni.
Noch 9 Tage bis zum Tod des Kaisers.

Herr Radolinsky fühlt sich gut. Am liebsten hätte er das Toiletten-Abteil der ersten Klasse nie mehr verlassen, zumindest nicht bis zu seinem Ziel, der Hauptstadt. Das dunkle Holz der Täfelung, die vornehme Kühle des Sitzringes aus poliertem, ihm unbekannten Material, all das hat ihm Eindruck gemacht. Dies ist seine erste Fahrt mit der ersten Klasse, obwohl Czystek Radolinsky bereits die sechzig überschritten hat. Es gibt Leute in seinem früheren Umfeld, die nun behaupten würden, er habe die sechzig bereits weitaus früher, ganze Jahrzehnte früher, überschritten, so konservativ wie seine Ansichten schon als junger Mensch gewesen sind. Pünktlichkeit, Fleiß, die preußischen Tugenden waren ihm stets Heiligtum. Und sollte das nicht mehr reichen, blieben ihm immer noch die Hilfestellungen der Religion. Nicht dass er religiös wäre, das nicht, aber Radolinsky findet doch Zerstreuung vom Joch des täglichen Lebens in den unzähligen Geschichten des Alten Testaments. Jetzt, in diesem Augenblick, hat er beides nicht nötig. Jetzt genügt es ihm, in sich hineinzuhorchen. Dort findet er ein etwas zu klein dimensioniertes, aber erlesen schmackhaft gewesenes Frühstück mit Omelett und Champagner vor sowie, etwa zwei Handbreit weiter südlich, seinen nun vorbildlich entleerten Darm. Herr Radolinsky sieht munter aus dem Gangfenster seines Zugabteils hinaus auf das geschäftige Treiben des Bahnsteigs an Gleis zwo des Leipziger Bahnhofs. Ein Gewimmel wie in einem Ameisenhaufen, dazu aufgeregtes Rufen von Reisenden, helle Pfiffe aus Trillerpfeifen, dunklere aus Lokomotiven.

Auf der anderen Seite seines Zuges, also Radolinskys Abteilfenster direkt vis-à-vis, hält gerade ein anderer Zug. Radolinsky betrachtet wie ein Theaterzuschauer das Sich-Leeren des Abteils dort direkt vor sich. Eine junge Frau, rundlich und kurzarmig, versucht vergebens, eine Schachtel aus der Gepäckablage über sich zu ziehen. Keiner der Herren um sie herum tut etwas. Radolinsky wünschte, er könnte jetzt dort drüben, nur zwei Glasscheiben entfernt, hilfreich tätig werden. Denn wenn er nicht überpünktlich sein kann und nicht ergriffen von brennenden Dornbüschen und Sintfluten, dann ist Czystek Radolinky am liebsten hilfreich. Das Abteil im Zug gegenüber hat sich nun vollkommen geleert, die Herren mit ihren Aktenmappen haben den Zug verlassen, und die Kurzarmige hält auf dem Gang Ausschau nach einem Schaffner.

«Verzeihung, ist hier noch etwas frei?»

Radolinsky hat gehofft, er könne seine luxuriöse Reise in die Hauptstadt weiterhin allein im Abteil verbringen. Aber was soll er sich beschweren, er, der den größten Teil seines Lebens französische Seifen vertrieben hat, die Frankreich nie gesehen haben, und Abonnements von Universal-Lexika, deren erste drei Bände mit ihrem Ziegenledereinband und ihren zwei Lesebändern überragend wertvoll aussahen, deren letzte elf Bände ihre Empfänger allerdings niemals erreichten.

«Bitte, gern, hier ist noch frei. Guten Tag», sagt er deshalb, nickt der Dame zu, die das Abteil betritt und direkt an der Tür am gegenüberliegenden Ende der Sitzbank Platz nimmt.

Radolinsky schlägt die Beine staatsmännisch übereinander. Das helle Licht des Vormittags ist ungünstig für den verwelkten Zustand seines Anzuges, aber die Dame sieht nicht zu ihm herüber. Sie hat ihre Handtasche auf den Sitz neben sich gestellt, größeres Gepäck scheint sie nicht zu haben, Hilfe seinerseits ist nicht vonnöten, und blättert in einem Magazin.

Radolinsky verschränkt noch rasch die Arme, wie auf einem Herrscherbild, und da spürt er sie wieder, diese Versteifung entlang seines linken Unterarmes, das schmale, etwa zwanzig Zentimeter lange Futteral, das man mit flachen Lederriemen an seinem Arm befestigt und sicherheitsplombiert hat. Man muss nicht Radolinsky sein, um sich seinen Teil dabei denken zu können: ein verborgen am Körper getragenes Futteral, von zwei flachen Schlössern und zudem durch ein Siegelband gesichert, dazu noch eine Erste-Klasse-Fahrt und ein herrschaftliches Honorar für den Kurier, also ihn. Da weiß man sofort: Der Inhalt dieses schmalen Lederdings muss sehr wertvoll sein. Bei der Übergabe hatte man Radolinskys diesbezügliche Fragen ignoriert, ihm aber versichert, der Transport des Siegelfutterals sei legal und habe keine gesundheitlichen Folgen für ihn, solange er sich an die Vereinbarungen halte. Aber Radolinsky wäre nicht Radolinsky, wenn er sich damit zufriedengegeben hätte.

Er war gerade vier Jahre alt gewesen, als er es am Vorabend des Weihnachtstages 1829 in seinem klammen Bett im Hause einer Großtante in Katowice nicht mehr aushielt, die lauwarme Behausung des bleischweren Deckbetts verließ und sich im nachtschwarzen Haus heimlich Zutritt zum Zimmer mit den Geschenken verschaffte. Umgeben vom betäubenden Duft des schon festlich geschmückten Baumes packte er sämtliche Geschenke aus. Am nächsten Morgen fand die entsetzte Tante einen Berg seltsam verunstalteter Pakete unter der Tanne vor. Der kleine Radolinsky hatte statt der eigentlichen Geschenke, die er vorsorglich bereits an sich genommen hatte, andere Dinge in das Geschenkpapier gewickelt, Scheite vom Kaminholz etwa, den alten Nussknacker in Form einer napoleonischen Kanone oder die Ordensspange des Großonkels, die auf dem Sims eines längst erloschenen Kamins ohnehin nur vor sich hin staubte. Da neben der Pünktlichkeit auch die Neugier ein unauslöschlicher Teil von ihm ist, hat Radolinsky die vergangene Nacht allein im Abteil fast ausschließlich darüber nachgedacht, was das Futteral an seinem Arm enthalten könne. Zunächst hat er es erfolglos betastet, bevor er geistesabwesend das rotbraune Wachssiegel so lange gestreichelt hat, bis es brach. Die beiden Schlösser danach waren zwar anspruchsvoll, aber als ehemaliger Vertreter von Seifen führt Radolinsky noch heute stets Hutnadeln und dergleichen im Handgepäck mit.

Im Licht des dämmernden Morgens, irgendwo zwischen den Ortschaften Bayreuth und Hof, versuchte er dann, sich einen Reim auf die beiden Baupläne aus dem Futteral zu machen. Es schien sich um eine Stahlkonstruktion zu handeln. Er erkannte Streben und Nieten, aber diese Pläne, das erfasste er schnell, zeigten kein ganzes Teil, sondern nur ein Fragment. Radolinsky las Worte wie «Unterdruckkammer» und «Schott» und folgerte, dass es sich um etwas Maritimes handeln musste. Um etwas geheimes Maritimes, wenn man die Art des Transportes durch ihn in die Überlegungen einschloss. Als sein Zug Schleiz passierte, witterte der Seifenvertreter und Lexikonbetrüger, dass diese Pläne erheblich mehr wert waren als sein Honorar und die Bahnfahrkarte. Übermächtig stülpte sich, während draußen unentwegt Nadelhölzer vorbeisausten, das vertraute Gefühl über ihn, dass er wieder nur ausgenutzt wurde, benutzt wie ein Wischmopp.

Jetzt, da in Leipzig immer noch rangiert wird und weiter vorn die Gepäckträger noch die Koffer der Ausgestiegenen sortieren, ruht in seinem Armfutteral die akkurat gefaltete Titelseite der Kreuzzeitung von vorgestern, die er beim Einstieg als Lektüre aus einem Münchner Papierkorb gezogen hat. Die Schlagzeilen verdächtigen England einmal mehr, den moribunden Zustand der deutschen Majestät nach Kräften verschleiert zu haben. Der Leitartikel, jetzt eingehüllt in Leder, vermutet darin nichts weniger als einen feindlichen Angriff auf die Stabilität des Deutschen Reiches. Die rätselhaften Baupläne hingegen befinden sich nun zwischen seinem zweiten Oberhemd und einem Paar nicht mehr ganz frischer Kniestrümpfe in seinem Reiseköfferchen. Die vermeintlich sicheren Schlösser des Futterals waren durch das Hantieren mit der Hutnadel an zwei Stellen zwar etwas verkratzt worden, nun aber wieder fest verschlossen. Den abgelösten Wachsknopf des Siegels hat er unterseitig mit seinem Feuerzeug erwärmt und wieder angebracht. Dabei ist das Wachs etwas verlaufen. Doch wer, bei der Schwarzen Madonna von Tschenstochau, würde beweisen können, dass das nicht von Anfang an schon so gewesen ist? Und überhaupt, den Kontaktmann im Foyer des Hotels *Germania* am Abend muss Radolinsky ja gar nicht mehr treffen. Bei seiner Anwerbung hat er ohnehin den falschen Pass vorgezeigt. Wer sollte ihn jemals finden in dieser Riesenstadt voller Leute?

Das Abteil im Zug vis-à-vis ist nun von einem einzelnen Herrn mit Zigarette besetzt, die Kurzarmige drüben ist fort. Als Radolinskys Blick dem des fremden Mannes begegnet, sieht Radolinsky wie ertappt zur Dame in seinem Abteil zurück. Sie ist nicht mehr blutjung, stellt er dabei fest, elegant gekleidet und mit den hohen Wangenknochen und den dunklen Augen hat ihr Gesicht etwas Fremdländisches. Sie liest ein Kunstmagazin.

«Sie interessieren sich für Kunst?», fragt Radolinsky und bemerkt amüsiert, beinah seiner alten Gewohnheit zu folgen und im probaten Duktus den Erwerb eines vierzehnteiligen Universallexikons dringend zu empfehlen; die ersten drei Bände gibt es bei Barzahlung der gesamten Summe zum Vorzugspreis sofort, die restlichen Bände monatlich per Post.

Die fremdländische Dame sieht zu ihm herüber und lässt das Magazin sinken. Ihr Lächeln hat etwas sehr Vereinnahmendes, wenngleich es, denkt Radolinsky, ihm auch etwas Angst macht.

«Für Kunst? Nein, nicht besonders. Ich interessiere mich für Ihren linken Arm.»

Eine Falle! Radolinsky wird plötzlich sehr kalt, bis tief hinunter in die Socken jagt ihm der jähe Frost. Sie kontrollieren ihn also schon hier, nicht erst in Berlin. Gut, dass er das Futteral nicht ganz abgenommen hat und die Drähte der Sicherheitsplombierung unverletzt sind.

«Meinen … linken Arm?», fragt er glaubhaft verblüfft. Die Dame rollt das Magazin zusammen und lächelt nun nicht mehr.

«Nicht den Arm natürlich. Für das, was daran befestigt ist», sagt sie ruhig und ein bisschen zu leise.

«Das darf ich nur einem bestimmten Herrn an einem bestimmten Ort übergeben», lügt Radolinsky ausnahmsweise nicht.

Die Dame steht auf, ihr Kleid raschelt angenehm, denkt Radolinsky, und er stellt sich kurz vor, wie es unter dem Kleid aussehen mag. Sie geht ans Fenster zu Radolinsky, der ihr teures Parfüm wahrnimmt, sich ansonsten aber nicht rührt. Die Dame schiebt das Fenster hinab.

«Der *bestimmte Herr* ist dieser Herr dort», sagt sie und deutet mit dem hübschen Kopf auf das Abteil im Zug gegenüber. Der Herr dort drüben hat sein Abteilfenster nun ebenfalls hinuntergelassen und sieht direkt zu ihnen herüber. Radolinsky und sein Kopf kommen nicht hinterher, das alles zu verstehen.

«Und der *bestimmte Ort* ist exakt dieser hier», sagt die Dame nun sanft. Sie öffnet ihre modische Handtasche und steckt sorgfältig das Kunstmagazin hinein. Radolinsky hofft für einen Moment, sie würde nun gehen, weil das Ganze nur eine Kontrolle war, ob er schwach werden würde.

Als die Dame eine Schnur aus ihrer Tasche nimmt, sieht er ihr grübelnd dabei zu. Schweine, die geschlachtet werden sollen, das hat er selbst schon gesehen, betrachten den Hammer des Schlachters manchmal ähnlich nachdenklich.

«Das Futteral», sagt die Dame.

«Bedaure, ich habe mein Wort gegeben.» Radolinsky kommt sich sehr ritterlich vor.

«Dann bedaure ich auch», sagt die Dame, und im nächsten Moment hat Radolinsky, er weiß nicht wie, die dünne Schnur in einer Schlinge um seinen linken Oberarm gelegt. Das ist keine Schnur, das ist ein dünnes Stahlseil, erkennt er. Kaum dicker als ein Wollfaden. Was soll das denn dort oben, fragt er sich. Ruhig reicht die Dame das Seil dem fremden Herrn im anderen Zug hinüber. Draußen auf dem Bahnsteig pfeifen sie jetzt schrill, die Schaffner und die Lokomotiven. Das immerhin kann Radolinsky durch das dichte Rauschen hindurch noch hören, das seinen Kopf jetzt auspolstert.

«Und nun? Ist das ein Scherz?» Er blinzelt ärgerlich.

«Nein, das ist Physik. Gute Reise», sagt die Dame fast mitfühlend, bevor sie das Abteil verlässt. Der Zug ruckt an und setzt sich kaum merklich in Bewegung. Radolinsky springt auf und versucht verzweifelt, die Stahlschlinge von seinem Arm zu entfernen, aber der Knoten sitzt wie eingewachsen. Er versucht, das Jackett auszuziehen, aber das Ende des Futterals an seinem Ellbogen sitzt an der Schlinge fest. Dann sieht Radolinsky, jetzt wieder allein in seinem luxuriösen Erster-Klasse-Abteil, rasch hintereinander drei Dinge:

Die Dame aus seinem Abteil steht bereits draußen auf dem Bahnsteig und sieht milde interessiert zu ihm herein.

Auch der Zug nebenan hat sich in Bewegung gesetzt. Allerdings viel langsamer als seiner.

Und drittens bemerkt er das entsetzte Gesicht des Fahrkartenschaffners, als Radolinskys linker Arm vom Körper abgerissen wird und wie ein dünner Hund an einer kaum sichtbaren Leine durch das offene Abteilfenster hinaus verschwindet.

Zweiter Abschnitt

Omelette Rimbaud

«Denn nur Eisen kann uns retten,
Und erlösen kann nur Blut
von der Sünde schweren Ketten,
Von des Bösen Uebermuth.»

Max von Schenkendorf

27

Freitag, 8. Juni.

Noch 7 Tage bis zum Tod des Kaisers.

Ihr Gesang dröhnt dunkel und dumpf zu ihm herein. Sie singen seit Stunden, scheint ihm. Lieder von blitzenden Säbeln, von flatternden Fahnen, von Hurra und Bummbumm. Sie haben Grund zum Feiern. Sie haben ein Geschäft gemacht. Nicht irgendeins. Eins, bei dem selbst abgebrühte Bankiers mit erhobenen Augenbrauen nachfragen und heimlich die Ziffern links vom Komma überprüfen, und das nicht nur einmal. Einhundert Millionen. Diese Summe, eine Zahl wie aus Erz gegossen, wird voller innerem Hurra und Bummbumm in Walzstahl, Schienen, Räder, Läufe, Verschlüsse, Unterdruckkammern, Haubitzen, Ventile, Verbandmull, Spaten und Kartuschen investiert. Als Orsini gestern Abend vom Members' Cabinet kam, das er eigentlich nicht benutzen darf, das er der schön bemalten Kacheln und der angewärmten Klobrillen wegen aber gern besucht, hörte er in einer der besonderen Nischen Fetzen einer mit burgunderschwerer Zunge gehaltenen Tischrede.

«Der Krieg der Zukunft ist nicht mehr karnevalsbunt wie zu Blüchers Zeiten oder '70/'71. Der Krieg der Zukunft ist unsichtbar. Wir investieren nicht in das Unwägbare, wir investieren in das Unsichtbare. Der kämpfende Soldat nimmt mit seiner Uniform die Farbe der Umgebung an, wird nach Möglichkeit *invisible.* Und genau das muss er sein. Denn in Zukunft wird er aus der Luft angegriffen werden und aus der Tiefe der Ozeane. Oder von einem Feind, der nur noch aus einer giftigen Wolke besteht.» An dieser Stelle waren ein Raunen, einige Hört-hörts und blecherne Hurras ausgebrochen.

«Das blitzende Bajonett hat ausgedient und kann getrost zum Alteisen. Zu Paraden wird es noch aufgesteckt, damit kleine Buben Gänsehaut bekommen und rosige Mädchen bunte Bänder daran binden, aber das Mann gegen Mann, das Knirschen von Eisen, das zwischen Rippen in eine feindliche Lunge dringt, ist in Zukunft Schnee von gestern. Die überlegene Schusskraft unserer neuen Waffen, sowohl was die Schussweite, die Schusspräzision als auch die Dauerbelastbarkeit des verwendeten Stahls angeht, macht den Grabenkampf nahezu überflüssig. Mein Herr Vater, Gott hab ihn selig, der '70/'71 dabei war, sagte bereits, das Bajonett sei nur erfunden worden, um davon abzulenken, dass das Gewehr, an dem es befestigt ist, um die Ecke schießt. Aber damit, meine Herren, und ich bin von Stolz erfüllt, daran teilhaben zu dürfen, ist nun Schluss. Dank dreier wunderbarer Dinge: der überlegenen Qualität deutschen Stahls, der Geistesgröße unserer Ingenieure und der visionären Kraft unserer Investoren.»

Ein donnerndes Hurra wie nach dem Stürmen einer gegnerischen Stellung brach aus. Fast, wie aus einem Reflex heraus, hätte Orsini in seinem stillen Lauscherwinkel mitgeschrien. Und seit dieser Rede singen sie. Die Gehröcke und Westen haben sie abgelegt, manchen hängen die Hosenträger seitlich herunter wie baumelndes Zaumzeug. Berauscht von der eigenen Größe torkeln sie, warm umarmt vom Taumel der Geschichte. Vor ihnen auf dem Tisch steht eine große Badewanne ganz aus Glas und voller Champagner. In der Wanne schwimmen ein paar Banknoten und eine nackte Frau mit mahagonifarbener Haut und kleinen, spitzen Brüsten. Mit Schöpfkellen aus der Küche füllen die Taumelnden sich daraus Champagner in Zinnbecher. Einer der Herren hat dem Arrangement noch rasch den Namen *Congobowle* gegeben, bevor er im Members' Cabinet in einer Lache seines Erbrochenen wegdämmerte. Als Orsini über ihn weggestiegen ist, hat der Mann gelächelt wie ein glückliches Kind. Hundert Millionen. Unsichtbar. Unbesiegbar. Congobowle.

Er muss eingenickt sein! Die Uhr über der Tür der Boutique zeigt halb vier Uhr in der Früh. Das Singen von drinnen ist verstummt. In der Tür steht ein tadellos gekleideter Herr mit blassem Froschkopf und starrt zu Orsini herüber. Orsini verneigt sich leicht. Der Froschkopf kommt vorsichtig ein paar Schritte in den Verkaufsraum hinein und sieht Orsini bittend an. In das leise Ticken der Uhr hinein hört man noch etwas.

«Was darf ich für Sie tun?», eigentlich ist es nicht gewünscht, dass er spricht.

«Papageien sprechen. Sie dienen», hat Wichert ihm eingeschärft.

Aber ja, da, wieder dieses Geräusch aus dem Mann. Kein Zweifel, der Herr hat einen Schluckauf, der erbarmungslos seinen Schlund hinauforgelt und dabei den fremdländischen Orden an seiner Frackbrust zum Hüpfen bringt.

«Können Sie mir – hrghh – helfen? Bitte? Ich – hrghh – habe das seit zwei Stunden. Was so – hrghh – soll ich bloß tun?»

Das Froschgesicht sieht wirklich verzweifelt aus. Orsini weiß nicht, ob der Kerl zu der lauten Gesellschaft mit der Glaswanne gehörte, aber auch in den erlesenen Séparées mit der verschwiegenen Täfelung ist ein solches Vorkommnis etwas, das man genauso wenig haben möchte wie einen Tripper.

«Wenn Sie die üblichen Hausmittel wie das Anhalten von Luft und das Hinunterstürzen eines Glases kalten Wassers bereits probiert haben …»

Unter zweimaligem Hrghh nickt der Frosch und winkt ab.

«Nun, meine Großmutter mütterlicherseits, eine patente, lebenskluge Frau, führte ein gutgehendes Café in Genua, zu dessen Kundschaft auch einige Seeleute gehörten. Und von denen …»

Der Frosch gestikuliert ungeduldig. Er scheint zur Eile zu mahnen. Hrghh. Hrghh.

«Von diesen welterfahrenen Kunden übernahm sie ein nahezu todsicheres Rezept, das auszuführen allerdings Mut erfordert. Sie hat es an meinem Großvater mehrmals täglich mit Erfolg angewandt, auch wenn der gar keinen Schluckauf hatte.»

«Und was wäre – hrghh – das?»

«Backpfeifen.»

Der Frosch guckt verblüfft, nimmt dann aber entschlossen die Brille ab und hält Orsini sein Gesicht hin.

«Los.»

«Ich darf unsere Gäste nicht schlagen.»

«Wenn Sie mich – hrghh – nicht schlagen, sorge ich dafür, dass Sie auf der – hrghh – Stelle entlassen werden.»

Klatsch. Und noch einmal: Klatsch.

Nach dem vierten Paar Ohrfeigen färbt sich die rechte Backe des Herrn himbeerfarben.

Hrghh.

«Weiter!»

Klatsch. Klatsch.

Klatsch. Klatsch.

Nichts. Ein einarmiger Page in grashüpfergrüner Samtuniform und ein Mann mit jetzt puterrotem Froschkopf lauschen angestrengt in die Stille und hören glücklich nur das Ticken der Uhr, die sehr vornehm Viertel vor vier schlägt.

Man verharrt so zwei Minuten, drei.

Dann, vorsichtig, um das Erreichte nicht zu gefährden, atmet der Herr aus und strahlt.

«Wenn Ihre Frau Großmutter noch lebt, würde ich ihr dieses Genueser Café gern abkaufen, junger Freund, bei Gott, das würde ich.»

Sagt's, grinst, greift sich mit der einen Hand befreit an den Hals, hält mit der anderen Orsini eine sehr große Banknote hin und ist fort.

▪▪▪

Sein letztes Mal in der Oper war gleichzeitig sein erstes Mal. Jetzt, im Halbdunkel der Loge, gibt sich Landow dem ungewohnten Wabern der Musik hin. In einem Punkt hat er sich bereits geirrt: Der frühe Beginn um 17 Uhr bedeutet keineswegs ein frühes Ende. Das hat er dem Programmheft entnommen. Diese Oper, «Parsifal» von Richard Wagner, dauert geschlagene fünf Stunden. Die übrigen Besucher scheint dieser Umstand nicht zu stören. Im Gegenteil.

In Landows erster Oper, einem «Freischütz» in Danzig, zu Besuch bei einer Verwandtschaft mit krachenden Dielen und Unmengen von Katzen, ging es um ein Wundergewehr, erinnert er schwach, hier, zumindest am Anfang – Landow hat bloß die Inhaltsbeschreibung des Teils vor der ersten Pause gelesen – geht es offenbar um eine kränkelnde Rittergesellschaft und wiederum um eine Art Wunderwaffe, die abhandengekommen zu sein scheint. Er bleibt gespannt, welche Art Wunder ihn hier auf Gürtlers Platz erwartet.

Wahrscheinlich, denkt er, während die Musik aus dem Orchester vorübergehend lauter wird, hat das Vorhandensein dieses Operntickets in der Erbmasse des toten Gürtler ganz profane Gründe und steht in keinem Zusammenhang mit dieser verdächtigen Wohnung voller Flugblätter oder dem Tod Gürtlers selbst. Frauen haben möglicherweise wirklich einen besonderen Instinkt; die Witwe Gürtler hat die Gockeleien ihres Mannes wahrscheinlich ganz richtig eingeschätzt. Gürtler war wohl doch nur ein Pfau, der mit der Regelmäßigkeit eines preußischen Beamten seine Bedürfnisse in gleich zwei separaten Wohnungen abarbeitete. Die Dame in der zweiten Wohnung war nur zufällig nebenher im politischen Druckereigewerbe tätig und versorgte so Protestler, Agitatoren und eine Seifenfabrik mit Propagandamaterial.

Unten auf der Bühne fängt nach endlos scheinendem Orchestergedröhne jetzt einer an zu singen. In die tonnenförmigen Leiber der beiden Welken in der Reihe vor ihm kommt Leben.

Außer Landow und den beiden Jungfern sitzen in dem plüschigen Kabuff nur ein sehr alter Mann mit weißem Bart und zwei Plätze weiter, ganz rechts, ein Jüngling mit den rosigen Streuseln der Pubertät auf der Stirn. Der Sitz direkt rechts neben Landow ist frei geblieben.

Unten auf der Bühne singen jetzt schon mehrere.

Landow versucht, etwas von der Handlung zu verstehen. Vergebens. Der Herr mit dem Silberbart sieht mehrmals zu ihm herüber. Als Landow im Halbdunkel den Blick erwidert, grüßt ihn der Mann stumm und hält Landow ein Tütchen mit Brustkaramellen hin. Landow lehnt dankend ab und schließt die Augen, tut so, als konzentriere er sich ganz fest auf Gesang und Musik.

Als Landow aus seinem wohltuenden Nickerchen erwacht, ist auch der Sitz zwischen ihm und dem pickligen Jüngling besetzt. Landow weiß nicht, wie lang er gedöst hat, aber er bemerkt zu seiner Freude, dass der Vorhang jetzt wieder geschlossen wurde, allerdings spielt das Orchester immer noch. Oder spielt es schon wieder? Hat er die komplette erste Pause verschlafen und sich zum Gespött der Übrigen gemacht? Neben ihm sitzt nun jedenfalls eine Dame. Zum Glück keine dritte Tonne wie die beiden schon vorhandenen. Soweit er das im Halbdunkel erkennen kann, ist sie ziemlich jung und schlank. Außerdem riecht sie angenehm nach Weihrauch und poliertem Holz. Die Verlobte des Pickelkopfes ist sie eher nicht, zu dem mit den Brustkaramellen gehört sie wohl auch nicht. Also doch Gürtlers amouröse Verabredung? Die Notiz in Leos Kritzeleien fällt ihm ein. Gürtler traf in einem Park mal eine Dame, dort kam es allerdings nur zum Austausch einer Konfektschachtel. Reglos wie die Sphinx schaut die Frau neben ihm durch ihr Opernglas auf die Bühne hinunter. Keine Konfektschachtel, kein Blick zu ihm herüber, weder fragend noch taxierend.

Der harte Saum seiner Korsage presst sich unangenehm in den Unterbauch. Er weiß nicht, auf was, aber er wartet. Die Musik von der Bühne hört sich nun wie Kirchengesang an. Die Attraktion des Abends ist ein Tenor, hat Landow an der Garderobe aufgeschnappt. Ob diese Attraktion bereits mitmischt, weiß er nicht. Endlich, nach einer gefühlten Ewigkeit, brandet Applaus auf, wird aber von anderen im Publikum kategorisch niedergezischt. In üblichen Opern sei Applaus durchaus erwünscht, in dieser nicht, stellen die reifen Jungfern kennerhaft fest und rascheln schnatternd in die Pause hinaus. Der Pickelkopf sieht aus wie nach einer Marienerscheinung, er hat offenbar während des Stücks geweint. Landow befürchtet, der blutleere Junge könne noch in der Loge ohnmächtig werden, aber auch der junge Mann geht dann doch beseelt und innerlich gestärkt hinaus. Obwohl sein Rücken schmerzt und alles Blut aus seinem Hintern gewichen ist, will Landow noch warten, bis auch die Dame neben ihm in die Pause geht. Sie sendet immer noch keinerlei Signal, ob sie der Oper wegen hier ist oder aus ganz anderen Gründen. Sie steckt nur ihr kleines Opernglas sorgsam in ihre Handtasche zurück und lässt dann den Blick durch den erleuchteten Saal schweifen. Auch der Alte mit den Brustkaramellen geht nun in die Pause. Ein frisches Bonbon beult groß eine seiner Backentaschen aus wie ein Tumor. Ist er vielleicht der Kontaktmann? Nein, Landow tippt, wenn überhaupt, auf die Dame. Die Luft wäre jetzt rein für eine Kontaktaufnahme mit ihm. Sie ist immerhin ganz hübsch, sieht er. Wartet sie darauf, dass er sie anspricht? Sie rührt sich nicht. Er rührt sich nicht. Nein, das hier wird nichts. Landow steht auf. Er will endlich seine Beine ausstrecken, ist aber bereit, der Sache hier noch einen Moment zu geben. Er hat Hunger und Durst, in der *Schaukel* Ecke Schützenstraße kann er später noch was essen.

«Und, gefällt Ihnen, was Sie sehen, Herr Gürtler?», fragt sie im Aufstehen und blickt ihn sehr direkt an. Aha, der Anfang ist gemacht. Sie hält ihn für Gürtler. Die aus dem Park in Leos Notizen ist sie also nicht. Sie ist nicht schön im eigentlichen Sinne. Ihre hohen Wangenknochen geben ihrem Gesicht etwas Katzenhaftes, so, als wäre sie stets auf dem Sprung, die Augen stehen etwas zu eng beieinander. Sie ist nicht schön, aber sie ist aufregend. Über ihrer linken Braue hat sie eine winzige Narbe, ein auf dem Kopf stehendes Ypsilon, ein Reitunfall vielleicht.

«Der Tenor ist wirklich vielversprechend», nickt Landow angestrengt.

«Winkelmann? Der hatte doch bis jetzt kaum zu tun.»

«Aber man hörte bereits, dass er etwas kann», pokert Landow. Er war zwar kein begabter Soldat, aber bei den Kartenrunden in den Mannschaftszelten hatte er Erfolg mit seinem unergründlichen Spieltischgesicht.

«Und was können Sie, Herr Gürtler?», lächelt die Katze und ergänzt: «Ein kalter Riesling und etwas Forelle wären jetzt angenehm, finden Sie nicht?»

«Unbedingt», bringt er noch heraus. Ihr Schneid hat ihn überrumpelt. Sein Blick hat sich derweil irgendwo zwischen ihren Augen, Mundwinkeln, Grübchen und Wangenknochen verfangen wie in einem verworrenen Netz.

Dann stehen sie für einen Augenblick unbeholfen voreinander, und beim Verlassen der Loge geraten sie ungewollt sehr dicht aneinander.

28

Samstag, 9. Juni.
Noch 6 Tage bis zum Tod des Kaisers.

Der feine Schleier silbrigen Niesels von der Oder rüber, der die Stadt seit Tagen einhüllt, lässt die Menschen, schon an den Sonnenschein gewöhnt, wieder die Kragen hochschlagen oder den Hals in die Joppe zurückziehen wie ein erschlafftes Glied in den Hosenstall. In Ermangelung anderer Vorhaben haben sich die drei Handwerkerfreunde Michi der Landshuter, Hans der Schlitzer und Jockel der Marburger schon früh, nämlich unmittelbar nach der Öffnung um neun Uhr morgens, in das Bierlokal *Attacke* begeben. Jetzt, um kurz vor zehn Uhr mit einer überschaubaren Anzahl von Besuchern, bestellen sie das dritte Bier. Die *Attacke* mit ihrem eichelbraunen und einäugigen Zigeunerwirt vom Plattensee ist ein nicht nur wegen seines Namens gern von Veteranen frequentiertes Lokal. Das besonders haltbar gezimmerte Mobiliar übersteht zuverlässig und schadlos eine Tischpolonäse und das Herumwerfen von Bänken. Ohne überflüssige Worte zu verlieren, sehen der Maurer und der Steinmetz abwechselnd einander an und dann wieder tief hinab in den dünnen Schaum vor sich. Es ist nicht so, dass sie sich Sorgen machten, Sorgen sind bei Menschen ihres Kalibers etwas Kränkelndes, das höheren Gesellschaftsschichten vorbehalten sein sollte. Vielmehr sind der Landshuter Michi und der Marburger Jockel zunehmend beunruhigt vom Verhalten ihres Kameraden. Der Schlitzer Hans, sonst ein untadeliger Trinker mit roten Flecken auf dem Hals und stets lauerndem Blick auf die Weiblichkeit, blättert wieder und wieder die liegengebliebenen Zeitungen der letzten Tage durch, die der Wirt gern in der Gaststätte herumliegen lässt, weil eine alte Zeitung praktische Dienste leisten kann beim Aufwischen von Blut und Kotze oder schlicht beim Auffangen stückiger Braunbierfürze.

«Seit wann kannst du lesen?», fragt der Jockel trietzend.

Der Michi lacht dreckig.

Der Hans blättert nur.

«Suchst du eine neue Arbeit? Gefällt es dir nimmer beim Abdecker?»

«Im Schloss wird was frei», grunzt der Jockel, «die suchen einen neuen Kaiser, hört man.»

«Genau, Hansi-Fransi, bewirb dich mal. Kämm dir die Haare, wasch dir den Hals und klopf einmal und sag: Guten Tag, Herr Bismarck, ich bin der Hans aus Schlitz, und ich verspüre den unbedingten Willen, Kaiser zu werden.»

Als die Bedienung – am Morgen ist es immer bloß die alte Schrumpel, die nachts noch durchwischt und lüftet – die bestellten Klaren bringt, sieht der Hans nicht einmal hinein in ihr welkes, aber großflächig präsentiertes Dekolleté über der fleckigen Schürze.

In ihm gären wieder die Säfte, die jetzt immer öfter ihr Recht fordern. Nicht die leichten oberflächlichen, deren Drängen man sich in einer Minute auf dem Abort oder überm Waschbecken wegspritzen kann. Dieses schmerzhafte Drängen und Zerren in ihm ist erst vor einem Jahr ungefähr zu ihm gestoßen. Er denkt oft nach über diese Kraft, die in ihn hineinkriecht wie eine Erkältung und ihn dann ganz zu beherrschen scheint.

Wenn er sich ihr hingibt, dieser unheimlichen, unsichtbaren Macht, dann wird er stark. Dann spürt er es wieder mit jeder Faser seines Körpers, sieht ihre aufgerissenen Augen dicht vor sich, wenn sie erkennen, dass er nicht einer der üblichen, besoffenen Typen ist wie der Jockel und der Bayer, die sie bloß anfassen und ablecken wollen. Der da, er, wissen die Frauen dann schlagartig, der will mehr. Der will alles von ihnen. Der will sich nicht an ihnen reiben, der will nicht ihr Portemonnaie, der will ihr Leben. Dieses erste jähe Erkennen mit viel Weiß um die Pupillen herum wird gesteigert durch die Bestätigung, wenn sie seine Klinge in ihren Leib fahren spüren. Seine große, warme linke Hand, gewohnt, Pferden auf den Nüstern zu liegen, bevor der Hammer sie trifft, spürt dann den heißen, stoßenden Atem der Frauen auf dem Handrücken, wenn er ihnen den Mund zuhält. Seine Rechte spürt das warme Heraussickern des Blutes unter den Rippen, wie es über seine Hand und das Heft des Messers rinnt wie ein Quell. Dann ist er immer schlagartig erleichtert, auch untenrum jagt es dann aus ihm heraus, fester und schöner als auf jedem Abort der Welt. Dann ist er glücklich. Für einen kurzen Moment. Dann möchte er mit ihnen tanzen, lachen, so lange, bis ihre Beine endgültig nachgeben und er sie nicht mehr halten kann. Dann erlöst er sie mit einer korallroten Kette um den Hals. Und dann öffnet er sie vorsichtig wie eine Geschenkschatulle, sieht wieder das Glitzern der Organe in ihrem Innern, sieht das warme Herz, das gerade noch schlug. Sieht die ganze Schönheit von Gottes Schöpfung in ihren Bäuchen akkurat angeordnet und seiner Bewunderung offen dargeboten wie auf einem Altar.

Der hessische Hans blickt jetzt vergeistigt auf die Kalbsköpfe der beiden Kameraden. Zwei Bier ohne Schaum stehen unangetastet vor ihm. Er überfliegt lieber noch einmal die Überschriften. Freilich, er kann nicht gut lesen, aber für die Überschriften reicht's. «Bismarck» liest er, «Krupp», «Allianzen», «Bündnis», das Theaterprogramm. Eine Wahrsagerin prophezeit, dass der Kaiser binnen kurzem vollständig genesen wird. Von sich, von seinen kunstvollen Öffnungen, von der Gebärmutter liest der Hans nichts. Man muss die Frau am Fluss doch gefunden haben. Mit Bedacht hat er die Stelle gewählt, Angestellte auf dem Weg ins Büro, verliebte Flanierer gibt es dort zuhauf, und die Gebärmutter hatte er wie eine Visitenkarte extra noch vor dem Gebüsch im Gras platziert wie ein Geschenk. Nichts. Nichts. Er war doch gestern noch mal dort, hat nachgesehen. Nichts. Fort. Von selbst wird sie kaum weggelaufen sein.

«Na, wer bist du denn», hat sie gefragt, als sie sich begegneten. Ihr Atem hat nach Schnaps gerochen und nach Kartoffelsuppe.

Er hat sie angelächelt, das macht er immer. Freundlich will er's haben. Weil er sie vorher noch mal schärft, gleiten seine Klingen beinahe unmerklich, sehr sanft, fast zärtlich in sie hinein. Beim Reinstechen knackt etwas, wahrscheinlich ein Knopf vom Unterkleid. Und doch ist das Leben in ihr fort. Spurlos. Sie ist nicht mehr im Leben.

Nicht mehr im Gebüsch.

Nicht in der Zeitung.

Und wenn sie, seine Damen, wie er sie zärtlich im nächtlichen Zwiegespräch mit sich und dem Herrgott nennt, wenn die nicht gesehen werden, dann wird auch er, der Schlitzer Hans, nicht gesehen. Wenn sie nicht existieren, dann existiert auch er nicht. Denkt's, spürt panisch jäh die Kälte in sich schießen und kippt wild die rumstehenden Schnäpse runter.

Der Jockel und der Michi brüllen: «Endlich! Er lebt! Das ist unser Hansi!», und bestellen noch 'ne Runde.

Hinten beim Tresen hat einer angefangen, Akkordeon zu spielen. Der Michi singt gleich mit, reißt das feuchte Kalbsmaul auf bis zu den Ohren. Silbrige Spucketröpfchen fliegen aus ihm raus und verdampfen in der Hitze der Attacke:

«Der alte Barbarossa, der Kaiser Friederich,
Im unterird'schen Schlosse hält er verzaubert sich.
Er ist niemals gestorben, er lebt darin noch jetzt;
Er hat, im Schloss verborgen, zum Schlaf sich hingesetzt.
Er hat hinabgenommen des Reiches Herrlichkeit
Und wird einst wiederkommen mit ihr zu seiner Zeit.»

Zwei Tische weiter brüllt ein Arschloch frech «Zickezackehühnerkacke» rein. Am Treseneck steht ein junges Paar. Sie lacht. Der Hansi erkennt es genau, das ist eine, die die Männer an der Nase herumführt. Wieder lacht sie. Der Mann neben ihr gibt ihr eine Ohrfeige. Das Klatschen hört man bis hier herüber, durch den Akkordeongriesel, den Tabakrauch und das Stampfen der übrigen Gäste hindurch. Klatsch. Wie eine Peitsche. Und sie, das Luder, lacht immer noch.

Er wird es noch einmal versuchen, schwört er sich da. Er wird sie schöner und aufwendiger öffnen und in ihrer ganzen rubinroten Schönheit direkt vor einer Polizeiwache ablegen. Dann wird er sich verbergen und dort so lange stehen, bis er mit eigenen Augen sieht, dass sie sie entdecken. Er wird sehen, wie sie sie ins Haus tragen. Und am nächsten Mittag wird er die Zeitungen kaufen und zwischen Bismarck, Krupp und Kaiserkrebs wird seine Tat beschrieben sein. «Blut» will er lesen in der Überschrift, «Messer» will er lesen und «Schrecken». Großer, roter Schrecken. Der Hans aus Schlitz ist jetzt ganz aufgeregt, und trotz des Regens von der Oder, der die scheckigen Scheiben der *Attacke* befeuchtet, breitet sich Sonntagsstimmung in ihm aus.

▪▪▪

In stiller Übereinkunft haben sie den Fräcken und Roben nachgesehen, die das Foyer wieder Richtung Zuschauerraum verließen. Ein Saaldiener machte sie darauf aufmerksam, dass es bereits drei Mal geklingelt habe und nach dem Schließen der Türen kein Einlass mehr möglich sei. Aber sie ist vorhin trotzdem noch hereingekommen; Landow betrachtete sie mit wachsendem Interesse.

Sie hatte ihm ihre blecherne Garderobenmarke neben das Weinglas geschoben.

«Wären Sie so freundlich, Herr … Gürtler?»

Später, in einem angenehm leeren Restaurant namens *Grimm & Grimm*, fast noch in Sichtweite des Kronprinzenpalais, aßen sie etwas. Sie ein Omelett aus zwei Eiern, bei dessen Bestellung sie den Koch bat, sie zu überraschen.

«Ich nenne es mein *Omelette Rimbaud.* Kennen Sie Rimbaud? Ein französischer Dichter. Ein Genie, wenn Sie mich fragen, und selbst in seiner Heimat noch gänzlich unbekannt. Fast noch unveröffentlicht. Im Moment hält er sich, sagt man, in Afrika auf. Ein guter Freund aus Paris ließ mir dieses Gedichtbändchen zukommen. Ich hüte es wie einen Schatz. Ich bin eine einfache Frau, wissen Sie, ich esse gern Omelett mit einer kleinen Überraschung und lese dazu ein paar Zeilen Rimbaud. Rimbaud enttäuscht mich nie. ‹Jadis, si je me souviens bien, ma vie était un festin où s'ouvraient tous les cœurs, où tous les vins coulaient.› Sprechen Sie Französisch? Nicht?

Alors: ‹Einstmals oder besser damals, wenn ich mich richtig erinnere, war mein Leben ein Fest, bei dem sich alle Herzen öffneten, wo alle Weine flossen.› Der Ober hält Ihnen übrigens seit zwei Minuten die Weinkarte hin, wählen Sie?»

Landow bestellte irgendeinen und sah ihr beim Verspeisen ihres Omeletts zu. Sie hatten Waldpilze, Trauben und feingehackte Innereien hineingetan, und sie war sehr zufrieden mit dem Ergebnis. Sie aß mit winzigen Bissen, aber in hohem Tempo, so, als säße ihr jemand im Nacken. Leute, die mal im Gefängnis saßen, aßen sehr schnell, hatte er irgendwo gehört.

«Lesen Sie auch, Herr … Gärtner?»

Soso, sie versuchte also, ihn aus der Reserve zu locken. Ihre spöttischen Grübchen dabei waren hinreißend. Sie kämpfte mit offenem Visier, das imponierte ihm. Aber nicht nur das. Landow war bereit, dieses Katz-und-Maus noch ein wenig mitzugehen. Sie war in der Oper gewesen, um Gürtler zu treffen. Sie wusste, dass er nicht Gürtler war. Das beunruhigte sie aber nicht. Im Gegenteil, es schien sie zu amüsieren.

«Lesen? Gelegentlich.»

«Was denn?»

«Cooper.»

«Cooper? Ich fürchte, das sagt mir nichts.»

«James Fenimore Cooper. ‹Der letzte Mohikaner›.»

«Wir haben beide zumindest einen seltenen Buchgeschmack.»

«Spannend, wenn man es zum ersten Mal liest und zwölf ist.»

Beim Verlassen des Lokals sagte sie: «Wir könnten den dritten Akt noch schaffen. In der Oper, meine ich. Er verspricht Erlösung. Wollen Sie?»

Stattdessen und wieder ohne viel Worte fanden sie sich kurz darauf in einem kleinen Hotel mit Blick auf die Hedwigskirche wieder.

«Sie wurde nach dem Vorbild des Pantheon in Rom erbaut», sagte sie, als er ihr Kleid öffnete.

«Wer?»

«Die Kirche vor unserem Fenster.»

«Interessant.»

«Sie geht hinten auf.»

«Die Kirche?»

«Meine Korsage.»

Gegen vier Uhr in der Nacht liegt sie rauchend in seiner Armbeuge.

«Rimbaud stammt aus einem kleinen Ort in der französischen Provinz, aus Charleville an der Maas. Nur etwa zwanzig Kilometer entfernt von den Schlachtfeldern von Sedan. Als dort die Armeen Napoléons III. und Preußens aufeinandertrafen, machte Rimbaud, gerade sechzehn geworden, etwas Überraschendes. Er schmuggelte sich in einem Zug aus dem Kriegsgebiet heraus und ging nach Paris. Ich bewundere das, diesen Instinkt. Er brauchte diesen Krieg vor seiner Haustür nicht. Der wahre Krieg war in ihm. Waren Sie schon in Frankreich?»

Obwohl sie schon zweimal miteinander geschlafen haben, siezen sie sich noch immer, was er aufregend findet.

«Einmal, ja, in dem von Ihnen erwähnten Sedan. Ich kenne mehrere Straßengräben dort, einige Granattrichter, die Geschmacksrichtungen der dortigen Erde. Ich hatte Gelegenheit, die Region ausgiebig und meist robbend zu studieren.»

«Mais non, Sie sind doch wohl kein schäbiger Pazifist!», ruft sie dramatisch wie eine Sarah Bernhardt und küsst dann zärtlich die Narben auf seiner Brust.

«Doch, vielleicht bin ich das.»

«Sie erstaunen mich schon wieder, Herr Gürtler.»

Er bläst lächelnd Rauch durch die Nase und drückt seine Zigarette aus. Draußen, irgendwo beim Gendarmenmarkt, bellt ein Köter.

«Sie wissen doch genau, dass ich nicht Gürtler bin.»

«Natürlich. Herr Gürtler ist ja tot.»

«Woher wissen Sie das?»

«Nun», sagt sie leise und setzt sich auf ihn, «ich war dabei, als er von zwei kräftigen Männern in dunkler Nacht aus der Gondel eines fliegenden Ballons gestoßen wurde.»

Landow nimmt einen Zug aus ihrer Zigarette, verschränkt die Arme hinter dem Kopf und hört ihr gespannt zu.

«Eigentlich», fährt sie ruhig fort, «wollte ich in der Oper tatsächlich den echten Gürtler treffen. Er deutete an, er habe irgendwelche Informationen aus dem Büro des Reichskanzlers. Aber der schneidige Gürtler war zu ungeduldig und wollte zu hoch hinaus. Den Gefallen haben wir ihm getan.»

Sie beugt sich tief über ihn und löscht aufreizend sorgfältig die Glut ihrer Zigarette im Aschenbecher auf dem Nachtkasten. Ihr Haar fällt ihm ins Gesicht.

«Man steigt schnell auf in diesen interessanten Zeiten», flüstert sie dabei. Dann, wieder hoch aufgereckt über ihm, eine fahle Silhouette im ersten Tageslicht: «Man fällt allerdings auch tief. Doch mit einem guten Buch in der Hand hat jede Reise einen Sinn, meinen Sie nicht?»

«Sie wussten also, dass Gürtler nicht in die Oper kommen würde. Weshalb waren Sie dann trotzdem dort?»

«Nun, die Opernkarte an Gürtler war bereits unterwegs an ihn, und so ließ ich mich überraschen, ob sein Platz in der Loge verwaist bleiben würde. Oder ob seine trauernde Witwe Wagners Weihespiel eventuell zur spirituellen Erbauung würde nützen wollen. Oder jemand ganz anderer, ein großer Unbekannter vielleicht.»

«Und was, wenn ich nicht gekommen wäre?»

«Sind Sie nicht …? Gekommen? Ich hatte einen anderen Eindruck.»

«In die Oper.»

Sie geht lautlos ins Bad und wäscht sich. «Da der gute Gürtler so freundlich war, uns seine angeblich so brisanten Informationen noch mitzuteilen, bevor er unsere kleine Reisegruppe mitten in dunkler Nacht überstürzt verließ, hätte ich, wenn niemand seinen Platz eingenommen hätte, voller Andacht einem der berühmtesten Tenöre unserer Zeit gelauscht. ‹Die Wunde schließt der Speer nur, der sie schlug.›»

Landow lehnt nackt im Türrahmen: «Welche Wunde?»

Sie, rittlings über dem Bidet: «Haben wir nicht alle eine? Irgendeine?»

Kurz darauf. Das Rascheln des Stoffes rauscht hell in seinen Ohren, als sie sich dicht neben ihm anzieht. Sie tut das ruhig und präzise. Sie ist daran gewöhnt, sich im Dunkeln anzuziehen, denkt er. Soldaten sind das auch. Sie erinnert ihn, so elegant und geschmeidig wie sie sich bewegt, und nicht nur dabei, an eine Katze.

«Die Opernkarte an Gürtler», fragt er stattdessen, «hätte im Stapel der Kondolenzschreiben übersehen werden können.»

«Wurde sie aber nicht. Sie wurde stattdessen dem Helden auf einem Silbertablett serviert. Wie im Theater. Sehr passend, finden Sie nicht? Helfen Sie mir bitte mit dem Kleid?»

Er lässt sich Zeit, den letzten Haken kurz unter dem Flaum ihres Nackens zu schließen: «Das Hausmädchen! Natürlich. Hatte sie eine Affäre mit Gürtler? Sie sah verheult aus.»

Sie überprüft rasch ihr Puder in einem kleinen Wandspiegel, die funkelnde Hutnadel dabei quer im Mund wie ein Piratenmesser: «Dieser Typ Frau sieht immer verheult aus. Aber, ja, sie hatte. Affäre wäre wohl zu hoch gegriffen, vermute ich. Sie übernahm im Hause Gürtler des öfteren Dienste, die über das übliche Maß hinausgingen, denke ich.»

«Und wenn die Witwe die Opernkarte einfach in den Müll geworfen hätte?»

«Und wenn, und wenn, und wenn. Sie fragen wie ein neugieriges Kind. Die Witwe war misstrauisch. Deshalb gab sie das ihr unerklärliche Billet flugs an den Ermittler weiter, der praktischerweise direkt vor ihr saß. Wir waren über jeden Ihrer Schritte gut informiert.»

«Verstehe. Standen heute Nacht auch zwei dunkle Männer unten auf der Straße?»

Sie tritt rasch ganz dicht an ihn heran, fasst ihn am Kinn und gibt ihm einen Kuss: «Verderben Sie nicht alles, Sonderermittler. Weshalb so geschmacklos? Seit dem Restaurant folgt uns niemand mehr. Die wichtigen Dinge erledige ich gern ganz allein. Aber es ist immer gut, solche Leute zu haben. Sie gehorchen aufs Wort. Ungemein praktisch.»

«Verraten Sie mir Ihren Namen, gnädige Frau?»

«Tat ich das nicht schon?»

«Ich glaube nicht.» Er sieht, wie ihr Blick für eine Sekunde oder zwei suchend durch den Raum wandert und bei der Rosentapete hinter ihm hängenbleibt.

«Rosenkranz. Charlotte Rosenkranz. Ursprünglich hugenottisch. Eigentlich Rosaire, aber der größte Teil der Familie hat sich dann sicherheitshalber Rosenkranz genannt, nach *damals.*»

«Damals?»

«’72. 1572.»

«Ach ja?»

«Das Pogrom gegen die Hugenotten. Die Bartholomäusnacht.»

«Bartholomäusnacht. Aha.»

«Die Ermordung der Hugenotten 1572. Verstümmelt. Abgeschlachtet. Verbrannt.»

«Aber nicht aus Ballonen geworfen?»

«Wer weiß. Ich war nicht dabei.»

Er lächelt schief. Wieder kommt er sich hundsdumm vor in ihrer Gegenwart.

«Rosenkranz, ist das Ihr richtiger Name?»

Sie lächelt.

«Ich glaube nicht.»

Es klopft an der Tür. Sie sieht ihn erstaunt an. «Nanu, ist das etwa die Polizei? Sind es vielleicht doch meine dunklen Gestalten? Oder ist es nur unser Frühstück? Nun schauen Sie nicht so. Ich habe es gestern Abend in weiser Voraussicht an der Rezeption bestellt. Pünktlich auf die Minute. Sie haben mir Appetit gemacht, Landow.»

29

Immer noch Samstag, 9. Juni.

Noch 6 Tage bis zum Tod des Kaisers.

Nur ein paar Stunden später, gegen Mittag. Draußen ziehen trügerisch ganze Herden harmloser Schäfchenwolken über einen freundlichen Himmel.

«Smells delicious, man.»

Die junge Frau, die hinter Landow in der Küche steht, ist nackt und offensichtlich unbewaffnet. Landow wendet sich deshalb wieder der Pfanne zu, in der viele Eier und eine Menge Speck knistern.

Über die Schulter zeigt er auf den Leihfrack, der über dem Stuhl liegt: «Sie sollten sich was anziehen.»

«Die meisten Männer verlangen das Gegenteil von mir», sagt sie mit einem dunklen, weichen Singsang, legt sich aber lachend den Frack um die schokoladenfarbenen Schultern, was ihre Erscheinung noch bizarrer macht.

«Darf ich fragen, wie Sie hier reingekommen sind? Und, wenn das nicht zu viel verlangt ist, auch nach Ihrem Namen?»

Landow stellt zwei Teller auf den Tisch und teilt die Eier auf. Dann beginnt er, seine Portion zu verschlingen. In diesem teuren Restaurant gestern hat er außer einer Suppe nichts gegessen. Und beim Hotelfrühstück vorhin hat er nur den Kaffee angerührt und die falsche Hugenottin dabei beobachtet, wie sie aß. Mit gutem Appetit. Und wieder sehr schnell.

«Orsini hat mich mitgenommen, aus dem Club. Dem Congo Club. Die meisten Gäste dort sehen um diese Uhrzeit ungefähr so aus wie Sie.»

«Wie sehe ich denn aus?»

«Wie ein Penner, der einen Frack gestohlen hat und dafür verprügelt wurde. Als Clubmitglied hingegen wird Ihr Frack sogar gebügelt, während Sie im hinteren Teil beschäftigt sind.»

Landow reißt sich ein Stück Brot ab. Den Wein verschüttet er halb beim Einschenken. Dann beginnt er, sich noch eine zweite Portion Eier zu machen.

«Im hinteren Teil?»

«Für die Entspannung nach den Geschäften. Im vorderen Teil kaufen sie Kanonenrohre und anschließend gehen sie hinten auf Entdeckungsreise.»

«Und was gibt es dort zu entdecken?»

«Mich zum Beispiel. Denn sie sind immer auf der Suche nach dem schwarzen Herzen Afrikas. Wenn sie selbst dorthin reisen würden, würden sie Fieber bekommen und Durchfall. Afrika ist ungesund. Aber im Congo Club ist es sauber und medizinisch überwacht und auf Wunsch finster zugleich. Und wenn diese Männer aus dem, was sie für Afrika halten, zurückkehren, steigen sie in ihre gebügelten Fracks, gehen hinaus an die Börse und fühlen sich wie Eroberer. Wenigstens glauben sie, sie waren in Afrika. In Wirklichkeit komme ich aus New Orleans. Aber offiziell bin ich aus Brazzaville, der ehemaligen Hauptstadt des Reichs von König Makoko. ‹Ich nur kann Sprach schlecht sprech, aber Clubmann will nicht sprech. Clubmann will schwitz und schrei und Afrika erobern.› Im richtigen Leben, nur weil Sie danach fragten, heiße ich Peggy Maria Ryan und wurde von irischen Nonnen am Ufer des Mississippi aufgezogen.»

«Verrückte Welt», knurrt Landow und schaufelt die zweite Portion in sich rein.

Dann und wann unterbricht er sein Kauen und sieht sie an, diesen müden brotbraunen Paradiesvogel in einem zerknitterten Leihfrack in der Basement-Küche einer heimlich bewohnten Villa, deren steinreiche Besitzer irgendwo Spuren längst ausgestorbener Völker ausgraben. Sie bemerkt, dass er das kleine Loch in ihrer Nasenscheidewand betrachtet.

«Ach das. Das gehört zur Arbeit. Ich mache im Club einen Ring rein mit einer Kette dran, dann kann der Gast mich herumführen wie ein Tier. Auf Wunsch fauche ich. Viele Gäste mögen das.»

«Und Sie?»

Sie zuckt die Schultern: «Ist nur Arbeit, oder?»

«Lieben Sie ihn? Orsini, meine ich. Lieben Sie ihn?»

Peggy Maria Ryan sieht ihn erstaunt an: «Nein. Wozu? Er ist witzig. Er ist bestimmt ein guter Mensch. Liebe ist nur hinderlich.»

Dann steht sie auf, würdevoll wie eine Hohepriesterin dieses Königs Makoko, legt die Frackjacke auf den Stuhl zurück und geht. In der Tür bleibt sie kurz stehen: «Danke fürs Frühstück», sagt sie und verschwindet im Bad.

«Kaffee ist alle, tut mir leid», knurrt Landow und sieht ihr nach.

«Das mit den irischen Nonnen war übrigens gelogen», sagt sie, den Kopf wieder in der Tür. «Aber die wahre Geschichte klingt weniger … malerisch.» Sie hat jetzt immerhin ein kurzes Unterhemd an und verschwindet grinsend in Orsinis Zimmer.

▪▪▪

Frau Konopko ist gestern bereits abgereist, und Frau Lürz hütet, umnebelt von Holunderbeertee und schimmligen Reitern, erkältet das Bett. Im Zimmer gegenüber ist eine Familie mit drei Kindern eingezogen. Den ganzen Nachmittag über haben der Wirt und ein stummer Mann, der abwechselnd Schwager und Hausdiener ist und von allen «der Pitter» gerufen wird, lautstark zwei Beistellbetten im Zimmer aufgebaut. Jetzt spielen sie drüben Ball. Ruhig legt Gräfin Landow ihre wenigen Sachen zusammen und überprüft Nähte und Maschen auf korrekten Zustand. Sie hat bereits heute direkt nach dem Frühstück ihre Rechnung bezahlt.

«Der Pitter bringt dann Ihr Gepäck zum Zug», hat der Wirt gesagt und ihr dabei sehr zögerlich das Restgeld ausbezahlt, um ihr Gelegenheit für ein Trinkgeld zu geben.

«Nicht nötig», hat sie geantwortet, «ich gehe den kurzen Weg gern allein. Der Zug geht erst um halb zehn.»

Nun hat sie ihr kleines Bastköfferchen gepackt, und urplötzlich erfasst sie eine Unrast. Sie möchte am liebsten den Nachtzug in die andere Richtung nehmen, die Alpen überqueren, den Petersdom sehen. Aber dann, nach zwei zittrigen Minuten, fängt sie sich wieder, hebt den Kopf, wie sie ihn immer gehoben hat in schwierigen Situationen, im hellen Tuschelchor der Hausmädchen, wenn Landow wieder nachts ausgeblieben war, nach Fritzis Unfall, nach der Nachricht von Gabriels Tod, dem Wissen um den wahrscheinlichen Bankrott. Sie versteht nicht viel von Bankgeschäften. Geld ermöglicht Wohlgefühl. Geld hat die heilbringende Kraft, manche Tür zu öffnen und andere geräuschlos zu schließen, das ist es, was sie über Geld weiß. Aber dass Perikles nichts von Geld versteht, das weiß sie auch. Für sie ist Hagedorn-Steinhagen unrettbar verloren.

«Das Einzige, was wir Landows fürchten müssen», hatte ihr Mann, auf den endlosen blaugrauen Himmel hinaus starrend manchmal gesagt, «sind Braunrost, Zwergsteinbrand und den Augusthagel.» Und die Hoffart, denkt sie nun, und schließt den schmalen Ledergurt ihres Köfferchens.

Wenig später verlässt sie die kleine Pension in der schattigen Straße. Die winzige Rezeption ist nicht besetzt. Gut so. An der nächsten Ecke geht sie links herum, das Ufer entlang. Zum Bahnhof geht es nach rechts.

▪▪▪

«Und, wie war es so in der Oper?»

«Sehr laut. Und ziemlich mysteriös.»

«Inwiefern?»

«Soweit ich verstanden habe, ging es um ein Ritterkönigreich. Nicht das von König Artus, aber so etwas in der Art. Der alte König war tot, sang aber noch aus dem Grab heraus. Oper eben. Der amtierende König war todkrank. Und der, der alles retten sollte, war offenbar ein vertrottelter Milchbubi.»

«Interessante Parallele.»

Orsini, die Haare zerzaust wie der verkohlte Mann auf den warnenden Flugblättern der Anti-Stromliga in der Urbanstraße, tunkt Brotstücke in seinen Tee.

«Ach ja? Und welche Parallelen sehen Sie, Orsini?»

Landow versucht umständlich, die Frackhose auszubürsten.

«Das wird man reinigen müssen», grinst Orsini. «Aber im Ernst: Ein toter Herrscher, ein amtierender Todkranker und ein Greenhorn als Retter? Und das alles gleichzeitig! Denken Sie nach, Landow. Das ist … na? … das ist wie bei uns. Hier und jetzt, im Reich. Wilhelm Eins tot – und es gibt bestimmt manchen, der ihn noch aus der Gruft sprechen hört –, Friedrich Drei so gut wie tot – im Club reden alle davon, Halskrebs, unrettbar, man rechnet täglich mit seinem Ableben – und der Nachfolger, der junge Willi, soll ja, nun ja, keine Leuchte sein.»

«Orsini, Sie werden mir unheimlich.»

«Haben Sie ein Programm gekauft?»

«Ich hab eins mitgenommen, das auf dem Boden lag. Hier.»

Orsini blättert kauend in dem zerknickten Heft, überfliegt die Inhaltsangabe.

«Da haben wir's ja. Das Ritterreich in dieser Oper ist im Niedergang befindlich, weil denen ein heiliger Gegenstand gestohlen wurde. Denn nur, wenn sie den Speer haben, gibt ihnen der Gral Kraft.»

«Der was?»

«Meine Güte, haben Sie in den ostpreußischen Kornfeldern denn nie Wolfram von Eschenbach gelesen!»

«Nein, ich glaube nicht. Wozu auch. Wir haben mit Begeisterung ‹Der letzte Mohikaner› gelesen.»

«Und tun es noch, wie Ihr zerfleddertes Exemplar beweist. Der Gral, der bei diesen Gralsrittern nicht mehr funktioniert, ist genau *der* Kelch, in dem das Blut des Gekreuzigten aufgefangen wurde. Christus, Sie erinnern sich? Blut, Kelch, Spieß oder Speer oder Lanze. Genau wie bei unseren drei Todesfällen. Mit Verlaub: Sie sitzen davor und sehen es nicht.»

Landow trinkt nachdenklich den dritten oder vierten Cointreau. Ganz langsam kehrt das Leben in ihn zurück. Vor ihm auf den Brotkrümeln liegt sein Opernticket, und die Schmerzen in verschiedenen Körperteilen sind keine Einbildung.

«Ich hatte die Augen geschlossen. Das dauerte Stunden. Außerdem wurde sehr laut gesungen.»

Orsini spült sorgfältig den Teebecher aus und reibt sich

dabei mit dem nackten Fuß das andere Bein. Dann macht er wie jeden Morgen seine Fingerübungen. Dazu nimmt er einen Kaffeelöffel oder ein Markstück und lässt es blitzschnell durch die Finger sausen. Er muss in Form bleiben, sagt er, wenn Landow ihn dabei beobachtet. «Für die Zeit danach.»

Jetzt hebt er zum dritten Mal den Löffel auf, der ihm scheppernd zu Boden gefallen ist: «Aber weshalb hatte dieser Gürtler genau diese Opernkarte, für dieses Stück, für diesen Abend? Zufall war das kaum. Los, raus damit: Wer saß noch um Sie herum?»

«Die Loge war halbleer. Außer mir noch zwei alte Weiber, ein Jüngling, ein Greis und eine elegante Dame. Der Herr ging in der Pause, das hätte ich auch tun sollen.»

«Hat die Dame etwas zu Ihnen gesagt? Hat sie Sie für den toten Gürtler gehalten?»

«Nicht mal für den lebenden. Damen dieses Kalibers sprechen Typen wie mich meist nicht an. Selbst dann nicht, wenn diese Typen eine Rumpfkorsage tragen. Die Dame hat sich entschuldigt, weil wir im Hinausgehen aneinandergestoßen sind.»

«Weil Sie, noch benommen vom Kunstgenuss, auf das Kleid der Dame getreten sind?»

«Orsini, ich kenne diesen Wolfgang von Irgendwas nicht, aber etwas Benimm wurde mir mitgegeben. Ich habe ihr nicht auf ihr im übrigen sehr geschmackvolles Kleid getreten. Ich wollte ihr lediglich beim Verlassen der Loge den Vortritt lassen. Sie lehnte dankend ab, ging dann aber doch zuerst, und wir rannten quasi ineinander. Das übliche Malheur. Weshalb sehen Sie so nachdenklich aus?»

«Nur so eine Ahnung. Wenn in der Loge eine fette Frau mit saurem Atem gesessen hätte, meinetwegen, aber so … War diese Dame verschleiert?»

«Zum Glück nicht. Sie war ganz hübsch. Interessant, würde ich sagen.»

«Wie alt?»

«Ich habe sie nicht gefragt. Älter als Ihre Peg allemal, etwas zumindest.»

«Anyway: Peg ist wunderbar. Aber sie will keine Kinder. Und nach Amerika zurück will sie auch nicht.»

«Warum?»

«Zu viele Neger dort, sagt sie», grinst Orsini.

«Sind Sie verliebt?», fragt Landow.

«Weiß nicht recht. Und Sie? Sind Sie verliebt, Landow?»

«Wie kommen Sie denn da drauf!»

«Lebenserfahrung. Und das untrügliche Fingerkribbeln in meiner rechten Hand.»

«Die haben Sie nicht mehr.»

«Aber das Kribbeln ist mir geblieben. Also noch einmal, diese Dame in der Oper. Wie nah sind Sie ihr gekommen?»

«Sehr nah. Meine Nase steckte in ihren Haaren. Für einen Augenblick. Dunkelbraun. Das Haar. Zufrieden?»

Der Duft ihres Haars ist Landow in diesem Moment wieder so präsent, als wäre sie im Raum.

Orsini hat nach seinem Frühstück begonnen, Schuhe zu polieren, auch das kann er mit nur einer Hand erstaunlich fix, sieht Landow. Orsini überprüft die Politur eines Schuhs und stellt ihn zufrieden zu dem anderen.

«Übrigens, ich habe Ihren Leihfrack vorhin auf den Bügel getan. Hängt nebenan. Sieht ramponiert aus. Besonders das Hemd. Na, na, Landow, verschweigen Sie mir vielleicht etwas? Aber konzentrieren wir uns wieder auf unseren Fall.

Diese Frau, Ihr kleiner, interessant aussehender Logenunfall, hatte, erwähnten Sie nebenbei, dunkelbraunes Haar, richtig? Richtig. Hatte sie außerdem eventuell sehr feine Augenbrauen, blaugraue, etwas zu eng stehende Augen, um eine griechische Göttin zu sein? Hohe Wangenknochen, die ihr etwas Rätselhaftes verliehen? Und, um die Ansammlung von Zufällen komplett zu machen: Hatte sie eine Narbe, nur winzig, nur aus nächster Nähe sichtbar, etwa hier, über dem Auge? Diese Narbe sieht aus wie ein kleines Strichmännchen, aber ohne Kopf und Arme. Oder wie ein kopfstehendes Ypsilon? Ha, Ihrem Blick entnehme ich: Sie hatte. Nun, Landow, dann läuten in mir jetzt einige Alarmglocken.»

«Soso. Und weshalb?»

«Nun, vor nicht allzu langer Zeit war ich einer solchen Narbe auch sehr nah. So nah wie sie gestern in der Oper. Ich war damals allerdings sehr außer Atem, Sie vermutlich nicht. Lassen Sie mich das erklären, während Sie still Ihren Orangenschnaps genießen? Danke. Alsdann: Bevor uns, Sie und mich, das Schicksal oder der Zufall oder beides zusammenbrachte, hatte ich eine für mich bis heute unerklärliche Begegnung auf der Rennbahn. Ich hatte die Beute schon sicher. Und wenn ich ‹sicher› sage, meine ich sicher. Aber sie wurde mir noch abgejagt. Nicht von einer Horde unrasierter Schurken und auch nicht von gewieften Trickbetrügern, sondern von einer einzelnen, durchaus bemerkenswerten Frau mit hohen Wangenknochen, einer haarfeinen, auf dem Kopf stehenden Ypsilon-Narbe über einer Braue und einem Paar Augen, das einen gefrieren lassen kann.»

«Aber wie Sie sich möglicherweise erinnern, habe auch ich Ihnen eine schon sicher geglaubte Beute abgejagt. Und ich habe keine hohen Wangenknochen, und meine Augen sind derzeit vermutlich eher rot marmoriert.»

«Noch einmal von vorn: Hat diese Dame etwas zu Ihnen

gesagt? Außer ‹Oh, pardon›? Nicht? Doch? So reden Sie doch. Aber halt. Nicht nötig. Ich weiß. Das alles war nur die Sondierung. Sie hat sie vorerst nur abgeschätzt. Hat sich ein Urteil gebildet. Aber dann, und da bin ich mir sicher, hat sie Ihnen etwas zugesteckt. Unbemerkt. Eine heimliche Botschaft? Einen Zettel vielleicht? Eine Visitenkarte mit einer Hotelzimmernummer? In meiner Phantasie wünsche ich mir, dass es solche forschen Frauen gibt.»

«Hat sie nicht.»

«Woher wollen Sie das wissen, Herr Ermittler?»

«Ich bin einen Kopf größer als Sie, Orsini, und ungefähr doppelt so schwer, dennoch ist das Areal meines Körpers überschaubar.»

Orsini überlegt, springt auf, holt den Landow'schen Leih-Frack von nebenan. Er schnuppert ausgiebig an der ramponierten Hemdenbrust: «Wein. Oder Champagner? Haben Sie in der Oper gekleckert? Ziehen Sie das Jackett an. Los, machen Sie schon. Ich bin die Dame. Komme ich von hier? Nun also. Oh, verzeihen Sie, mein Herr, wie unachtsam von mir. War es so?»

Landow, den Schnaps noch in der Hand, sieht Orsini fragend an, nickt dann: «So in der Art, ja.»

«Sehen Sie in die Innentasche.»

Landow steckt die Hand in die schmale Innentasche des Fracks und zieht verblüfft eine flache Dose schwarzer Schuhwichse heraus.

«Die habe ich gerade in Ihrer Tasche deponiert, ohne dass Sie etwas gemerkt haben, richtig?»

«Um damit was zu beweisen?»

«Wenn ... falls Ihre Operndame dieselbe ist wie meine Rennbahndame, könnte die Ihnen alles Mögliche untergeschoben haben, eine Information, die Adresse des Tennisplatzmörders, die Glücksummern der nächsten Lotterie-Ziehung, ich weiß es doch nicht, Landow.»

«Untergeschoben? Weshalb sollte mir diese wildfremde Frau denn etwas unterschieben wollen?»

Landow kriegt den Duft ihres Parfüms nicht aus dem Kopf.

«Erstens, Landow, vergessen Sie nicht: Sie haben es nicht mehr mit untreuen Ehemännern und dergleichen zu tun. Wir bewegen uns mit unserem Fall in einem anderen Milieu. Wir haben es hier mit Verbrechern, Totschlägern, Brandstiftern, Spionen, Dieben, nun ja, Dieben vielleicht nicht, kurzum mit skrupellosen Exemplaren schweren Kalibers zu tun. Zweitens: Als Page im Club der Reichen, Schönen und Skrupellosen bin ich, ohne es wollen, in die verborgenen Details der Schneiderkunst eingeweiht. Das ist hochinteressant. Es gibt Fräcke, die haben bis zu drei Innentaschen und ein Geheimfach dazu. Sehr praktisch für Billets, gefaltete Geldscheine, Zimmerschlüssel, Präservative aus griechischem Schafsdarm, Rasierklingen, geweihte Madonnenplaketten, was weiß ich. Und diskret genug für die Ehefrauen.»

Landow stellt tatsächlich den Schnaps weg und beginnt, den Frack akribisch abzuklopfen. Er stutzt plötzlich, tastet im Innenfutter der Jacke nach etwas, entdeckt darin schließlich eine verborgene, nur wenige Zentimeter hohe Öffnung.

«Da ist wirklich etwas.»

Seine Hände zittern leicht, aber wahrscheinlich bloß vom Saufen.

Als er seine Hand aus der verborgenen Tasche zieht, liegt eine kleine, braune Glasampulle mit dunkelrotem, wachsversiegeltem Kopf darin. Die kleine Ampulle steckt in einer Art Umschlag.

Der Umschlag stellt sich als gefaltete Buchseite heraus, auf der ein einziges Wort mit Tinte eingekreist ist: *Gift.*

Orsini schlägt die Hand vor den Mund und starrt das kleine Ding ungläubig an: «Manchmal bin ich mir selber unheimlich, Landow, ehrlich wahr.»

Etwas später, Orsini hat eine große Kanne Kaffee gemacht und einen Stapel großzügig belegter Wurstbrote, um Landow bei Laune zu halten. Aber der starrt immer noch auf die braune Ampulle, die, kaum größer als ein Maikäfer, vor ihm auf dem Küchentisch liegt.

«Wo kommt denn plötzlich der Kaffee her? War der nicht aus?»

«M-mh, dachte ich auch, aber in der Speisekammer war noch welcher.»

Nach dieser fundamentalen Erkenntnis kauen beide eine Weile stumm. Landow schüttelt dabei immer wieder ungläubig den Kopf. Wieder ist es Orsini, der das Schweigen bricht. «Für mich stellt sich das so dar: Diese geheimnisvolle Frau will Ihnen mit dieser Giftampulle drohen, das liegt für mich auf der Hand. Wieder eine dieser Märchen-Stellen. Das bedeutet doch: Diese Frau hat auch etwas mit den anderen drei Textstellen zu tun. Und damit auch mit unseren drei Mordfällen. Aber das ist doch wunderbar, Landow! Wir haben zum ersten Mal eine konkrete Spur! Jetzt müssen wir nur noch diese Frau wiederfinden und verhaften. Dumm ist nur: Wir könnten ihr nicht mehr beweisen, dass sie Ihnen diese Ampulle zugesteckt hat. Das könnte jeder gewesen sein. Fest steht trotzdem: Wer mich auf der Rennbahn beklaut und Ihnen in der Oper unbemerkt eine Giftampulle unterschiebt, der ist alles andere als ungefährlich. Die Frage ist nur: Wie bekommen wir diese Frau dazu, die Mittäterschaft an unseren drei Ministerien-Morden zu gestehen? Zu dumm, dass Sie ihr nicht näherkommen konnten. Ist sie am Ende der Oper einfach gegangen?»

«In der Pause. Sie ist in der ersten Pause gegangen.»

«Kein Grund, niedergeschlagen zu sein. Kommt Zeit, kommt Rat. Mensch, Landow, freuen Sie sich doch auch mal! Ich bin ganz aufgeregt. Kann ich auch mal so einen widerlichen Orangenschnaps probieren? Wir müssen nur noch eine Aussage von dieser Dame haben, dann ist der Fall praktisch gelöst.»

Orsini schüttelt sich wie ein nasser Hund, als er den Cointreau hinunterstürzt.

«Mensch, Landow, ich bin richtig glücklich. Darf ich Sie Gabriel nennen?»

«Nein. Ich hasse diesen Namen.»

«In Ordnung, Landow. Orsini ist glücklich. Was! Schon so spät! Mist! Ich muss in den Club!»

Landow starrt auf die neue Textstelle. Er braucht kein Geständnis von ihr. Das hat er schon. Aber das ist nicht der einzige Grund, weshalb er sie seit Stunden nicht aus dem Kopf bekommt.

30

Sonntag, 10. Juni.
Noch 5 Tage bis zum Tod des Kaisers.

Ingmar Barthelmes ist ein nicht mehr junger, halsloser Mann mit einer stillen Leidenschaft für Zierkürbisse, mehlige Kartoffelsorten und seinen akkurat hochgebürsteten Backenbart. Den kleinen Nutzgarten in Rixdorf hat er schweren Herzens aus gesundheitlichen Gründen seiner Frau Gunde, ebenfalls halslos und auch sonst vieler Dinge verlustig, überlassen müssen. Aber seinen Backenbart nach dem Vorbild des habsburgischen Franz Joseph, den hat er immer dabei. Barthelmes, mit Betonung auf der ersten Silbe, war schon in Sanremo mit von der Partie, als Friedrich noch Kronprinz war und vor dem eigenen Land flüchtete. Barthelmes hatte man mitgenommen auf diese Flucht. Er war erprobt als Diener, binnen weniger Wochen sprach er achtbar Italienisch, was man im Küchentrakt der gemieteten Villa und in den dazugehörigen Schuppen hören konnte, wenn er das zum Haus gehörende einheimische Personal zusammenstauchte.

«Barthelmes», sie sprach es wie immer falsch aus, absichtlich wahrscheinlich, auf der zweiten Silbe betont, als sei er ein schweizerischer Aufwiegler, «Barthelmes, Sie sind schon so braun wie ein Neapolitaner. Und mit Ihren Barbarossa-Favoris sehen Sie aus wie ein levantinischer Freibeuter.»

Er hatte gelächelt, sich verneigt, hatte ihr nichts von dem

roten Gries gesagt, den der Kronprinz vor kaum drei Minuten in die Nierenschale gehustet hatte, die jetzt, verborgen unter einer blütenweißen Serviette wie ein Insignium der heiligen Messe, auf Barthelmes' linker Hand ruhte. Barthelmes, achtbar herumgekommen in seiner kleinen Welt zwischen Rixdorf und Sanremo und mit mehreren Talenten gesegnet, konnte auch solche unheilvollen Gerätschaften mit einer natürlichen Eleganz halten, als würde er bei Tisch servieren. Er hatte eine gewisse medizinische Vorbildung, seit er in den Ardennenschlachten erst einem Doktor Weinlaub hatte assistieren müssen und später, nach Weinlaubs Erschießung, einem gewissen Radtke, der Doktor genannt werden wollte, aber bloß ein Metzgergeselle aus Göttingen gewesen war. Barthelmes assistierte ihm dennoch ohne Widerrede beim Vernähen zerrissener Bauchhöhlen oder beim Amputieren von Armen und Beinen. Für ihn machte es keinen Unterschied, wer sie abgesägt hatte, er musste die Teile, über deren beträchtliches Gewicht er sich jedes Mal neu wundern konnte, in den Karren bringen, damit die herumstreunenden Hunde nichts davon holten. Man stelle sich einen französischen Hofhund vor, der, den noch uniformierten Arm eines preußischen Soldaten quer im Maul, von seinem Ausflug in die bewaldete Hügellandschaft zurückkommt und die Kriegsbeute stolz vor seiner Hütte ablegt. Amputierte Gliedmaßen waren deshalb a) zuerst vollständig von Kleidung zu befreien, bevor sie b) vor dem endgültigen Verscharren in die Sammelkörbe zu ihresgleichen gelegt wurden.

Später dann, nach Stationen als Handelsvertreter, Hundeausbilder und Koch, war Barthelmes noch ein zweites Mal in den Dienst des Kaiserreichs getreten. Als Diener des Kronprinzen war er, gleichsam im Reisegepäck einer Entourage, mit nach Italien genommen worden. Es waren zwar auch Pfleger dabei und eine Gruppe von Ärzten, deren Zusammensetzung manches Mal über Nacht wechseln konnte, doch der Kronprinz freute sich in der Fremde über jedes vertraute Gesicht. Denn um Vertrauen ging es hier, das hatte Barthelmes schnell heraus. Die deutschen Ärzte misstrauten dem englischen Doktor, den man aus London hinzugezogen hatte. Auch in Barthelmes' Einschätzung war der ein ganz windiger Vogel, aber er wurde von der Gemahlin des Kronprinzen immer zuerst zu Rate gezogen. Die deutschen Ärzte misstrauten jedoch auch einander: Bergmann versus Virchow. Manchmal mehrmals pro Woche reisten neue Koryphäen aus Berlin, Straßburg und sonst woher an, um den Kehlkopf des Kronprinzen zu begutachten. Der, rotblond und hünenhaft, sah trotz seiner rätselhaften Erkrankung noch aus wie der direkte Nachfahre des legendären Barbarossa. Er ließ sie still gewähren, ließ sie ihre blitzenden Kanülen und Spektometer in seinen Hals schieben, ließ sie in seinem Schlund tasten, tupfen und schaben, ließ sie sich verneigen und sich mit versteinerten Mienen wieder verziehen. Erst wenn der Abend dämmerte, saßen die schweigsamen Mediziner irgendwo im Park hinter üppig duftenden Büschen und besprachen mit ernster Miene das Gesehene.

Barthelmes hatte nie den Anspruch an sich selbst gehabt, ein guter Soldat zu sein. Damals in Frankreich, an diesen Orten, die klangen wie guter Rotwein, in Rubécourt, Givonne und Donchery, hatte er oft genug Haken geschlagen wie ein Hase, insgeheim froh, wenn das feindliche Feuer in die Kameraden links und rechts von ihm mit diesem peitschenden Geräusch einschlug, das er seitdem nie vergessen konnte. Als medizinischer Hilfsassistent von Weinlaub und dem Metzger beobachtete Barthelmes später sehr genau, welchen

Weg der Vernichtung eine Kugel im Körper eines Menschen einschlagen kann. Dieses blutige Wissen hatte dazu geführt, dass er sich bei jeder Gefahr immer wie ein Getroffener in den nächsten Graben fallen ließ, um dort unten, im stacheligen Dickicht, die Lage zu sondieren. In Sanremo, in der Villa mit dem hustenden Kronprinzen, war es Barthelmes deshalb sehr vertraut, verborgen im Gesträuch die gesundheitliche Lage des Patienten zu sondieren, indem er von dort aus die Ärzte belauschte. Wegen der Fachbegriffe verstand er vieles nicht. Aber so viel war klar: Man war sich nicht sicher. Das Fatale an der Gesamtsituation war die unerhörte Wichtigkeit dieses Patienten. Niemand von denen, hatte Barthelmes in den blühenden Mimosen lernen müssen, war bereit, die Verantwortung zu übernehmen. So saßen sie da, atmeten die milden Aromen des italienischen Abends ein, tranken Wein und türkischen Mokka und veranlassten in der Nacht Eildepeschen an die Presse ihrer Heimatländer. Und genau hier in Sanremo hörte Barthelmes zum ersten Male in diesem Zusammenhang das kurze, einsilbige Wort, das ihn frieren ließ: Krebs. Der Kronprinz habe Krebs, sagte einer, das stünde außer Frage. Man könne nicht operieren, das Risiko sei zu groß. Ein Kunstfehler oder nur ein nahezu unvermeidlicher Blutsturz bei der Operation, eine verheerende Sepsis danach, und man stünde tags darauf in jeder europäischen Zeitung als vermeintlicher Königsmörder auf der Titelseite. So warteten sie ab, besahen bei Tag den Kehlkopf, mikroskopierten Gries und Schleim, tuschelten nachts in Gartenecken wie Verliebte. Sie warteten. Wochenlang. Monatelang. Zu lang.

Jetzt, vergeudete Monate später, im Juni ’88, Barthelmes’ Kronprinz ist mittlerweile deutscher Kaiser, warten sie noch immer. Bloß der Schauplatz hat gewechselt, aus der schmeichelnden, fast privaten Kulisse der Villa über Sanremo sind die marmornen Säle und hallenden Korridore des Neuen Palais in Potsdam geworden. Keine halbe Stunde Fußmarsch von Sanssouci entfernt und doch in vollem, sorgenschwerem Gegensatz dazu. Friedrichskron haben sie es jetzt, verzweifelt um Optimismus bemüht, genannt. Aber Friedrichsletzteruh müsste es heißen. Denn hier, gleich hinter der Nische mit den leise Karten spielenden Dienstboten Barthelmes, Hinzpeter und Hopp, warteten die Doktoren noch immer. In Italien, das Mittelmeer im silbrigen Dunst vor Augen, hatten sie darauf gewartet, dass einer von ihnen nicht mehr anders gekonnt hätte, als die Verantwortung zu übernehmen. Hier warteten sie nur noch auf seinen Tod. Der Gestank des verfaulenden Organs im Hals Seiner Majestät hing in allen Räumen. Die Kaisergattin hatte Duftlampen mit Kräuteröl aufstellen lassen, angeblich, um dem Patienten das Atmen zu erleichtern, aber vor allem, um Neuankömmlingen das würgende Gefühl zu nehmen, wenn sie zum ersten Mal das rochen, was die Mediziner schlicht «Kehlkopfjauche» nannten.

Barthelmes überrascht mit seinem letzten Trumpf Hinzpeter eiskalt. Der Jubel über den Stich fällt gewohnt leise aus, denn Rufen, zu lautes Aufschlagen der Spielkarten, zu forsches Absetzen von Besteck und Geschirr würde in diesen Räumen wie in einer Kathedrale hallen.

Hopp beendet die Spielrunde und geht mit trägem Nicken zu seinem Küchendienst im Nachbargebäude zurück. Barthelmes räumt die Karten zusammen und legt sie ordentlich in ihre Kartonschachtel. Und so, wie der kleine Karton vor ihm auf dem Tisch steht, wird Barthelmes plötzlich ganz schwer ums Herz. Hinzpeter sagt noch etwas, das Barthelmes durch das Rauschen in seinem Kopf hindurch nicht mehr hört, dann lacht er stumm und geht auch. Barthelmes starrt weiter bloß auf den braunen Karton vor sich.

Er oder ich, denkt er, steckt die Karten ein und macht sich auf, nach seinem Patienten zu sehen. Er oder ich, wer stirbt zuerst? Rückenschmerzen von der Gartenarbeit, hat er sich gesagt, als der Militärarzt ihn bei der jährlichen Routineuntersuchung für Mitarbeiter des Hofstaates auf die kleine Beule am Nacken ansprach. Ein Insektenstich, Pferdefliege vermutlich. Als der Arzt das amseleigroße Ding betastete, hatte Barthelmes geschrien und hätte sich am liebsten in den nächsten Straßengraben fallen lassen. Aber vor diesem Feind läufst auch du nicht mehr fort, Ingmar Barthelmes, hatte er sich gesagt. Diesem Feind ist es egal, ob du auf der ersten oder zweiten oder dritten Silbe betont werden willst. Der da, dein Feind, wird immer nur auf der ersten Silbe betont. Denn er hat nur die eine, der Krebs in deinem Rücken.

▪▪▪

Gräfin Landow ist nicht in der Lage zu sagen, weshalb sie sich so befreit und leicht fühlt wie schon lang nicht mehr. Sie hat nicht, wie in der Pension verkündet, den Zug zurück Richtung Berlin genommen. Für sie gibt es kein Zurück. Sie hat stattdessen von dem restlichen Geld ein Dachzimmer in einer schmalen Straße oberhalb der Pension bezogen, in der Handwerker und kleine Leute wohnen. Die Zimmermiete ist für den nächsten Monat im Voraus bezahlt. Ihr Vermieter ist ein Tischler namens Wolff mit vorstehenden Zähnen und Sägemehl in den Ohren, dem sie sich als Frau Landau vorgestellt hat. Hier, in Wolffs Mansarde, sitzt sie auf dem schäbigen Bettgestell, hört das stetige Hämmern aus der Werkstätte im Hof unten und betrachtet die fliegendreckfleckige Illustration an der Wand gegenüber. Das Bild zeigt verschiedene Stadien eines Maikäfers. Es ist offenbar aus einem naturwissenschaftlichen Buch herausgelöst und verdeckt einen handtellergroßen, schwarzen Fleck auf der Wand dahinter, der aussieht wie eine Wunde.

Maikäfer flieg, der Vater ist im Krieg, die Mutter ist im Pommerland. Pommerland ist abgebrannt.

Gräfin Landow sieht auf die Uhr. Sie muss gehen. Sie betrachtet sich in ihrem kleinen Handspiegel, so gut es das trübe Dämmerlicht hier oben zulässt. Sie muss jetzt nicht gut aussehen, nur sauber und ernsthaft interessiert. Es geht, steht in der Annonce, um das Beaufsichtigen von Kindern einer Kaufmannsfamilie. Man erwartet eine gebildete Dame mit musischen Fähigkeiten, gewöhnt an die Umgangsformen in einem anspruchsvollen Haus. Gabriel, Fritzi und Perikles sind allesamt von Hausdamen aufgezogen worden, «Frau Landau» weiß also sehr genau, was eine solche Position verlangt. Der schlesischen Hausdame von Fritzi ist der alte Landow nachgestiegen wie ein Kater. Bitter steckt sie den Handspiegel fort und geht. Im Stiegenhaus hört sie ein Kinderspiel von draußen. Hier ist sie nun, was sie ist: eine verarmte Frau mit stolzem Blick und noch drei sauberen Garnituren Leibwäsche im Gepäck. Pommerland ist abgebrannt. Die Kinder laufen fort, als sie kommt. Ein kleiner, senffarbener Hund mit Drehschwanz kläfft misstrauisch und läuft den Kindern die Gasse hinunter hinterher.

31

Montag, 11. Juni.
Noch 4 Tage bis zum Tod des Kaisers.

Er träumt im Schlaf und knurrt dabei. Redet sich schlafend ein, Held gewesen zu sein. Dabei ist er für so was längst viel zu schwer und zu träge. Ein Wunder, dass er überhaupt noch lebt, fett wie er ist. Er ist wie ich, denkt Landow.

Als er sich durch das halb geöffnete Fensterchen von Koesters Vorratskammer gezwängt hat, war Cointreau in all seiner Tonnenhaftigkeit langsam herangekommen, hatte ihn mit seinen kirschgroßen Glupschaugen erkannt, für einen Moment mit dem Stummelschwanz gewackelt und sich dann umständlich in die Lücke zwischen Küchenschrank und Regal gezwängt, um dort zu schlafen.

Landow findet im Schlaf längst keine Ruhe mehr. Er fühlt sich wie einer, der quälend langsam in einen großen Trichter hineingezogen wird und dessen tastende Hände an den Wandungen keinen Halt finden. Lautlos geht er in der vertrauten, stockdunklen Küche umher, findet wie zufällig das Fach mit dem Obstschnaps, sitzt auf dem noch immer wackligen Stuhl, auf dem er meist gesessen hat. Er fühlt sich wie einer, der Jahre fort war. Einer, den man danach ausfragt, wie es in Montana, am Missouri und in den Black Mountains war. Dabei ist er erst seit ein paar Wochen fort, gilt offiziell noch immer als Opfer eines Zimmerbrandes mit ungeklärter Ursache.

Er wird von der Regierung fürs Nichtstun bezahlt und fragt sich immer noch, weshalb. Es kommt ihm jetzt immer häufiger so vor, als ob die ihn tatsächlich fürs Nichts-Herausfinden geholt haben. Haben sie ihn, den unerfahrenen Seitensprungschnüffler, also genau deshalb ausgesucht? Fest steht: Die Regierung bezahlt offenbar Leute dafür, subversive, teils regierungsfeindliche Propaganda unters Volk zu bringen, wie die Druckerei in der Urbanstraße beweist. Niemand hätte Gürtler ernsthaft für einen Kommunisten, Anarchisten oder Antichristen gehalten. Er hat diese Flugblattdrucker und -verteiler wahrscheinlich nur organisiert und bezahlt. Hat vielleicht auf Weisung von oben die Schlagzeilen und Parolen übermittelt oder sich in der Büropause einen Jux daraus gemacht, sich selbst welche auszudenken. Aber wozu, verdammt? Um einfach nur blindlings Unruhe zu stiften? Ging es denen wirklich nur darum? Unentwegt zu Revolution, Gerechtigkeit, für den arbeitsfreien Sonntag oder einen baldigen Krieg zur Rettung Germaniens aufzurufen? Aber wozu, verdammt? Um das Volk nach dem Tod seines liberalen, krebszerfressenen Kaisers umso fester an die Kandare nehmen zu können? Weil man ganz offenbar, wie das Vorhandensein all dieser aufrührerischen Druckerzeugnisse beweist, von Feinden, ausländischen wie inländischen, subversiv durchmischt und unterwandert ist?

Der dicke Hund in seiner selbstgewählten Zwangslage liegt jetzt da wie tot. Es ist ganz still im Haus. Im Herd knackt das letzte Holz. Der Geruch nach Süßem liegt in der Luft. Koester hat wieder Pudding gekocht.

Und was, denkt Landow und tastet im Dunkeln nach dem Rand des Glases, um beim Nachgießen nichts zu verschütten, was ist mit … ihr, dieser Frau aus der Oper? Selbst wenn sie ihn belogen hat und gar nicht an der Ermordung Gürtlers beteiligt war … woher wusste sie dann diese Einzelheiten? Landow hat nie zuvor eine Frau von solcher inneren Kälte erlebt. Wäre sie mit dem echten Gürtler auch ins Bett gestiegen, damit der seine kleinen Geheimnisse verriet? Der eitle Gürtler hat sich wahrscheinlich geschmeichelt gefühlt von dieser Einladung in die Oper. Aber das reichte ihm offenbar nicht. Er machte diesen Leuten Druck. Sein Hochmut kam tatsächlich vor dem Fall, und Gürtler wurde zum Briefbeschwerer für die rausgetrennte Buchseite aus einem Märchenbuch. Dieser kleine Beamte und mutmaßliche Organisator dieser staatlich bezahlten Räuber-und-Gendarm-Truppe in der Urbanstraße, hatte zu keiner Zeit einen Schimmer, mit welchem Gegner er sich offenbar einließ. Den zumindest, diesen Schimmer, hat Landow jetzt.

Die Dielenbretter an der Wand mit der schiefgesessenen Chaiselongue, die sämtliche Gerüche dieses Ortes in sich hütet, die guten und die bösen, knarren nun vertraut. Jemand kommt. Landow riecht Koesters Zigarettenatem hinter sich.

«Scheiße, ich hätte dich beinah erschossen, Arschloch.»

«Dir auch einen schönen Abend, Koester.»

Koester entspannt den Hahn der Waffe dicht hinter Landows Kopf und dreht das Licht etwas hoch.

«Gabriel Landow, wenn ich dich erschieße, könnte mich niemand dafür anklagen. Schließlich bist du schon tot. Wie ich sehe, trinkst du wieder.»

«Bist du verletzt?»

«Ich? Wieso? Blute ich wieder?» Koester fasst sich dabei an den Hintern seiner langen Unterhose.

«Im Gesicht. Dieses Ding da unter der Nase.»

«Das trägt man jetzt. Damit die Bartspitzen in Form bleiben. Das Zeichen der neuen Zeit. Franz trägt auch eine.»

Für einen flüchtigen Moment wischt das Bild zweier Männer durch Landows Bewusstsein, die sich mit vorgeschnallten Schnurrbartbinden leidenschaftlich küssen.

«Hast du die beiden Mauser noch, Koester? Würde ich mir gern ausborgen.»

«Klar. Kannst du noch damit umgehen?»

«Werden wir sehen.»

«Ich habe aber nicht mehr viel Munition dafür. Nur noch zwanzig Schuss.»

«Das reicht. Zum Nachladen bleibt sowieso keine Zeit.»

«Seit wann gehst du bewaffnet aus dem Haus, Gabi?»

«Seit ich mit der Regierung zu tun habe.»

«Soll ich mitkommen?»

«Nicht nötig.»

«Sicher?»

Koester, dessen Unterhose am Hintern tatsächlich einen kleinen Blutfleck hat – aber vielleicht ist es auch Rotwein –, holt hinter den Tellern im Küchenbuffet einen flachen, nussbraunen Holzkasten heraus und legt ihn auf den Tisch. Cointreau furzt im Schlaf. Koester öffnet die beiden Schnappschlösser des Kastens mit feierlicher Begeisterung. Er nimmt einen der beiden identischen Revolver Modell M / 83 raus, lässt die Ladeklappe rausspringen. Dann drückt er sie in das matte, eisenfarbige Gehäuse zurück. Mit einem kurzen, Vertrauen spendenden Klick rastet sie ein. Selbst wenn alle Kameraden an der Front, ihn eingeschlossen, vor Dreck starrten, waren Koesters Waffen stets vorbildlich geölt und gepflegt.

«Ich schleppe doch nicht pfundweise Eisen mit mir durch dieses Scheißfrankreich, um dann, wenn ich's brauche, nur ein schartiges *Klöck* zu hören, oder?»

Der Lauf ist kühl. Der geriffelte Holzgriff erwärmt sich schnell in Landows Hand.

«Hier die Munition. Kaliber .10,6. Mach die Löcher in die Richtigen, Gabi. Und pass auf dich auf.»

«Du auch auf dich, *wartime comrade.*»

«Scheißromantiker.»

▪▪▪

«Ich habe bei meinen Kindern regelmäßig die Lateinvokabeln abgefragt.»

«Gewiss, Frau … Landau, gewiss, aber für Benedictine und unseren Justus wünschen wir uns schon einen berufsmäßigen Pädagogen. Eine Hauslehrerin mit Referenzen und Erfahrung. Jemand, der die beiden in ihrer Menschwerdung festigt und begleitet. Was machen Ihre Kinder heute, wenn ich fragen darf?»

Ertrunken, verbrannt, bankrott, könnte sie nun sagen.

«Zwei leben nicht mehr, und der Älteste führt das Gut– das gut…gehende Familiengeschäft.»

«Nun, dann bleibt Ihnen immerhin ein sicherer Hafen, nicht wahr?»

Frau Assessor Rinck-Dinklage ist eine muntere Person, die beim Sprechen lebhaft ihre etwas zu breiten Hände einsetzt. Sie ist die fünfte Dame in Bad Ems, die auf die Dienste der Gräfin Landow verzichtet. Man bietet ihr gewöhnlich keinen Tee an, und das Gebäck, das man ihr gestern hinstellte, war steinhart. Man besteht auf einer Jüngeren, einer mit Berufserfahrung als Hausdame, einer mit Zeugnissen für Menschwerdung. Ihre einzige Referenz ist ihre Familie. Und die gibt es nicht mehr.

▪▪▪

Dass Landow brütend in ihrer Küche sitzt und auf irgendwas starrt, dieser Anblick ist Orsini hinlänglich vertraut. Aber die beiden großen Pistolen, die jetzt vor ihm auf dem Tisch liegen, machen Orsini etwas Angst.

«Ich habe es gleich geahnt. Ist es wegen dieser Dame? Der aus der Oper? Ist es so?»

«Ist *was* wegen der Dame?»

«Na, Ihr Duell. Oder wozu ist diese Bewaffnung sonst gut?»

«Duell? Unsinn.»

Orsini lässt Landow jetzt besser nicht aus den Augen. Er glaubt ihm kein Wort. Die Art seiner Schwermut hat sich verändert, seit er in der Oper war, das hat Orsini gleich gemerkt. Und an der Oper selbst wird es nicht liegen, ahnt er, und steigt deshalb mitten in der Küche aus den Kleidern.

«Dienst beendet? War was Interessantes dabei? Wie war es im Club?»

Orsini setzt sich in Unterwäsche an den Tisch und betrachtet Landow sehr genau.

«Ja, wie war es im Club? Die gleiche Frage könnte ich Ihnen auch stellen. Oder?»

«Sind Sie betrunken?»

«Mitnichten. Das Trinken ist Ihre Aufgabe. Sind Sie schon lang hier?»

«Seit zwei Stunden ungefähr. Orsini, was soll dieses Gefrage?»

«Nun, ich frage das, weil ich Sie vor einer knappen Stunde erst bestohlen habe. Im Club.»

«Mich?»

«Einen Gast in einem Frack, der Ihnen nicht nur irgendwie ähnlich sah, sondern der Ihr genaues Abbild war. Nicht ganz so schwer, aber sonst wie aus dem Gesicht geschnitten.

Gut gekleidet, gutes Cologne, trug allerdings seltsam papageienbunte Schuhe. Er kam nur kurz herein, weil er sein Einstecktuch mit Blut befleckt hatte. Er habe Nasenbluten gehabt, sagte er.»

Landow hat die Hand mit der Munitionsschachtel langsam sinken lassen und starrt Orsini ehrlich verblüfft an. Der lächelt arglos zurück.

«Während dieser Herr, der Sie nicht waren, weil Sie sich zur gleichen Zeit hier auf ein Duell oder sonst was vorbereiteten, sein neues Einstecktuch auswählte, nahm ich ihm die Uhr. Ein hübsches, altes Stück. Und gab sie ihm zurück. Beides selbstredend von ihm unbemerkt.»

Landow lässt wütend die Hände auf den Tisch krachen. Beim Aufstehen poltert sein Stuhl zur Seite. «Nicht dass es schon genug ungeklärte Fragen in diesem Fall gäbe, aber was macht mein Bruder, ein harmloser ostpreußischer Getreidejunker, in Ihrem mondänen Congo Club?»

«Ihr Bruder?»

«Ganz recht: Perikles Graf Landow. Mein älterer Bruder. Neun Minuten älter.»

▪▪▪

Die beiden Burschen tragen die Frau eilig durch die Stadt. Die Füße voran. Am helllichten Tag! Hans kann nicht anders, als ihnen zu folgen. Die Männer verschwinden bald in einer schmalen Hofeinfahrt und tauchen, gerade als Hans ihnen dorthin nachgehen will, an der Trottoirseite im Schaufenster eines Bekleidungsgeschäftes für feine Damen wieder damit auf. Hier stellen sie den Frauentorso zentral in das linke der beiden gefährlich blitzenden Fenster.

Vielleicht ist es genau das, denkt Hans aufgeregt und betrachtet gespannt, wie drinnen nun ein dritter Mann damit beginnt, die Schneiderpuppe mit einem Rock nach der neuesten Mode zu bekleiden. Das Kleidungsstück ist grasgrün, vorn hoch geschlitzt und mit großen, kontrastfarbigen Knöpfen versehen. Die winzigen Knöpfe einer elfenbeinfarbenen Bluse sind ebenfalls fein mit Stoff überzogen und sehen aus wie Kinderzähne. Ein Kribbeln der Erkenntnis durchwandert Hans, als der Mann im Schaufenster jetzt noch die passende Jacke auf die reglose Gestalt drapiert. Das ist es! Beinah hätte Hans es laut herausgeschrien. Das Geheimnis seiner Erfolglosigkeit liegt ihm jetzt auf der Hand: Sein bisheriges Material sind Dienstmädchen und Arbeiterinnen gewesen. Niemand interessiert sich hier für einfache Leute. Aber wenn er einmal eine Dame auswählen würde, eine elegante Erscheinung in teurer Kleidung, und die dann unübersehbar präsentieren würde, dann könnten die Leute nicht länger wegsehen. Dann müssten die Zeitungen darüber berichten. Dann wären die Wellen des Schreckens in der ganzen Stadt spürbar. Dann … Hans, noch immer in das Schaufenster vor sich starrend, fährt zusammen, als sich im Fensterglas der Kopf einer Dame spiegelt, dicht neben seinem. Sie muss größer sein als er, denn obwohl sie ein paar Schritte hinter ihm steht, befinden sich die Spiegelbilder ihrer Gesichter exakt auf gleicher Höhe. Lächelnd betrachtet die Dame die Auslagen im Fenster, sieht er. Hans muss nur seinen Kopf heimlich ein kleines Stück zur Seite bewegen, und schon legen sich ihre gespiegelten Gesichter aufeinander wie zu einem Kuss. Die Dame zerstört dieses harmonische Bild allerdings und geht rasch die Stufen des Modegeschäfts hinauf. Ein spitzköpfiger Herr in dunklem Anzug hält ihr von innen dienernd die Tür auf. Er begrüßt die Dame mit einer Verbeugung und in einer fremden, singenden Sprache. Das ist Polnisch, glaubt der Hans. Oder Französisch? Er ist ganz durcheinander. Die Dame antwortet knapp in derselben Sprache, dann, unter vornehmem Bimmeln der Türglocke, die Hans wohlig an den Gottesdienst erinnert, schließt sich der Laden. Die Puppe im Fenster ist nun vollständig angekleidet, aus dem Ausschnitt der kurzen, ebenfalls grashüpfergrünen Jacke schimmert vornehm der elfenbeinerne Kragen der Bluse heraus.

Das Märchen vom tapferen Schneiderlein fällt dem Hans dabei ein. Wie töricht der war. Sieben auf einen Streich! Wie dumm, sich nicht jede einzeln vorzunehmen. Hans lächelt erleichtert und geht davon. Er kennt jetzt seinen Weg.

▪▪▪

Die fleckig gewordene, nur handtellergroße Fotografie, über die Jahre an den Ecken schon arg gestaucht, zeigt ein wohlhabendes Paar mit zwei etwa zehnjährigen Jungen und einem kleineren, noch in dichten Rüschen verborgenen Mädchen, aufgenommen «im Advent 1861», wie die steile, engschlaufige Tintenschrift auf der Rückseite verrät. Die Jungen darauf gleichen sich wie ein Ei dem anderen. Beide tragen die strenge Uniform kleiner Marinematrosen.

«Dieses Bild hat ein herumreisender Fotograf gemacht. Eine Sensation damals. Ein schwitzender Mann mit flinken Händen, der auf uns Kinder den Eindruck eines Zauberers machte. Er schleppte einen großen Kasten in den Salon, richtete ihn auf und instruierte besonders uns Kinder, auf keinen Fall zu wackeln, das verfälsche sonst das Ergebnis.»

«Und der Hund?»

«Hector mit c, so hieß der Jagdhund meines Vaters, tat nichts, was sein Herr ihm nicht erlaubte. Vom Hund ging keine Gefahr auf Misslingen der Aufnahme aus.»

«Und dieser Gipskopf hier vorne? Welche Bedeutung hat der?»

«Die hässliche Büste von Priamos oder sonst wem hat keine Bedeutung. Sie hat bloß eine Funktion. Der Kopf steht nur dort, um etwas zu verstecken.»

«Nämlich?»

«Den Fuß meines Bruders.»

Landow nimmt die Zigarette, die Orsini ihm hinhält, und steckt die Fotografie wieder ein. Er bläst den Rauch durch die Nase und erzählt: «Ich wundere mich selbst, dass ich das alte Bild noch mit mir herumschleppe. Mein Bruder und ich waren also Zwillinge. Selbst unsere Mutter verwechselte uns manchmal, wenn wir bei Tisch saßen. Sobald wir standen oder zu Fuß unterwegs waren, konnte man uns allerdings nicht mehr verwechseln. Denn Perikles' rechter Fuß ist seit der Geburt verkrüppelt. Ein Klumpfuß. Solange wir nur krabbeln konnten, ließ sich dieser Makel einigermaßen gut verbergen. Aber später nicht mehr. Und so hinkte einer der Landow-Brüder, noch dazu der ältere von beiden, weithin sichtbar wie ein Gnom. Die alten Weiber in den Arbeiterhäusern flüsterten längst von einem Teufelsfuß und einem Fluch. Wenn Hagel ins Korn peitschte, gaben sie dem Fuß die Schuld. Unsere Mutter trug den missgebildeten Knaben dennoch mehrfach heimlich zu ihnen. Die Weiber schlugen die Lappen zurück und dann dreimal das Kreuz. In bestimmten Neumondnächten trugen sie ihn zu einer Baumgruppe draußen auf den Feldern, denen man eine mystische Wirkung zuschrieb. Dort bespritzten sie das schreiende Kind mit dem Blut neugeborener Lämmer, murmelten Beschwörungsformeln und gingen erst bei Sonnenaufgang zurück.

Als wir etwa drei Jahre alt waren, reiste der Vater mit meinem Bruder in die Schweiz zu einem Spezialisten in Genf. Als sie zurückkamen, steckte der winzige Fuß meines Bruders in einem Gestell aus Eisenstangen. Mein Vater hatte sich in der Schweiz eine Uhr mit Spielwerk gekauft. Das unaufhörliche Schreien meines Bruders wegen des Eisengestells in seinem Fleisch hörte nicht auf. Und nachts trugen ihn die Weiber weiterhin zu den Bäumen, morgens bei Tisch ließ der Vater die Schweizer Uhr aufspringen und sagte dabei gern grausame Dinge wie: ‹Diese Uhr, das wurde mir garantiert, besteht aus einigen Hundert Einzelteilen, die reibungslos funktionieren. Ein menschlicher Fuß besteht aus wesentlich weniger Teilen. Seltsam, dass er trotzdem nicht in der Lage ist, ganz normal und wie von Gott gewollt seinen Dienst zu verrichten.›»

Landow bläst Zigarettenrauch durch die Nase.

«Nach einem halben Jahr reisten der Vater und mein Bruder wieder in die Schweiz. Als sie zurückkamen, war das Eisengestell fort, aber auch jede Hoffnung auf Besserung. Dabei behinderte der Fuß meinen Bruder kaum beim Laufen, das Aussehen war schlimmer als die Wirkung. Perikles rannte damit fast genauso schnell wie ich, er schwamm und tauchte damit wie ich. Aber dann kam dieser Wanderfotograf. Wir standen in unserer unbequemen und am Hosenbund kneifenden Festtagskleidung dort, während der Vater persönlich das Gruppenbild mehrfach umarrangierte und schließlich eigenhändig diesen Gipskopf heranschleppte, um den klobigen Fuß zu verbergen, wie er mehrmals betonte. Einwände des Fotografen, der Gipskopf störe den Aufbau des Bildes, wurden fortgewischt. Wir wackelten nicht. Das Bild wurde gemacht. Ein Familienidyll.

Ab diesem Tag veränderte sich Perikles' Haltung zu seinem Fuß spürbar. Vorher hatte er seinen Makel immer abgelehnt. Nun versuchte er offenbar, das Schicksal zu akzeptieren. Ich weiß nicht, was zu diesem Sinneswandel führte, wir haben eigentlich nie darüber gesprochen. Für mich war sein Fuß einfach nur sein Fuß, verstehen Sie? Einmal, im Herbst bei der Walnussernte, zeigte er mir den Kern einer gerade geknackten Nuss. Eine Hälfte des Doppelkerns war dunkel, fast schwarz. Aber statt sie verächtlich wegzuwerfen, sah er etwas in ihr. Er legte die beiden Hälften, die aussahen wie zwei identische menschliche Gehirne, nebeneinander auf die Hand und sagte: ‹Siehst du, Gabi, das sind wir. Fast gleich. Aber nur fast. Das hier, das Dunkle, Bittere, das bin ich.› Damit steckte er den faulen Kern in den Mund und aß ihn, ohne mit der Wimper zu zucken. Ich glaube, er wollte damals den Fuß nicht mehr länger verstecken, er zeigte ihn jetzt ganz offen her. Später versuchten wir einmal, aus alten Fässern eine Art Tauchboot zu bauen. Wir hatten in der Zeitung davon gelesen. Nach seiner ersten Tauchfahrt, das erinnere ich sehr genau, stapfte er übertrieben laut auf dem Steg herum und schrie pausenlos etwas auf Englisch, das er in ‹Moby Dick› gelesen hatte. ‹There she blows! There she blows!› Er hatte das Buch auf Englisch gelesen. Er wollte damals wie dieser Kapitän sein, hinkend, einsam und verbittert.

Mit sechzehn ungefähr wollte er den Fuß plötzlich wieder verheimlichen. Er wollte den Mädchen gefallen, nehme ich an. Er ließ sich vom Schuster die Stiefel anders besohlen, sodass aus dem üblichen tak-tok seiner Schritte ein gleichmäßiges tak-tak wurde wie bei allen anderen Menschen. Manchmal denke ich, dass für ihn eigentlich nicht der Fuß das Problem war.»

«Sondern?»

«Sondern ich. Dadurch, dass wir Zwillinge waren, sah er in mir immer und überall sein eigenes Spiegelbild. Ohne diesen Makel. Ohne diesen verdammten Fuß. Wenn er mich ansah, sah er sich selbst, und zwar wie er ohne diesen Fuß hätte sein können. Statt: Was hat er, das ich nicht habe – was hat er *nicht*, das ich habe? Verstehen Sie, Orsini? Ich glaube allen Ernstes, dass er nur deshalb später in diesem Kriegsgerichtsprozess nicht für mich aussagte. Er wollte mich leiden sehen. So, wie er als Kind unter diesem Fuß gelitten hatte.»

Orsini schnallt sich nachdenklich seinen Attrappenarm fest und schüttelt dabei ungläubig den Kopf: «Wie Sie wissen, Landow, bin ich, was das Familienleben betrifft, ein Waisenknabe. Sie meinen also, Ihr Bruder hasst Sie, weil *Sie* zwei gesunde Füße haben und *er* nicht? Sie haben zwei Arme, ich nicht. Aber ich hasse Sie deshalb nicht. Es sei denn, Sie schnüren sich gerade die Schuhe zu.»

«Aber ich bin auch nicht Ihr Bruder, wir sind nicht zusammen aufgewachsen, und ich sehe zu allem Überfluss nicht auch exakt so aus wie Sie. Jedenfalls werde ich, seit Sie das mit Ihrer Begegnung im Club erzählt haben, das Gefühl nicht los, dass mein Bruder hinter dem Brandanschlag auf mein Büro stecken könnte. Das ist seine sehr spezielle Art von Humor. Und dass er sich jetzt in diesem Club bei der Hochfinanz herumtreibt, … das kann Zufall sein. Muss aber nicht.»

«Und wenn doch?»

Beide sitzen rauchend wie Borsig-Lokomotiven am Küchentisch und starren für einen Augenblick still auf die hart gewordenen Brotkrümel auf der Holzplatte. Da, ohne dass ein Fenster geöffnet worden wäre und auch nur für einen flüchtigen Moment, streicht ein Wind über die Dutzende von Zetteln, die Landow in den letzten Wochen mit seinen Fragen zum Fall bekritzelt und an die freie Küchenwand geheftet hat. Die Papiere bewegen sich nun sacht, als ginge einer durchs Zimmer. Schaudernd überprüft Orsini, ob sein Arm fest sitzt, und bekommt eine einseitige Gänsehaut.

32

Dienstag, 12. Juni.
Noch 3 Tage bis zum Tod des Kaisers.

Uhren werden gestellt. Felder werden bestellt. Sonderermittler werden einbestellt. Er wurde einbestellt.

«Ich erwarte Sie baldmöglichst in Raum 3-4-64. S.»

Wie lange der Zettel schon auf seinem Schreibtisch, festgehalten vom Sockel der alten Remington, lag, weiß er nicht. Er hat zehn Minuten gebraucht, den Raum 64 in Abteilung 3, Etage 4, zu finden. Die meisten Flure in diesem Teil des Ministeriums sind abgehängt und riechen nach frischer Wandfarbe. Im Raum selbst wird noch gesprochen, Landow wartet deshalb auf der Holzbank auf dem leeren Flur. Nach wenigen Minuten kommen zwei Männer aus dem Raum, einer, ein schmaler mit mürrischem Gesicht und verbundener Hand, nimmt auf der Wartebank Landow schräg gegenüber Platz. Der andere geht mit fliegenden Rockschößen und einer Akte unter dem Arm den Gang hinab und verschwindet hinten ums Eck.

Landow und der mit der verbundenen Hand sehen sich kurz an und grüßen sich stumm. Dann studieren beide intensiv den in diesem Teil des Gebäudes noch nicht frisch geweißten Rauputz an der Wand gegenüber. Landow betrachtet dabei verstohlen den Verband des anderen. Dessen linke Hand ist nicht verbunden, sieht er, die ist gar nicht mehr da. Der Arm endet am Gelenk. Nach wenigen Minuten kommt der mit den fliegenden Schößen zurück und überreicht dem Einhändigen ein Formular. Der ist an das Fehlen seiner Hand noch nicht gewöhnt, sieht Landow, als der Verletzte erst ungelenk seine Aktenmappe unter den Arm klemmen muss, um das Papier zu nehmen.

«So, da haben wir es schon, hier ist Ihre Zahlungsanweisung für die 3A, damit gehen Sie bitte zur Kasse, einfach hier den Gang hinunter, da hinten nach links und dann eine Treppe tiefer, Herr Slevogt. Guten Tag. Und Sie sind …?»

«Landow. Ich wurde herbestellt.»

Der Flugschoß denkt kurz nach, dann scheint ihm etwas zu dämmern.

«Aa-ja. Sie sind das. Warten Sie doch hier drin, ich hole … ihn.»

In 3-4-64 empfangen Landow die standardmäßige Büroausstattung inklusive Patentlochmaschine, reichlich verbrauchte Luft und der Reichskanzler. Nicht in Öl, bloß Seriendruck im schlichten Holzrahmen. An der Wand daneben hängt eine schmale Zeichnung. Nach zehn stillen Minuten auf dem Besucherstuhl steht er auf und betrachtet die kleine Zeichnung näher: *Botaurus stellaris.* Zu deutsch: die Rohrdommel.

Wuuuu-uuuu. Unheilvoll und unheimlich: Der Ruf einer Rohrdommel hört sich ziemlich genau so hohl an, als wirbelte einer ein Stück Rohr durch die Luft. Die Rohrdommel rief jedenfalls, als sie es entdeckten. Daran erinnert er sich sehr gut. Es stand ganz hinten in Ritters Scheune. Ritter, sagte man, hätte ein Kind mit seiner eigenen Tochter. Außer diesem Geheimnis hatte Ritter eine Zahnlücke und eine Schmiede. Die ausgeschlagenen Zähne vorn links hatten mit dem Erwerb der Schmiede zu tun gehabt. Aber auch das war vielleicht bloß eine Geschichte, und der Schmied selbst schien kein Interesse mehr daran zu haben. Weshalb sollte es dann Perikles und Gabriel kümmern, noch dazu, wo sie gerade mal dreizehn oder vierzehn waren und sich aus den Töchtern von Töchtern nichts machten? Zu Ritters Schmiede jedenfalls gehörte ein kleiner Hinterhof, an dessen Ende eine heruntergekommene Scheune stand, in der die angebliche Tochter von der Tochter oft mit einer Lumpenpuppe spielte. Die beiden herumstöbernden Jungs schoben das verdreckte Kind beiseite, und da stand es: ihr nächstes großes Abenteuer. Das Fass war an mehreren Stellen aufgebrochen, außerdem fehlte ihm oben einer der Eisenringe, die es zusammenhielten, aber es war groß genug, um einen Menschen aufzunehmen. Und das war entscheidend. Das nicht ganz helle Mädchen sah den beiden Landowbrüdern beim Probesitzen in dem kaputten Holzding zu und lachte blöde.

Am nächsten Tag kamen sie wieder. Diesmal hatten sie ein Fuhrwerk dabei. Perikles erklärte dem schwankenden Ritter, der neben einer dubiosen Enkeltochter auch eine bekannte Trunksucht hatte, sie hätten den «Befehl», das Fass abzuholen. Ritter grunzte, salutierte und befahl seinen beiden Söhnen, die sich stets gebückt wie staubmelierte Dachse über das Gelände bewegten und von denen jeder die Kraft hatte, es allein mit den zwei Jungs vom Gut aufzunehmen, das Aufladen zu übernehmen. Perikles und Gabriel fuhren ihr Fass in das alte Bootshaus, luden es ab und kletterten zunächst nur tagelang darauf herum wie Affen auf einem Felsen. Dann begannen sie, mit Stöcken gegen die Holzwände zu trommeln wie Urwaldneger. Und dann hatte einer von ihnen diese Idee mit dem Tauchboot. Landow kann heute nicht mehr beschwören, wer von ihnen es war. Aber vermutlich war er's selbst. Fürs Untergehen hatte er immer schon ein Händchen. Was für eine Heldenidee: Ein Tauchboot würden sie sich daraus bauen, so eins wie in dem Zeitungsbericht! Natürlich! Ein Tauchboot konnte pirschen wie ein Mohikaner.

Als sie gut fünf Jahre später mit Blaskapelle am Bahnsteig nach Steinhagen auf das Gut zurückkehrten, war vom Heldenmut der Mohikaner nichts mehr übrig. Sie waren gottlob weitgehend ganz geblieben in den französischen Wäldern, hatten an Historischem mitgewirkt, wie der Vater in einer mit altgriechischen Zitaten gespickten Rede nicht müde wurde zu betonen. Seinen Stolz über seinen Ältesten, der es zum Unteroffizier mit Portepee gebracht hatte, verbarg er dabei nicht. Seine Missachtung für Gabriel, der mit seinem Obergefreitenknopf am Kragen geradezu schäbig und wie ein Kriegsverlierer wirkte, zügelte er genauso wenig.

Weitere fünf Jahre später sahen sich die nur äußerlich so gleichen Brüder zum letzten Mal. Gabriel, immer noch Obergefreiter, war vor dem Militärgericht angeklagt, Soldgelder in nicht unerheblichem Maße veruntreut zu haben. Perikles, jetzt Oberleutnant mit Silberstern am Schulterstück, war als Zeuge geladen. Er könne zu den Vorfällen nichts sagen, gab er knapp zu Protokoll. Als ihn der Militärrichter fragte, ob er sich vorstellen könne, dass sein eigener Zwillingsbruder, Sohn aus guter, alter Familie, ein derartig schäbiges Verbrechen am Vaterland habe verüben können, hatte Perikles Gabriel nur kurz angesehen und dann den Blick wieder fest auf den Richter geheftet.

«Ich bitte», hatte er mit leiser, aber fester Stimme gesagt, «das hohe Gericht, mich von der Beantwortung dieser Frage zu entbinden.» Dann verließ Perikles den Zeugenstand. Der Richter machte sich eine Notiz. Der Säbelgriff Perikles' blitzte beim Herausgehen sehr elegant. Später erst erfuhr Landow, dass der Vater den Prozesstag nur einen Steinwurf entfernt im

Zimmer eines Hotels verbracht hatte. Die Familienschande im Gerichtssaal selbst zu verfolgen, hätte er nicht ausgehalten. Er trug, einsam auf dem Hotelbett sitzend, seine volle Uniform mit kompletter Ordensspange, ganz so, als würde durch diese Panzerung die Schande des Sohnes von seiner Familie abprallen.

Jetzt, mehr als zehn Jahre später, ist der Vater tot und der neun Minuten ältere Bruder treibt sich, aus der Nase blutend, in einem exklusiven Elite-Etablissement der Finanzaristokratie und Börsenspekulanten herum.

Der scharfe Blick des Reichskanzlers hat sich, während Landow ausgiebig über Rohrdommeln grübelt, nicht von ihm abgewandt. Der Schreibtisch, hinter dem das Bild, Standardausstattung der einfachen Arbeitszimmer der Ministerien, hängt, ist noch immer unbesetzt. Landow wartet seit einer Dreiviertelstunde hier, schätzt er. Zähe zwanzig Minuten später erscheint Sauermann. Er deponiert ohne eine Entschuldigung die Aktenmappen, die er bei sich hat, sorgfältig auf dem Tisch und betrachtet dann den Fürsten an der Wand, so, als hielte er rasche Zwiesprache mit ihm, was nun zu tun sei. Dann dreht Sauermann sich behände zu Landow herum und sieht ihn ernst an. Als Landow den Blick nicht sofort reumütig abwendet, seufzt Sauermann hörbar und setzt sich dann.

«Enttäuschung, mein lieber Landow, ist die negative Erfüllung einer positiven Erwartung. Wir hatten positive Erwartungen in Sie, in Ihre Arbeit. Wir hatten zumindest angenommen, dass Sie die ungeklärten Umstände dieser drei unglücklichen Todesfälle», und damit zeigt er auf die drei dünnen Akten, die er wie die Spielkarten eines Riesen vor sich aufgefächert hat, «schneller würden aufklären können.»

Sauermann und Bismarck blicken jetzt mit unverhohlener Geringschätzung auf Landow herab.

«Ich weiß immerhin», könnte Landow nun sagen, «wer Gürtler getötet hat. Da das Muster bei den anderen beiden Todesfällen ähnlich war, kenne ich damit zumindest auch eine Mittäterin. Ich weiß, wie sie aussieht, ich weiß, wie sie riecht, aber ich weiß, dass der Name, den sie mir genannt hat, falsch ist.»

Stattdessen schweigt Landow nur. Denn all das, was er noch nicht weiß – und das geht diesen Aktenpopanz ihm gegenüber einen feuchten Dreck an –, ist: Was hat es mit dieser Giftampulle auf sich? Was hat das Auftauchen von Perikles im Congo Club zu bedeuten? Und, und das beschäftigt ihn tatsächlich am meisten: Wie stark arbeitet das Gift dieser Dame bereits in ihm?

Sauermann öffnet die zuoberst liegende Mappe und nimmt einen schmalen Zettel heraus, den er vor Landow auf den Tisch legt.

«Ihr Honorar bis zum Ende des Monats. Ihre Ermittlungen sind allerdings schon mit dem jetzigen Zeitpunkt beendet.»

Betont langsam klappt Sauermann den Aktendeckel zu, so, als befürchte er, dass der sandfarbene Karton andernfalls Lärm macht.

«Ihr Auftrag, Landow, ist, ich korrigiere, war es, Licht in diese drei Fälle zu bringen. Die Umstände waren, zugegebenermaßen, rätselhaft, aber in summa ist Ihnen das seit der Auftragserteilung am, Moment, am 16. des Vormonats nicht gelungen. Oder irre ich mich?»

Landow schweigt. Sauermann nickt.

«Ihr Auftrag war hingegen nicht, Verdächtigungen gegen Dienststellen des Reichskanzlers zu erheben.»

«Habe ich das?»

«Wie anders erklären Sie Ihre Ermittlungen, was Zahlungen der Lohnbuchhaltung angeht?»

«Wie erklären Sie sich eine stattliche posthume Gratifikation an die Hinterbliebenen der drei Todesopfer, angewiesen direkt aus der Dienststelle des Reichskanzlers?»

«Es ist nicht meine Aufgabe, Ihnen etwas zu erklären, Landow. Sie glauben, etwas herausgefunden zu haben. Sie haben nichts herausgefunden, glauben Sie mir. Nichts von Belang jedenfalls. Betrachten Sie das Ganze als Experiment, das Ihnen Erfahrung und Geld eingebracht hat. Quittieren Sie mir lediglich den Erhalt Ihres Honorars.» Sauermann legt Landow schwungvoll ein Formblatt vor und weist beinahe elegant auf eine gestrichelte Linie am unteren Rand. «Hier bitte, Vor- und Zuname, danke. Das war es dann. Ich wünsche einen guten Tag. Die Vereinbarung über das absolute Stillschweigen über unser kleines Projekt erlischt allerdings nicht jetzt, sondern erst mit dem Zeitpunkt Ihres Ablebens. Immerhin können Sie nun Ihr kleines Versteckspiel beenden und aus dem Souterrain dieser gesetzwidrig bewohnten Villa wieder auftauchen … wie ein Tauchboot gleichsam … und zu Ihrem angestammten Tagesgeschäft zurückkehren. Zu Seitensprung und Konsorten.»

Landow sieht seinen Verdacht damit bestätigt: Sie haben ihn engagiert, damit er *nichts* herausfindet. Sie haben ihrem Auftrag damit Genüge getan: Der externe Ermittler L. ist zu keinem eindeutigen Ergebnis gekommen. Die angeordneten Ermittlungen verlieren sich in vagen Verdachtsmomenten, was die Bedeutung gewisser Textstellen, die man bei den Toten fand, betrifft. Hinweise auf etwaige Unregelmäßigkeiten innerhalb der Behörde haben sich nicht erhärtet. Honorar angewiesen, Kasse eine Treppe tiefer, Akte geschlossen.

Gerade weil Sauermann so zur Eile drängt, verschränkt Landow sehr ruhig die Arme vor der Brust: «Und was ist mit den Überfällen auf die Kuriere der geheimen Tauchbootbaupläne? Sie erwähnten bei der Auftragserteilung am, Moment ... 16. des Vormonats etwas davon.»

Sauermann zögert, blinzelt, reibt sich mehrmals rasch über die Augenlider, bevor er Landow schließlich verschmitzt anschaut: «Tauchbootbaupläne, ein klangvolles Wort. Ich ahnte gleich, dass es damals ein Fehler war, diese Dinge zu erwähnen. Ihre Fürsorge in allen Ehren, lieber Landow. Im Gegensatz zu den drei Fällen in Ihrer Verantwortung haben wir dieses Areal, so viel darf ich Ihnen verraten, inzwischen bereinigt.»

«Ach ja? Und wie?»

Landow merkt, dass er die richtige Frage gestellt hat. Sauermann steht auf, tritt unter das Bild des Reichskanzlers und doziert von dort mit spürbarem Stolz wie ein Feldherr:

«Angeregt durch unseren Reichskanzler hatte der Ihnen bekannte Hergenrath vor einiger Zeit bereits die brillante Idee, die Zuverlässigkeit unserer Geheimkuriere zu überprüfen. Wir heuerten auch dazu eine externe ... sagen wir einmal ... ‹Prüfungskommission› an. Die Fragestellung lautete: Wie sicher sind unsere geheimen Kurierrouten? Kann man sie ausspionieren? Kann man Geheimdokumente entwenden? Im Zuge dieser mehrstufigen Überprüfung ist anfangs etwas, nun ja, aus dem Ruder gelaufen. Es kam zu unschönen Kollateralschäden. Erst kürzlich wurde wieder ein Kurier bei Leipzig ... in einer barbarischen Art und Weise ... am helllichten Tag ... aber lassen wir das. Selbstredend waren die entwendeten Dokumente letztlich wertlos, aber es dürfte einige Zeit dauern, bis die Gegenseite das bemerkt. Sollte man dort die sorgsam eingearbeiteten Fehler indes nicht bemerken, umso besser für uns. Wir sind zwar eine noch junge Nation, aber, mit Verlaub, wir kommen nicht aus dem Mustopf, wenn Sie verstehen. Auch professionelle Diebe dieses Kalibers hinterlassen Spuren. Diese Spuren kann man zurückverfolgen bis zu ihrer Quelle. Im Krieg zieht ein Angriff einen Gegenangriff nach sich. Im Krieg um Nachrichten und Informationen erfolgt auf Spionage Gegenspionage. Wie Hergenrath erst kürzlich sagte: Um den Fuchs aus dem Bau zu locken, muss man ihm einen schmackhaften Köder bieten. Kurzum: Unsere Gegner haben die ihnen präsentierten Trojanischen Pferde eifrig in ihre Fuchsbaue geschleppt, so sollte es sein. Der Reichskanzler ist erfreut.»

Ein flüchtiges, triumphales Lächeln huscht dabei über das Gesicht des vielbeschäftigten Mannes. Er eilt rasch vor und korrigiert die Position des kleinen Bildes an der Seitenwand in die exakte Lotrechte. Das Bild zeigt eine Rohrdommel, aber das bemerkt er im Eifer des Gefechts gar nicht. Dann setzt Sauermann sich wieder Landow gegenüber an den Schreibtisch und verschränkt die Hände wie zum Gebet.

«Wir leben, lieber Landow, in einer immens experimentierfreudigen Welt. Wissenschaft, Medizin, Forschung, Technik, wer weiß, was alles möglich ist. Während wir hier sitzen, sausen unter uns pfeilschnell Depeschen und Eilbriefe von Postamt zu Postamt. Wer hätte vor wenigen Jahren etwas so Bahnbrechendes wie die Rohrpost für denkbar gehalten? Vielleicht wandeln wir eines Tages sogar auf dem Mond. Hier auf der Erde allerdings hatten wir intern ganz prosaisch zwei neuralgische Punkte zu bewerten: die überfallenen Kuriere und die drei ums Leben gekommenen Mitarbeiter. Was uns erstaunte, war das blutige Vorgehen der Täter hier wie dort. Die Presse ist kaum noch herauszuhalten. Wir sind bereits gezwungen, die Wahrheit so zu beugen, dass sich die Balken biegen. Aber das hat nun ein Ende. Ab jetzt, das meint auch der Fürst», er zeigt dabei mit der stolzen Geste eines Zirkusdirektors auf den gerahmten Bismarck hinter sich, «ab jetzt sollen Interna wieder nur von Internen behandelt werden. Das ist in keiner Weise ein Vorwurf gegen Ihre Ermittlungsmethoden. Dennoch war der Reichskanzler äußerst ungehalten, als er von Ihren Befragungen in der Registratur erfuhr. Wie dem auch sei: Unsere gemeinsamen Wege trennen sich hier und jetzt.»

«Weiß Hergenrath davon?»

«Nun, Ihr Mentor Hergenrath ist nicht mehr Teil des Reichsapparates. Doktor Hergenrath schied vorgestern auf eigenen Wunsch aus dem Staatsdienst aus. Er hat seine Demission dem Reichskanzler persönlich mitgeteilt. Ich hörte, dass er sich in Zukunft um die elterlichen Weingüter kümmern möchte, ich meine mich zu erinnern, sie befinden sich an der Mosel. Guten Tag.»

Damit steht Sauermann auf, nickt Landow und Bismarck kurz zu und geht hinaus.

Landow gleicht die Ziffern auf dem Scheck rasch im Kopf mit den Preislisten der großen Transatlantik-Reedereien ab und steckt das dünne Papier dann ein. Trotzdem fühlt er sich nicht als Sieger. Die haben ihn offenbar wirklich angeheuert, damit er nichts herausfindet. Das Lederfutteral mit dem Ausweis eines Sonderermittlers legt er auf den Schreibtisch und verlässt Raum 3-4-64 nachdenklich.

Irgendwo hinten auf dem Korridor schnäuzt sich einer mit Hingabe und feucht in mehreren Etappen. Nach kurzem Nachdenken kehrt Landow unbemerkt in das leere Sprechzimmer zurück und steckt den Adlerausweis wieder ein. Er hat das dumpfe Gefühl, dass er den bald brauchen könnte. Mehr denn je.

33

Mittwoch, 13. Juni.
Noch 2 Tage bis zum Tod des Kaisers.

Sie schwebt, leicht wie ein Vogel. Hundert Jahre scheint es her, dass sie sich so leicht gefühlt hat. Vielleicht einmal, als Landow damals um ihre Hand anhielt. Ihr Vater, der alte Schorlemmer, war sehr geehrt, dass ein Landow aus Steinhagen mit fünfeinhalbfacher Landfläche, das meiste davon gutes Ackerland, um die Hand ausgerechnet der Tochter anhielt, die weniger schön als die andere war. Insgeheim hatte er sie schon als Klavierlehrerin enden sehen, in einer zugigen Mansarde inklusive einer Gipsbüste Beethovens, speckig geworden von ihren heimlichen Küssen. Aber dann kam Landow, redete selbstbewusst, gespickt mit altgriechischen Zitaten und mit Cicero, auf den immer unfrohen Vater ein. Sie erinnert sich so genau an das alles, als sei es eben erst geschehen. Sie riecht förmlich jetzt noch den Geruch des elterlichen Wohnzimmers, das Schorlemmer optimistisch ihren «Salon» nannte. Sie ist jetzt leicht, legt sich beinahe übermütig auf den Rücken, lässt sich forttragen, auch in Gedanken. Wo ist nur ihr Bastköfferchen hin? Auch fort. Fort von hier.

«Ich beabsichtige», hatte Landow damals zu ihrem Vater gesagt, «Grasek den Streifen Landes vor dem Moor abzukaufen. Was meinen Sie dazu?»

Schorlemmer war weder ausreichend begabt in Landbau

noch in Geschäften allgemein, posaunte aber genau deshalb immer forsch seine unkundige Meinung heraus. Er hatte den Portwein abgesetzt, sie sieht es vor sich wie eben. Wie sein Gesicht erstaunt blickt, das helle Klack des Glases auf dem fuchsroten Kirschbaumtisch, das wird Ringe geben, hätte die Mutter den Vater normalerweise gescholten und gleich ein Tuch geholt, aber Landows Besuch ließ die Mutter nur die Augen rollen und hörbar ausatmen.

«Den morastigen Streifen? Da wächst doch nichts außer Sanddorn», hatte Schorlemmer gelacht und wieder sehr erstaunt geguckt, als Landow sein Glas etwas hob und mit fester Stimme sagte: «Manchmal wächst es unsichtbar, für das Auge verborgen, meinen Sie nicht? Mit Graseks wertlosem Moorstreifen wären unsere Ländereien direkt verbunden. Was halten Sie davon?»

Da erst hatte Schorlemmer verstanden, hatte sämtliche Bilder von abgeliebten Gipsköpfen und schäbigen Kammern fortgewischt, war aufgesprungen und hatte zu Landow gesagt: «Graf Landow, die Ehre wäre ganz auf meiner Seite.»

Auch Landow hatte sich erhoben und, zu ihrer Mutter gewandt, gedröhnt: «Patria est, ubicumque est bene.»

Auch ihre Mutter stand raschelnd auf, Rot schoss ihr in die Wangen, und ohne genau zu begreifen, was die Männer im Schilde führten, wurde auch sie erfasst von einer silbrig glänzenden Euphorie, die den kleinen Wohnraum, höher als breit, jetzt beinahe zu sprengen drohte.

«Pares cum paribus facillime congregantur.»

Schorlemmer, keines ebenbürtigen Zitates mächtig, murmelte nur ergriffen: «Für Gott und Vaterland», und trank den Portwein in einem Zug aus.

Der Vater, Wasser in den Augen, schenkte dann noch mehrfach und kleckernd nach. Ihm wäre jetzt alles recht gewesen, sogar ein neuer Krieg. Er fühlte sich groß und bedeutend und von nun an durch den kaum eine achtel Preußische Meile breiten Moorbodenstreifen des rachitischen Grasek auf ewig verbunden mit den 31 000 Roggenmorgen Steinhagener Landowlands.

Sie sieht ihn jetzt noch dort stehen, schief und schlecht frisiert, weinend wie ein Kind und dem neuen Schwiegersohn immer wieder dümmlich die Hand beklopfend.

Sie betrachtet die vorbeiziehende Landschaft wie aus einem fahrenden Zug. Aus einem Boot in Ufernähe winken sie. Ihr ist so leicht. So wünschenswert leicht.

■■■

Taube, Lachs, Weißwein, Champagner, Trauben und ein kariertes Plaid. Sie hat Gabriel zum Picknick eingeladen und holt ihn schon sehr früh beim Zoologischen Garten ab. Sie trägt heute ein auffallend grasgrünes Kostüm der neuesten Mode mit allerlei großen Knöpfen, die sie ihm ausgiebig präsentiert, wenn sie unterm schmalen Rock elegant die Beine übereinanderschlägt.

«Lassen Sie mich Sie überraschen», sagt sie mit einem Lächeln und zieht ihn in den Zweispänner.

In flotter Fahrt fahren sie stadtauswärts nach Südwesten, die milde Junisonne verspricht einen Tag wie in einem Fontane-Roman.

«Eine Luft wie Seide, finden Sie nicht?»

Während die grüne Buschigkeit von Zehlendorf und Nikolassee vorbeifliegt, denkt er drinnen über seine Lage nach. Sie hat ihm einen Mord gestanden. Aber er ist kein Sonderermittler mehr. Er ist jetzt bloß noch das, was er vor diesen Märchenmorden auch war: ein morgens um halb 10 schon angedudelter Privatmann.

Er betrachtet die in grün-gelben Fetzen vorbeirasende Landschaft und wünscht sich, es würde wirklich nur um ein Picknick gehen. Landow, Landow, machst dich selbst zum Köder. Fährst freiwillig – wenn nicht frei, dann doch willig – mit einer geständigen Mörderin hinaus ins Grüne. Im Krieg winkt Freiwilligen immerhin eine Tapferkeitsmedaille. Hier winkt ihm – was? «Eine Nation wie unsere befindet sich permanent im Krieg», hallt es in ihm nach. Dieser Schlesinger hat das gesagt in jener Nacht. Schließlich, ihr Wagen quert eine schmale Brücke und eilt weiter südwärts, gesteht er sich ein, weshalb er hier ist: wegen ihr, die ihn zwischenzeitlich kühl mustert, als säßen sie wie vollkommen Fremde in einer Linienkutsche. Nur wegen ihr.

«Es geht also nach Potsdam?»

«Vielleicht. Vielleicht auch nicht. Vielleicht hält der Wagen in einem Wäldchen am Wannsee, wir schicken den Fahrer für eine Stunde fort und baden anschließend nackt im See.»

«Anschließend?»

«Anschließend an unser kleines Picknick. Eine kleine Mahlzeit, wenn uns der Appetit überkommt.»

«Der Appetit ...»

«... aufeinander?»

Dann sieht sie aus dem Fenster, blinzelt in die Sonne und scheint die manchmal wie aus dem Nichts auftauchenden Kirchturmspitzen zu zählen.

Draußen fliegen Hecken vorbei. In jeder könnte ein Heckenschütze sitzen und ihn leicht bei einem Stück Langsamfahrt wegen schlechter Strecke ausschalten. Aber wozu die

Mühe? Wenn sie ihn aus dem Weg räumen wollten, hätten sie das längst tun können. Die Regierung hatte ihn engagiert, damit er nichts herausfand, den inneren Frieden nicht störte. Aber was hatten diese Leute mit ihm vor? Er betrachtet den aufregenden Schwung ihrer Lippen, sie ist die Ruhe selbst.

«Sie sind also die geheimnisvolle Dame, die in der Kutsche vor Koesters Pension wartete, während Ihr Begleiter sich die Dachkammer des bei einem tragischen Brandunglück ums Leben gekommenen ehemaligen Mieters, eines Privatdetektivs namens Landow, ansah?»

Ihr Gesicht verrät nichts.

«Und Ihr Begleiter war wer? Sauermann?»

«Nun gut. Ich verspürte damals partout keine Lust, eine schäbige Dachkammer zu besichtigen. Womöglich so eine wie auf dem Bild dieses öden Genremalers Spitzweg? Nein danke. Also, ja, ich wartete deshalb im Wagen. Und: Nein, mein damaliger Begleiter wird zwar manchmal das, was ihr Deutschen *sauer* nennt, aber er hieß nicht so. Noch weitere Fragen, Herr Staatsanwalt?»

Landow kann ihrem Blick kaum standhalten. Immerhin huscht ein Lächeln über ihr Gesicht, bevor sie wieder hinaussieht. Es ist diese unfassbare Ruhe, die ihn so fertigmacht. Die ist sich ihrer Sache absolut sicher, das spürt er in jeder Sekunde. Aber welche Sache ist das? Es ist wie im Theater: Entweder man geht in der Pause, oder man wartet auf den nächsten Akt.

Knapp zwanzig Minuten später biegt der Wagen tatsächlich in ein kleines Waldstück ein, fährt darin auf unebenem Grund schaukelnd weiter, bis sie das Glitzern des Wassers durch die Bäume sehen. Ohne ein Zeichen von ihr springt der Kutscher vom Bock und geht zügig davon wie ein Wanderer. Das alles hier ist verabredet, minutiös geplant. Der Kutscher wird nicht vor einer Stunde zurück sein. Und wie vorhergesagt schwimmen sie nach ihrem kleinen «Picknick» tatsächlich im See.

Picknick mit einer Mörderin. Klingt wie ein Groschenroman. Während Landow schwimmt, sondiert er angestrengt den bewaldeten Uferstreifen. Seine Revolver liegen weit entfernt neben Taube und Riesling bei seinen Kleidern. Würde er sie überhaupt benutzen? Würde er auf sie zielen und abdrücken können? Er fürchtet, er kennt die Antwort längst. Als er zum Ufer zurückschwimmt, fliegt kreischend ein Reiher auf. Dann ist es wieder still und friedlich, und er hört nur noch das angenehm trägen Rauschen ihrer eigenen Schwimmbewegungen.

Gegen Mittag schließlich erreichen sie den Schlosspark von Potsdam, sehen hinauf auf den eigentümlich geschwungenen, terrassierten Schlossberg mit der steingewordenen Sorglosigkeit eines von Selbstzweifeln zerfressenen Königs. Sogar eine Besichtigungstour zu den Stätten von Preußens Gloria wäre ihm recht; so ziemlich alles mit ihr wäre ihm recht, hätte sie ihm das alles nicht gestanden in jener Nacht.

«Wir besichtigen also ein Schloss?»

«Ich denke nicht, mein Lieber. Ich hatte den Eindruck, Sie haderten ohnehin ein wenig mit dem Adel, habe ich recht?»

Sie genießt seine Ungeduld. Sauermann erwähnte gestern einen neuen Überfall auf einen dieser Kuriere, jetzt am helllichten Tag. Ist das hier, der sonnenbeschienene Schlosspark und all diese Menschen, die Kulisse für den nächsten Mord? Und ist er, Landow, das Opfer? Seine Henkersmahlzeit hatte er ja schon. Die winzige Narbe über ihrer Braue, dieses feine, kopfstehende Ypsilon, das aussieht wie eine Wünschelrute, zuckt etwas, als sie lächelnd zu einer Kindergruppe deutet.

Mehrere Schulklassen eines nahen Knabengymnasiums kommen ihnen entgegen. Auch drei Monate nach dem Tod des alten Kaisers Anfang März tragen die Jungen noch Trauerflore an ihren Schuluniformen. Es scheint, als wollten sie die changierenden Damaststreifen gleich dranlassen für den nächsten nationalen Trauerfall. Hinten in der Doppelreihung der Zwölfjährigen marschieren zwei, die sich zum Spaß die Augen mit den schwarzen Bändern verbunden haben. Durchaus munter, weil vorübergehend befreit von Algebra und Griechisch, repetieren sie zwischen den blühenden Rabatten mit ihren hellen Stimmen brav:

«Und du wolltest von dem Werke
Deines Wachstums, deiner Stärke
Lassen, nun es halb gereift,
Weil mit eingezogner Klaue
Dir der Schlaue
Seinen alten Lockruf pfeift?

Freilich möcht' er dich zerspalten;
Kennt er doch den Spruch der Alten:
Leicht gebietet, wer entzweit.
Freilich drum in die Gemüter
Deiner Hüter
Sät er Argwohn, Hass und Neid.»

Die falsche Madame Rosenkranz hat sich beim Schlendern federleicht bei ihm untergehakt, das Tuch, das sie um ihre vom Baden noch feuchten Haare gebunden hat, lässt sie hier, im preußischen Frühsommer, wie eine orientalische Göttin erscheinen. Wie zufällig führt ihr Weg sie nach Westen zum

Neuen Palais, das jetzt, seit der sterbende Kaiser Friedrich III. darin wohnt, Friedrichskron genannt werden soll.

Ihr Fahrer stellt, wiederum ohne ein Zeichen von ihr, Korb und Decke auf eine Steinbank mit direktem Blick auf das monumentale Palais und zieht sich zurück. Die weiche Mittagssonne funkelt in den Fensterreihen des oberen Stockwerks.

«Hawkeye oder Uncas?», fragt sie unvermittelt. «Wer von beiden waren Sie lieber?»

«Sie haben den Cooper gelesen? Wir haben damals meistens gelost, mein Bruder und ich. Aber ich war lieber Uncas, der Mohikaner. Und ich bin es noch, denke ich.»

«Sie meinen grenzenlos frei und niemandem Rechenschaft schuldig?»

«So in der Art, ja.»

«Sie sind ein furchtbarer Romantiker, Herr Nicht-Gürtler.»

«Und was bin ich in Ihren Augen noch?»

«Sie sind leichtsinnig. Weil Sie mit mir hierhergekommen sind. Sie sind vorsichtig, weil Sie trotz der geradezu toskanischen Frühsommersonne bewaffnet sind. Sie sind einsam. Sie sind melancholisch. Sie sind gescheitert. Sie sind trunksüchtig. Sie sind niedlich.»

«Das hätten Sie mir auch in Berlin sagen können.»

«Aber dann hätten wir nicht diesen geschichtsträchtigen Ausblick gehabt. Hinter diesen Mauern dort drüben stirbt gerade ein Kaiser. Vielleicht in genau», sie schnipst leichthin mit den Fingern, «in dieser Sekunde. Vielleicht ist er jetzt schon tot. Vielleicht laufen sie dort schon und depeschieren. Wie tragisch. Zwei deutsche Kaiser innerhalb so kurzer Zeit. Wird das junge, säbelrasselnde Deutschland dann nicht enorm geschwächt sein?»

Lachend fischt sie zwischen den gekühlten Flaschen dieses

schmale Gedichtbändchen hervor, das sie schon im Hotel dabeihatte.

«*À qui me louer? Quelle bête faut-il-adorer? Quelle sainte image attaque-t-on? Quels cœurs briserai-je? Quel mensonge dois-je tenir? – Dans quel sang marcher?* Sie vermuten richtig, Herr Sonderermittler, dass das wiederum ein Zitat von jenem genialischen Franzosen aus der Nähe von Sedan ist, Rimbaud. Sie erinnern sich? Aber trifft das nicht genau auf unsere aufregende Zeit zu? Sind das nicht die Fragen, die wir uns stellen müssen? *Wem mich ausliefern? Welches Vieh anbeten? Welches heilige Bild angreifen? Welche Herzen soll ich brechen? Welche Lüge muss ich erhalten? – In wessen Blut waten?*»

Sie schenkt ihm lächelnd Wein ein. Er trinkt erst, nachdem sie getrunken hat, und fragt sich, wie es ihr Diener / Kutscher / Leibwächter geschafft hat, den Wein zu kühlen.

«Nun, Herr Uncas Freiherr von Landow, welche Lüge müssen Sie erhalten? Kosten Sie noch etwas von der Taube, sie ist wirklich gut gemacht.»

Jetzt erst bemerkt Landow die drei Männer, die quer über den Rasen auf sie zukommen. Das sind keine Schlossbesichtiger oder Flaneure. Das sind keine Todessehnsüchtigen wie die, die in festlichem Schwarz weiter vorn stehen und Tag für Tag darauf warten, dass die Flagge am Palais auf Halbmast gezogen wird. Zwei der Männer, den rechts und den links, hat Landow nie gesehen. Den in der Mitte schon seit langer Zeit nicht mehr. Es ist Perikles.

Die Dame liegt im Gras, kaut mit kleinen Bewegungen kaltes Geflügel und winkt Perikles jetzt leichthin zu, wie bei einer idyllischen Kahnpartie zwischen Entengrütze und Blesshühnern: «*Dans quel sang marcher?*»

34

Immer noch Mittwoch,
13. Juni. Noch 2 Tage bis zum Tod des Kaisers.

Eine sehr feine Brise, vornehm wie ein federleichter Stoff, weht das zittrige «Jesus meine Zuversicht» zu ihnen herüber, das ein in festliches Stahlgrau gekleideter Frauenchor vor der Fassade des Neuen Palais gerade zum dritten Mal anstimmt. Einer der beiden Männer in Perikles' Begleitung kommt derweil ruhig auf Landow zu und beginnt, ihn ohne jede Erklärung abzutasten. Er findet dabei Koesters Pistolen und hält sie lächelnd der Dame hin, die sich gerade Champagner nachschenkt. Der stahlgraue Frauenchor drüben schwärmt jetzt ängstlich auseinander, als ein Leutnant der Wache ihn zum Gehen auffordert. Etwas weiter weg, außerhalb der Hörweite der moribunden Majestät, der das unbarmherzige Schicksal ein Leiden wie dem Gekreuzigten auferlegt hat, zwischen sommerlich geputzten Beeten und gaukelnden Zitronenfaltern findet der Chor tapfer wieder zusammen und setzt dort seinen Gesang fort.

Der, der Landow entwaffnet hat, zieht sich mit dem anderen etwas zurück, aber beide beobachten die Brüder aus etwa zwanzig Metern Entfernung sehr aufmerksam.

Perikles trägt das Haar nun länger und ist nach der Mode gekleidet, aber nicht geckig wie ein Dandy oder sonst wie albern. Bis auf die Schuhe. Neben dieser tadellosen, wie aus dem Ei gepellten Erscheinung seines Zwillingsbruders fallen Gabriels Makel noch deutlicher auf, die verschossene Kleidung, der fahle, ungesunde Teint. Die Brüder haben sich seit dem Kriegsgerichtstermin vor über zehn Jahren nicht mehr gesehen und stehen auch deshalb eine Weile umständlich voreinander.

Ohne dass er selbst es sich erklären könnte, umarmt Gabriel seinen Bruder kurz und fest, tritt dann hastig wieder zwei Schritte zurück und blickt fast linkisch auf den Boden vor sich.

«Schöne Schuhe.» Gabriel grinst schief, fühlt sich augenblicklich zurückkatapultiert in der Zeit und weit fortgeschleudert nach Osten.

Perikles hebt lächelnd seinen gesunden Fuß etwas vom Boden, zeigt drauf wie ein Jahrmarktredner und zitiert – wie hundertfach damals – Kleist:

«Bin ich der Teufel? Ist das ein Pferdefuß?
Ein Fuß, wenn den der Teufel hätt,
So könnt er auf die Bälle gehn und tanzen.

Du siehst ehrlich überrascht aus, Bruder. Allein dieses Gesicht vorhin war es wert, dich hierher zu lotsen. Komm, wir gehen ein Stück.»

Perikles hält Landow die ausgestreckte Hand hin, die Gabriel aber nicht nimmt. «Ich hörte, du wärst tot. Verbrannt. Eher abgebrannt, scheint mir. Apropos: Wer ist eigentlich an deiner Stelle in deinem Büro gestorben? Nun, eher in deinem Stall, wie mir die beiden Herren berichteten, die dich dort besuchen wollten. Ich wollte keinen Toten, das musst du mir glauben. Ich wollte nur mal sehen, wie schreckhaft du bist. Ein kleines Unglück nur, eine umgestürzte Lampe, wer weiß. Oft reicht ein kleiner Funke, und eine friedliche Situation eskaliert zur Katastrophe. Aber *du* lebst. Du bist hier. Das ist die Hauptsache. *Da hat der junge Jraf aber noch mal jehörig Jlück jehabt,* Gabi, was?»

Aber, genau wie damals nach dem Unglück am See, verraten Perikles' Augen jetzt etwas ganz anderes. Die Augen seines Bruders verraten keine Erleichterung oder Freude darüber. Sie verraten Enttäuschung. Immer noch der alte Hass? Oder was sonst ist hier los? Gabriel verschränkt abwartend die Hände auf dem Rücken, und die beiden so gleichen wie ungleichen Landows gehen in nicht vorhandener Eintracht immerhin gemeinsam ein Stück frisch geharkten Weges entlang. Perikles' stumme Begleiter folgen ihnen in einigem Abstand.

«Vater ist gestorben, hörte ich?» Gabriel hat das ewige Katz-und-Maus gehörig satt.

«Mutter hat deinen Besuch erwartet. Wenigstens zur Beerdigung des eigenen Vaters hättest du deine Ablehnung – oder ist es Hass? – gegen die Familie überwinden können.»

Perikles sagt das mit tadelndem Unterton, ganz großer Bruder.

«Ich habe zu spät von seinem Tod erfahren und eher zufällig. Dieses Jahr scheint ein gutes Jahr zum Sterben zu sein», murmelt Gabriel und betrachtet verärgert Perikles' erneut staatsmännisch ausgestreckte Rechte; offenbar bereit, ihm, dem schwarzen Schaf und gefallenen Engel, zu vergeben. Erneut vergebens.

Dann gehen sie, jetzt beide mit auf dem Rücken verschränkten Armen wie Assessor Storch und Assessor Kranich, weiter in den Park hinein, und ihre Schatten folgen ihnen.

«Wie steht der Roggen dieses Jahr?» Ihr Vater hatte das jeden Morgen gefragt und war dann mit dem Wagen rausgefahren, um sich selbst ein Bild zu machen. Das Getreide in Steinhagen kümmert Gabriel seit Jahren nicht im Geringsten. Aber vielleicht würde er wenigstens auf diese harmlose Frage eine Antwort bekommen. Wäre immerhin ein Anfang. Fragt sich nur, der Anfang von was?

«Ach, weißt du, Gabi, der Roggen ödet mich an. Und diese Leute auf Steinhagen erst. Ich bin oft in Berlin in letzter Zeit. Demnächst vielleicht noch öfter.»

Perikles bleibt stehen und weist mit dem Kopf zum Palais herüber: «Das Sterben ist nicht aufzuhalten. Dort drüben verfault ein deutscher Kaiser bei lebendigem Leibe. Schauderhafte Vorstellung. Für das Sterben braucht es keinen Krieg. Da reicht schon die Biologie. Bismarck ist bereits 73. Alles nur eine Frage der Zeit. Es sind Jüngere, die schon sehr bald das Geschick unseres Landes bestimmen werden und damit das Geschick Europas. In Frankreich haben wir beide noch brav unseren Kopf als Kugelfang hingehalten. Wird Zeit, ihn zum Denken zu benutzen.»

«Indem man die Nähe zur Hochfinanz sucht, im Congo und sonst wo?»

«Du weißt also von meinem Besuch im Club? Respekt, so viel Erkenntnis hätte ich dir nicht zugetraut, Gabi. Im Gegensatz zu dir bereichere ich mich allerdings nicht an Staatsvermögen. Verzeih, die Tat damals hat man dir letztlich nie nachweisen können. Aber du musst verstehen, dass ich meine Karriere nicht aufs Spiel setzen konnte, nur um einem Windbeutel wie dir einen guten Leumund auszustellen. Und, wenn ich ehrlich bin, glaube ich auch heute noch, dass du mit dieser Sache zu tun hattest. Anyway.»

Landow hört angestrengt auf das gleichmäßige Knirschen des feinen Kieses hinter ihnen. Diese scheinheilige Plauderei über längst Vergangenes und Unabänderliches macht ihn immer wütender: «Genug Versteck gespielt, Perikles, wer sind diese Leute? Und was habe ich damit zu tun?»

«Die erste konstruktive Frage, Herr Sonderermittler. Nun, ich wollte sehen, ob dir die Wiederherstellung deiner Ehre so viel wert ist, dass du dir in der Sache mit diesen toten Beamten die Hände schmutzig machst.»

«Du wusstest davon? Mir wurde gesagt, Hergenrath, für den ich früher mal ermittelt habe, hätte mich empfohlen.»

«Das ist die Wahrheit und nichts als die Wahrheit, Bruder. Allerdings habe ich Hergenrath zu dieser Einsicht etwas überreden müssen. Die beiden Herren dort hinten haben das übernommen. Sie sind sehr überzeugend in solchen Dingen. Hergenraths ungebrochene Vorliebe für ungewaschene Zeitungsjungs hat ihn rasch gefügig gemacht. Immerhin hast du die Verstrickung von Bismarcks Dienststelle in diese unappetitliche Angelegenheit herausgefunden. Unsere Presse freut sich zum gegebenen Zeitpunkt stets auf solche Erkenntnisse. Allerdings stehen Bismarcks Interessen den unseren», und damit deutet er mit dem Kopf vage zur Dame auf der Picknickdecke, «entgegen. Bismarck wollte durch diese naive Flugblattverteilerei durch diese Gürtlers und wie sie alle hießen ganz offenbar die lodernde Instabilität im Reich beweisen. Der alte Mann wollte zeigen, wie sehr ihn dieses junge Land noch braucht, seine harte Hand, seine Kompromisslosigkeit. Das junge Deutsche Reich, von innen tagtäglich erschüttert durch Kommunisten, Anarchisten, Sozialisten, Freidenker und andere weltfremde Spinner. Er lässt die Sozis verbieten, und seine eigenen Leute verteilen heimlich Flugblätter mit roten Parolen. Eine Ironie des Schicksals, findest du nicht? Bismarck, das vermuten wir, wollte damit im Kern Opposition gegen Friedrich, damals noch Kronprinz, und gegen dessen Nähe zu Britannien machen. Es hätte ihm in die Karten gespielt, wenn nach dem Tod des greisen Wilhelm Eins ohne Umwege der junge Wilhelm Zwo auf den Thron gekommen wäre. Will verachtet, wie wir alle wissen, seine englische Mutter und ist allein deshalb schon auf Bismarcks prorussischer Seite.»

Gabriel ist neben einem Beet voller kobaltblauer Blumen, deren Namen er nicht erinnert, stehen geblieben. Auch die beiden Männer hinter ihnen bleiben stehen, sieht er. Sie reden gerade freundlich mit einem der Gärtner. Landow könnte jetzt fortlaufen. Auf und davon. Wie Leo das Abenteuer Amerika wagen. Sein Honorar für drei offiziell unaufgeklärte Todesfälle hat er in der Tasche. Was hält ihn hier? Eine Nacht mit einer Mörderin? Bloß fort von hier. Solange das noch geht. Ihre Begleiter, sieht er, klopfen dem Gärtner jetzt auf die Schulter, der zieht geschmeichelt den honigfarbenen Flechthut. Dass ihm einer der beiden dabei die Rosenschere stiehlt, bemerkt der Mann nicht. Gabriel schon.

«Was ist nur plötzlich mit dir los, Perikles? Du hast dich doch nie für Politik interessiert. Vater hat das immer bedauert. ‹Wer den Namen Landow trägt …›»

«‹… ist seinem Land etwas schuldig›, ja, ich weiß, es kam mir zu den Ohren wieder raus. Ich interessiere mich auch heute noch nicht für Politik. Trocken Brot, pfui Deibel. Aber heute weiß ich immerhin, dass Politik ein Mittel zum Zweck sein kann. Im Gegensatz zu dir bin ich zu Wandlungen fähig. Schau dich an mit deinen roten Augen und deiner miesen Garderobe. Du siehst aus wie ein erfolgloser, versoffener Literat, ein Balzac der Vorstadt, eine lächerliche Randfigur. Im Grunde gehörtest du immer viel mehr nach Steinhagen als ich. Du siehst im Gegensatz zu mir wenigstens aus wie einer dieser

Getreidejunker, der sich aus der Provinz in die Hauptstadt verirrt hat. Weshalb hast du nichts aus deinem Leben gemacht, Gabriel? Ich dagegen strebe einen Sitz im Parlament an, weißt du? Obwohl ich mich nicht für Politik interessiere. Denn dort sitzt man an der Quelle.»

Perikles erklärt das alles leichthin, in einem Ton, als ginge es um die Anschaffung eines Hundes. Man könnte ihm das alles beinahe glauben, so freundlich und begeistert sagt er das. Aus der Potsdamer Vorstadt hinterm Palais ist der dünne Schlag einer Turmuhr zu hören. Die christlichen Chorfrauen sitzen jetzt auf den Bänken eines Rondells und haben Butterbrote ausgepackt. Perikles lässt nebenher seine Taschenuhr aufspringen und überprüft die Zeit. Die Uhr spielt eine Melodie.

«Vater hatte auch so eine.»

«Das ist seine. Er wollte, dass ich sie trage. Beethoven. Du ahnst nicht, wie mich das alles ödet. Und, sieh selbst: sie geht nach. Sie hält mit der neuen Zeit nicht Schritt. Aber sie entfacht immerhin ein erhabenes Geklingel, wenn man sie anschaut.»

Wenn Gabriel seinen Bruder früher ansah, dann sah er seinen eigenen Doppelgänger. Jetzt, hier, zwischen Picknick, Halskrebs und Blumenrabatten, sieht er nur noch den Doppelgänger seines Bruders. Perikles' blasierte Gesten wirken wie vor dem Spiegel einstudiert. Hätte er diesen einen klobigen Makel nicht, Gabriel würde den da, keine zwei Armlängen von ihm entfernt, für eine Fälschung halten. Sie beide, diese beiden gleichen, ungleichen Landows waren wahrscheinlich nie weiter voneinander entfernt als jetzt und hier.

«Beethoven hin, Vater her: Ich weiß immer noch nicht, was dieses aufwendig inszenierte Treffen hier soll? Ist sie deine Geschäftspartnerin? Deine Komplizin? Deine Geliebte?»

Perikles lächelt Gabriel an und hakt sich dann betont kameradschaftlich, wahrscheinlich sogar gewollt blutsbrüderlich, bei ihm unter. So, Schulter an Schulter, überqueren sie ein Oval, über dessen Mittelbeet hinweg die Schülerinnen eines Mädchenpensionats prustend Tennis spielen.

«Ja, manchmal ist sie meine Geliebte. Wenn ihr danach ist. Aber das ist Nebensache. Im Wesentlichen verfolgen wir nur dasselbe Ziel. Dasselbe wie Bismarck im Grunde, aber mit einem anderen Zeitplan.»

«Und das wäre?»

«Eins nach dem anderen, Gabi. Ich wollte bloß die Gelegenheit nutzen, um dich wiederzusehen.»

Perikles' spiegeltrainierte Mimik könnte wahrscheinlich jeden täuschen. Gabriel nicht.

«Aber weiter im Text. Du solltest es wissen: Ich investiere. In großem Stil. Ich rechne nicht mehr in Sack und Fuder. Ich habe Steinhagen als Sicherheit für Kredite genutzt. Im Grunde gehört unserer Familie dort keine Forke und kein Huhn mehr. Das Land ist beliehen, der Gewinn aus den Ernten dient ebenfalls zur Tilgung. Das nur, falls du ein Erbteil erwarten solltest. Die Leute dort wissen natürlich nichts, der Grund wird auch in Zukunft bewirtschaftet werden müssen. Entscheidend ist, und ich glaube, Mutter will oder kann das nicht verstehen: Das erlöste Kapital habe ich weder verspielt noch versoffen. Es ist gut angelegt. In Afrika und im Ruhrgebiet, was ungefähr auf dasselbe hinausläuft. Wir Landows halten jetzt Anteile an der Kautschukindustrie, in Stahlhütten und Walzwerken. Kautschuk bewegt Räder, Kruppstahl bewegt Granaten. So einfach ist das, Hawkeye. Aber du warst ja lieber Uncas, du Romantiker. Das Bild dieses griesgrämigen Indianerhäuptlings in diesem Zimmerchen unterm Dach, Gabi, Gabi, ich hatte fast Mitleid mit dir, als ich davon hörte. Ich setze nicht auf Romantik und Vergangenheit, ich setze auf die Zukunft und Profit. Möglichst viel von beidem und mit Soße extra, bitte.»

Landow bleibt abrupt stehen: «Du hast das gesamte Kapital auf Mobilmachung gesetzt, auf einen Krieg? Krieg gegen wen?»

Perikles lächelt plötzlich charmant und fasst ihn voller Euphorie bei der Schulter: «Die Frage ist nicht, gegen wen. Die Frage ist: Wie lange dauert so ein Krieg? Je länger er dauert, umso mehr Material wird verbraucht. Mehr Gummi. Mehr Stahl. Mehr Profit. Mehr Krieg. Uns hat man damals erfolgreich eingeredet, Krieg sei eine vaterländische Notwendigkeit. In Wahrheit ist Krieg ein Geschäft. Schon die Angst vor einem Krieg ist ein Geschäft, frag den Reichskanzler und seine dilettantischen Hinterzimmer-Agitatoren. Der Wiederaufbau nach einem Krieg ist wieder ein Geschäft. Entscheidend ist, dass man wach bleibt, Gabi. Immer auf dem Sprung. Wach und liquide. Hier, in diesem säbelrasselnden Europa, geht es um ein unfassbares Riesengeschäft und nicht um lächerliche zehntausend Mark, verstehst du?»

«Und was, wenn nicht alle so besinnungslos sind wie du, deine Geliebte und deine Freunde im Congo Club? Was, wenn dein Krieg gar nicht stattfindet?»

«Kriege sind dazu gemacht, Gabi, um stattzufinden. Außerdem: Es ist heute gar nicht mehr so wichtig, dass ein Krieg wirklich stattfindet. Entscheidend ist, die Möglichkeit wachzuhalten, dass er jederzeit stattfinden könnte. Produziert wird, bevor ein Krieg beginnt. Und wenn produziert wird, wird Kapital gebraucht. Früher wollte ich mir im Krieg einen Orden verdienen, heute bloß eine goldene Nase.»

«Und damit möglichst viele an einen baldigen Kriegsbeginn

glauben, lassen deine Leute Flugblätter verteilen, die die Stimmung im Land aufheizen?»

«Scharfsinnig kombiniert, Ermittler Landow, aber falsch. Für diese Flugblattverteiler kommt das Geld ausschließlich aus dem Ministerium, wie du weißt. Damit haben wir nichts zu tun. Ausnahmsweise. Nicht nur wir sind offenbar daran interessiert, dass Deutschland sich wappnet. Und wenn du in Lembergers Erdkundeunterricht aufgepasst hast, wirst du wissen, dass die geographische Lage unseres Vaterlandes dazu führt, dass wir von möglichen Kriegsgegnern umzingelt sind. Frankreich, England, Russland, Österreich, mit irgendeinem von ihnen werden wir früher oder später einen Krieg vom Zaun brechen. Früher oder später werden die Mohikaner angegriffen. Du wirst sehen, Uncas. Falls du dich vorher nicht ins Grab gesoffen hast.»

«Du ahnst gar nicht, wie lächerlich du mir vorkommst mit deinem weltmännischen Geschwätz. Aber was du mit dem Geld machst, das ist deine Sache, das Gut gehört dir, ich wurde enterbt, falls du dich erinnerst. Mach also, was du willst, investiere in Krupp und Kongo, gehe ins Parlament, aber, bitte, lass mich in Zukunft damit in Ruhe. Leb du dein Leben und lass mir meins. Ich jedenfalls würde nun gern in die Stadt zurückfahren und mich ins Grab saufen.»

Die Landow-Zwillinge sind in einer weiten Runde zur Picknickdecke zurückgekehrt. Ihre Dame liegt, einen Arm zum Schutz gegen die weiße Mittagssonne über die Augen gelegt, wie schlafend da. Aber sie ist wach. Hellwach.

«Sieh an, die beiden Landow-Zwillinge, welch verwirrender Anblick. Ich nehme an, Sonderermittler Landow, Ihr Herr Bruder hat Ihnen die Beweggründe unseres Handelns etwas nähergebracht?»

Sie stützt sich nun gelassen auf beide Ellbogen und schickt dann mit einem Wink Perikles und die beiden anderen Männer außer Hörweite.

«Ich lasse Ihnen die Wahl, Landow. Sie können mit Hilfe der kleinen Ampulle, die Sie sicher bereits in Ihrem schlechtsitzenden Leihfrack gefunden haben, jemanden für mich töten.»

«Ach ja? Und wen?»

«Bismarck. Wenn Ihnen das gelänge, würden Sie mir imponieren. Das Gift ist stark, sein Tod wäre schmerzlos. Da Sie Romantiker sind, könnte Ihnen dieses Wissen um die Wirkung der Substanz das Ganze leichter machen, vermute ich. Nicht auszudenken: Zwei Kaiser und ein Reichskanzler sterben innerhalb eines halben Jahres, das würde zu einem vernehmlichen Füßescharren der Achsenmächte führen, meinen Sie nicht?»

Landow sieht sie mit unverhohlener Verachtung an: «Sie müssen wahnsinnig sein.»

«Pardon, ich muss Sie auch hier enttäuschen. Aber wäre der persönliche Wahnsinn nicht eine probate Möglichkeit, den Wahnsinn dieser Welt zu ertragen?»

Ihr Lachen dabei klingt erschreckend echt, findet Gabriel.

«Die zweite Option, die ich Ihnen biete, ist, dass Sie mir etwas besorgen. Von dort drinnen.»

Sie spannt einen kleinen, taubenblauen Sonnenschirm auf und zeigt mit dessen Spitze zum Palais herüber.

«Was darf's denn sein? Ein paar Gemälde, ein Diadem?»

«Aber nicht doch. Wir interessieren uns für eine schlichte Kladde. Ungefähr so groß. Gut möglich allerdings, dass dieses Büchlein Sprengstoff enthält. Im übertragenen Sinne. Ich spreche von Information. Gezielt lanciert, kann Information zu Munition von großer Durchschlagskraft werden. Das ist die

Physik der neuen Zeit. Aufregend, nicht? Aber de facto: nur eine Kladde.» Sie malt die Größe mit den Zeigefingern exakt in die milde Luft vor Landow.

«Eine Kladde?»

Sie lächelt ihn schmerzhaft unwiderstehlich an und dreht dazu das Dach des Schirms über sich wie ein kleines Karussell. «Das Tagebuch des Kaisers. Friedrich hat schon als Kronprinz Tagebuch geführt, und durch einen Gewährsmann in seiner Nähe wissen wir, dass er trotz seiner Krankheit nicht mit dieser Gewohnheit gebrochen hat. Mir würde der aktuelle Band genügen. Ich will die Details über seine medizinische Behandlung, die tatsächlichen, nicht die aus den veröffentlichten Bulletins. Nicht auszuschließen, dass der bedauernswerte Mann über Monate hinweg Opfer eines machtpolitisch motivierten, medizinisch umgesetzten Anschlags wurde. Ein Langzeit-Attentat gleichsam. Stellen Sie sich vor: der deutsche Kaiser wäre umgekommen im *friendly fire* des eigenen Reiches.»

«Und wo soll das hinführen, was wollen Sie mit solchen Informationen auslösen? Einen Skandal? Einen Aufruhr?»

Das Drehen des Sonnenschirms über ihr stoppt abrupt. Und sie lächelt nun nicht mehr, als sie sagt: «Einen Krieg.»

«Sie sind wirklich wahnsinnig. Was sollte mich daran hindern, Sie auf der Stelle festzunehmen und der Wache im Palais zu übergeben? Weshalb sollte ich so etwas Aberwitziges für Sie tun?»

Die Dame ist plötzlich sehr behände auf den Beinen. Sie spießt kokett ihren Schirm ins Gras und winkt den drei Männern, wieder näher zu kommen.

«Sie tun das nicht für mich. Sie werden das für Ihren bedauernswerten Bruder tun, Landow.»

Perikles hat jedes Wort davon verstanden und sieht sie irritiert an.

«Überraschung, cher Peri. Du bist ab jetzt meine Geisel.»

Perikles lacht laut auf, doch schon wird er von den beiden Begleitern fest an den Schultern gepackt.

Gabriel fragt sich, wo diese Leute wohl seine Revolver hingetan haben. Er blickt dabei vom glaubhaft verblüfften Gesicht seines Bruders in das immer noch faszinierend schöne dieser unfassbaren Frau und schiebt die Hände demonstrativ noch tiefer in die Hosentaschen: «Erwarten Sie bitte keinen Applaus für diese Schmierenkomödie. Darauf soll ich reinfallen?»

Sie sieht ihn mit ihren eisgrauen Wolfsaugen direkt an, blinzelt kokett und verbirgt dann ihren Blick hinter den getönten Gläsern einer dieser neumodischen Sonnenbrillen: «Eventuell hilft das, Ihr Misstrauen zu zerstreuen?»

Blitzschnell hält einer der beiden Leibwächter Perikles von hinten den Mund zu. Der andere packt Perikles' linke Hand, spreizt die Finger auseinander und schneidet ihm mit der Rosenschere in einer einzigen, fließenden Bewegung einen Finger ab. Den wirft er Landow zu. Der fängt ihn aus reinem Reflex linkisch auf und starrt fassungslos auf den blutenden Finger in seiner Hand. Ein dunkler Vierspänner, unheimlich wie ein Leichenwagen, ist wie aus dem Nichts auf dem Parkweg dicht neben ihnen aufgetaucht. Die beiden Männer zerren den entsetzten Perikles hinein. Weiter hinten singen die frommen Chordamen jetzt wieder vom Beistand des Herrn.

Die falsche Frau Rosenkranz kommt nah an Landow heran. Er riecht ihr Parfüm und ihren Champagneratem, als sie ihm ins Ohr flüstert: «Wie der göttliche Rimbaud sagt: *In welchem Blut willst du waten*?»

35

Immer noch Mittwoch, 13. Juni.
Noch 2 Tage bis zum Tod des Kaisers.

Sie singen rotwangig und aus voller Seele und freuen sich insgeheim schon auf den Grießpudding mit Rosinen. Die kleine, dicke Lämmert hat gesehen, dass der Küchenjunge ihres Internats ihn heute früh in einem separaten Korb in den Wagen gepackt hat. Der Küchenbursche hat große blaue Hände vom Schrubben und Arbeiten, und nicht wenige Schülerinnen des Sankt-Ursula-Stiftes stellen sich nachts vor, er hätte auch andere große Dinge an sich. Wenn die Lämmert nicht gelogen hat, schwabbelt der Rosinengrieß in seiner großen Schüssel also bereits seit Stunden im Gepäckfach des Kutschwagens herum, der ihnen auf ihrem Fußmarsch von Schloss Stolzenfels hoch über dem Rhein zur Fährstelle am Westufer folgt. Von dort werden sie samt Pudding übergesetzt, und dann endlich, an der Einmündung der Lahn in den Rhein, findet ihr Mittagspicknick statt. Dort muss es dann auch den Rosinengrieß geben. Danach soll ein wenig geruht und anschließend noch die romantische Burg Lahneck erkundet werden. Den Vierzehnjährigen auf ihrer Wanderung ist alles recht an diesem herrlichen Junitag.

Dann endlich und wie vorausgesagt: Pudding mit wünschenswert viel Rosinen! Die Lämmert als Pudding-Spionin reklamiert zwei Portionen für sich, erhält aber außerhalb des

Blickfeldes der beiden mürben Aufsichtsfräulein nur tausend Nadelstiche in die drallen Unterarme gezwiebelt. Weinend läuft sie von der Gruppe fort, hinunter zum Ufer. Sie hält das, was da liegt, erst für eine der Planen, die oft von den Lastkähnen herabgeweht werden und dann verknüllt im Uferbewuchs hängen bleiben. Das Mädchen kühlt sich die brennenden Arme im Wasser und schwört sich, niemals mehr den anderen etwas zu erzählen, nicht von Pudding oder sonst was. Sich unbeobachtet wissend, zieht sie gerade noch schnüffelnd den Rotz in der winzigen Nase hoch, als sie mitten hineinblickt in das Gesicht der alten Frau. Genauer, in das, was einmal das Gesicht einer alten Frau gewesen ist, bevor sich Hechte und Döbel damit beschäftigt haben.

In hohem Schwall erbricht das Mädchen das Picknick ins Ufergras, nässt sich dabei in die Unterröcke und ist erst zu beruhigen, als die beiden Aufsichtsfräulein sie mit feierlich-bestürzter Miene zum Uferweg hinaufführen und ihr dort Hoffmannstropfen einflößen.

Die alte Gräfin Landow bekommt von alldem nichts mehr mit. Sie befindet sich schon seit zwei Tagen hier am ruhigen Ufer. Der Fluss hat sie gewiegt wie eine Amme und fortgetragen wie ein Blatt im Wind. Und dass sie auf dem Weg hierher ein Auge und Stücke ihrer Lippen verloren hat, davon hat sie gar nichts mehr bemerkt.

■■■

Als sie und er vor etwa drei Stunden erst zusammen im Wagen hier entlang ins Grüne fuhren, war Gabriel Landow noch so etwas wie die Maus gewesen, die abwartend vor einer gestellten Falle saß. Jetzt sitzt er drin. Und ist dabei nicht allein. Perikles sitzt mit ihm in der Falle. Sie haben ihn in diesem dunklen Wagen in aller Eile fortgebracht, wohin genau, das würde man Landow beizeiten verraten, nahm er an. Der Picknickkorb schaukelt noch genauso munter auf dem Sitz neben ihm wie auf der Herfahrt. Und doch ist alles anders.

Landow hat den noch warmen Finger des Bruders vorsichtig in eine Serviette aus dem Picknickkorb gewickelt. Sogar ein Ring ist noch dran, ein schmaler Silberring. Ist der Ring von ihr, die, die Augen noch hinter den Sonnengläsern, aufreizend arglos in die Landschaft schaut? Oder ist Perikles verheiratet? Er weiß nichts mehr über seinen Bruder seit all dem. Dennoch hält er jetzt seinen Finger in der Hand. Nur der schartige Wundrand an der Schnittstelle verhindert, dass der Ring abfällt. Unten guckt der helle Knochen heraus. Landow kann nicht anders als den Finger unentwegt anzustarren.

«Sie haben kaum von der Taube probiert», sagt sie schließlich und sieht ihn taxierend an. Sie lächelt nicht mehr, weshalb auch? Wie ein Versuchsobjekt betrachtet sie ihn. Dann blickt sie wieder eine Weile aus dem Fenster, als der Wagen an den geduckten, sommerbereiten Dörfern zurück berlinwärts fliegt.

Vorsichtig wickelt Landow Perikles' Finger ein, so, als bestünde noch eine Möglichkeit, ihn später wieder anzunähen wie den abgerissenen Arm einer Puppe.

«Denken Sie über unser Angebot nach», sagt sie ruhig, während draußen Alleebäume und Wiesen vorbeijagen. «Bismarck oder das Tagebuch. Und machen Sie sich keine Sorgen um Ihren Bruder. Er wird medizinisch versorgt. Es geht ihm gut. Er hat lediglich ein paar Illusionen und einen Finger verloren. Vorerst.»

Als sie einen Weiler passieren, ohne das Tempo zu drosseln,

stieben lautstark protestierend Enten von der sonnenwarmen Straße.

«Falls Sie sich für die zweite Option entscheiden: Ab morgen Abend um exakt 23 Uhr 15 wird dieses eine Fenster an der Westseite des Palais nur angelehnt sein. Für jeweils drei Abende. Das ist bereits arrangiert.» Sie zeigt mit dem Finger auf den ausgefalteten Plan des Palastes. «Das ist Ihr heimliches Entree in die Welt des Hochadels. Es ist davon auszugehen, dass Sie trotz der späten Stunde Wachen und medizinischem Personal begegnen. Hier, bitte, das Kreuz markiert Ihren Zugang. Die privaten Räume des Kaisers befinden sich hier. Den Rest werden Sie selbst herausfinden müssen. Aber als einem der letzten Mohikaner wird Ihnen das leichtfallen.»

«Wenn Sie schon einen Ihrer Leute in der Nähe des Kaisers haben, weshalb lassen Sie nicht den die Dokumente stehlen?»

Sie lächelt, aber diesmal anders. Ernster. Und sieht flüchtig auf die vorbeihetzende Landschaft: «Ich könnte Ihnen nun sagen, mein scharfsinniger Graf, dass mir das schlicht eine Spur zu einfach wäre. Und das träfe durchaus zu. Allerdings besitzt unser im Palast platzierter Gewährsmann eine unrühmlich anachronistische Eigenschaft, die Leute wie Sie wohl Loyalität nennen. Er öffnet das Fenster, ja, auch dafür hat er Gründe, aber seinen Kaiser zu bestehlen oder derlei Dinge zu tun, das lehnt er ab. Und so zwingt er uns, Sie und uns, lieber Landow, zum Einsatz einer externen Kraft. Wir wünschen Ihnen zu dieser Mission alles erdenklich Gute, nicht zuletzt im Interesse Ihres Bruders. Gleichwohl, falls Sie entdeckt würden, läge das offizielle Motiv für Ihre Tat auf der Hand: Ein zu Unrecht verurteilter Soldat aus so gutem Hause kann die Schande, die man über ihn und die Familie gebracht hat, auch nach Jahren nicht verwinden und übt nun feige Rache an seinem obersten

Befehlshaber. Die Zeitungen würden es lieben. Notabene: Wir hätten nichts dagegen, wenn Sie das Gift, das ich Ihnen zukommen ließ, wahlweise sogar dem Kaiser oder, im Falle Ihrer Verhaftung, bestenfalls sich selbst verabreichten. Aber das überlasse ich ganz Ihnen.»

Landow starrt, ohne es zu wollen, auf den Grundriss des riesigen Gebäudes. Sie faltet den Plan zackig zusammen und hält ihn ihm hin. Dann greift sie in den Picknickkorb und gibt ihm Koesters Mauser-Revolver zurück.

«Ich habe sie entladen. Ich mag zwar das Risiko, aber in Ihrem derzeitigen Zustand sind Sie mir bewaffnet doch etwas zu unberechenbar, lieber Landow.»

Kurz darauf, noch weit vor der Stadt, kommt ihr Wagen auf offener Strecke unerwartet zum Stehen. Instinktiv greift Landow zu den lächerlich nutzlosen Pistolen. Sie schmunzelt deshalb kurz, sieht dann aber abwartend hinaus auf den verschwenderisch blühenden Weißdorn neben dem stehenden Wagen. Neben dem Schlag erscheint ihr Fahrer. Er hat einen schweren Hammer in der Hand, steckt kurz den Kopf herein und murmelt etwas von Hinterachse. Er bittet um Entschuldigung und schlägt vor, dass die Herrschaften sich ein wenig die Beine vertreten. Dann verschwindet er und beginnt kurz darauf, hinten wuchtig vor die Achse zu hämmern.

Zahllose weiße Schmetterlinge mit orangefarbenen Flügelspitzen flattern die Blüten der Sträucher ab. Der bittere Duft des Weißdorns liegt schwer in der Luft.

«Aurorafalter», sagt sie und zeigt mit der Hand auf die Tiere, als könne er sie sonst übersehen. «Beachten Sie den Unterschied. Die Unterseiten ihrer Flügel sind zur Tarnung gefleckt. Sehen Sie, hier. Kaum zu sehen. Fast unsichtbar. Dafür ist die Oberseite umso hübscher.»

Er ertappt sich dabei, für einen Moment tatsächlich die Schmetterlinge zu betrachten. Dann: «Warum tun Sie das alles?»

Sie sieht ihn jetzt ernst an und stößt mit der Spitze ihres Stockschirms einen Stein fort: «Wie Sie sich erinnern werden, lieber Landow, waren Sie nicht allein in diesem Krieg, Sie und Ihr Bruder. Mein Bruder war auch dort. Auf der anderen Seite. Gut möglich, dass Sie sich einmal mit aufgepflanztem Seitengewehr gegenüberstanden. Wo waren Sie am Nachmittag des 16. August 1870? Das war ein Dienstag. Eventuell östlich von Vionville? Guillaume fiel dort bei einem Sturmangriff preußischer Truppen.»

Die Spitzen ihrer eleganten Stiefel sind vom Staub der Straße bemehlt. Ihr grashüpfergrünes Kostüm wird von Schmetterlingen umflattert. Unwirklich schön steht sie dort in diesem Niemandsland und sieht ihn bloß traurig an. Keine Ironie mehr, kein Zucken des Mundwinkels, kein Grübchen in der linken Wange, keine Bewegung der Braue unterhalb des winzigen Y.

«Reicht Ihnen das als Motivation?»

Ruhig geht sie auf ihn zu, kommt so nah heran, dass sie sich küssen könnten: «Aber wenn ich es recht bedenke, hatte ich wohl nie einen Bruder. Ich muss Sie abermals enttäuschen: Was ich tue, tue ich nicht aus fehlgeleitetem Hass wie Ihr bedauernswerter Bruder oder aus irgendeiner patriotischen Überzeugung. Ich tue das alles nur für Geld. Für viel Geld. Denn, wie Sie wissen, bin ich gut in dem, was ich tue. Also seien Sie es besser auch. Kommen Sie, unser Wagen ist bereit. Sie müssen in die Stadt. Sie haben noch eine Aufgabe zu erfüllen.»

Er hat mehrmals versucht, das seitdem Erlebte zumindest

zu ordnen. Verstehen würde er es vielleicht nie. Mehrfach setzt er an, etwas zu sagen. Irgendetwas. Aber ihre Eisesruhe auf der Bank ihm schräg gegenüber, die Knie fast auf Tuchfühlung, lässt ihn jedes Mal verstummen. Noch nie zuvor ist er einem solchen Menschen begegnet. Noch nie zuvor war er so fasziniert von einer Frau.

Als sie miteinander ins Bett gingen, hielt er sie für aufregend und geheimnisvoll. Am Morgen danach hielt er sie für aufregend und gefährlich. Jetzt, mit dem abgetrennten Finger seines Bruders in der Hand, hält er sie für wahnsinnig. Und aufregend. Er kann nicht anders, als sie anzuschauen wie ein gefährliches, schönes Tier im Zoo.

– Hat er DAS jetzt wirklich gesagt?!? Er hat es gedacht, natürlich. Ihr Gesicht, reglos wie die Sphinx auf der Kaffeedose, verrät es nicht. Ihre Antwort schon. «Sie meinen also, dass Perikles mich geliebt hat? Ich fürchte fast, Sie haben recht. Und Sie?»

Sie überfällt ihn mit ihren Rochaden, und er fällt jedes Mal darauf herein.

«Ich? Ob ich Perikles geli–?»

«Mich. Ob Sie mich geliebt haben. Oder es noch tun? Das würde Ihren inneren Konflikt ja bis zur Unerträglichkeit steigern.»

Wenn er ihr jetzt mit der Mauser den Schädel einschlägt, ist Perikles dem Tode geweiht. Er weiß das. Sie weiß, dass er es weiß. Er betrachtet sie jetzt voller Entsetzen und Faszination und, ja, wahrscheinlich auch Angst. In etwa so, wie man ein Raubtier betrachtet. Aber hier in diesem schaukelnden Wagen gibt es kein Gitter, keinen Zaun zwischen ihnen.

Erst kurz vor Charlottenburg überwindet er seine Fassungslosigkeit und findet die Sprache wieder. Er fragt sich, weshalb ihn diese unbegreifliche Frau trotz allem, was sie getan hat, immer noch in ihren Bann zieht. Und er fragt sie: «Wozu dieses ganze Theater mit den Brüdern Grimm? Kelch und Blut und all das. War das bloß eine falsche Fährte? Oder war es, um das Ganze hier als gleichsam übersinnliches Ereignis aussehen zu lassen?»

«Interessante Deutung, Sonderermittler. Aber ich muss Sie enttäuschen, es verhält sich wesentlich einfacher. Wir begeben uns jetzt in den ernüchternden Bereich, wenn nach der Zaubervorstellung das Publikum das Varieté bereits verlassen hat, der Hausmeister das Licht im Saal andreht, die Tapeten ihre Flecken und die Möbel ihre ganze Schäbigkeit zeigen, kurzum, wenn sich der bisher magische Aufbau im Rampenlicht bloß als übertünchte Bretterkonstruktion erweist. Aber bitte schön: Die Bedeutung der Brüder Grimm ist … nun, sie sind Brüder. Die Brüder Grimm schienen mir in dieser Geschichte eine passende Bühne zu sein für die Brüder Landow. Aber es freut mich, dass Ihnen unsere kleine Inszenierung gefallen hat. Bei der Sie Zuschauer und Mitspieler zugleich sind.»

«Und wenn ich den Regierungsauftrag gar nicht angenommen hätte?»

«Schon wieder ‹und wenn›. Dann, Landow, wäre uns eventuell etwas anderes eingefallen, um Sie zu locken, oder diese unruhige Welt da draußen wäre um ein paar ungelöste Todesfälle reicher gewesen.»

Der Wagen hat sich nun in den fast unbemerkt dichter werdenden Verkehr der Hauptstadt eingereiht und hält jetzt ganz in der Nähe der Stelle, wo sie ihn heute früh abgeholt hat, südlich des Tiergartens.

Mit ihren Wolfsaugen, die nun nichts Faszinierendes mehr haben, sondern für ihn auch nur noch ein übertünchter Bretterverschlag sind, betrachtet sie ihn kalt wie ein Beutetier, ein gefundenes Fressen.

«Von den Brüdern geleiteten wir Sie zu Parsifal, einer sehr deutschen Geschichte voller Schuld und Erlösungsverlangen und viel Weihrauch. Wenn wir diese Aufführung aus bekannten Gründen nicht vorzeitig verlassen hätten, wäre Ihnen vielleicht die geradezu frappante Parallele der Handlung dieses Stückes zu den Zuständen im Deutschen Reich aufgefallen. Ein toter Greisenkönig, ein dahinsiechender Machthaber mit offener Wunde und ein Jüngling, gerade noch als Tölpel verlacht, als der neue Hoffnungsträger. Wir wollten einem Spurenleser wie Ihnen eine kleine Freude bereiten. Aber, wie gesagt, nun hat der Hausmeister das grelle Licht für die Putzleute angestellt, und von all dem Flitter und Tand bleibt nicht mehr viel. Viel Erfolg in Friedrichskron, Landow. Wann und wo Sie Ihren Bruder zurückbekommen, lasse ich Sie beizeiten wissen. Ich bemühe mich, ein angemessenes Arrangement dafür zu finden. Freuen Sie sich darauf. Ich werde Sie nicht enttäuschen. Bis dahin adieu, Uncas.»

Landow will nur noch raus aus dem Wagen und fort von ihr, so schnell wie möglich. Schon halb draußen auf dem Trottoir, fragt er dennoch: «Und das mit diesen Unterwasserschiffen? Dem Diebstahl der Tauchbootpläne? Was sollte das alles? Ist das auch Ihr Werk?»

«Das, nun ja, ist eine andere, geheimnisvolle Geschichte. Es gibt tatsächlich eine Reihe von Militärexperten, die in verborgenen Werkstätten in Southampton, Kiel und Petersburg an diesen vermeintlichen Wunderwaffen arbeiten, sagt man. Aber wenn Sie mich fragen, ist das reine Zeitverschwendung. Es gibt schließlich einfachere Wege zu ertrinken, meinen Sie nicht?»

Ohne ein Zeichen von ihr ruckt der Wagen vorwärts, gibt

Landow einen Stoß vor die Schulter und verschwindet binnen weniger Augenblicke im dichten Nachmittagsverkehr.

■■■

Der Engel der Engel-Apotheke ist flügellos, bloß ein kleiner Mann mit ungesund käsigem Gesicht und schwarzen Haarsträhnen, die er wie nasse Bindfäden streng nach hinten geharkt hat.

«Sie wünschen?»

«Ich benötige eine Flüssigkeit. Alkohol wahrscheinlich.»

«Wir sind kein Gasthaus, mein Herr.»

Landow versteht: Er schwitzt schon wieder stark auf der Stirn.

«Alkohol zum Konservieren. Zum Haltbarmachen von … etwas.»

«Zum Haltbarmachen von Lebensmitteln? Ein konzentrierter Essigsud ist dort meist besser geeignet.»

«Zum Konservieren eines Organs.»

«Eines Organs, soso. Darf ich fragen, um was für ein ‹Organ› es sich dabei handelt?»

Statt zu antworten, hält ihm Landow auf der Handfläche den Finger hin. Der Apotheker, kaum hat der sein Staunen verborgen, zählt rasch die Finger an Landows Händen nach.

«Der Finger meines Bruders», ergänzt Landow deshalb.

Der Apotheker nickt: «Für diesen Fall empfehle ich Ethanol. 70 %ig. 500 Milliliter dürften reichen. Oder wollen Sie den dazugehörigen Bruder auch konservieren?»

Wenige Minuten später, in ihrer Küche: Landow füllt ein Viertel des Alkohols in ein hohes Wasserglas und legt Perikles'

Ringfinger so vorsichtig hinein wie einen aus dem Nest gefallenen Vogel. Dass der Finger oben auf der Flüssigkeit schwimmt wie ein Stück Holz, hat er nicht erwartet. Er füllt das Glas deshalb randvoll und deckt es mit einem schweren Teller zu.

Erst jetzt bemerkt er den kleinen Umschlag, den jemand unter der Tür durchgeschoben haben muss. Niemand weiß, dass sie hier sind, obwohl, Sauermann wusste es auch, und Orsini schreibt ihm keine Briefe. Lautlos zieht er die beiden Revolver. Ihm ist klar, dass er sie noch nicht wieder geladen hat, aber sie in der Hand zu haben, beruhigt ihn. Nach und nach untersucht er alle Räume ihrer Bleibe. Von Orsini keine Spur. Von sonst wem auch nicht. Erst jetzt legt Landow die Waffen fort und reißt den kleinen weißen Umschlag auf. Der Brief enthält ein Stück Landkarte mit viel Grün und einigen himmelblauen Flecken Wasser. An einem der Seen, einem namenlosen kleinen, hat jemand mit Tinte eine Stelle markiert, dazu Datum und Uhrzeit vermerkt und: «Ich werde allein kommen. Sie auch?» Am Samstag in aller Frühe also. Ihm bleiben noch sechzig Stunden, einen sterbenden Kaiser zu bestehlen und seinen Bruder zu befreien. Aber wie zum Teufel soll er das anstellen? Soll er Koester um Hilfe bitten? Koester ist kampferprobt, wenn es darauf ankommt. Aber Landow will Koessi da nicht mit reinziehen. Er will nicht schuld sein, wenn dem *wartime comrade* etwas passierte. Das hier ist eine gottverdammte Familienangelegenheit.

Eine halbe Flasche Cointreau später hört Landow endlich auf, innerlich zu wüten. Fieberhaft kreisen seine Gedanken um den Bruder. Woher kommt Perikles' offenbar so tiefsitzender Hass auf ihn? Nach all den Jahren noch. Ist es wirklich der einzige sichtbare Unterschied an ihnen, dieser Fuß? Woher sonst speist sich Perikles' heimtückische Freude, den ahnungslosen

Bruder in dieses Intrigenspiel zu verstricken und genüsslich zu beobachten, ob er strauchelt, wann er strauchelt und wann er wieder aufsteht? Wollte Perikles jetzt vollenden, was ihm damals am See, als Fritzi starb, nicht gelang? Mehr denn je ist Gabriel davon überzeugt, dass sein Bruder ihn damals absaufen lassen wollte. Ist Perikles etwa wahnsinnig? War er es damals schon? Aber jetzt – und das zumindest steht fest – sitzt nicht nur Gabriel in der Falle, auch Perikles wurde durch ein lapidares Fingerschnippen vom Täter zum Opfer. Ob sie wollen oder nicht: Jetzt stehen beide Landows – wie '70 an der Front – wieder auf derselben Seite, als Figuren in einem Spiel, dessen Regeln Gabriel immer noch nicht ganz durchschaut. Er kennt die Regeln nicht, spielt aber dennoch eine Rolle darin. Welche, ist ihm schleierhaft. '70 war er auch Teil eines Spiels gewesen, das nicht seins war. Aber damals hatten die Spielfiguren immerhin unterschiedliche Farben. Man wusste damals, wer Freund und wer Feind war.

Stück für Stück und mit finsterer Entschlossenheit nimmt Gabriel die Dutzende Zettel seiner Ermittlung, die wahrscheinlich nie eine war, von der Wand: *so trat ein kleines Männlein zu ihm: das hielt einen schwarzen Spieß in der Hand*, liest er, und: *als er mit ihrem Blute den Stein bestrichen hatte, so kehrte das Leben zurück*, und: *da schlug er mit dem Stock an das Tor, und alsbald sprang es auf.* Außerdem: Jesus, Golgatha, Bismarck, Gratifikation. Seine stümperhaften Berechnungen von todbringenden Ballonflügen und die abgerissene Eintrittskarte für eine sehr lange Oper, Landow ordnet die Zettel mit Ruhe und Sorgfalt und legt sie dann gestapelt in den Herd. Er schließt die Feuertüre und starrt, plötzlich wieder wutentbrannt, die jetzt leere Wand an.

In einem Bernsteinregen aus lauter Glasstücken zerschellt

die Flasche an der Mauer. Das scharfe Prasseln ihrer Glasbrocken wird übertönt von Landows Schreien.

«Das alles für was?!», schreit er. «Für was!? Blut-Spieß-Becher-Golgatha. Drei tote Männer? Aus Spaß?! Für euer widerliches Todesspiel? Aus purer Freude daran, andere fertigzumachen? Ich sollte dich wirklich krepieren lassen, Bruder!»

Er schreit, bis ihm die Augäpfel schmerzen.

▪▪▪

«Für eine Reliquie eindeutig zu gut erhalten.»

Orsini steht still vor dem porzellanweißen Finger, der jetzt, wie eine göttliche Mahnung oder ein Requisit aus einem Kirchengemälde, fast senkrecht in dem Glas auf dem Küchenregal steht. Die Flüssigkeit im Glas scheint Alkohol zu sein, aber nicht dieser scheußliche Likör, den Landow sonst trinkt.

«Er hat manchmal mit der Pathologie zu tun, und ab und an fallen ihm Leichen vor die Füße, aber das Sammeln einzelner Körperteile ist mir neu.»

Das dunkle Mädchen zieht die Nase kraus, als es den Finger im Glas betrachtet.

«Fest steht: Er war hier, hat einen Finger eingelegt wie eine Spreewälder Gurke, hat dort auf dem Sofa geschlafen und ist wieder fort. Die Kuhle ist noch etwas warm. Die Frage ist: Was hat das alles zu bedeuten? Und: Ist dieser Finger Landows Finger? Und wenn nicht: Wessen Finger ist es dann?»

Orsini sieht ihr geistesabwesend dabei zu, wie sie noch in der Küche ihre Kleider abstreift und nebenan im Bad verschwindet. Er betrachtet den Finger im Glas, das Stück abgerissene, bekritzelte Landkarte auf dem Tisch, schüttelt den Kopf, gähnt und geht ihr nach.

36

Donnerstag, 14. Juni.
12 Stunden vor dem Tod des Kaisers.

Wenn die Dämmerung ihr letztes Blau verliert wie ein Verwundeter sein letztes Blut und wenn dann da draußen alles stumpf wird und bleifarben und endgültig, so wie in der Abenddämmerung vor einer Stunde, dann legt sich jedes Mal diese unsichtbare Hand um seinen Hals und will ihm schier den Atem nehmen. Obwohl kein Mond zu sehen ist, herrscht draußen vor dem Palais noch keine schwarze Nacht. Es scheint, als wolle dieser Tag nicht enden. Er hat sie nicht kommen gehört. Wie aus dem nichts steht die Kaisergattin neben ihm.

«Nun, Barthelmes», sagt sie mit ihrer warmen Stimme dicht neben ihm, «keine leichte Zeit für Seine Getreuen, wie?»

Barthelmes fährt herum und will ertappt das bodenlange Fenster wieder schließen.

«Lassen Sie nur, ein wenig frische Luft tut uns allen gut. Was ist das für ein – wie sagt man – *knob* … der Knubbel hinten an Ihrem Hals? Ich denke, einer der Ärzte sollte sich das ansehen. Auch wenn wir immer weniger Hoffnung für den Kaiser haben dürfen, herrscht an Ärzten hier schließlich kein Mangel.»

«Ach das, Majestät, es ist nichts, ein Insektenstich wahrscheinlich. Ich kühle mit Arnika, dann ist es bald wieder fort.»

Sie sieht ihn aus ihren wachsamen, aber leeren Augen an.

Wie sehr sie sich verändert hat, denkt er, in Sanremo war sie die Mutter der Kompanie, lenkte wie ein General Ärzte und Presseberichte, damit das schreckliche Wort nicht fiel, dieses Wort, das niemand hören wollte, aber jetzt, hier im stillen Friedrichskron, ist selbst aus ihr jeder Lebensfunke, jede Hoffnung gewichen. Der General in ihr, auch, wenn es nur ein englischer ist, steht aufrecht, sieht Barthelmes, ist jetzt aber bereit zum *final surrender.*

Sie lächelt ihn dennoch flattrig an, wünscht ihm eine gute Nacht und geht davon. Sie wandert viel in den leeren Räumen herum wie ein unruhiges Gespenst. Als sie fort ist, tastet er sachte nach dem *knob* an seinem Nacken. Er ist schon wieder gewachsen. Schon die Berührung schmerzt so sehr, dass er zusammenzuckt. Er muss keinen Arzt mehr befragen. Die zwei, die er aufgesucht hat, kamen zu demselben Ergebnis. So stirbt er zwar nicht für seinen Kaiser im Krieg, aber er kämpft mit ihm, an seiner Seite, und gegen denselben heimtückischen Feind.

Immerhin, durch das Zusatzsalär für diese geheime Nachtaufgabe – ein Fenster zu öffnen, was konnte das schon ausmachen – würde seine Frau das Häuschen in Rixdorf halten können, das winzige Häuschen und den viel zu sandigen, kleinen Garten, dessen Zaun er nun, das spürt er, nicht mehr wird streichen können.

Barthelmes fährt zusammen, als er den Schatten neben sich bemerkt. Zuerst denkt er, die Kaiserin ist zurückgekehrt, dann ahnt er, wer dort im Dunkeln steht. Der da ist dunkel gekleidet wie alle hier, die nicht Uniform oder Livree tragen, aber einer der immer noch ständig wechselnden Ärzte ist das nicht. Das ist der, für den das Fenster aufbleiben sollte. Barthelmes hat seine Aufgabe erfüllt und geht lautlos fort. Jetzt, das sieht er im Weggehen durch die übrigen Fenster des menschenleeren Saales, ist die Nacht draußen todesschwarz. Für einen Moment tobt etwas in Barthelmes, für eine Sekunde will er Alarm schlagen und damit diesen Eindringling zur Flucht zwingen. Aber wozu? Was änderte das noch?

Landow hat sich den Plan, ohne es zu wollen, schon gestern auf der Rückfahrt eingeprägt. Er wartet, bis der Diener den riesigen, nur schwach erleuchteten Raum verlassen hat, dann schließt er das Fenster, durch das er kam, und macht die ersten Schritte in den Raum hinein. Hereinzugelangen war leichter als erwartet. Wahrscheinlich, weil man den Lärm des ständigen Herummarschierens vermeiden will, patrouilliert die Wache draußen in großen Abständen. Es ist jetzt kurz vor Mitternacht. Landow hält sich nach rechts, in diese Richtung liegt die private Wohnung des Kaisers, weiß er. Er muss sich zwingen, nicht zu schleichen. Er ist offiziell hier. Ist einer von ihnen. Einer von diesen Dutzenden, die hier, betraut mit einer sinnlos gewordenen Aufgabe, irgendwo im Schloss herumstehen und auf den Tod ihres Kaisers warten. Das zumindest will er vortäuschen. Und genau dazu muss er sich nun wieder ermahnen. Auf einem zierlichen Tischchen an der Wand entdeckt er eine dünne Kartonmappe mit medizinischen Aufzeichnungen, die er mitnimmt. Mit der Mappe in den auf dem Rücken verschränkten Händen erreicht er die Südwand des ersten Raumes. Laut Lageplan befindet sich dahinter ein größerer Saal. Dort ist mit Menschen zu rechnen. Hallend öffnet sich eine Tür weiter hinten, ein Livrierter mit einer kleinen Terrine kommt eilig auf Landow zu. Der Terrinenträger nimmt von Gabriels Anwesenheit keinerlei Notiz. Wer Akten trägt, trägt Verantwortung und gehört mithin hierher. Wer Terrinen trägt, auch, denkt Landow und taxiert den Mann.

«Was ist das?», hört er sich wie selbstverständlich fragen und lächelt beinahe, als der Diener schlagartig stehen bleibt. Der Mann hebt den Deckel der Terrine: «Die Milchsuppe für Seine Majestät.»

«Vortrefflich. Geben Sie her. Ich mache das, ich bin ohnehin auf dem Weg zu ihm. Wir wollen doch unnötige Lauferei vermeiden.»

Der Diener, ein Älterer mit müdem Hühnerkopf, zögert nur eine Sekunde, bis er Gabriel bereitwillig das Tablett hinhält. Landow muss die Mappe auf einen der Sessel legen, um beide Hände frei zu haben. Als er dem Livrierten das Porzellan abnimmt, sind kurz die beiden Pistolenknäufe links und rechts in Landows Gürtel zu sehen.

Was, während er noch die Milchsuppe durch den Palast balanciert, wenn der misstrauisch gewordene Diener schon im nächsten Raum Alarm auslöst? Gelaufe, Gerufe, Festnahme, Haft, Schnellverfahren, Erschießung im Morgengrauen? Und der Bruder wird in dreißig Stunden nicht am Ufer eines namenlosen Sees im Umland ausgelöst, sondern kurz darauf verscharrt. Das wäre dann vermutlich das Programm.

Der nächste, tatsächlich sehr große Raum, ein hoher, trotz der reduzierten Beleuchtung funkelnder Saal, ist auch jetzt noch angefüllt mit Menschen. Das müssen mehr als drei Dutzend sein. Er hat nicht mit so vielen gerechnet. Sie stehen in murmelnden Gruppen beieinander wie in einem Opernfoyer. Hinten rechts steht eine kleine Ansammlung in Schwarz, das dürften die Ärzte sein. Etwas entfernt davon vier Offiziere der Wache, und etwas weiter vorn, an einem der bodentiefen Fenster, plaudern zwei Geistliche und rauchen. Vorn, auf flachen Sofas, lümmeln zwei jüngere Beamtentypen, Schreiber und Sekretäre wahrscheinlich. Niemand scheint ihn zu beachten.

Gut so. Landow bemüht sich, die Suppe in exakt derselben Geschwindigkeit zu tragen wie der Diener vorhin, während er den Saal durchquert. Als zwei der Uniformierten ihn ansehen, nickt Landow ihnen kaum merklich zu. Wenn er sich den Grundriss richtig eingeprägt hat, befindet sich direkt kopfseitig hinter diesem Raum ein kleinerer und dahinter wiederum ein Treppenaufgang in die obere Etage. Dort hinaus also nicht. Er muss ebenerdig bleiben. Der deutsche Kaiser stirbt bodennah. Vor so vielen Zeugen den Weg in die Wohnräume seiner Majestät nicht zu kennen, wäre fatal. Also hält Landow sich jetzt weiter nach links, um in die Marmorgalerie zu gelangen und von dort stracks südwärts in die sogenannte Blaue Kammer. Er ist diesen Weg schon zwei Dutzend Mal gegangen, am Nachmittag in ihrer Küche, immer und immer wieder. Noch fünf Schritte bis zur Tür.

«Halt. Warten Sie.»

Das kam aus der Ärztegruppe. Einer mit langen Koteletten und feiner Silberbrille kommt wichtig auf Landow zu.

«Was ist das?»

Landow öffnet den Deckel der Terrine.

«Nicht zu heiß? Gut abkühlen lassen. Wer sind Sie eigentlich? Ich habe Sie noch nie hier gesehen.»

Landows Rechte zieht den Adlerausweis hervor und lässt ihn aufschnappen: «Besondere Sicherheitsstufe.»

Der Mediziner nimmt Haltung an: «Aha. Na dann. Aber … nicht zu heiß, ja?»

Landow nickt vertrauensvoll und lässt den Wichtigtuer zu seinen Kollegen zurückgehen.

«Neue Sicherheitsstufe», hört er ihn dort sagen. Ein paar der Herren gucken kurz zu Landow rüber und setzen dann ihr leises Gespräch fort.

Ohne weitere Unterbrechung gelangt Landow mitsamt der Milchsuppe für den sterbenden Kaiser in die Marmorgalerie. Der Glanz dort – ein märchenhafter Glanz, wandert es mahnend durch seinen hämmernden Kopf – lässt ihn für einen Augenblick innehalten. Selbst seine leisen Schritte erzeugen hier ein Echo. Nie zuvor hat er so eine Pracht gesehen, die riesigen Gemälde, die schneeweißen Statuen neben den Türen, die vergoldete Decke, die Lüster. Das alles ist, gemessen an dem Grund für sein Hiersein, so bizarr schön, dass ihn schaudert. An der Parkseite des Raumes erheben sich müde zwei Krankenschwestern, als er näher kommt. Er erkennt, dass sie lange Mullbinden aufwickeln wie alte Weiber ihre Wollfäden.

Es muss bald zwölf sein, vermutet er, und prompt schlagen einige Wanduhren hell und vornehm viermal zur vollen Stunde.

Unbehelligt gelangt er durch drei weitere kleinere Räume, jeder von ihnen kostbar ausgestattet, endlich in einen, der das Arbeitszimmer des Kaisers sein muss.

«Endlich. Ist sie auch nicht zu heiß?»

Eine Krankenschwester mit langer weißer Schürze raschelt auf ihn zu und nimmt ihm die Terrine ab. «Neu hier? Ich habe Sie noch nie zuvor gesehen.»

«Erhöhte Sicherheitsstufe.»

«Sind Sie sicher, dass Sie das durchstehen?» Sie deutet mit dem Kopf Richtung Tür hinter sich.

«Ich war im Krieg.»

«Dann kommen Sie.»

Landow folgt der Schwester in das nächste Zimmer. Der jähe Gestank nach Fäulnis wirft ihn fast um. Kein Zweifel: Er steht im Krankenzimmer des Kaisers.

Landow bleibt neben der Tür stehen und sieht ihr dabei

zu, wie sie sorgsam die Temperatur der Milch prüft wie eine Amme. Erst hält sie die Terrine sanft an ihre Wange, und um ganz sicherzugehen, taucht sie kurzerhand ihren Finger hinein. Das allerdings wundert ihn. Dann, sieht er, setzt sie das Gefäß ab und zieht etwas von der Suppe in eine große Glaskanüle. Kälber, von der Mutter verstoßen, zieht man mit solchen Kanülen auf, weiß er. Noch in der Tür zwischen Arbeits- und Schlafzimmer, fragt Landow sich, wo er hier dieses Tagebuch finden soll. Lass es nicht irgendwo da drüben sein, nicht direkt bei ihm, den er bis jetzt nur in den hohen Plumeaus und hinter einem Paravent mehr ahnt als sieht, bitte nicht im Nachtkasten oder sonstwo da drüben, denkt er. Landow will sich gerade wieder in das Arbeitszimmer hinter ihm zurückziehen, da hebt die Frau mit der Kälberkanüle den Kopf.

«Stehen Sie nicht da. Sie müssen mir assistieren.»

Sie hat einen singenden, ausländischen Akzent.

Er ist, schrecklich genug, hier, um das verdammte Tagebuch zu stehlen, und jetzt steht er an dem Bett des Kaisers und sieht mitten hinein in ein vom Tod gezeichnetes Gesicht. Sein Haar und sein Bart sind weniger barbarossarot als auf den Bildern, denkt Landow.

«Sie müssen den Bart hochhalten und die Nierenschale direkt unter die Wunde», weist ihn die Schwester an. Der Hals unter dem dichten Vollbart ist von einem Stück Verbandmull verdeckt, unter dem der schwere Gestank faulenden Fleisches herausquillt wie aus einer Jauchegrube. Weshalb haben Sie ihm nicht den Bart ganz abgenommen, hätte er sie fast gefragt. Dann gibt er sich die Antwort selbst: Aufgebahrt muss der Kaiser Bart tragen.

Die Milch, die die Schwester oben in den Kaiser hineingibt, rinnt unten fast gänzlich wieder aus ihm heraus in die hingehaltene Schale. Die Augen des Kaisers öffnen sich nur für einen Moment etwas, er ist an diese Prozedur gewöhnt. Der Patient bemüht sich zu schlucken. Nach einer Minute lässt er sich erschöpft auf das Kissen zurücksinken. Als er ausatmet, füllt wieder dieser bittere, faulige Geruch das Zimmer. Auch im Tod noch ein Kerl wie ein Baum, denkt Landow, und hat gegessen wie ein Spatz. Wie hat sein Vater wohl ausgesehen, als der vor wenigen Wochen starb, fragt Gabriel sich. Er zuckt zusammen, als die Hand des Kaisers kraftlos seine berührt. Die Hand, die, so schnell es geht, sein Tagebuch stehlen wird. Nicht aus Eigennutz freilich, aber was machte das letztlich für einen Unterschied.

«Danke», sagt die Schwester, ihm am Krankenbett dicht gegenüber, und als sie Landow kurz zulächelt, sieht er Tränen in ihren großen müden Augen schimmern. Der Patient hält fest ihre eine Hand, und ihre andere Hand streicht ihm liebevoll eine rotblonde Haarsträhne aus der Stirn.

Das ist keine gewöhnliche Schwester, begreift Landow. Die wahren Schwestern hier wickeln nur Mull, und zwar draußen vor der Tür. Er kann nicht anders, als sich leicht vor der Gattin des Kaisers zu verbeugen und sich dann still aus dem Sterbezimmer zurückzuziehen.

Wieder zurück im Arbeitszimmer des Kaisers, lässt er sich kraftlos in einen der Besuchersessel an der Wand fallen. Dass in den nächsten Minuten Kolonnen von Pflegekräften mit frischer Nachtwäsche, Ärzte mit Fieberthermometern, Sonden und Schreibmappen auftauchen, bekommt er kaum mit. Und auch die Vorbeieilenden bemerken ihn nicht. Die Zeit läuft, weiß er. Und zwar gegen ihn. Wenn der ganze Tross dort drinnen die Nachtruhe des Kaisers erst einmal hergestellt hat, wird hier Ruhe einkehren, und jeder, der nicht hierhergehört, wird unweigerlich auffallen. Wenn sein Eindringen hier überhaupt einen Sinn gehabt haben soll, außer den, sich in Gefahr zu begeben, dann muss er jetzt schleunigst dieses Tagebuch finden, und dann nichts wie raus aus diesem Mausoleum. Landow steht auf.

«Haben Sie ihn gesehen?», fragt ihn einer, der eine flache schwarze Schachtel auf den Händen trägt und noch warten muss, bis ein Strom Hilfreicher das kaiserliche Schlafzimmer verlässt. Der Schachtelmann findet das Ganze hier offenbar aufregend, zumindest blitzen seine Augen, als er sich zu Landow stellt.

«Wen? Wen gesehen?»

«Bismarck! Also haben Sie ihn nicht gesehen.» Seine Enttäuschung ist greifbar. Am späten Nachmittag ist der Reichskanzler persönlich hier gewesen, das weiß der Schachtelmann aus zweiter Hand, und raunt, der habe sich schon verabschiedet. Man wisse nicht, ob der Kaiser die Nacht übersteht.

Eine Lücke im Menschenstrom nutzend, verschwindet der Schachtelträger im Schlafzimmer Seiner Majestät.

«Wenigstens ist er nicht an einem 13. gestorben», hört Landow einen im Vorbeigehen murmeln, «das macht sich nie gut auf den Grabmälern.»

Während drinnen beim Kaiser noch murmelnd welche werkeln, schleicht Landow im stillen Arbeitszimmer herum, sucht so gezielt wie möglich nach dem gewünschten Objekt, dem Pfand zum Auslösen eines Bruders, der ihm offensichtlich nach dem Leben trachtet. Wenn sie ihn jetzt hier erwischten, nähme ihm das zumindest die Entscheidung ab, seinen Bruder wirklich zu retten oder nicht. Zum x-ten Mal seit gestern Mittag im Park, zwei Steinwürfe von hier entfernt, fragt er sich, ob er Perikles überhaupt zu retten versuchen sollte. Sind nicht beide Landow-Brüder bereits jetzt schon todgeweiht, so wie dieser bedauernswerte Mann da drinnen, dem sie gerade, sieht er von hier aus, das frische Nachthemd überstreifen wie ein Totenhemd? Gabriel und Perikles können drei gesuchte Täter sehr genau beschreiben, Perikles kennt außerdem noch viele Details über geplante und vergangene Taten. So jemanden lässt man doch nicht lebend entkommen, wenn man hat, was man will. Aber, denkt er und peitscht sich selbst voran, wenn diese Leute *nicht* das bekommen, was sie wollen, also dieses verfluchte Tagebuch, ist Perikles ohnehin ein toter Mann. Drinnen verschieben sie jetzt die Paravents für die Nacht und versprühen Mentholwasser. Niemand achtet auf ihn. Er findet zwei ledergebundene Bücher über Russland, eine Ausgabe von Goethes «Wahlverwandtschaften» mit Lesebändchen an verschiedenen Stellen. In der halbgeöffneten Schublade eines Sekretärs findet er einen Stapel in Leinen eingebundener Kladden. Niemand ist da, als Landow die Hefte aufschlägt. Er entziffert gehetzt wahrhaftig Dinge über Ärzte und Bulletins und die Größe der bevorstehenden Aufgabe, Kaiser der Deutschen zu werden. Die zuoberst liegende Mappe bricht mit ihren Aufzeichnungen vor zehn Tagen ab. Niemand kommt. Die Tagebücher des Kaisers. Wie in der Ladenvitrine. Er muss sie nur nehmen.

In zehn Minuten kann er eine Kutsche erreichen.

In zwei Stunden kann er in Berlin sein.

Landow erinnert das Picknick dort draußen im Schlosspark vor kaum sechsunddreißig Stunden. Er hört noch ihre Worte auf seine Frage.

«Was wollen Sie mit solchen Informationen auslösen? Einen Skandal? Einen Aufruhr?»

Und dann sie, arglos wie eine Sommerfrischlerin: «Einen Krieg.»

Auf dem Rückweg trifft Landow im übernächsten Raum, also dem letzten der kaiserlichen Privatgemächer, bevor man wieder den funkelnden Märchensaal betritt, auf einen kleinen Mann mit rotblonden Locken, der hier konzentriert an Porzellanstellagen herumbaut. «Sie schickt der Himmel», seufzt der.

«Da bin ich nicht sicher», knurrt Landow.

«Haben Sie Feuer?»

«Ich glaube nicht, dass man hier rauchen darf.»

«Rauchen nicht, aber räuchern. Sehen Sie hier, Kräuter aus dem walisischen Hochland, Flechten von den Orkneys. Unsere Vorfahren, die Kelten, glaubten fest an ihre heilige und heilende Wirkung. Wenn nichts mehr hilft, hilft die Natur. *Brìgh gach cluiche gu dheireadh. Der Gewinner des Spiels steht erst am Ende fest*, so sagen sie in Wales. Auf Anraten Ihrer Majestät, meiner Majestät, der englischen Königin, entfache ich deshalb hier die heilende Kraft der Pflanzen. Das läutert die Luft. Ich weiß, mich belächeln hier alle, einige nennen mich bloß den Druiden. Aber die meisten nennen mich einen Betrüger.»

Der Kräutermann hat dabei unablässig weiter aus den Schubfächern seines Vertreterkoffers trockene Brösel auf verschiedene Räucherschalen verteilt. An der Brusttasche seines hellgrauen, nahezu bodenlangen Kittels steckt ein Namensschild: *Rev. Kind.*

«Hier, bitte, nehmen Sie die ganze Schachtel, Herr Kind.» Landow rappelt mit der Schachtel ungeduldig neben dem Kopf des Räucherers herum.

«Es wird englisch ausgesprochen: Keind. Das bedeutet freundlich. Und das stimmt: Ich bin ein freundlicher Engländer in friedlicher Absicht.»

«Was bedeutet das *Rev.* vor Ihrem Namen? Revolutionsführer?»

«Reverend. Aber pssst. Angesichts des Todes, der einzigen Gewissheit im Leben, lösen sich unsere irdischen Konfessionen in Rauch auf, nicht wahr. Nun gilt nur noch, wie Ihr großer Frederic Schiller es sagt: ‹Alle Menschen werden Brüder.›»

«Lieber nicht. Ein Bruder reicht mir», murmelt Gabriel bitter und sieht dem Reverend dabei zu, wie der kleine Portionen getrockneter Pflanzenbrösel, die für Gabriel bloß allesamt wie gewöhnlicher Küchensalbei aussehen, penibel auf kleine Metallschalen verteilt.

«Aber danke für die *matches. Very kind.* Sehr freundlich. Sprechen Sie Englisch?»

«Noch nicht gut genug.» Immerhin, noch macht niemand hier Anzeichen, ihn aufzuhalten. Darum nickt der große dunkle Mann dem Räuchermännchen – so *kind* die späte Stunde und seine heikle Mission es zulassen – zu, schiebt die Hände noch tiefer in die Taschen und verlässt zwei Minuten später den Palast seines sterbenden Kaisers durch eins der bodenlangen Fenster an der Westseite des großen Hauses hinaus in eine mondlose Nacht.

37

Samstag, 16. Juni.
1 Tag nach dem Tod des Kaisers.

Ob er will oder nicht: Perikles' Spott hat ihm offenbar zugesetzt. Ja, er kam sich tatsächlich im Park neben seinem tadellosen Ebenbild schäbig vor in seinem abgetragenen Anzug und den schiefgelaufenen Schuhen. Gestern, nach seiner Rückkehr aus dem Palais, hat Landow deshalb seinen Anzug ausgebürstet, hat seine Schuhe geputzt und ist dann in Dorns Salon zur Rasur gegangen. Er wollte morgen gut aussehen. Denn morgen war ein entscheidender Tag.

In Dorns Salon roch es vertraut nach Seife und Cologne, aber trotz des frühen Freitagnachmittags war es ungewöhnlich leer dort. Landow bat Dorn nach der Rasur deshalb darum, ihm ausnahmsweise, und obwohl das weit unter der Würde eines Barbiers war, die Haare an den Seiten und im Kragen etwas zu stutzen. Dorn war nur eine Sekunde überrascht, dann grinste er breit und hatte im nächsten Moment eine kleine Schere in der Hand, mit der er unternehmungslustig klapperte.

«Verstehe, Sie haben etwas Besonderes vor am Wochenende. Vermute ich richtig?»

Es war ungewöhnlich für Landow, den sonst so stillen Dorn sprechen zu hören. Aber es war einiges ungewöhnlich in letzter Zeit. Dorns Neugier war noch nicht befriedigt.

«Familienbesuch?»

«In gewisser Weise, Dorn, in gewisser Weise.»

«Oder», fragte Dorn, akkurat den Nacken versäubernd, «eventuell Cherchez-la-femme?»

Dorn fand diese Formulierung sehr gelungen, und Landow spürte deshalb kurz Dorns warmen Atem stoßweise dicht neben seinem Ohr.

«Ihnen kann man einfach nichts vormachen.»

Zum Abschied hielt Dorn ihm schwungvoll die Tür auf und flüsterte Landow im Verschwörerton zu: «Dann wünsche ich gutes Gelingen beim einen wie beim anderen.»

Landow sah Dorn nachdenklich an. «Das kann ich brauchen, Dorn. Danke.»

Ein verschwiegenes Treffen im Tiergarten. Zwei sich entgegenkommende Kutschen halten wie zufällig nebeneinander. Beide Seitentüren öffnen sich. Aus dem einen Wagen reicht man ein flaches Paket herüber, nicht größer als eine Schachtel Konfekt. Eine kleine Weile geschieht nichts. Dann wechselt aus diesem Wagen ein Mann in jenen. Die Türen schließen sich, die Pferde rucken vor, die Wagen fahren davon. Ein unbeteiligter Spaziergänger, Spechte beobachtend und zufällig Zeuge geworden, hätte vermutet, die Kutscher hätten sich über Weg und Wetter ausgetauscht. Aber nein, sie will die Übergabe anders. Doch es ist nicht die Verschwiegenheit des Übergabeortes, den sie bestimmt hat, wenngleich ein Verbuddeln etwaiger Kollateralschäden hier bedeutend einfacher wäre als stadtnah im Tiergarten. Nein, es ist der Ort an sich, der besondere Rahmen ist ihr wichtig: ein kleiner, namenloser See, wie ihrer weit im Osten in Steinhagen.

Sogar die Blesshühner scheinen vom Tod des Kaisers zu wissen. In ernsten, kleinen Prozessionen schwimmen sie, schwarz wie Landprediger, auf dem stillen Wasser herum. Gestern, am Freitagvormittag um kurz nach elf Uhr, wenige Stunden nach Landows Visite dort, ist Kaiser Friedrich in seinem Potsdamer Palais gestorben. Der Kronprinz, sein Sohn und Thronfolger, hatte schon Tage vorher, erzählten sie in Berlin, die Garde aufmarschieren lassen, um zu verhindern, dass «Beweisstücke» entwendet wurden. Der Inhalt dieser Tagebücher scheint tatsächlich wertvoll zu sein für manche Leute. Trotz der erhöhten Sicherheitsvorkehrungen ist Landow unbehelligt in den Palast gelangt und unbemerkt wieder hinaus. Er möchte das als gutes Omen sehen für den Rest der Aktion, aber das gelingt ihm nicht ganz. Jetzt, nach dem zweiten Tod eines deutschen Kaisers binnen sechs Monaten, sprechen sie in der Stadt offen von Verschwörung. Die Ärzte hätten Friedrich auf dem Gewissen. Die englischen Ärzte, ergänzen dann viele. Es rumort in der Stadt. Es steht einiges auf dem Spiel in nächster Zeit, nicht nur für die Landow-Brüder.

Landow war am Samstagmorgen in aller Früh um kurz nach drei in der Senkrechten. Der Park vor der Villa lag noch bleistiftgrau im Dunkeln wie seine eigene Zukunft, dachte er, als er Dorns Rasur nacharbeitete. Am sonst so lauten Schlesischen Bahnhof fegte einer die leere Halle, sonst war es ungewöhnlich still. Totenstill.

In der ersten Bahn südostwärts Richtung Köpenick nickte eine alte Frau mit Eierkorb Landow verschwörerisch zu und meinte: «Genau wie unser Herrgott. An einem Freitag ist er gestorben. Ans Kreuz geschlagen von einer teuflischen Krankheit.»

Landow hat die Frau ernst angesehen und gefragt: «Und,

kommt er auch zwei Tage später wieder zurück, der Kaiser, so wie Ihr Herrgott, was meinen Sie?»

Die Eierfrau hat ernsthaft über diese Möglichkeit nachgedacht. Dann ist sie aufgestanden und hat sich ans andere Ende des Wagens gesetzt. In Köpenick steigt er aus, der Zug fährt weiter bis Breslau.

Um halb 6 Uhr übernimmt Landow, wie geplant, in Köpenick den reservierten Mietwagen. Er ist seit Jahren nicht mehr selbst gefahren, aber es geht. Die beiden Pferde sind gutmütig, sagt der Verleiher, als er die Kaution einsteckt, bloß der Fuchs neige manchmal zum Treten. Landow hat den verzeichneten Übergabeort vor zwei Tagen schon auf einer Landkarte rasch gefunden, das Muster aus einem großen und zwei kleineren Seen gab es nur ein einziges Mal im Umkreis der Stadt, trotzdem lässt er sich den Weg vom Wagenverleiher noch einmal erklären.

«Was wollen Sie'n da?», fragt der unverhohlen neugierig. Meinen verstümmelten Bruder befreien, der mir nach dem Leben trachtet, wäre eine von mehreren möglichen Antworten, die der Mann ihm aber kaum glauben würde. Deshalb bemüht er sich zu lächeln. «Mal sehen.»

Kurz vor einer kleinen Ortschaft nimmt er den verzeichneten Weg nach rechts, und eine weitere Viertelstunde später, um kurz vor halb sieben, hat er Pferd und Wagen in einem Wäldchen verborgen und geht zu Fuß weiter. Der Fuchs hat kein einziges Mal versucht zu treten.

Ein Mann schleicht durch dichten Wald, erreicht einen einsamen See. Heute ist er Uncas.

Eine Stunde vor der angegebenen Zeit ist Landow am angegebenen Ort. Der kleine See, keine 150 Meter im Durchmesser, hat zumindest auf der Landkarte keinen Namen, aber seine Form und der kleine Pavillon am Ufer machen ein Verwechseln unmöglich. Das immerhin wäre geschafft. Ein paar Minuten verharrt Landow im Schutz junger Buchen, die das Ufer ringsum umgeben, in Deckung, dann pirscht er in einer Viertelstunde einmal ganz um den See herum. Außer einem dösenden Reh, das sich vom Licht auf dem Wasser hypnotisieren lässt, entdeckt er nichts. Erst jetzt, nach seiner Inspektionsrunde, betritt er den malerischen Pavillon, den sie als Treffpunkt markiert hat. Der kleine, runde Raum steht auf einer Art Halbinsel direkt am Wasser und diente zu Zeiten des Alten Fritz wahrscheinlich adeligen Naturfreunden als Rückzugsort. Danach bot das leicht moderig riechende Tempelchen wohl Liebespaaren aus der Umgebung willkommene Zuflucht, wie die zahllosen in die Holztäfelung geritzten Herzen beweisen.

Am heutigen Tag steht dieser Pavillon bloß zur Übergabe eines Tagebuchs hier. Eines Tagebuchs, das es nicht gibt. Nicht hier zumindest. Er konnte es nicht mitnehmen. Er konnte es einfach nicht. Er hat das Tagebuch nicht. Er hat also keine Chance. Das immerhin ist eine geradezu schmerzhaft klare Ausgangslage. Auf das Mitleid dieser Leute zu hoffen, wäre wohl naiv. Also muss es gelingen, Perikles mit einer List, einem Überraschungsmoment aus ihrer Gewalt zu befreien. Koesters Mauser würden zu tun bekommen, das steht fest. Er hat jede von ihnen mit den restlichen von Koesters Patronen geladen, vier Schuss pro Revolver. Wenn die anderen wie im Schlosspark wieder zu dritt kämen, hätte er vielleicht eine Chance. Er will ihr das scheinbare Tagebuch – ein Bändchen Euklid aus der Bibliothek ihrer Villa – in grobes Papier gewickelt und besonders fest verschnürt zuwerfen. Dann muss er sofort einen der Begleiter ausschalten und hoffen, dass der andere zuerst auf ihn schießt und nicht direkt auf Perikles. Wenn es ihm dann noch gelingt, den zweiten Mann auszuschalten, haben sie eine Chance. Wenn nicht, oder wenn die anderen mit mehr Leuten kommen als erwartet oder weiter außerhalb Scharfschützen postiert haben oder wenn sie Perikles gar nicht mitbringen, dann hat er allerdings ein Problem. Aller Voraussicht nach werden sie Perikles aus einer Kutsche zerren, das Weiß des Verbandes um seine linke Hand wird vermutlich bis zu Landow herüberleuchten wie das Friedensfähnchen eines feindlichen Unterhändlers. Gut möglich, dass sie dem Bruder zusätzlich die Augen verbinden werden, um die Dramatik zu steigern. Einer der Typen würde Perikles dann eine Pistole an den Kopf halten, der andere würde wahrscheinlich direkt auf Landow schießen. Aber genau das würden sie auch tun, wenn er ihnen das Tagebuch des Kaisers übergeben könnte. Er kann eine zu genaue Fahndungsskizze von ihr anfertigen lassen, er kann sogar Stellen an ihr beschreiben, die man nicht sofort zu Gesicht bekommt. Lebend sind die beiden Landows für diese Leute jetzt nutzlos und außerdem eine zu große Gefahr. Aber Gabriel ist nicht bereit, diesen Leuten den ungeliebten Bruder kampflos zu überlassen. Und sich selbst auch nicht. Es gibt nur diese eine Möglichkeit, Perikles aus deren Gewalt zu befreien. Skrupel, Menschen aus dem Weg zu schaffen, haben die jedenfalls keine. Im Gegenteil, die Art, wie Gürtler und die anderen sterben mussten, zeugt von einer wachsenden Freude am Töten. Wenn es dann doch dazu käme, hier und heute, an einem See, der ihn tatsächlich an ihren alten See in Steinhagen erinnert, würde zumindest der Wunsch ihres Vaters in Erfüllung gehen. Auf dem Bahnsteig ihrer Station, die Hand am Zylinder wegen des Windes, hatte er gesagt: «Wenn es sich nicht vermeiden lässt, dann sterbt. Wie Männer. Aufrecht, die Waffe in der Hand. Und wenn es sein muss, dann sterbt gemeinsam, Seite an Seite.»

Aber noch stirbt hier keiner, weder aufrecht noch sonst wie. Eine kleine Badeinsel, ein Rechteck aus massiven Balken, etwa vier auf vier Meter groß, schwimmt mitten auf dem Wasser. Die Kinder der Dörfer ringsum werden sie zum Sonnen nutzen. Weiter hinten landen platschend ein paar Enten. Landow geht den möglichen Ablauf wieder und wieder durch.

Er versteckt die beiden Mauser in der losen Täfelung des alten Pavillons, von hier hat er eine gute Schussposition auf die beiden Begleiter. Und immerhin etwas Deckung. Aber was, wenn sie Perikles sofort erschießen? «Und wenn und wenn, Sie fragen wie ein Kind», hat sie zu ihm gesagt. Er zieht sein Jackett aus und hängt es sorgfältig an einen rostigen Nagel. Er präsentiert sich ihr in frischem Hemd und weithin sichtbar unbewaffnet. Er schwitzt. Kein Wunder. Er ist schnapslos und chancenlos. Seine Hände zittern leicht, als er die Taschenuhr abnimmt und auf die Brüstung des Pavillons legt. So fällt weniger auf, dass er ständig auf die Uhr schaut. Noch zwanzig Minuten.

In einer halben Stunde kann das alles hier vorbei sein, und wenn am Mittag die ersten Jungs aus den umliegenden Dörfern hier zum Baden auftauchen, würden sie am Ufer möglicherweise ein paar Tote finden. Fragt sich bloß, wen genau.

Landow lehnt neben dem Eingang zum Pavillon. Er lauscht angestrengt in das kleine Wäldchen, das den See komplett umschließt. Kein verdächtiges Knacken, kein Nähern eines Wagens. Nur ein Wald. Nur ein See.

Nichts.

Wo, zum Teufel, bleiben die?

Noch zehn Minuten. Er betrachtet die zündholzdünnen, metallisch blauen Libellen, die ihn zu beobachten scheinen. Sie taxieren ihn mit ihren Kugelaugen, dann sausen sie wie kleine Pfeile davon und schließen sich über dem Wasser mit anderen im Paarungstanz für wenige Augenblicke zu einem herzförmigen Gebilde zusammen. Wird er es fertigbringen, auf sie zu schießen, wenn es so weit ist? Auf sie, auf diese in mancher Hinsicht atemberaubende Frau? Sie wird nicht eine Sekunde zögern, ihn zu töten.

Noch vier Minuten. Zwei Azurjungfern, der Name dieser kleinen Libellen fällt ihm jetzt wieder ein, fliegen zuckend direkt vor ihm auf und ab.

Was für eine Art Nervenkitzel soll das sein? Oder hat der Tod des Kaisers auch für diese Leute die Spielregeln geändert? Brauchen die das Tagebuch gar nicht mehr? Sitzen die längst im Zug Richtung Petersburg oder Paris oder sonst wohin, zurückgepfiffen von höheren Befehlen? Warten die jetzt erst einmal ab, wie sehr sich das Reich unter dem blutjungen Thronfolger ganz von selbst destabilisiert? Deutschland wird jetzt von einem noch nicht einmal Dreißigjährigen regiert werden und einem machtbesessenen Greis im Hintergrund, dem der Tod des Kaisers in die Karten gespielt hat. Wäre Friedrich wider Erwarten genesen und in der Lage gewesen, sein Amt auszufüllen, wäre Bismarcks Entlassung nur eine Frage der Zeit gewesen, meinen zuletzt viele, nicht nur bei Dorn.

Punkt 7 Uhr 30. Solche Leute kommen nicht unpünktlich. Dass Perikles jetzt Vaters Uhr trägt, ausgerechnet Perikles. Die Schweizer Uhr des Vaters war doch zeit seines Lebens für Perikles das Mahnmal für die eigene Unvollkommenheit gewesen. Das tägliche, quälend umständlich zelebrierte Ritual des Aufziehens, der tägliche, geklimperte Beethoven beim Frühstück.

Landows Uhr klimpert nicht, geht aber sehr genau. Gleich Viertel vor acht. Vor fünfzehn Minuten schon hätte der Austausch stattfinden sollen. Hier könnte längst alles erledigt sein. Hier könnten längst alle erledigt sein.

Gut möglich, dass sie ihn erst abpassen, wenn er das Wäldchen, das den See umgibt, verlässt. Auf verlorenem Posten starrt er aufs Wasser. Es ist ganz still jetzt, keine Ente schnattert. Kein Wind geht. Kein Knacken im Unterholz. Eine einzelne Lachmöwe mit dunklem Kopf landet unweit des Ufers. Unschlüssig schwimmt sie zickzack herum, vielleicht hält sie ihn für einen Angler oder Wanderer, den es anzubetteln lohnt. Dann lässt sie von Landow ab und pickt an dem Seil herum, das an einem Pflock am Ufer befestigt ist und unter Wasser zur Badeinsel herüberläuft. Landow starrt die Möwe an, die mit ihrer dunklen Haube aussieht wie ein mittelalterlicher Henker. Sein Blick folgt dem Seil, das verhindern soll, dass die Holzinsel zu weit abtreibt. Und dann erst sieht er es: Dicht neben dem Holzponton auf dem Wasser. Er hat es für ein schwimmendes Stück Holz oder ein Blatt gehalten. Aber dieses faustgroße Ding da draußen, das weiß er schlagartig, ist ein Stück Kork. Und dieser Kork hält etwas an der Oberfläche. Einen Luftschlauch, der von dort aus senkrecht unter Wasser führt. Perikles und er hatten damals auch mit einem Schlauch als Luftzufuhr experimentiert, aber weil ihre Schläuche immer viel zu morsch waren, hatten sie den Deckel erfunden, den man von innen öffnen konnte. Fritzi konnte nicht.

Mit wenigen Sätzen ist Gabriel am Ufer. Die Möwe fliegt unter Protest davon. Gabriel zerrt sich die Stiefel von den Füßen und die Hose vom Leib. Er weiß nicht, wo diese Leute sind. Aber er weiß jetzt: Perikles ist längst hier. Er ist die ganze Zeit über schon hier gewesen. Unsichtbar.

Gabriel Landow hechtet in das dunkle Wasser und schwimmt, so schnell er kann, zur Badeinsel rüber. Noch ehe er sie erreicht, schluckt er Wasser und beginnt, erbärmlich zu husten. Er fängt sich wieder, holt hastig Luft und taucht an dem Seil abwärts. In etwa vier Metern Tiefe endet das Seil an etwas Großem, Dunklem. Ohne es im Schatten unter der Badeinsel richtig erkennen zu können, weiß er sofort, was das hier unten ist: Das ist ein Fass. Genau wie bei ihrem Tauchboot damals. Perikles muss ihr davon erzählt haben. Genau wie damals sitzt an der Seite noch ein zweites kleineres Fass für den Wasserballast. Das elende Stechen in seinen Lungen zwingt ihn aufzutauchen. Da zumindest hat sie Wort gehalten: «Ich bemühe mich, ein angemessenes Arrangement dafür zu finden. Freuen Sie sich darauf. Ich werde Sie nicht enttäuschen», hatte sie ihm vor ihrem Abschied prophezeit. Landow klammert sich an die Kante der Badeinsel und saugt dort Luft in sich wie ein Ertrinkender. Die kleine Möwe mit der Henkershaube beobachtet ihn interessiert, sieht er flüchtig, dann taucht er wieder senkrecht hinunter. Er erreicht die versunkene Konstruktion und zerrt das kleine Gürtelmesser heraus, das ihm Leo Bein einmal geschenkt hat. Jetzt sägt er damit so ruhig wie möglich an den breiten Gurten herum, die die Fässer verbinden, damit das große Fass endlich aufsteigen kann. Jetzt bloß nicht das Messer verlieren, es im dunklen Grundschlamm des Sees wiederzufinden, wäre unmöglich. Dreimal muss er wieder hoch und Luft holen, dann endlich geben die festen Segeltuchgurte auf, und das große Fass bewegt sich quälend langsam nach oben. Wie eine auftauchende Kegelrobbe springt es schließlich an die Oberfläche. Landow hebelt das kleine Messer wild unter die Kante des Deckels. Er schlägt sich die Hände blutig und erst jetzt hört er sich unablässig reden wie einen vom Fieber Geschüttelten: «Halte durch, Dreckskerl, hörst du?!»

Mit Schwung fliegt endlich der schwere Deckel ab. Perikles kauert friedlich in dem Fass wie ein Kind im Mutterleib. Aber trotz der Luftzufuhr durch den Schlauch ist er ohnmächtig. Wahrscheinlich haben die ihn chloroformiert, bevor sie ihn, wohl schon im Morgengrauen, hier drin versenkt haben.

Fluchend packt Gabriel seinen Bruder bei den Armen und zerrt ihn mit letzter Kraft auf die jetzt wild schwankende Badeinsel. Die Henkersmöwe beobachtet ihn dabei, noch immer mit neugierig geneigtem Kopf, schwimmt dann aber dem davontreibenden Deckel nach, in der Hoffnung, dort Fressbares zu finden.

Perikles atmet noch, wenn auch nur schwach, bleibt aber auch nach zwei kräftigen Ohrfeigen vollkommen reglos. Unbeholfen und kläglich drückt ihm Gabriel auf den Rippen herum. Schließlich, als alles nichts hilft, presst er seinen Mund fest auf die kalten Lippen des Bruders und atmet, so ruhig wie möglich, Luft in ihn hinein. Dann, endlich, nach einer Ewigkeit, geht ein schwacher Ruck durch dessen Brust, und Perikles schlägt die Augen auf. Wie ein Betrunkener schaut er gehetzt um sich, dann erst, schrittweise, scheint die Erinnerung zurückzukehren. Erschöpft rollt er sich auf die Seite und trinkt gierig wie ein Verdurstender aus dem See.

Immer noch ist kein Wort gesprochen. Die Landow-Zwillinge liegen schwer atmend auf ihrer Holzinsel wie die erschöpften Erntearbeiter am Ende eines Dreschtages und starren minutenlang stumm in den schmerzhaft heiteren Frühsommerhimmel.

Wieder hängt Perikles den Kopf über die Kante ihrer Insel, trinkt, verschluckt sich, spuckt wütend aus und lässt sich dann kraftlos auf die Plattform zurückfallen.

«Da hat der junge Jraf aber noch mal jehörig Jlück jehabt, was?» Das, nur ganz leise, kann Gabriel sich nicht verkneifen.

Dann wieder nur Stille und Schweigen. Man hört bloß den See mit kleinen Wellen gegen die Ränder ihrer kleinen Welt klatschen.

Schließlich wischt Gabriel sich die nassen Haare aus dem Gesicht: «Fast so wie damals, findest du nicht?» Er klingt bitter.

Heiser von nebendran: «Was?»

«Wenn wir aus lauter Begeisterung über dieses verdammte Tauchboot alles um uns herum vergessen haben. Sogar das Trinken.»

«Was interessiert mich ein Damals. Das Einzige, was mich hier vielleicht an damals erinnert, das ist dieser gottverdammte Teich hier und deine alberne Indianerfrisur. Du siehst aus wie ein Landstreicher.»

«Danke vielmals. Tut der Finger weh?»

«Nein. Aber die Stelle, wo er mal war.»

«Ich hab ihn sicherheitshalber konserviert, deinen Finger. Ich kenne jemanden in der Path– … in der Charité, der kann den eventuell wieder annähen. Bestimmt sogar. Die Medizin ist heute schon sehr weit in solchen Dingen. Jetzt komm. Ich bring dich rüber ans Ufer, und dann nichts wie weg hier.»

Perikles sieht seinen Bruder kopfschüttelnd an. «Die lassen uns doch niemals lebend von hier fort. Du hast doch erlebt, wozu die fähig sind.»

«Wer sind *die* eigentlich? Aber ich kann dich beruhigen, hier scheint niemand außer uns zu sein. Die haben wohl ihre Pläne geändert. Ich habe einen Wagen in der Nähe. Komm, ich halte dich, bis wir am Ufer sind. Kannst du aufstehen? Na komm, Bruder, ich bring dich zurück.»

Hell und scharf wie Peitschenknallen knacken drüben im

Uferwäldchen schnell hintereinander trockene Äste. Vögel, Häher wahrscheinlich, fliegen kreischend auf. Also doch. Ausgerechnet jetzt! Und sie liegen hier wie Robben auf einer Sandbank, schönstens hindrapiert wie auf dem Präsentierteller. Ihre Plattform bietet keinerlei Deckung für Angriffe von drüben. Klein machen. Unsichtbar werden. Die Brüder rollen sich gleichzeitig auf den Bauch und wollen sich rückwärts kriechend auf der Seeseite des Pontons ins Wasser gleiten lassen. Einen Versuch ist es wert. Mehr Versuche werden sie nicht haben. Aber von drüben kommt nichts mehr. Keine Schatten huschen zwischen Stämmen näher. Keine gedämpften Rufe. Flach atmend liegen sie, die Gesichter auf das sonnenwarme Holz gepresst, und warten. Fast wie damals. Aber nur fast. Vom Ufer – nichts mehr. Schließlich kehren auch die Häher zurück.

Helle, kleine Birkenblätter trudeln plötzlich über sie weg wie Schneeflocken mitten im Jahr. Die Zeit scheint stillzustehen. Die Uhrzeit. Die Erdzeit. Die Brüder auch. Und dann, unhörbar wie eine gut geplante List, ist sie zwischen ihnen. Eine längst verlorene, jetzt befremdliche Vertrautheit. Trotz alledem.

Gabriel grinst, als er halblaut beginnt: «Magua ward als Häuptling an den See–»

Perikles unterbricht ihn: «Magua ward als Häuptling *und Krieger unter den roten Huronen* an den Seen geboren. Er sah die Sonnen von zwanzig Sommern …»

Gabriel setzt wieder mit ein, und beide sprechen gemeinsam, dabei immer feierlicher werdend, den Choral ihrer Kindheit: «… den Schnee von zwanzig Wintern in die Ströme treiben, ehe er ein Blassgesicht erblickte, und er war glücklich.»

Das Vertraute bleibt nicht länger als drei Atemzüge. Dann

ist es wieder fort, und zwischen ihnen ist nur noch das helle Lecken des Sees an den Rändern der Plattform.

Schließlich, Gabriel allein: «Jetzt aber nichts wie weg hier. Los, wir gehen zurück.»

Tatsächlich kommt Perikles auf die Knie, macht aber keine Anstalten, wirklich aufzustehen: «Zurück. Wohin zurück? Es gibt kein Zurück. Auch kein Zurück zu einer Geliebten, die mich, ohne zu zögern, als Pfand eingesetzt hat. Was musstest du eigentlich tun, um mich wiederzubekommen? Jemanden umbringen?»

«Ist doch egal jetzt. Komm endlich.»

«Nein. Was haben sie sich für dich ausgedacht, Gabi? Ich will es wissen.»

«Also schön. Ich habe geholfen, unseren sterbenden Kaiser zu füttern. Mit Milchsuppe. Mehr nicht. Glaub mir. Ich hab schon Schlimmeres gemacht. Los jetzt.»

Plötzlich krümmt Perikles sich jäh zusammen wie ein Blatt Papier, das jemand ins Feuer wirft. Dann greift er blitzschnell nach dem Messer, das immer noch zwischen ihnen liegt: «Die Japaner machen es so, hörte ich. Für mich gibt es kein Leben mehr. Für dich vielleicht. Geh zurück in deine Kaschemme, bespitzele Leute und sauf dich zu Tode. Für mich gibt es kein Zurück mehr.»

Damit holt Perikles aus und will sich das Messer mit Wucht in den Bauch rammen. Gabriel erwischt den Arm des Bruders gerade noch, als die Klinge schon den Stoff des Hemdes berührt. Aber es gelingt ihm nicht, dem Bruder das Messer zu entreißen.

«Lass mich», presst der in verzweifelter Wut heraus, «versteh das doch endlich. Ich kann nicht mehr zurück.»

Beide Brüder fallen, das Messer zwischen sich, wild übereinander, wälzen sich am Boden und stehen sich schließlich aufrecht gegenüber, wankend wie olympische Ringer, ihre Gesichter berühren sich fast dabei, und sie spüren den Atem des anderen. Und dann ist da plötzlich wieder dieser Blick in Perikles' Augen: «Wenn du mich daran hindern willst … deine Entscheidung, Bruder. Aber dann gibt es auch für dich kein Zurück mehr.» Damit richtet er die Klinge blitzschnell gegen Gabriel und stößt zu.

Von einer Sekunde zur anderen geht es hier nicht mehr darum, sich in Sicherheit zu bringen. Hier geht es nur noch ums nackte Überleben. Mit einer Wucht und Wildheit, die an den Entscheidungskampf in der Bibel ihrer Kindheit erinnert, stürzen sich die Brüder aufeinander.

Man konnte nichts unterscheiden als eine dunkle Masse menschlicher Gestalten, welche sich in einem verworrenen Getümmel stießen und durcheinander drängten. Arme, blitzende Messer und furchtbare Keulen ließen sich erkennen, aber die Streiche wurden augenscheinlich nur aufs Geratewohl geführt. Der furchtbare Eindruck dieser Scene ward noch erhöht durch das durchdringende Geschrei der Weiber und das wilde Geheul der Krieger.

Vom Ufer aus ist der Kampf der Landow-Zwillinge nur als ein sich wild bewegendes dunkles Knäuel gleich großer Männer in nasser Kleidung auszumachen, aus dem manchmal eine Faust, eine Hand mit einem Messer und zwei sehr ähnliche Köpfe heraussehen.

«Tun Sie doch was!», kreischt Orsini.

«Was denn, verdammt», knurrt Koester, den Lauf seiner Scharfschützenbüchse genauer ausrichtend, «Egal, wen ich ins Visier nehme, ich ziele immer auf Gabi.»

Dann, nach quälenden Sekunden, fällt endlich ein Schuss. Enten gehen hoch. Auf der Badeinsel sackt einer in sich zusammen. Der andere Körper fällt ins Wasser.

«Retten Sie ihn doch, Mensch! Der im Wasser ist Landow. Unser Landow. Retten Sie ihn, Koester!»

«Ich kann nicht. Ich kann nicht schwimmen. Scheiße.»

Platschend und unbeholfen wie ein dreibeiniger Hund paddelt Orsini zur Badeinsel herüber. «Lassen Sie das Holz los, verdammt, Landow. Ich bringe Sie ans Ufer.»

Endlich, mehr aus Entkräftung als aus freiem Willen, lässt Gabriel wirklich los und Orsini kann ihn irgendwie Richtung Ufer bringen, wo Koester, immerhin bis zur Hüfte im Wasser, beide rauszieht. Der Schuss hat Landow nur an der Brust gestreift und ist dann frontal in Perikles eingeschlagen. Trotzdem hat Gabriel viel Blut verloren.

Nass und keuchend liegen Gabriel und Orsini nebeneinander, die Beine noch im Wasser.

«Ich wusste gar nicht, dass Sie beschnitten sind, Orsini.»

«Stört Sie das?»

«Wenn ich es nicht allzu oft sehen muss.»

Beiden verunglückt ein Grinsen, dann fummelt Landow den Flachmann aus seiner Weste.

«Koester?! Was machst du denn hier?»

«Man soll hier gut jagen können, hörte ich. Enten und Landows.»

Landow lächelt blöde. Will trinken. Dann klappt er zusammen.

38

Samstag, 16. Juni.
Tag 1 nach Landows Auferstehung.

Pfeiffers Zungenspitze steckt wie eine kurze rosa Zigarre in seinem linken Mundwinkel, während er seine Stiche setzt. Er gibt sich große Mühe. Er flucht zwischendurch. Dass sich die Menschen noch bewegen, die er zusammennäht, ist er nicht gewohnt. Landows Wunde beginnt unterhalb der rechten kurzen Rippe und geht stracks wie ein Säbelhieb quer über das Brustbein nach oben. Ziemlich genau über seinem Herzen hat der Streifschuss ihn wieder verlassen und nach etwa dreißig Zentimetern Freiflug seinen Bruder getroffen. Frontal und letal. Die Kugel drang zwischen Kehlkopf und Keilbein in Perikles Landow ein und verließ ihn am oberen Hinterkopf. Er hatte das kurze Messer, mit dem er Gabriel offenbar wirklich töten wollte, noch in der Faust, als sie ihn in die Pathologie brachten.

«Sind Sie Pfeiffer?», hatte Koester gefragt.

«Schon, ja, aber ich habe gleich Schichtende. Ich will mit meinen Kindern in den Zoo.»

«Andermal», hatte Koester geknurrt, «Sie haben Kundschaft. Einer lebt noch. Den zuerst.»

Pfeiffer hatte die Wunde gesäubert, an der Seite blitzte der helle Rippenknochen durch.

«Wie ist denn das passiert?», wollte Pfeiffer wissen, als er den Faden ins Nadelöhr zwirbelte.

«Wollen Sie Gabi etwa mit diesem Bindfaden zunähen, Mann?» herrschte Orsini ihn an.

«Entschuldigung, die Macht der Gewohnheit.»

Jetzt verknotet Pfeiffer den feinen Operationsfaden sorgsam und desinfiziert zur Sicherheit noch einmal.

«Sie haben da ein Händchen für, Meister, Sie sollten Arzt werden», nickt Koester anerkennend. Während der Operation hat er Gabriel nicht eine Sekunde aus den Augen gelassen.

«Ich *bin* Arzt, Meister», murmelt Pfeiffer zurück.

Gabriel Landow kommt zu sich, als Orsini ihm das Riechsalz an die Nase hält.

«Was ist passiert?», presst er heraus und schaut ziemlich ratlos zwischen Koester, Pfeiffer und Orsini hin und her.

«So einiges, Gabi, wir erzählen dir das bei Gelegenheit», grinst Koester und hilft ihm hoch.

«Er braucht Ruhe», mahnt Pfeiffer, längst mit der Inspektion von Perikles' Einschuss am Hals befasst: «Ziemlich kleines Kaliber. 8,7 Millimeter vermutlich.»

«Sieben zwoundneunzig. Vorserienmodell», knurrt Koester und legt sich vorsichtig Gabis Arm um die Schulter. Der presst die Lippen aufeinander.

«Hier, Landow, etwas Salicylsäure gegen die Schmerzen», sagt Pfeiffer und kramt ein Röhrchen Tabletten aus einer Schublade, «aber ziemlich bitter.»

«Das macht nichts», murmelt Koester. «Wir haben Cointreau zum Runterspülen. Ziemlich süß. Jede Menge.»

«Danke, Pfeiffer», presst Landow hervor, als Koester ihn Richtung Ausgang stützt. An einer Rollbahre bleibt er stehen und betrachtet die schlanke, weiße Hand, die seitlich unter dem Laken hervorragt: «Wer ist das?»

«Einmal Ermittler, immer Ermittler, was, Landow?» Pfeiffer wiegelt mit der Hand ab, während er mit einer Lupe das Austrittsloch in Perikles' Schädel betrachtet.

«Wieder eine von den Damen, die nie existiert haben. Geheime Verschlusssache. Am Todestag Ihrer Kaiserlichen Majestät soll die Aufmerksamkeit der Öffentlichkeit nicht von barbarischen Schlachtereien abgelenkt werden.»

«Wieder dieser Aufschlitzer?», fragt Landow.

Pfeiffer, in das Betrachten von Knochensplittern vertieft, nickt nur und bekommt nicht mit, dass Landow mit der freien Hand das Laken anhebt. Gabriel erkennt das schmale Silberarmband an ihrem Handgelenk, er erkennt ihre etwas zu eng stehenden Wolfsaugen unter den durcheinandergewirbelten Haaren. Den Rest erkennt er nicht mehr.

«Zum Teufel, wer macht denn so was!», ruft Koester, dass es von den Kachelwänden zurückschlägt wie ein Echo.

Pfeiffer ist sofort da und deckt den blutigen, ausgeweideten Körper wieder zu. Den Kopf lässt er frei.

«Die Polizei hat recht, diese Morde nicht an die Öffentlichkeit dringen zu lassen. Wenn auch nur ein paar Einzelheiten dieser Schlachtereien durch die Presse bekannt würden, wäre eine Panik nicht mehr zu verhindern. Dies Mal hat er sie nicht einfach liegen lassen oder versteckt, sondern sie in diesem Zustand direkt vor einer Polizeiwache abgelegt. Der Wachtmeister, der sie fand, hat sich komplett vollgekotzt.»

Mit leerem Blick geht Gabriel zur Leiche seines Bruders drei Sektionstische weiter hinten. Trotz der gemeinsamen Jahre, trotz des wahnwitzigen Spiels seines Bruders mit ihm und auch nach dem Erlebnis am See vorhin empfindet er nichts dabei, Perikles hier so zu sehen. Keine Genugtuung. Keine Trauer. Das überrascht ihn. Und das macht ihm Angst.

«Pass gut auf sie auf», sagt er lächelnd zu Pfeiffer, der gerade Perikles' Brust vernäht.

«Auf wen denn, Landow?»

«Auf die Uhr meines Bruders. Sie hat ein Spielwerk. Beethoven. Hast sie dir redlich verdient, Pfeiffer. Danke noch mal.» Landow grinst schief, als Pfeiffer tatsächlich verstohlen nach seiner Kitteltasche tastet und prompt rot wird.

Gabriel Landow wirft einen letzten Blick auf das immer noch schöne, hochmütige Gesicht dieser geheimnisvollen und faszinierend schrecklichen Frau. Dann bedeckt er ihr Gesicht mit dem Laken und fragt: «Ist bei dir noch die Mansarde frei, Koessi?»

39

Dienstag, 19. Juni.
4 Tage nach dem Tod des Kaisers.

Er hat die Sonntagszeitungen gekauft. Alle. Nichts. Nur Nachrufe auf diesen verfluchten Kaiser. Er hat sich den ganzen Sonntag über vor dem Schlesischen Bahnhof an den Kiosken aufgehalten: kein Extrablatt, keine noch so kleine Meldung. Nicht der Hauch einer Nachricht, nicht mal ein Halbsatz, der dem aufmerksamen Leser Anlass zu blankem Schrecken böte. Dabei hat er sich bei ihr doch so viel Mühe gegeben. Sie war ein reiches Mädchen. Ihr Blick war hochnäsig, als er sie ansprach. Und das Erstaunen in ihren Augen war anders als das der anderen. Sie war nicht ängstlich, als ihr seine Klinge in den Leib fuhr. Sie war wütend. Sie sagte noch etwas in einer Sprache, die er nicht verstand. Beinahe hätte ihn noch einer ertappt! Der rief freundlich in den Durchgang, in dem er über ihr kauerte: «He, fehlt dir was, Kumpel?»

«Nee, muss bloß kotzen, geh weiter», hat er zurückgerufen und dann, als die Schritte sich entfernten, konzentriert weitergearbeitet. Die Öffnung der Leisten war neu, das hat er vorher noch nie gemacht. Einige Organe hat er vertauscht, aus dem Moment heraus, einer Eingebung folgend, wie ein Künstler.

Dann, die Arme feucht und schwarzrot bis zu den Ellbogen, hat er sie an den Füßen – sie trug modische schwarzgrüne Knopfstiefeletten aus feinem Leder – vor die Polizeiwache am Eck gezogen. Niemand ist auf der nachtschwarzen Straße unterwegs gewesen. Niemand außer ihr und ihm. Aus keinem Fenster ein spitzer Schrei. Er hat sie an die Stufen zur Wache hinauf angelehnt wie eine Bettlerin, die Heiligenbildchen verkauft. Aber jedem, der vorbeikäme, würde sie stattdessen ihre schimmernde, granatrote Pracht präsentieren. Diese Tote würde nicht verschwinden, hatte er gedacht, diese würde von Leuten vom Fach gefunden werden. Der Hans aus dem hessischen Schlitz war hier im großen Berlin unerhört stolz, beinahe gerührt, angesichts seines Werkes an ihr.

«Beim Grand spielt man Ässe, sonst hält man die Fresse!» Die würden Augen machen. Hans der Schlitzer lauschte noch ein wenig auf das dumpfe Geräusch des Kartenspiels in der Wache, dann huschte er davon wie ein Schatten.

Aber zu Hause, allein in seiner Kammer, hat er es nicht ausgehalten. Er durfte jetzt nichts mehr dem Zufall überlassen. Wie von einer unsichtbaren Schnur gezogen, lief er deshalb zurück zur Wache. Halb eins rum wird das gewesen sein. Sie war schon fort! Dort, wo er sie abgesetzt hatte, war jetzt nur noch ein großer, dunkler Fleck und daneben frische Kotze. Aber kein Menschenauflauf. Also hatten die Polizisten sie gefunden und heimlich fortgeschafft. Hans schlich näher und lauschte. Karten spielten sie da drin jetzt jedenfalls nicht mehr. Er verbarg sich in einer Nische und wartete. Kurzzeitig war er versucht, drüben in die Wache zu gehen und sich zu stellen. Jeden Schnitt, jede Extraktion bei den fünf Mädchen könnte er dort zu Protokoll geben, wäre sogar bereit und in der Lage, Zeichnungen davon anzufertigen. Aber dann überlegte er es sich anders. Was, wenn sie ihn ungehört in einer Zelle vermodern ließen? Oder ihn im Morgennebel hängten und bloß anonym verscharrten!

Als endlich der flache Leichenkarren kam, fuhr wieder diese wilde Erregung in ihn. Das musste sie sein, dort unter der Decke. Wie ein junger Hund zappelte er in seinem Versteck, konnte sich kaum bedeckt halten. Im Laufschritt folgte er dem Karren bis zum Hintereingang des größten und modernsten Krankenhauses der Stadt. Aber für einen Moment packte ihn dort die blanke Sorge: Sie wird das doch nicht überlebt haben? Aber, i wo, niemand überlebt ihn. Er nahm allen Mut zusammen und schlüpfte ihr nach in das noch frühmorgendliche, erwartungsvoll stille Gebäude. Der Hans spürte hier förmlich die Seufzer, die Angst und die Leiden der ganzen Leute da oben in ihren Krankenbetten. Aber er folgte dem Rollwagen mit ihr darauf bis hinunter in den Keller des Leichenbeschauers. Ein schlaksiger Kerl in weißem Kittel quittierte dort unten müde den Erhalt der Fuhre. Wieder durchzuckte der blanke Schreck den Hans: Sie werden sie hier doch nicht einfach verbrennen, Asche zu Asche, Staub zu Staub? Aber der Schlaks im Kittel, sieht Hans beruhigt, schiebt die Bahre in das geflieste Gewölbe hinein. Sie haben sie gefunden und erhalten, das hat Hans mit eigenen Augen gesehen. Also werden sie jetzt da drinnen seinen Bauplan der Natur protokollieren und es bald melden. Hinausschreien in die endlich entsetzte Stadt. Voller Vorfreude lief er heim. Dort fiel er augenblicklich in zufriedenen Schlaf.

Als auch am Dienstag noch nichts verlautbart wird, glaubt er an eine Verschwörung, die einzig erdacht und angezettelt war, ihn, den Hans, zu quälen wie mit Höllenzangen. Niemandem kann er sich anvertrauen in seiner Not. Zur Arbeit geht er längst nicht mehr. Wie ein flüchtendes Tier streift er in der Gegend herum, wartet auf den gellenden Ausruf: «Da! Dort! Ja, der dort! Der ist es!» Aber sie schreien bloß sich selbst an und die Sonderangebote hinaus in die Welt. Gegen Mittag dann ist er wieder bei ihr, lungert in der Nähe des Leichenkellers der Charité herum, möchte fast am helllichten Tag auf die rosigen Krankenschwestern einstechen, die schwatzend neben der Feuertüre rauchen. Als die jungen Frauen, schnatternd wie Geflügel, endlich gehen, erkennt Hans den wieder, der sie, sein Meisterwerk, in Empfang genommen hat. Der lehnt dort allein an der Wand, raucht und hält das blasse Gesicht mit geschlossenen Augen in die Sonne.

«Tut gut, nicht?», fragt der Hans laut zu dem hinüber und möchte mit ihm am liebsten sofort sein Werk besprechen, jeden Schnitt, jede Veränderung der natürlichen Ordnung. Der da zumindest wüsste seine Präzision zu schätzen. Aber der im weißen Kittel nickt bloß müde zu ihm zurück und presst eine dicke Taschenuhr an sein Ohr.

«Erbstück?», fragt der Hans.

«In gewisser Weise, ja.» Immerhin, der antwortet ihm. «Ist aber defekt. Ist wohl Wasser reingekommen.»

«Dann ist Eile geboten!», ruft ihm der Hans düster zu.

«Kennen Sie sich damit aus?», fragt der im Kittel.

«Ja», lügt der Hans. «Man müsste mal reinschauen. Müsste sie mal öffnen, die Uhr. Eine feine, biegsame Klinge bräuchte man.»

«Davon hab ich einige», sagt der andere grinsend und ist derweil schon näher gekommen, horcht dabei immer noch angestrengt an der toten Uhr und hält sie dem Hans jetzt hin: «Würden Sie mal nachsehen? Messer hab ich drinnen.»

Es riecht hier stechend nach Salmiaklauge. Es riecht süß nach Blut. Es riecht verlockend nach Tod. Als Hans in diesem Fliesentempel die Arsenale vornehm funkelnder Messer vor sich sieht, aufgereiht wie beim Militär, überläuft ihn ein wohliger Schauer.

«Schön muss es sein, hier zu arbeiten», entfährt es ihm dabei leise.

«Wenn einem der Tod nichts ausmacht», sagt der andere.

Ganz leicht gelingt es dem Hans, die Kapsel der Uhr zu öffnen. Das Werk, kleinteilig wie ein geöffneter Torso, steht wirklich still und ganz unter Wasser. Sie pusten es gemeinsam trocken, geben behutsam zwei Tropfen Öl hinein, verschließen das Wunderwerk wieder, und der im Kittel dreht vorsichtig an der Krone.

«Sie lebt!» Der freut sich wie ein Kind. «Was bin ich schuldig?», fragt er.

«Du nicht. Ich», möchte der Hans fast sagen, «ich bin schuldig.» Aber er schüttelt nur großzügig den Kopf. Weiter hinten liegen zwei Leichen verdeckt auf Bahren. Der Hans möchte am liebsten hin und nachsehen, ob sie eine davon ist.

«Dann meinen herzlichen Dank für diese Reanimation. Mein Name ist übrigens Pfeiffer. Sie sind sehr geschickt mit dem Skalpell. Das hat man selten. Sind Sie vom Fach?»

«Es muss schön sein, hier zu arbeiten», sagt Hans noch einmal, diesmal lauter und mit hörbarer Sehnsucht.

«Warum finden Sie's nicht raus? Mir wurde gerade ein Gehilfe bewilligt. Nicht sonderlich gut bezahlt. Wenn Ihnen Blut und Tod nichts ausmachen, die anatomischen Details erkläre ich Ihnen dann.»

Er betrachtet den jungen Mann überrascht.

«Weinen Sie? Aber warum weinen Sie denn? Ich …»

Pfeiffer ist unangenehm berührt, als ihm der fremde Bursche um den Hals fällt und ihm stammelnd den Kragen durchnässt: «Ich will. Ich will. Ich will. Ja, ich will.»

▪▪▪

Eine schmale Aktennotiz, kaum größer als eine Krämerquittung, aber mit doppeltem Durchschlag erstellt, kommt zwiefach gelocht ins Archiv: «Routen militärischer Geheimkuriere durch externe Kräfte in sieben Fällen zwischen Februar und Juni '88 überprüft. In fünf Fällen konnte der Kurier dabei identifiziert und das Material abgefangen werden. Bei den entwendeten Dokumenten handelte es sich um wertloses Material. Angesichts der Ausfallquote von mehr als 70 % empfehlen wir jedoch die vorübergehende Verödung dieser Kurierwege. Die Aktion ‹Eisenblut› ist damit beendet.

Der Tod unserer Agentin Rosenkranz aus bislang noch ungeklärten Gründen macht eine grundlegende Re-Organisation unserer nachrichtendienstlichen Strategien erforderlich. Da Frl. Rosenkranz keine Angehörigen hinterlässt, ist eine Anweisung der Zulage 3A nicht vonnöten.

gez. Sauermann (mit Abschrift an die Reichskanzlei).»

▪▪▪

Ministerialrat a. D. Hergenrath kommt bei einem Spaziergang durch die elterlichen Weinberge im Südwesten überraschend ums Leben. Man kann sich nicht erklären, wie das geschehen konnte. Das Gelände hier ist nur mäßig steil, eher landestypisch lieblich, das Wetter war überaus vielversprechend. Und doch liegt er mit großflächig zerschmettertem Schädel am Weg. Als man ihn sucht und schließlich findet, ist der blutige Hinterkopf schwarz vor Fliegen.

▪▪▪

Die Gewinne von Rüstungsunternehmen wie Krupp, Borsig, Siemens, Continental und Dynamit Nobel wachsen in den folgenden zehn Jahren zweistellig. Von Jahr zu Jahr neu.

Durch Allianzen und Diplomatie verzögert, beginnt der längst erwartete Krieg aber erst fünfundzwanzig Jahre später. Dann allerdings mit einer solchen Wucht und Gründlichkeit, dass Historiker ihn posthum den Ersten Weltkrieg nennen werden.

▪▪▪

Ab Mitte August lassen die Zeitungsschlagzeilen den Menschen das Blut in den Adern gefrieren. In London treibt ein Frauenmörder sein Unwesen, wie ihn die Welt noch nicht gesehen hat. Er nennt sich Jack the Ripper. So brutal, so menschenverachtend, so ekelhaft hat – zumindest in Friedenszeiten – noch niemand gemordet. Als Pfeiffer seinem neuen Gehilfen Hans auf mehrfaches Fragen hin den Namen der Londoner Bestie übersetzt, schluckt der ungläubig und wendet sich dann ab, um eine Weile zu weinen.

▪▪▪

Nach Gabriels Genesung eröffnen Orsini und Landow eine gemeinsame Detektei. Auf Orsinis Idee hin taufen sie sie, in Kombination ihrer beiden Nachnamen, auf «Orlando».

Um nicht aus der Übung zu kommen, arbeitet Orsini weiterhin als Taschendieb. Um nicht aus der Übung zu kommen, trinkt Landow weiterhin Cointreau.

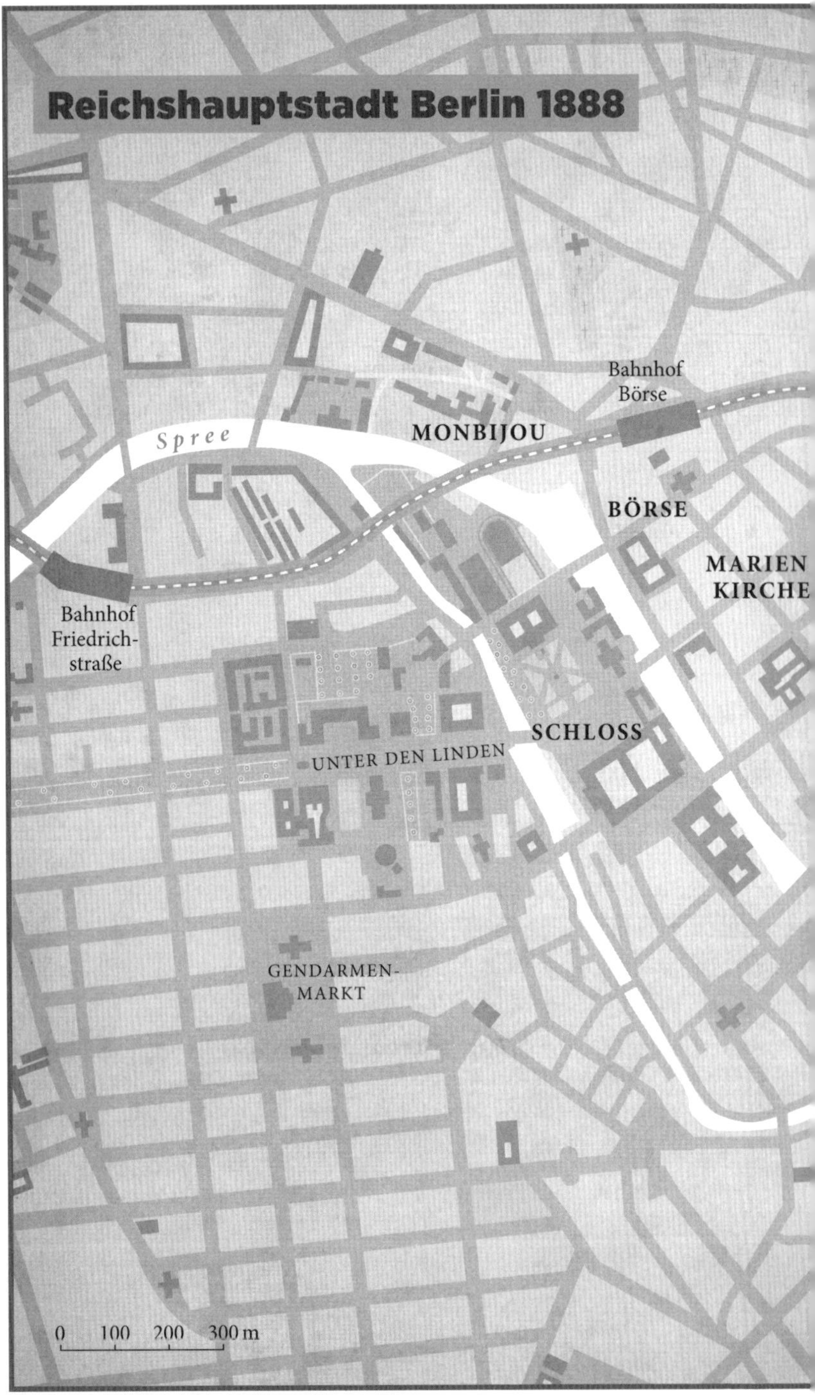
Reichshauptstadt Berlin 1888
Bahnhof Börse
Spree
MONBIJOU
BÖRSE
MARIEN KIRCHE
Bahnhof Friedrich-straße
SCHLOSS
UNTER DEN LINDEN
GENDARMEN-MARKT
0 100 200 300 m